Le Trésor de guerre de Bobbie Faye

Toni McGee Causey

Le Trésor de guerre de Bobbie Faye

Traduit de l'américain par Armelle Santamans

•MARABOUT•

Publié pour la première fois aux États-Unis en 2008 sous le titre *Bobbie Faye's (kinda, sorta, not exactly) Family Jewels* par St Matin's Press, 175 Fifth Avenue, New York, N.Y. 10010.

Pour maman et papa

Le génie a ses limites.
La folie… pas vraiment.

— Autocollant vu sur une voiture
au lac Charles, en Louisiane.

Chapitre un

Bobbie Faye Sumrall était très bien lotie côté folie, merci beaucoup, avec un brin de mauvaise humeur en plus. La banque venait de dire *non* à un prêt nécessaire pour l'achat d'une nouvelle voiture (d'occasion) – au misérable motif qu'elle ne prêtait pas d'argent aux gens qui se faisaient régulièrement tirer dessus. Elle n'avait pourtant jamais été atteinte par une vraie balle, bon sang ! Aussitôt après cette déconvenue, elle avait compris qu'aucune compagnie d'assurances ne lui transmettrait le devis dont elle avait besoin pour faire une demande d'aide à la création d'entreprise. (Trois des géants de l'assurance avaient carrément battu en retraite quand ils avaient appris qui était au bout du fil.) [Poules mouillées, va !] Et ensuite, le gars du FBI pour lequel elle en pinçait et se mettait la tête à l'envers avait disparu de la surface de la terre. Cela faisait maintenant deux semaines, et il y avait des limites à ce que pouvait encaisser une fille en matière de râteau ! Il fallait qu'elle dorme au moins une nuit, une toute petite nuit de rien du tout. Ce n'était pas trop demander, quand même ?

Mais, apparemment, l'univers n'était pas de cet avis.

Bobbie Faye et l'univers étaient un peu comme des amants terribles engagés dans une lutte éternelle, et qui préféraient essayer de se détruire plutôt que d'admettre que l'autre avait raison. (L'univers ? Un sacré tricheur, si vous voulez mon avis.)

Malgré cela, elle tenta le coup. Elle engagea donc sa petite routine nocturne : elle se glissa dans la minuscule salle de bains de sa petite (et pas si pourrie que ça) caravane, en fantasmant sur un puissant jet bouillant tandis qu'elle se plaçait sous un filet d'eau tiède. Puis, pour décompresser, elle se versa un verre de jus d'orange et grignota une biscotte. (Pour sûr, elle avait une chance en béton armé : l'infâme breuvage donnait l'impression d'avoir tourné, et il n'était même pas possible d'imaginer qu'il s'agissait seulement d'un goût « exotique ».) Dieu merci, sa nièce de cinq ans, Stacey, avait été invitée à passer la nuit chez une amie. Malgré tout l'amour qu'elle portait à ce petit monstre, elle était heureuse de ne pas avoir à remettre la gamine pour la milliardième fois dans son lit, avant que celle-ci réapparaisse, cinq minutes plus tard, bien déterminée à éradiquer le peu de santé mentale qui restait encore à sa tante.

Quand Bobbie Faye finit par s'étendre sur son matelas défoncé, elle plongea dans un sommeil agité, peuplé de rêves hallucinants et néanmoins déplaisants – des rêves sans queue ni tête et sans aucun rythme, des morceaux épars tournoyant dans un kaléidoscope aux couleurs étourdissantes. À un moment, elle eut l'impression qu'elle était sortie de son propre corps et qu'elle s'observait. Elle se trouva un air bizarre. Elle aurait juré que ses nibards n'étaient pas à la même hauteur, mais c'était peut-être tout simplement dû à cette horrible chemise à rayures qu'elle portait, celle qu'elle avait gagnée au lycée, à l'occasion de ce stupide concours de la « Semaine de l'École ». Elle avait vingt-huit ans, bon sang ! Pourquoi son subconscient refusait-il de jouer le jeu et de la vêtir d'un truc super-sexy et maxi-cool ? Et, d'ailleurs, pourquoi ses cheveux normalement bruns et souples avaient-ils l'air si… étranges ? Ils ne ressemblaient plus à rien. Ses boucles étaient maintenant raides comme des baguettes, comme si elle les avait aspergées d'une pleine bombe de laque avant de les recouvrir d'un casque.

Génial. Mauvais rêves et tête à l'envers. Absolument parfait. Bon, au moins, elle n'était pas chauve, comme ce gringalet tout chiffonné auquel elle était en train de parler.

Oh. Attends un peu… Voilà qu'elle tirait sur le petit ventre rond du minus.

Mais pourquoi tirait-elle sur cet individu ? Et à cinq reprises, en plus. Mince. Cela dit, le dessin des balles sur son ventre était magnifique. Au moins, son rêve n'avait pas saboté cet aspect-là. Elle se penchait au-dessus du type et il posait les yeux sur ses nichons en disant que ce n'était pas des vrais, ou quelque chose dans le genre. Le connard.

Il ne lui rappelait personne de sa connaissance. Abruti de subconscient ! Pourquoi ne lui laissait-il pas, au moins, éliminer l'un des affreux qui la faisaient effectivement tourner en bourrique ? Ce gars des impôts, par exemple, Monsieur Non-Pas-De-Délai-De-Paiement-Pour-Vous, était en tête de sa petite liste. Ou alors, Nick Lejeune, le bookmaker local qui ne cessait d'engager des paris sur le moindre de ses faits et gestes. (Aujourd'hui, déclencherait-elle un cataclysme avant ou après midi ? Allait-elle faire exploser quelque chose involontairement ou volontairement ? Fêterait-elle son anniversaire en prison ?) Il se faisait des cacahuètes en or sur son dos, sans lui en reverser la moindre miette.

Mais, non… ce cadavre dans son rêve ne lui disait vraiment rien du tout. Bobbie Faye se vit alors ramasser toutes les douilles, avant de chercher le pouls du macchabée et de s'essuyer les doigts sur son horrible chemise. Et puis, l'image devint floue et un grand vent se mit à souffler qui ébouriffa ses cheveux et repoussa ses bras loin de son corps, comme si elle volait entre les lampadaires de la zone commerciale de sa bonne ville de Lake Charles, Louisiane, une cité industrielle de durs à cuire pragmatiques et terre à terre.

Quand elle se réveilla, elle avait un puissant mal de crâne et sa bouche était désagréablement sèche. Elle entrouvrit les yeux et… *putain de bordel de merde* !…

Il y avait dans ses cheveux quelque chose qui ressemblait à… du sang. Il lui était arrivé de faire du somnambulisme à une ou deux reprises lorsqu'elle était enfant, en général à l'intérieur de la maison. Elle avait l'impression vague d'en avoir été victime la nuit précédente. Le presque-souvenir d'avoir entendu quelque chose dans son sommeil. S'était-elle levée pour vérifier ce que c'était ? Se serait-elle alors cognée dans quelque chose ? La porte de son placard était ouverte, c'était donc une possibilité. Elle baissa les yeux en redoutant ce qu'elle allait peut-être voir, mais non, elle portait encore le tee-shirt qu'elle avait enfilé la veille pour dormir. Il y avait tout de même quelques bleus sur son bras gauche et une coupure sur le droit qu'elle ne se rappelait pas avoir vus la veille au soir.

Donc, ç'avait été un rêve. Un cauchemar plutôt, et beaucoup trop réaliste à son goût. Mieux vaudrait désormais ralentir un peu sur le gâteau au chocolat avant d'aller se coucher.

Quand elle se redressa, elle sentit le poids de l'acier froid dans sa main droite, un poids qu'elle reconnut instantanément et qu'elle eût préféré ne jamais sentir. C'était son Glock. Elle s'immobilisa et fut parcourue d'une sueur froide. Il était censé être enfermé dans un placard. Il était toujours enfermé dans un placard, surtout depuis que Stacey vivait avec elle. Bobbie Faye s'assit sur le bord du lit et vérifia le magasin du revolver : cinq balles manquaient.

Manifestement, l'univers avait décidé de prendre sa revanche.

Chapitre deux

Quatre jours plus tard, le souvenir de ce fichu rêve était encore parfaitement clair, mais elle avait quand même réussi à ne plus y penser. Une telle amnésie temporaire aurait également été la bienvenue pour affronter la société Folie & Co et ceux de ses actionnaires qui semblait-il, estimaient, qu'il était absolument nécessaire d'être armé et dangereux dès 10 heures du matin.

Bobbie Faye ne savait pas s'il fallait l'attribuer à la température étouffante de cette matinée de juin (plus de 30 degrés) ou au fait que le système d'air conditionné de Ce Ce s'était emballé avant de rendre les armes, mais force était de constater que la chaleur oppressante semblait avoir dopé les cinglés. Elle avait pris son service depuis moins d'un quart d'heure et elle avait déjà envie de se taper la tête contre son comptoir. L'autre option aurait été de se déshabiller entièrement avant de plonger, la tête la première, dans le lac de Bundick. Mais avec sa chance habituelle, elle risquait de finir au journal de 17 heures, comme l'année dernière, quand cette demi-portion d'Aubrey Ardoin – un morpion à lunettes encore mineur – l'avait surprise, complètement nue, en train de faire trempette et qu'il en avait profité pour tester les capacités de sa toute nouvelle caméra digitale. (Il convient de préciser que ce petit morveux avait tout de même financé sa passion de boutonneux pour la technologie, en vendant sur eBay des « débris Bobbie Faye ».) Bon, pour être plus précise, si elle était passée aux infos nationales (une fois de plus), c'était parce que ce salopard était parvenu à s'introduire dans le système informatique de l'université de Louisiane et avait ainsi pu diffuser les images de sa totale nudité sur l'écran géant qui surplombait le terrain où s'affrontaient les équipes Pourpre et Or d'un match universitaire d'avant-saison.

Mais, malgré son désir brûlant de fuir cette chaleur agressive et ces clients pénibles, elle ne pouvait pas laisser tomber Ce Ce. Elle adorait sa patronne, alors elle étouffa sa pulsion et transpira un bon coup en redoublant d'efforts pour *ne pas* vendre un revolver Glock compact à Maimee Parsons, pilier de la communauté baptiste et plus vieille qu'un parchemin. Pourtant, ce n'était pas une mince affaire (de ne pas conclure cette affaire). En sa qualité de responsable du département armes à feu et couteaux du magasin dénommé Au Bazar Cajun - Grand Magasin Feng Shui de Ce Ce, Bobbie Faye était censée vendre sa camelote à tous ceux qui réussissaient les tests de sécurité imposés par la loi. Or, cette punaise de Maimee, quatre-vingt-cinq ans, venait de faire un sans-faute. Cette journée ne resterait décidément pas dans les annales de la croisade contre les armes à feu.

Bobbie Faye aurait pourtant dû se douter que quelque chose ne collait pas quand Maimee avait débarqué en jean baggy et tee-shirt informe, avec une casquette de base-ball plantée sur ses boucles immaculées, au lieu d'apparaître dans sa digne robe de paroissienne. La veille dame fronça le nez pour remonter ses bésicles en métal argenté. L'étincelle qui illuminait son regard s'accordait mal avec la douce rondeur duveteuse de son visage.

En temps normal, un tel éclat dans l'œil de Maimee s'expliquait par le fait qu'elle avait été longtemps en charge de l'eucharistie à la principale église baptiste de la ville et qu'elle avait ainsi acquis la certitude de savoir qui irait en enfer, ce dont elle se délectait. Mais aujourd'hui, cette étincelle semblait procéder de quelque chose de plus suspect et Bobbie Faye se demanda si ce qui animait le regard de Maimee n'était pas *ces cinquante années de mariage auprès d'un homme qui dilapidait au jeu leur pension de retraite et méritait un bon châtiment.* La simple présence de cette fervente baptiste dans le magasin de Ce Ce (où l'on savait pertinemment que se pratiquait un peu de vaudou sous les comptoirs) suggérait que Maimee tutoyait un épisode psychotique. La vieille femme n'était pas la championne de la seconde chance, à moins que celle-ci ne fût octroyée par le

Très-Haut lui-même, et l'on pouvait prédire qu'Edgar Parsons, qui venait de perdre gros sur diverses tables de jeu, n'allait pas avoir l'opportunité d'égrener son chapelet bien longtemps.

L'aptitude de Maimee à mettre au jour le plus véniel des péchés intimidait les pires mécréants (y compris son neveu, le gouverneur). Mais malgré tout cela, Bobbie Faye l'aimait bien. La vieille dame faisait partie des rares personnes qui avaient aidé sa mère à mettre quelque chose dans leurs assiettes, quand la plupart des gens pensaient qu'elle était en bonne voie pour l'asile, ignorant qu'elle devait s'assommer de médicaments pour supporter les douleurs que lui infligeait son cancer.

Tandis que Maimee dardait un œil averti à l'intérieur du canon du Glock (pieds écartés, solidement ancrés au sol, dans une posture que l'inspecteur Harry n'aurait pu renier), Bobbie Faye balaya des yeux l'antique bazar poussiéreux et bondé des articles les plus insolites existant sur la planète. Sans doute, se disait-elle, Maimee aurait mieux fait de prier pour quelqu'un au lieu d'acheter un revolver, mais lorsqu'elle se mit à dénombrer les victimes potentielles, le magasin lui sembla curieusement déserté par les clients. Un peu comme si la foule des pécheurs, connaissant la réputation... d'*enthousiasme* de Maimee, quand il s'agissait de joindre le geste à la prière, avait migré le plus loin possible de la section armes à feu de la boutique.

— Voyons Maimee, vous ne voulez pas vraiment un Glock. Ce qu'il vous faut, c'est rentrer chez vous et parler à Edgar pour trouver une solution.

— Sottises, ma fille. Cela n'a rien à voir avec Edgar. Je ressens le besoin de me protéger, répondit la vieille femme en reposant le Glock sur le comptoir vitré. J'ai le droit d'acheter un revolver et vous êtes dans l'obligation de me le vendre.

Bobbie Faye eut un peu de mal à digérer le fait de s'entendre appeler *ma fille*, mais elle ne releva pas cet instant d'égarement. Mieux valait sans doute ne pas indisposer un client qui serait très prochainement armé.

— Mais vous ne savez pas tirer.

— Eh bien, j'ai entendu dire que vous étiez vous-même une excellente gâchette et que vous donniez des leçons, alors inscrivez-moi sur votre liste.

— Mes cours sont un peu chers.

— Aucun problème. De combien de leçons aurais-je besoin pour être capable de viser quelqu'un qui s'introduirait chez moi, la nuit ?

— Mais Edgar ne rentre-t-il pas tard, de temps en temps ?

— Voici ma carte de crédit. Utilisez-la. Et ajoutez-y quelques munitions. Je ne sais pas exactement combien il en faut pour se défendre. Beaucoup, je présume. Mettez ça aussi sur ma note.

Ça n'allait pas être beau à voir, Bobbie Faye le savait. Elle savait aussi qu'elle serait la cible de nombreux reproches si Edgar venait à disparaître prématurément, aussi sûrement qu'elle avait compris, deux mois plus tôt, qu'elle devait détourner un pick-up afin de sauver son frère, après que celui-ci l'eut appelée pour un problème mineur de kidnapping et de rançon. Elle s'en voulait encore d'avoir dû dévaster la moitié de l'État pour sortir Roy de ce mauvais pas. Vraiment.

Elle avait pourtant la nette impression que tout le monde ne la croyait pas, ce qui la ramena brièvement à son ex, l'inspecteur Cameron Moreau. Bien sûr, il était séduisant, et il pouvait se montrer terriblement charmant quand il le voulait (il n'avait pu se maintenir à la tête du championnat de football de l'université de Louisiane, en qualité de *quarterback*, sans en retirer un minimum de sens diplomatique), mais pour chaque centimètre cube de charme, il y avait un bon kilo d'autoritarisme extrême. (Bon, soit, c'était une légère exagération. Parmi toutes les personnes qu'elle n'avait pas encore rencontrées, il s'en trouvait forcément au moins une de plus autoritaire que lui.)

Cam n'était pas mal intentionné, non. Il avait bon cœur. Elle savait pertinemment (il avait été son meilleur ami) qu'il ne voulait que son bien, même s'ils ne cessaient de se quereller sur les choix qu'elle faisait. D'ailleurs, lors de la dernière course-poursuite, elle avait bien vu qu'il était déchiré entre l'impérieuse nécessité de l'arrêter et son désir de l'aider. L'espace de deux secondes, après qu'il avait opté pour cette dernière option, elle avait cru qu'ils allaient pouvoir redevenir amis, mais, comme elle aurait dû s'y attendre, l'orage passé, il en était revenu à sa susceptibilité habituelle et lui avait reproché de ne pas l'avoir appelé pour lui demander conseil, de ne pas l'avoir laissé diriger ses moindres faits et gestes.

Oui, elle commençait à mieux comprendre la démarche de Maimee concernant son achat.

Elle saisit le revolver que la vieille dame avait reposé sur le comptoir et en soupesa le métal glacé. Une sensation désagréable s'installa dans son estomac, tandis que son mauvais rêve lui revenait en flash et qu'elle se revoyait tirer sur le gringalet. Elle pouvait presque humer l'odeur âcre laissée par la poudre et sentir les vibrations causées par l'impact du corps de l'homme tombant sur le sol.

— Bobbie Faye, s'impatienta Maimee en tapotant le comptoir avec sa carte de crédit pour attirer son attention (ce n'était qu'*un rêve, un simple rêve*). Allez-y maintenant. Emballez-moi tout ça. J'ai rendez-vous avec mon groupe de prière.

Le mot *rendez-vous* flotta dans l'air au-dessus de la tête de Maimee jusqu'à ce que la porte principale de l'antique magasin de style acadien s'ouvre en agitant les clochettes qui y étaient fixées pour laisser passer la reine des enquiquineuses : Francesca Despré et son mètre soixante-huit, soit trois centimètres de moins que Bobbie Faye et une poitrine nettement moins généreuse (chose que Francesca n'avait jamais pu admettre et qu'elle tentait de dissimuler au moyen de soutiens-gorge à balconnets). Les cheveux courts auburn de Francesca encadraient un teint parfait et ses vêtements couture annonçaient à la cantonade son aspiration au statut de diva, bien que l'impression générale que l'on retirait de tout cela fît plutôt pencher la balance vers celui de péripatéticienne en rodage. Perchée dix bons centimètres au-dessus du sol, elle vacillait sur ses escarpins noirs en tenant dans une main un coffret de maquillage en faux alligator, et de l'autre un sac à main recouvert de plumes rose fluo. Mais c'était la minijupe noire déchirée et quasi invisible qui constituait la pièce maîtresse de l'édifice : une jupe faite de morceaux de tulle à peine cousus ensemble et dont Bobbie Faye soupçonnait qu'elle était le fruit du travail d'une araignée qui avait dû se réveiller ce matin en se demandant où avait bien pu passer sa toile.

Francesca se dirigea sans hésitation vers le comptoir des armes à feu. Aucun espoir donc que sa subite apparition tapageuse fût fortuite. Elle traversa le magasin d'une démarche chaloupée et dépassa la section des articles de pêche et de camouflage, ainsi que celle du matériel de camping, en évitant, à la dernière seconde, les gondoles où s'entassaient les récipients de crickets vivants et les étagères qui croulaient sous le poids des cristaux Feng Shui que Ce Ce n'avait toujours pas réussi à déballer.

— Meeeerde, murmura Bobbie Faye en observant Francesca et son écœurante exubérance qui s'approchaient.

— Bobbie Faye ! s'écria Maimee d'un ton réprobateur. Faites un peu attention à votre langage !

— Maimee, vous vous apprêtez à acheter un revolver. Et je serais prête à parier que vous venez d'augmenter l'assurance vie d'Edgar. Alors ne me donnez pas trop de leçons aujourd'hui.

— Salut Bobbie Faye, minauda Francesca quand elle atteignit le comptoir des armes à feu. Nous avons un problème.

Clé de chiffrement : ***********
De : Simone
À : JT

Confirmation : BF à l'intérieur. F vient d'entrer.
(envoyé par téléphone portable)

Clé de chiffrement : ***********
De : JT
À : Simone

Tout est en ordre.
(envoyé par téléphone portable)

Bobbie Faye balaya la pièce du regard et constata que tous les clients mâles de plus de deux ans venaient subitement de décider que la section armes à feu était le point de passage incontournable de leur matinée de shopping. Pour une fois, Francesca ne sembla pas remarquer l'attention qu'elle suscitait. (Quand Francesca avait connu sa phase *Mecs à fond* – elle ne l'avait d'ailleurs toujours pas dépassée –, elle avait cessé d'être le garçon manqué prépubère toujours prêt pour un mauvais coup et qui s'introduisait dans les clubs pour hommes du voisinage, pour se muer en une arme cosmétique de séduction massive dont la tête chercheuse scrutait constamment l'attention dont elle faisait l'objet et qui pratiquait l'application de maquillage avec la minutie que d'autres consacraient à la réanimation cardio-pulmonaire.) Elle installa son sac à main et son coffret de maquillage sur le comptoir avant de s'employer à offrir à Bobbie Faye son expression la plus pénétrée.

— Ooooooh *non*, s'écria Bobbie Faye en voyant une fois de plus – de trop – ces immenses yeux de biche qui imploraient *je t'en supplie aide-moi à faire mes devoirs. Nous* (et Bobbie Faye se pencha au-dessus du comptoir pour souligner son propos) *n'*avons *pas* de problème.

— Mais, Bobbie Faye, il faut que tu m'aides ! Je leur ai dit que tu le ferais, s'indigna Francesca en lui offrant son regard le plus attendrissant et sa moue la plus boudeuse.

— Tentative honorable. Échec complet.

— Attendez, intervint Maimee en regardant Francesca de ses petits yeux plissés qui louchaient sur la visière de sa casquette de baseball. Vous êtes bien la fille de *Sexy Lady Maquillage*, n'est-ce pas ?

— Oui, pourquoi ? répondit Francesca en se pavanant un brin, tout en faisant pivoter son coffret sur le comptoir afin qu'on pût admirer le logo de son entreprise, collé près du fermoir.

Maimee plongea alors dans son immense cabas.

— Vous en vendez aux racoleuses et aux strip-teaseuses, et aussi aux femmes à grosses poitrines qui fréquentent les salles de jeu, n'est-ce pas ?

Avant que Francesca eût pu répondre, Bobbie Faye posa la main sur l'avant-bras de Maimee qui agitait déjà une Bible de la taille d'un obus miniature :

— Je ne crois pas que nous ayons le temps de vous laisser prier pour le salut de son âme, aujourd'hui. Ça prendrait des heures.

La vieille dame mima un petit coup droit lifté avec la Bible :

— Oh, je songeais plutôt à lui en assener une pichenette bien ajustée.

Bobbie Faye aurait tellement – teeeeeellement – aimé la laisser faire et lui offrir ce plaisir, mais au lieu de cela elle ramena doucement vers le comptoir le bras qui tenait la Bible :

— Maimee, avez-vous songé à un stage de gestion de la colère ?

— Et elle sait de quoi elle parle, ponctua Francesca à l'intention de Maimee. Bobbie Faye a déjà dû en suivre trois. Maintenant, ils lui font même un prix.

— Ça ne te mènera nulle part, Frannie. Tu devrais y aller. Maintenant.

— Mais je ne peux pas, Bobbie Faye ! Ils vont arriver ! s'écria Francesca en indiquant la porte du menton, comme si cette indication rendait son explication lumineuse. Et si tu ne te dépêches pas, tu vas avoir des ennuis.

— Et pourquoi, au juste, devrais-je avoir des ennuis ?

— Parce que je leur ai dit que tu saurais où ils sont. Ou, en tout cas, comment les retrouver. Alors, ils croient que tu vas le faire, ou que tu peux le faire. Et donc, il faut que tu le fasses ou sinon ils vont tuer des gens.

Chapitre trois

Aiden Stewart jeta le reste de ses frites – du moins, les trucs spongieux que ces fichus Américains appelaient ainsi – dans un sac en papier et maudit cet ignoble fast-food. Il aurait cru que, dans un pays aussi grand que les États-Unis, il y aurait au moins une personne pour maîtriser l'art de faire frire une pomme de terre.

C'était surtout d'un whisky qu'il avait envie, mais Sean McGregor, qui pouvait se révéler un putain de salopard de chef, n'aimait pas trop qu'on boive en mission et était connu pour avoir définitivement « relevé de leurs fonctions » un ou deux types qu'il avait pris sur le fait. Aiden soutenait en secret que c'était le côté écossais de l'ADN de l'Irlando-Écossais McGregor qui avait ruiné le bonhomme, vu qu'aucun Irlandais digne de ce nom n'aurait sourcillé en pareil cas.

Cela faisait maintenant près d'une heure qu'ils étaient garés sur cette place de parking, de l'autre côté de ce magasin au nom étrange où cette Bobbie Faye travaillait. Aiden balaya du regard l'habitacle du pick-up qu'ils avaient loué pour ce boulot. Sean, leur boss, s'étira. Il avait l'air à peu près aussi détendu et amical que la lame d'un rasoir à main. Les cicatrices que lui avait laissées un fil de fer barbelé sur le côté gauche du visage auraient dû le rendre repoussant, mais, à son grand étonnement, Aiden avait pu remarquer – surtout chez les femmes – qu'elles semblaient produire l'effet contraire. Aiden connaissait Sean depuis l'enfance – très pauvre – qu'ils avaient passée à Tallaght, à l'ouest de Dublin.

Il ne parvenait plus à se souvenir de la première personne que Sean avait tuée, mais il se rappelait que c'était pour les aider à manger. Et depuis, rien n'avait changé.

Mollie, le farfadet qui tenait lieu de cousine à Sean, était affalée sur le volant qu'elle tapotait nerveusement du bout des doigts, ce qui rendait (à dessein) hystérique Robbie, le petit génie de l'électronique à face de rat et corps de molosse dont le caractère indispensable n'était plus à prouver. Un peu plus tôt dans la matinée, Robbie avait collé un micro miniature sur le côté du comptoir des armes à feu que tenait Bobbie Faye et maintenant que les deux gonzesses s'étaient mises à discuter, il ricanait (putain, il faudrait qu'ils l'emmènent chez un dentiste un de ces jours, pour remettre quelques dents dans cette bouche-là).

— Ben voyons, tu crois vraiment que cette nana va être d'accord avec ça ? demanda Aiden.

Il avait lu divers articles sur les dernières aventures de Bobbie Faye et il lui semblait que parvenir à lui faire faire ce qu'on voulait revenait à tenter de domestiquer un troupeau de chauves-souris kamikazes.

— Bah, elle n'aura pas le choix, dit Sean qui paraissait calme et plutôt confiant, même si Aiden savait pertinemment que c'était dans ces moments-là qu'il était le plus susceptible de péter un plomb.

Aiden se demandait – et ce n'était pas la première fois depuis le début de ce boulot – si le fait de réunir Sean et Bobbie Faye sur le même continent n'équivalait pas à lancer un plein baril de nitroglycérine contre un semi-remorque.

— Retrouver *quoi* au juste ? demanda Bobbie Faye à Francesca avant de laisser retomber sa tête en soupirant. (Elle aurait aussi bien fait d'ouvrir la porte des Enfers en criant : « Coucou, chéri, je suis rentrée ! »)

Un immense sourire éclaira le visage de Francesca, comme si Bobbie Faye venait de lui donner tacitement raison sur un point quelconque. Puis, elle regarda autour d'elle en faisant bien attention à tourner le dos à Maimee et chuchota :

— Mais les *diamants*, idiote. Et tu n'as plus beaucoup de temps.

— Bobbie Faye ! intervint Maimee d'une voix aigre. C'est pour aujourd'hui ou pour demain ? Je dois retrouver mon groupe de prière et j'ai besoin de ce revolver.

Curieusement, aujourd'hui, une telle phrase n'avait rien d'anormal.

Bobbie Faye avait une puissante envie de s'allonger sur le comptoir, de presser ses tempes contre la fraîcheur de ses vitres, de fermer les yeux et de respirer profondément dans l'ambitieux espoir d'éviter de tabasser quelqu'un. Un peu plus tard, d'ici, mettons, une dizaine d'années, quand elle ouvrirait les yeux, ils seraient tous partis et elle pourrait se souvenir de cette journée comme d'un moment agréable. Mais ça ne risquait pas d'arriver et, si elle en jugeait par la moue déterminée de Francesca, autant en venir au fait. Plus vite elle le ferait, plus vite elle pourrait se sortir de ce cauchemar.

— Frannie, de quoi parles-tu donc, bon sang ?

— Papa et maman ont eu un… léger… différend, poursuivit alors Francesca à voix basse.

À la manière dont Francesca courbait les épaules tout en jetant des coups d'œil furtifs alentour, Bobbie Faye concluait que le différend en question n'avait pas dû être *léger*. D'ailleurs, entre sa mère et son père, rien n'avait jamais été léger, même leurs débuts : un couple à la Roméo et Juliette pris dans la discorde entre une famille cajun (Marie) et une famille créole (Emile). Ils étaient immédiatement tombés amoureux l'un de l'autre et avaient déclaré que si on ne leur permettait pas de se marier, ils préféreraient au traditionnel double suicide quelque chose que leurs parents redoutaient bien plus : ils quitteraient l'université de Louisiane pour s'inscrire à celle d'Alabama. (Après un tel ultimatum, le père d'Emile avait failli succomber à une angine de poitrine et avait erré comme un zombie pendant des semaines.) Leur mariage avait scellé une fragile trêve entre deux familles politiquement très impliquées. Le clan cajun, des cultivateurs de riz qui possédaient un moulin, avait enfin pu s'offrir une petite folie, comme d'envoyer Marie au lycée pour qu'elle y devienne une artiste. Quant à la famille d'Emile, officiellement active dans le business des colliers de mardi gras, elle gagnait en réalité son pain à l'ancienne : le crime organisé. Bobbie Faye savait qu'il y avait eu de sales histoires entre les deux clans, quelques générations auparavant, mais tous ceux qui étaient en âge d'en raconter les causes se voyaient affectés d'inexplicables trous de mémoire quand on les questionnait sur le sujet.

— Ils divorcent.

— Tu veux rire ?

— Évidemment que non, dit Francesca d'une voix haut perchée où pointait la détresse. Et c'est vraiment pas sympa de leur part parce que ça me fait faire des cauchemars ; on aurait pu croire que ça les soucierait au moins un peu, mais non, voilà, ils sont séparés : papa d'un côté avec sa radasse et maman avec les diamants. Et voilà que papa a placé un contrat sur la tête de maman pour qu'elle les rapporte. Mais maman s'en bat l'œil et elle va se faire tuer et, *comme tu le sais*, Bobbie Faye, la famille de maman va s'en prendre à papa et ces stupides diamants vont *rayer ma famille de la carte* et…

Maimee l'interrompit :

— Pourrait-on activer un peu la manœuvre ? Il y a des gens qui vont se retrouver en enfer, aujourd'hui, si je ne peux pas me rendre à mon rendez-vous de prière assez tôt. J'ai besoin de ce revolver *maintenant*.

— Vous n'en avez pas *besoin maintenant*. Je suis bien certaine qu'aucun programme de rédemption ne prévoit de mener les pécheurs impénitents à leur Créateur sous la menace, tandis qu'ils supplient pour leur pardon.

— Ça pourrait tout à fait être le cas.

— Oui, bien sûr. Il doit s'agir d'un commandement méconnu qui dirait quelque chose comme : « Tu supporteras en silence. » Avez-vous de la famille que je pourrais contacter pour vous ? des amis ? une unité de soins psychologiques ?

Francesca tapota le bras de Bobbie Faye et se retourna en disant « Ce que… » au moment même où deux hommes, munis chacun d'un pistolet, se précipitaient sur elle.

Elle n'avait aucune arme chargée sous la main. Rien qui pût lui servir. Une alarme interne hurla dans sa tête *oh, merde* sur un mode suraigu. Ses yeux fixaient un homme grand et costaud dont le physique semblait avoir germé dans l'esprit d'un ingénieur un peu trop soucieux de géométrie. Tout en lui était massif et large, jusqu'à ses immenses mains qui devaient pouvoir faire office de pelleteuse. Au niveau des côtes, sous son blazer sport, un holster bosselait légèrement le rectangle par ailleurs impeccable de son torse puissant.

— Je pense que je suis censé descendre quelqu'un aujourd'hui, annonça-t-il en regardant clairement Bobbie Faye. Est-ce que ce serait *vous* ?

Bobbie Faye cligna des yeux :

— Vient-il bien de demander ce que je crois qu'il vient de demander ?

— C'est Mitch Guillory, énonça Francesca, quand Bobbie Faye la regarda pour obtenir une explication.

— Le *petit* Mitchell ?? vérifia Bobbie Faye qui ne parvenait pas à reconnaître dans ce colosse aussi imposant qu'un réfrigérateur, le petit maigrichon que sa mère elle-même comparait à un cure-dents pourvu d'une paire d'yeux.

Puis elle se souvint d'avoir aperçu sa photo anthropométrique au journal télévisé : il avait été blessé à La Nouvelle-Orléans, à l'occasion d'une rixe impliquant le crime organisé.

— Tu n'es pas censé lui tirer dessus tout de suite, rappela l'autre homme à Mitch qui sembla se détendre un peu, sans pour autant que Bobbie Faye quitte son arme des yeux.

— Mais, est-ce que je ne devais pas tirer sur des gens ? insista Mitch.

— Il a un petit problème de mémoire immédiate, expliqua Francesca. C'est parce qu'il s'est fait tirer dessus.

— Je me suis fait tirer dessus ? demanda Mitch en fronçant les sourcils et en se palpant consciencieusement.

— Mais oui… soupira l'autre homme qui manifestement le lui avait déjà expliqué à plusieurs reprises.

Bobbie Faye reconnut aussitôt ce soupir, et cette piqûre de rappel occasionna immédiatement un frisson de dégoût car il s'agissait de Donny, un gars si dénué de virilité qu'à bientôt trente ans il en paraissait toujours quinze. Elle ne l'avait pas revu depuis qu'il était parti pour L.A., pour y faire l'acteur, mais sa carrière avait apparemment connu son apogée à l'occasion d'une publicité pour une crème anti-hémorroïdes. Donny et Mitch étaient tous les deux des cousins de Francesca et on les avait toujours vus traîner dans le coin, à chaque fois que la mère de Francesca l'envoyait passer l'été chez sa grand-mère, à Lake Charles.

— Tu as pris une balle dans la tête, poursuivit Donny à l'intention de Mitch. Tu n'arrêtes pas d'oublier des trucs.

Bobbie Faye se souvenait maintenant que ç'avait été son alibi, ou du moins ce que son avocat lui avait conseillé de dire pour éviter de devoir passer en jugement. Mais, là où il y avait Francesca, Mitch et Donny, Kit ne pouvait être…

— Relis tes instructions, ordonna une voix rauque et sensuelle de fumeuse.

… bien loin derrière.

Kit… Un petit modèle aux cheveux en pétard se cachait derrière la montagne de muscles de Mitch. Bobbie Faye reconnut immédiatement cette beauté qui n'était autre que la petite cousine un peu peste qui leur collait aux basques en permanence. Elle avait toujours été un peu dérangée – du genre à rajouter du fromage dans sa crème glacée, par exemple.

— J'ai tout mis par écrit, exprès pour lui, ajouta-t-elle pour Bobbie Faye. Je suis persuadée qu'il a de l'avenir en tant que tueur à gages. Il fait preuve d'une grande régularité. Il ne nous reste plus qu'à régler son petit problème d'erreur sur la cible.

— Mais… Je croyais que tu étais… conseillère d'orientation… dans l'administration pénitentiaire ? dit Bobbie Faye en éloignant le Glock de Maimee (elle venait de s'apercevoir que la vieille dame avait retiré une pleine boîte de balles des étagères et qu'elle essayait de deviner comment les charger dans son revolver).

— Je me débrouille pas trop mal pour orienter les gens vers les activités pour lesquelles ils montrent des aptitudes.

— Ben oui, pourquoi s'embêter avec des contraintes du genre « activités légales », c'est vrai ça.

— Toi, par exemple, je t'aurais orientée vers la démolition. Tu fais preuve d'incroyables capacités de destruction.

— Eh bien, il va falloir que je remette à jour mon CV.

— Je verrai ce que je peux te trouver, dit Kit qui n'avait pas relevé le ton sarcastique de Bobbie Faye. Bon, en supposant que tu survives, bien sûr.

— *Shhhh*, susurra Francesca à sa cousine avant de se retourner vers Bobbie Faye. Tu vois ? Tu es parfaite pour ce job.

— C'est ça, ouais, quand j'aurai fait tatouer le mot « bécasse » sur mon front.

— Le bruit court que tu sais où trouver les diamants, expliqua Kit. Nous, on aide Francesca à maintenir ses parents en vie. Ce qui veut dire qu'il va falloir que tu nous files un coup de main.

— Vous ne pouvez tout de même pas croire qu'Emile mettrait un contrat sur la tête de Marie ? s'indigna Bobbie Faye. (Tout le monde hocha pourtant la tête, même si Mitch dut observer la réaction des autres avant de calquer sa réponse sur la leur.) Mais c'est n'importe quoi ! Par ailleurs, j'ai des choses à faire. Des papiers à remplir concernant une demande d'aide financière que je dois déposer. Je ne vais pas me mettre à courir après quelque chose, simplement parce que vous débarquez avec une histoire à dormir debout.

Bobbie Faye dut refermer et verrouiller le coffret d'un SIG pour empêcher Maimee de s'en emparer.

— Mais tu représentes notre meilleur espoir ! Tu as sauvé ton frère ! Et ce n'était vraiment pas gagné ! J'ai tout vu aux infos. Et puis, j'ai entendu dire que papa allait envoyer quelques-uns de ses… euh… employés… et, du côté de maman, ils ont dit qu'ils allaient faire la même chose. Et ça ne va faire qu'empirer et des gens vont mourir. Ils sont *tous* persuadés que, puisque tu es la reine des Journées de la Contrebande, tu seras capable de les retrouver.

Le regard médusé de Bobbie Faye se posa un bref instant sur Donny qui se pavanait devant les caméras de sécurité. Francesca n'avait jamais été très heureuse que sa cousine soit la reine officieuse du festival local sur la piraterie, même si elle ne devait son titre qu'à une stricte dévolution héréditaire.

— Mais qu'est-ce que ça a à voir avec vos histoires, bon sang ?

— Tu es cajun. Tu dois bien pouvoir trouver des informations sur maman puisque tous ses amis sont cajuns. À toi, ils te raconteront des trucs qu'ils ne me diraient pas à moi, même si nous sommes cousins.

Et voilà, on y était. En plein dans le mélo auquel elle s'était formellement interdit de penser jusque-là : cette demande avait trait à la famille. La Famille – plus précisément la branche du côté de son père. La vie de la sœur de son père, Marie, était en jeu. Cette tante avait été plutôt chouette avec elle, même si son frère, le père de Bobbie Faye, n'avait jamais voulu la reconnaître – et ç'avait été réciproque, d'ailleurs. À une époque, quand elle était encore enfant, elle avait espéré que ça changerait. Maintenant ? Hors de question. La seule personne à laquelle elle confiait ses histoires de famille était Nina, sa meilleure amie, qui possédait et gérait d'une poigne de fer une agence de mannequins un tantinet sado-maso pas tout à fait recommandable (mais c'était aussi probablement la raison pour laquelle Nina avait tendance à approuver les manières un peu rudes de Bobbie Faye, surtout quand celles-ci devenaient meurtrières).

Les cousins de Francesca… Bon, techniquement, deux d'entre eux se trouvaient également être ses cousins… Voilà qu'ils la regardaient tous avec des yeux remplis d'espoir.

— Peut-être que tu pourrais deviner où maman les a planqués ? demanda Francesca. Parce que tu es carrément dingue et maman aussi, donc vous vous ressemblez beaucoup. Alors tu peux sans doute penser comme elle.

— Ça me fait un peu peur que tu sois dans le commerce.

À cet instant, la vitrine du magasin explosa en mille morceaux et une balle passa juste au-dessus de la tête de Bobbie Faye qui hurla « À terre !! » et s'aplatit elle-même au sol, non sans avoir saisi le Glock posé sur le comptoir ainsi que quelques munitions. Allison et Alicia, les jumelles qui travaillaient à la caisse principale, rassemblèrent le reste des clients pour les mener vers une arrière-salle où il n'y avait ni débris, ni éclats de verre. Les cousins se dispersèrent dans la boutique et Mitch se mit à tirer frénétiquement, manifestement sans bien savoir dans quelle direction viser puisqu'il s'employait – avec un succès certain – à décapiter chacun des dangereux mannequins en Celluloïd alignés dans la section camouflage du magasin.

— Mitch !! hurla Bobbie Faye en voyant une énième tête tomber, mais il ne l'entendit pas.

Une autre balle la frôla pour finir dans les boîtes de poudre à canon qui étaient rangées derrière son comptoir. De la poudre noire se répandit sur le sol et dans ses cheveux.

Génial. Elle avait maintenant des cheveux mal coiffés *et* inflammables – le tout en un seul tir. Nom d'un petit bonhomme ! Elle chargea le Glock et ordonna à Francesca d'appeler la police. Quand elle jeta un coup d'œil par-dessus le comptoir, elle s'avisa que Maimee ne s'était toujours pas couchée sur le sol comme l'avaient fait les autres. Pendant que Mitch continuait à vider son chargeur, d'autres balles fusèrent depuis l'extérieur, et certaines atteignirent les lampes-tempête toutes proches, envoyant voler des morceaux de verre un peu partout.

— Maimee, couchez-vous !!

— J'appelle mes partenaires de prière, annonça Maimee tout en appuyant sur les touches de son téléphone portable. Nous allons nous retrouver ici. Je crois que Dieu essaie de me faire savoir que nous avons tous besoin de Glock identiques.

Bobbie Faye se demanda si Edgar vivrait assez longtemps pour aller voir son épouse dans la jolie cellule capitonnée vers laquelle elle se dirigeait tout droit.

— Le train va empêcher la police de passer ! cria Kit depuis un recoin sûr, proche de la porte, d'où elle pouvait observer l'extérieur.

Il y avait en effet un long convoi ferroviaire qui approchait lentement du quai, à environ un pâté de maisons de l'endroit où était situé le magasin de Ce Ce. Si ce fichu train ne bougeait pas de là, il faudrait une bonne vingtaine de minutes aux forces de l'ordre pour le contourner.

— Frannie, dit Bobbie Faye en empoignant le bras de la jeune femme, dans l'espoir de l'extraire de sa sidération. *Fais sortir les cousins d'ici* et va à la police.

— Pas question. Papa graisse la patte à beaucoup trop de flics. Ils nous ficheraient en taule avant qu'on ait pu aider maman. Il faut d'abord qu'on retrouve les diamants.

— Le FBI… mais Bobbie Faye se tut quand elle vit Francesca qui roulait de grands yeux.

Les activités douteuses de son père l'avaient amené à verser des pots-de-vin, entre autres, à des sénateurs et à Dieu sait qui d'autre.

— Ils ont interrogé maman, mais elle n'avait pas les diamants sur elle, donc elle a dû les cacher. On a entendu dire qu'elle s'apprêtait à les revendre, mais, si elle le fait, papa sera vraiment fou de rage. Il ne nous reste plus que quelques jours, mais on ne sait pas où elle est.

D'autres balles firent exploser les présentoirs vitrés qui tapissaient les murs et envoyèrent valdinguer divers articles disposés sur les gondoles. Bobbie Faye ne parvenait plus à déterminer si les tirs provenaient d'un tireur embusqué à l'extérieur du magasin, de Mitch ou de Donny qui venait de se joindre à la petite fête. Quand Ce Ce reviendrait de sa course, Bobbie Faye espérait que l'une de ces balles aurait fini par atteindre sa cible.

— Et d'ailleurs, qui est le fou furieux qui s'excite là dehors ?

— Peut-être que c'est quelqu'un qui ne veut pas qu'on retrouve les diamants ? hasarda Francesca.

— À vous tous, vous êtes en train de causer plus de dégâts que ne valent ces stupides diamants.

— Il y en a quand même environ une trentaine. Et chacun vaut au moins plusieurs millions.

Ça faisait beaucoup, effectivement. Même pour des diamants. Et Bobbie Faye comprit soudain que, *oui, vraisemblablement, quelqu'un serait prêt à l'éliminer pour un magot de cet ordre.* À vrai dire, il existait même des gens qui l'auraient descendue sans aucun motif, alors, si on mettait ce genre de récompense dans la balance, il y aurait bientôt des pelotons entiers de candidats pour la dégommer.

— Je suis vraiment désolée de te mêler à tout ça, gémit Francesca, qui parvint à faire cesser un instant ses tremblements pour lui montrer une mine sincèrement contrite.

L'aquarium contenant les vairons qui servaient d'appât explosa et l'eau, frétillant de petits poissons, inonda les allées. Depuis l'autre extrémité du magasin, Bobbie Faye entendit un « Ooops » étouffé.

Puis Kit dit :

— Ça va, mon petit Mitch. Tu tires vraiment très bien. Pas un seul poisson n'a pu riposter.

Mais quelle bande d'abrutis… Une véritable moisson miraculeuse de cinglés, là-dedans. Ils étaient en train de détruire le magasin de Ce Ce, ce qui était déjà suffisamment insupportable, mais en plus, elle savait désormais qu'elle allait devoir les aider. Bien qu'elle eût un mal de chien à l'admettre, ils faisaient partie de sa famille. Et quelque chose en elle, une sensibilité bien ancrée sans doute, lui disait qu'elle ne pouvait les laisser se faire tuer sans réagir.

Elle détestait vraiment cette putain de sensibilité.

*

* *

MINISTÈRE DE LA SÉCURITÉ INTÉRIEURE DES ÉTATS-UNIS

Bureau de Jessica Tyler (JT) Ellis

Assistante au sous-secrétaire du sous-secrétaire du secrétaire de l'assistant au ministère de la Défense
Sécurité intérieure
La Nouvelle-Orléans, Louisiane

Réf. : Rapport de suivi
(À classer en notes de terrain, personnel, **exclusivement**)

Articles textiles trouvés sur Marie Despré à saisir pour vérification de leur utilisation éventuelle dans le cadre d'un trafic de diamants. Articles textiles visant, notamment : sacs à main, ceintures, chaussures et accessoires divers. Noter que les autres centres d'intérêt du suspect incluent la sculpture – toutes les pièces identifiées doivent être vérifiées, galeries et collections privées. Diverses agences du pays, dont le FBI, contactées pour assistance.

Affaire # 198733BFS / recherche de diamants   notes de terrain : personnel

16 articles vérifiés
2 vedettes de cinéma menaçant de saisir la justice
5 politiciens dérangés (avec une autre personne que leur conjoint)
3 paparazzis arrêtés, caméras confisquées (contacter le département juridique)

1 agent sur le terrain à Lake Charles
1 femme cajun complètement dingue impliquée (voir ratage total - affaire précédente)

Chapitre quatre

De : Simone
À : JT

Confirmation : fusillade à l'intérieur. Contact visuel par caméra sécurité (téléphone). BF vivante. Des chances de ce côté ?
(envoyé par téléphone portable)

De : JT
À : Simone

Vérification textiles continue. Trois politiciens, deux avec autre personne que conjoint, interrogés. Fouille domicile plusieurs stars cinéma. Un agent mordu par chien.

Encourager BF à travailler pour nous. Moyens nécessaires.
(envoyé par téléphone portable)

L'inspecteur Cameron Moreau se cala dans le fauteuil du cagibi qu'il occupait dans le minuscule bâtiment de la police d'État. Il étira son mètre quatre-vingt-quinze, posa ses bottes de cow-boy sur son bureau et croisa les bras en contemplant le dossier qu'il avait devant lui : le meurtre d'un bijoutier de Lake Charles, connu pour ne négocier que de la joaillerie de grand luxe, pour des clients de très haut vol.

Le mode d'action du meurtrier et le manque absolu d'éléments qu'avait pu fournir le médecin légiste dénotaient clairement qu'il ne s'agissait pas d'un travail d'amateur, et la police ne disposait pratiquement d'aucune piste (chose qu'ils étaient parvenus à dissimuler aux médias, pour une fois). Quelque chose dans la méthode d'exécution le gênait, mais cela faisait maintenant plusieurs jours qu'il y réfléchissait, durant les rares moments de calme que lui laissait son job, et il ne parvenait toujours pas à déterminer ce qui le tarabustait.

Le fait que les agents du FBI s'étaient précipités sur l'affaire comme une nuée de moustiques ne l'aidait pas vraiment, car ils traquaient le moindre indice et questionnaient ses actions les plus anodines, sans jamais partager leurs informations. Qu'ils aillent au diable ! Il en avait déjà marre de cette affaire. De toute façon, les gars du FBI ne lui diraient rien sur ce qui, de leur point de vue, rendait ce bijoutier si intéressant. En temps normal, il se serait contenté de remiser discrètement le dossier en ne coopérant avec eux que s'ils appelaient… Oui, mais cette fois-ci, le *modus operandi* le mettait mal à l'aise.

À vrai dire, il se sentait inquiet depuis son réveil. Certaines personnes peuvent prédire qu'il va pleuvoir parce que leurs articulations les font souffrir. Eh bien Cam prédisait qu'un cataclysme se préparait. C'était peut-être tout simplement parce qu'il était sorti trop longtemps avec Bobbie Faye. Ou alors, parce que durant toutes les années qui avaient précédé cette relation, ils avaient été les meilleurs amis du monde. Il avait eu plus que sa dose des désastres qu'elle avait engendrés, et cette expérience l'avait rendu extrêmement sensible à tout signe de catastrophe se profilant à l'horizon et s'orientant dans sa direction. Pour l'heure, il suivait la piste d'un tireur sans aucun indice, il avait tellement d'agents du FBI sur le dos que ces connards auraient dû obtenir un diplôme de kiné… et la migraine qui lui broyait les tempes ne s'arrangeait pas.

Soudain, le niveau d'activité du poste lui sembla s'intensifier. Les voix des flics qui lui parvenaient paraissaient plus excitées.

Jason, l'un des officiers affectés au centre de radiotélécommunications, se précipita dans le couloir et passa la tête par l'entrebâillement de la porte du bureau de Cam :

— Tu es au courant pour la fusillade, chez Ce Ce ?

Un afflux d'adrénaline vint percuter sa colonne vertébrale. Enfer et damnation !

Il ravala sa question (*Est-ce que Bobbie Faye est indemne ?*). De toute façon, ça n'était plus son affaire. Ils s'étaient séparés, il y avait de cela un an, et elle avait été plus que claire quant au peu d'intérêt qu'elle lui portait désormais. Elle n'avait pas besoin de lui et ne voulait pas de son aide. Et elle s'emportait contre lui dès qu'il essayait de lui dire comment il fallait agir, bien qu'il fût animé des meilleures intentions. C'était d'ailleurs très bien ainsi. Mieux que très bien. Maintenant, il sortait avec Winna, une institutrice très douce et très jolie. Quelqu'un de gentil qui ne mettait pas la moitié de l'État à feu et à sang. Une femme qui l'appelait et lui demandait conseil pour tout, depuis les voitures jusqu'à ses choix professionnels. Elle était calme. Normale. Merci mon Dieu !

Voyant que Cam ne réagissait pas, Jason continua sa course dans le couloir et Cam recommença à respirer. Il en avait fini avec Bobbie Faye. Quelqu'un d'autre devrait s'occuper des cataclysmes qu'elle causait.

Son téléphone sonna et il saisit le combiné. L'un de ses indics lui avait promis des infos sur le meurtrier du joaillier. Mais, au lieu de la voix du type en question, Cam entendit une fusillade et des vitres qui se brisaient. Puis, Bobbie Faye, aussi calmement que si elle était en train de lui commander une pizza, dit :

— Hum, Cam ? Penses-tu que tu pourrais passer prendre Stacey au centre de loisirs et la ramener chez ta mère ? Il faut que je règle un problème ici. Je ne pense pas pouvoir y être à temps.

— Mais qu'est-ce qui se passe, bon sang ?

— Oh, juste un léger désaccord. Pas le temps de t'expliquer. Écoute, tu as dit que j'aurais dû te demander de m'aider la dernière fois, alors c'est ce que je fais maintenant. C'est important parce que ça concerne Stacey et... Hé !

Elle cria sur quelqu'un qui se trouvait dans le magasin. Le tonnerre des tirs s'amplifia et les cris redoublèrent.

— Bobbie Faye ! hurla Cam. Qu'est-ce…

— Ce n'est pas ma faute, répliqua-t-elle avant qu'il ait pu finir sa phrase. Écoute, tu pourras me faire la morale une autre fois, OK ?

— J'arrive.

— Mais non, putain !! Va juste chercher Stacey !

Elle raccrocha, mais pas avant qu'il ait entendu le bruit d'un mitraillage intensif qui se rapprochait et auquel Bobbie Faye semblait répondre. Et voilà, il était fait comme un rat.

Putain de bordel de merde ! pourquoi ne pouvait-elle pas se contenter de vapeurs mensuelles, comme les autres nanas ?

De : Simone
À : JT

Merde. Tireur embusqué. PAS DES NÔTRES. Semble en avoir après BF.
(envoyé par téléphone portable)

De : JT
À : Simone

M'en occupe et demande renforts. Envoyer coordonnées.
(envoyé par téléphone portable)

— Cessez le feu, bordel !! hurla Bobbie Faye en essayant de couvrir la cacophonie de la fusillade.

Elle aurait voulu expliquer à Cam ce qui se passait, mais il n'aurait jamais pu croire qu'elle n'en était pas responsable. En plus, franchement, elle ne souhaitait pas voir la moitié de sa famille derrière les barreaux, pendant qu'elle tenterait de résoudre le problème. Or, connaissant Cam, c'est exactement ce qui se passerait si elle lui racontait quoi que ce fût. Il avait la très désagréable habitude d'être avant tout un flic. Elle avait besoin d'un peu de temps pour retrouver ces diamants. Elle n'avait pas la moindre idée de l'endroit où Marie avait pu les planquer, mais elle savait que la mère de Francesca aimait son confort, et plusieurs membres de la famille pouvaient tout à fait l'avoir hébergée. Il faudrait aussi qu'elle enquête sur son activité professionnelle, qu'elle interroge ses amis. Même si pour cela elle devait mettre sens dessus dessous l'État tout entier, Bobbie Faye allait retrouver ces fichus cailloux et s'en servir pour salement remonter les bretelles à certains de ses proches.

Des sirènes hurlèrent au loin et elle se faufila jusqu'à une vitrine latérale qui jouxtait l'extrémité de la section matériel de camping : le train n'avait pas bougé d'un pouce et empêchait toujours la police d'approcher. Une autre balle siffla dans l'entrée.

Elle allait devoir passer par le porche situé sur le côté du bâtiment pour rejoindre sa voiture. Elle empoigna son sac à main et y fourra le Glock bien chargé. Elle mit ensuite dans sa poche les clés des coffrets d'armes, au cas où Maimee déciderait que Dieu était suffisamment miséricordieux pour lui accorder d'office un sauf-conduit hors de l'enfer, dans l'hypothèse où elle libérerait accidentellement une autre arme de son coffret.

— Allez, on y va, lança Bobbie Faye aux cousins, tout en les guidant vers la sortie latérale, pendant que Francesca expliquait une fois encore à Mitch que, non, il n'était plus nécessaire qu'il tire. Pour le moment.

De : Simone
À : JT

Ils sortent. Porte latérale. Moyens nécessaires mis en œuvre.

(envoyé par téléphone portable)

Cam hurla ses instructions tout en se précipitant hors du commissariat. De toute façon, même s'il n'avait pas été l'inspecteur de garde, le planton l'aurait averti. Il s'était fait des illusions en pensant qu'il pourrait échapper à la folie destructrice de Bobbie

Faye. Si elle n'était pas déjà morte, il était possible qu'il la tue lui-même.

Tout en se dirigeant vers sa voiture, Cam sortit de son portefeuille la carte de visite de Trevor Dumasse. Il s'agissait de l'agent du FBI qui avait été impliqué dans la dernière catastrophe que Bobbie Faye avait déchaînée. Un salopard qui s'était montré incroyablement possessif à l'égard de Bobbie Faye, quand Cam avait fini par les dénicher, après une invraisemblable course-poursuite. Ce n'est pas que ça le dérangeait si Trevor était attiré par Bobbie Faye, non. Mais Cam avait appris que l'homme faisait partie des commandos d'opérations spéciales avant de rejoindre le FBI, et que la majeure partie de son dossier était classée top secret. Certes, il s'était révélé plus qu'efficace lorsque le frère de Bobbie Faye avait été kidnappé, mais quand même... Le fait d'avoir été commando en Afghanistan, en Syrie et Dieu sait où, signifiait, selon toute probabilité, que Trevor avait plusieurs morts sur la conscience. Des exécutions stratégiques, d'accord... Mais des exécutions *volontaires*... Ça devait forcément transformer un homme. Ça devait sacrément l'endurcir. D'ailleurs, selon la rumeur, quand il agissait dans la clandestinité, Trevor ne voyait aucun inconvénient à manipuler n'importe qui pour obtenir ce qu'il voulait. Ça faisait partie du job. Et ses états de service indiquaient qu'il était extraordinairement doué pour ça.

Trevor avait demandé à Cam de le contacter si Bobbie Faye avait le moindre ennui pendant son séjour à Quantico, où il devait gérer les suites du kidnapping de Roy. Cam ne savait pas très bien pourquoi il hésitait à l'appeler, mais il finit par se décider : il remit la carte de visite dans son portefeuille et se hâta vers sa voiture.

Bobbie Faye ouvrit la porte sur un magnifique soleil estival et sentit immédiatement la sueur couler le long de sa nuque, sous son épaisse chevelure. Elle n'avait pas fait trois pas qu'elle heurta un gars qui tournait au coin du bâtiment et venait apparemment de la cafétéria voisine du magasin de Ce Ce. Spontanément, elle resta sur ses gardes en se demandant s'il s'agissait de l'abruti qui avait déclenché la fusillade, mais il ne semblait pas armé et, curieusement, elle continuait à entendre des échanges de tirs à l'intérieur du magasin. Le type du parking semblait donc bien avoir l'intention d'atteindre la Harley noire rutilante qui l'attendait à quelques mètres de là. Cela dit, en y repensant, elle avait bien l'impression qu'il avait fait… un détour… pour venir la percuter ainsi.

Mon Dieu, était-ce de la paranoïa ?

Avec ses bottes de moto élimées, il faisait plus d'un mètre quatre-vingt-cinq. Il portait une casquette de base-ball bien enfoncée sur des cheveux bruns qu'il avait noués en queue de cheval. Il avait aussi une moustache et un bouc, mais, surtout, le regard de Bobbie Faye avait été attiré par ses bras incroyablement bronzés et musclés, recouverts de tatouages et de cicatrices. Tandis qu'elle faisait un écart pour s'éloigner de lui, elle n'avait pu s'empêcher de repérer divers autres détails carrément séduisants, tels une ceinture abdominale impeccable et un postérieur à se damner. Quelque chose d'évanescent, une odeur peut-être, avait aussi alerté ses hormones, lesquelles rétropédalèrent avec une exclamation de ravissement, tandis que son corps s'immobilisait sous l'effet d'une intense bouffée de chaleur. C'était d'ailleurs bizarre, parce que la dernière fois que ça lui était arrivé, c'était quand Trevor… *Dieu du ciel !*

Trevor était là. En opération clandestine.

Elle vacilla en saisissant l'expression de ses yeux qui lui intimaient de ne pas laisser paraître qu'elle le connaissait et il posa immédiatement les mains sur sa taille comme pour l'empêcher de s'étaler de tout son long sur le parking. Et ces mains-là étaient siiiiiii… *Mon Dieu, merci de m'aimer un petit peu.* Trevor glissa imperceptiblement sa main droite sous l'ourlet de la chemise de Bobbie Faye, et elle en était à envisager de substituer *beaucoup* à *un petit peu*, quand elle sentit qu'il fixait une sorte de pansement juste au-dessus de la ceinture de son jean. L'espace d'une seconde, elle revécut toutes ces conversations brûlantes, presque érotiques, qu'ils avaient eues pendant qu'il se trouvait à Quantico, après le kidnapping de Roy. Elle dut lutter pour ne pas lui sauter au cou et enrouler ses jambes autour de sa taille. Il est vrai que ça aurait sans doute pu écorner sa couverture. Quelle pro elle faisait tout de même !

— Espèce de connard, enlève tes mains de là ! rouspéta-t-elle à l'intention de Francesca, alors que celle-ci accourait avec le reste de la cousinade.

Bobbie Faye s'écarta de Trevor en repoussant son magnifique biceps (elle estimait avoir droit à au moins un Oscar pour s'être retenue de le lécher sauvagement).

— Dis donc, poufiasse, c'est toi qui m'es tombée dessus. *Regarde donc où tu mets les pieds.*

Il la repoussa, enfourcha sa moto et fit vrombir son moteur… mais il s'attarda un instant, en donnant l'impression de vérifier les cadrans de son engin. Il semblait à Bobbie Faye que la dernière phrase qu'il avait prononcée avait été dite sur un ton un peu *appuyé*. Elle pivota pour vérifier les environs et voir si Trevor n'avait pas ainsi cherché à la prévenir d'un danger imminent. Le sifflement du train déchira le ronronnement ordinaire des embouteillages matinaux et elle poursuivit sa course vers sa Honda Civic – sa pauvre vieille voiture, usée, rendue, rouillée, qui venait d'afficher les 390 000 kilomètres au compteur. Bobbie Faye jeta encore un petit coup d'œil derrière elle, tandis que Trevor sortait une flasque et consultait avec ostentation une sorte de carte, bien que, depuis cet angle, il lui semblât plutôt qu'il la regardait. Hormis l'impression menaçante que suscitait son apparence de *biker*, tout semblait normal dans cette ruelle bordée d'arbres.

Bon, si l'on exceptait ce van blanc, qui la turlupinait un peu.

Celui-ci s'arrêta et sa porte latérale s'ouvrit tandis que des mains en sortaient pour la saisir et l'attirer brutalement à l'intérieur. Quelqu'un lui plaça aussitôt un sac sur la tête.

Chapitre cinq

De : Simone
À : JT

Merde. BF enlevée dans rue. Autre acteur. Audio indisponible. Visuel sur van. Envoi de plaque immatriculation... maintenant.
(envoyé par téléphone portable)

De : JT
À : Simone

Où est Trevor ?
(envoyé par téléphone portable)

De : Simone
À : JT

Il suit.
(envoyé par téléphone portable)

De : JT
À : Simone

Sait-il que tu es là ?
(envoyé par téléphone portable)

De : Simone
À : JT

NSP.
(envoyé par téléphone portable)

Sacré bon sang, quelqu'un venait de la kidnapper. Était-ce le chocolat qui lui donnait des hallucinations ? Pouvait-il s'agir des séquelles tardives des orgies de M&M qu'elle s'était offertes en CM2 ? Parce que vraiment…

L'un de ses ravisseurs lui tordit le bras derrière le dos pour la maintenir en place, tandis que la porte du van se refermait en coulissant et que le véhicule prenait de la vitesse… sans trop se presser.

— Ta *famiglia*, Bobbie Faye, elle cherche à te faire touer, *si* ? demanda une voix masculine teintée d'un fort accent italien.

— Écoutez, si Roy vous doit de l'argent, je ne…

— Ça n'a rien à voir avec ton frère, l'interrompit une voix lugubre et rocailleuse, sur sa gauche.

À la suite de l'enlèvement de Roy et de l'intérêt médiatique qu'avait suscité la façon dont elle l'avait sauvé, un certain nombre de personnes avaient refait surface pour tenter de l'obliger à payer les dettes de son frère. (Quelques maris ou petits amis des femmes qu'il fréquentait avaient par ailleurs manifesté leur intention de lui refaire le portrait.) Elle avait fini par tellement s'habituer à ce genre de visites-surprises que toute émotion s'apparentant à la crainte roupillait désormais dans une arrière-salle de son cerveau.

Le Rocailleux lui enfonça le canon d'une arme dans le flanc. La Crainte était maintenant parfaitement éveillée et elle s'employait à botter le cul de ses abrutis d'acolytes, Détale et Hurle, qui peinaient manifestement à assumer leur rôle.

Le van tourna vers la droite. *Huh ?* Elle était pourtant persuadée que la rue dans laquelle ils venaient de s'engager n'était pas le plus court chemin pour s'éloigner de la ville. On aurait dit… qu'ils faisaient le tour du pâté de maisons.

— *No*, il ne s'agit pas dé *vostro fratello* – ah, votre frère, *no*. Il s'agit des *diamante*, précisa l'Italien.

— Les diamants ? s'étonna Bobbie Faye (qui nota que le van venait de prendre encore à droite), sans cesser de se débattre pour se libérer de l'emprise du connard qui lui maintenait le bras derrière le dos. C'est une blague, n'est-ce pas ?

Ça ne faisait pas plus d'un quart d'heure qu'elle avait accepté d'aider Francesca et voilà que sa décision de porter secours à sa famille lui valait déjà de tutoyer la mort.

— On sait que ta débile de cousine t'a demandé de l'aider à retrouver ces diamants, expliqua le Rocailleux. Et nous, on est là pour te dire que tu ne veux *pas* les retrouver.

— Bah, si vous me connaissez si bien que ça, vous savez donc que j'adore qu'un gros baraqué vienne me dicter ce que j'ai à faire, ironisa-t-elle, tout en jouant des jambes pour se dégager.

Quelqu'un s'assit sur ses jambes pendant que le type dans son dos lui tordait le bras de plus belle. Merde, elle allait être couverte de bleus.

— *Magnifico*, se réjouit l'Italien auquel la traduction n'avait manifestement pas permis de saisir toutes les subtilités de la réponse de Bobbie Faye. Dites à la fille que vous êtes… finie… *si* ? Que vous ne pas vouloir l'aider !

Il n'en pouvait plus de bonheur apparemment. L'idiot.

— Je le lui répète depuis le collège. Mais dans la famille, l'obstination c'est un peu nos Jeux olympiques à nous.

— Mais nous, on est encore meilleurs à ce jeu-là, commenta alors le Rocailleux. On représente les acheteurs. Les diamants nous appartiennent et tout est dit, OK ? Tu veux t'y opposer ? T'es morte. Alors, fais comme tu veux, attrape la grippe, mais convaincs-la que ce n'est pas ton problème.

— Mon Dieu, plus nous parlons et plus je me sens mal.

— Bonne fille, ponctua le Rocailleux qu'elle eut bien envie de buter *illico* pour ce commentaire.

C'était quoi leur problème à tous ? Elle n'avait plus douze ans, mince.

— Bon, sans vouloir transformer notre petite entrevue en psy-show, j'aimerais tout de même bien savoir pourquoi vous m'avez kidnappée pour me dire de ne pas retrouver les diamants, vu que vous m'aviez déjà envoyé un sniper pour m'éliminer.

Il y eut un instant d'hésitation avant que l'Italien réponde :

— Ah, *si*, le… sniperrr… Il est bon, *no* ?

— Non, rétorqua-t-elle sans ambages, en prenant soudain conscience de ce qui l'avait gênée à propos des tirs en direction du magasin de Ce Ce (hormis, bien entendu, le désagrément d'en avoir été la cible). En fait, il est plutôt nase. Il aurait facilement pu me tuer pourtant.

Le van tourna une fois de plus sur la droite, ce qui, d'après ses calculs, signifiait… Il devenait de plus en plus évident que sa boîte crânienne n'était plus étanche et que son cerveau avait des fuites parce que… Bon sang ! Ils avaient fait le tour du pâté de maisons ou quoi ?

— L'acheteur, poursuivit l'Italien, il ne pas vouloir touer vous. Première chance.

— C'est un avertissement, renchérit le Rocailleux. Tu as droit à un avertissement. Ils ne sont pas sans pitié.

— Bah, à ce que je vois, il est évident qu'ils sont pratiquement dans la course pour l'attribution du prix Nobel de la paix.

— *Ils* peuvent ne pas se montrer sans pitié, précisa le Rocailleux en ricanant. Mais ce n'est pas mon cas. Si tu n'obéis pas, on commencera à tuer ta famille.

Le van stoppa brutalement et ils la poussèrent dehors en lui laissant le sac sur la tête. Elle se débattit un moment pour s'en défaire ; quand elle eut réussi, elle constata qu'elle se trouvait à peu près à l'endroit où ils l'avaient enlevée. Sa joyeuse bande de cousins dégénérés se gara juste à côté dans un Hummer jaune étincelant dont l'éclat l'éblouit un peu. Ce n'était pas exactement ce qu'il y avait de plus discret pour retrouver des millions en diamants et filer des kidnappeurs.

Bah, elle avait sans doute de la chance que Francesca n'y ait pas rajouté des paillettes.

Bobbie Faye jeta un coup d'œil vers l'endroit où s'était tenu Trevor, mais il n'était plus là. Elle tâcha de cacher sa déception et scanna discrètement les environs au cas où, tout en se dirigeant vers sa voiture. En chemin, elle dut faire un écart pour éviter un 4×4 noir et se rendit compte – trop tard – que celui-ci venait en fait vers elle. Elle vit la portière s'ouvrir, mais la pénombre qui régnait à l'intérieur du véhicule dissimulait les visages de ceux qui s'y trouvaient. Elle pivota aussitôt pour s'enfuir parce que, deux fois dans la même journée…

Mais quelque chose de léger et de doux vint recouvrir sa tête et quelqu'un l'attira en arrière. Elle heurta l'encadrement de la portière pendant qu'une paire de bras la hissait sur le siège arrière. Avant même de comprendre ce qui se passait, elle sentit qu'on lui ligotait les poignets dans le dos au moyen d'une attache en plastique.

Elle commençait à percevoir une certaine récurrence dans tout ça.

De : Simone
À : JT

On l'a.
(envoyé par téléphone portable)

— Bobbie Faye… susurra une suave voix féminine, presque aussi douce que le tissu qui recouvrait son visage. Nous savons que votre cousine a prévu de vous demander de l'aide pour retrouver les diamants.

— Doux Jésus… Francesca a fait paraître une annonce dans les journaux ou quoi ?

Elle eut l'impression que la voiture roulait lentement et tournait vers la droite.

— Presque. Elle a fait savoir qu'elle considérait que vous étiez la réponse à ses problèmes.

Super. Tout bonnement super.

— Laissez-moi deviner… Vous ne voulez pas que je retrouve les diamants, vous non plus.

Il y eut un infime silence et la femme gloussa :

— C'est donc ce que le précédent groupe voulait, alors. C'est bien qu'ils vous aient laissé la vie sauve !

— Ouais, c'est la partie que j'ai préférée moi aussi.

— Eh bien, maintenant, vous allez retrouver les diamants et nous les apporter. À nous et à personne d'autre. Ou votre vie, comme vous l'imaginez, se terminera là.

— Mais vous êtes *qui*, putain ?

Encore un virage à droite. Et puis flûte, qu'est-ce qu'ils avaient tous ? Est-ce qu'ils faisaient eux aussi le tour du pâté de maisons ? Qui aurait pu croire que la porte de sortie latérale du magasin conduisait tout droit au triangle des bermudes du pays des Kidnappeurs ?

— Nous sommes ceux qui peuvent vous priver de la moindre des choses que vous ayez jamais possédées, aimées ou voulues, répondit Suave d'un ton anodin.

— Est-ce que je peux garder ma *lava lamp* ? Parce que j'adore vraiment cette lampe ? crâna-t-elle avant de sentir un revolver contre ses côtes. C'est bon, d'accord, prenez-la.

Bon, au moins, ils ne voulaient pas qu'elle meure. C'était déjà ça. Ils pouvaient bien garder la lampe.

Quelqu'un la frappa sur le côté de la tête. Quand ils la repoussèrent vers le dossier du siège, elle aurait pu jurer qu'une bosse était en train d'éclore sur sa tempe. Quelque chose de collant goutta sur son menton et elle se dit que le coup avait dû lui ouvrir le front. Il fallait qu'elle apprenne à ne plus défier les cinglés qui portaient une arme.

— Voilà comment nous allons procéder, dit Suave. Vous allez retrouver les diamants et nous les donner. À ce stade, si vous vous êtes montrée vraiment bonne fille et que vous ne m'ayez pas énervée, nous vous octroierons une commission. Une commission très généreuse qui devrait vous permettre de gérer les crétins qui viennent de menacer votre famille.

— Ben voyooooons. Et quelque chose me dit que je recevrai en plus un assortiment gratuit de couteaux de boucher. (Bon, elle n'avait pas réussi bien longtemps à la fermer. Il allait vraiment falloir qu'elle s'entraîne, pensa-t-elle, alors que quelqu'un la frappait une nouvelle fois. Au même endroit.) C'est bon, là !!!

— Vous n'avez pas vraiment le choix, dit la femme avec mansuétude. Je vous assure que vous ne voulez pas me voir de mauvaise humeur. Nous vous aurons à l'œil, Bobbie Faye.

Quelqu'un coupa le lien qui retenait ses poignets et la berline stoppa brutalement. *Bis repetita*... La portière s'ouvrit et on la jeta sur le trottoir. Bobbie Faye arracha de sa tête ce qui était en fait une taie d'oreiller (très jolie et d'excellente qualité), et regarda le véhicule qui s'éloignait à vive allure, dans la même direction que le van. Elle balaya encore des yeux les environs et, cette fois, Trevor se trouvait de l'autre côté de la rue, sur sa moto, après avoir apparemment suivi la voiture noire autour du pâté de maisons. Il y avait quelque chose d'incroyablement *furieux* dans la tension qui émanait de lui, et ce, malgré le visage impassible qu'il affichait.

Elle passa la main sous sa chemise et sentit le petit « pansement » que Trevor avait collé sur sa peau. Dans l'hypothèse peu probable où il s'agirait d'un émetteur, elle tourna le dos à Francesca et aux cousins qui la regardaient avec de grands yeux ébahis, depuis leur Hummer :

— Bienvenue dans le monde de Bobbie Faye où l'on ne facture aucun supplément pour les dingos que vous pouvez y rencontrer, dit-elle.

Il ébaucha un sourire, confirmant ainsi qu'il l'avait entendue. Le soulagement qui l'envahit alors qu'elle se retournait vers sa vieille bagnole cabossée était palpable. Il était *là*. Elle ne savait ni comment, ni pourquoi. Il lui avait manqué, de même que leur marivaudage. Le souvenir de sa voix qui la berçait jusqu'à ce que le calme et le sommeil la gagnent l'inonda. C'est la raison pour laquelle elle ne prêta aucune attention à la grosse camionnette qui ralentit près d'elle. *Non, pas encore... pas dans cette vie-ci.* La portière arrière s'ouvrit. Elle essaya de s'enfuir, mais tout alla si vite. Elle trébucha en lâchant son sac à main et tomba directement entre leurs griffes.

Elle avait toujours eu le sens du rythme.

Quand Bobbie Faye disparut à l'arrière de la camionnette, un sentiment de fureur envahit Trevor, grondant en lui aussi puissamment que le moteur de sa Harley. Toute cette fichue histoire n'aurait jamais dû arriver. L'Agence aurait dû le prévenir beaucoup plus tôt. Si le nom de Bobbie Faye ne s'était pas affiché sur l'écran radar de ses propres contacts, il n'aurait jamais su qu'il fallait qu'il revienne. Quand il avait débarqué, il était déjà trop tard pour endiguer le flot, et il ne lui restait donc plus que l'option n° 2 : l'infiltration. La laisser se faire manipuler comme un appât et tâcher d'éviter que les maladresses de l'Agence ne mettent sa vie en danger.

Il mit sa rage de côté. La colère était un luxe qui n'avait aucune place dans le cadre d'une mission, même si la bande de la camionnette n'avait jamais fait partie des images radar que lui avait transmises l'Agence. Pour le premier enlèvement, pas de problème. C'étaient eux, la cible (stopper les acheteurs). Il avait eu vent du deuxième kidnapping et il avait désormais ses propres soupçons. Mais du troisième, il n'avait vraiment rien su. Du moins, rien n'avait filtré des renseignements qu'on lui avait donnés et, pourtant, son accréditation en la matière n'avait pas beaucoup de limites. Ce qui signifiait soit que l'Agence s'était fait surprendre, soit que quelqu'un ne jouait pas le jeu. Trevor ne savait pas ce qui était le pire : que Bobbie Faye se trouve dans une situation aussi difficile ou qu'elle n'en ait pas la moindre idée.

Il connaissait des centaines de façon de tuer et, au rythme auquel pleuvaient les menaces à l'encontre de Bobbie Faye, il se pourrait bien qu'il doive recourir à chacune d'elles. Aucun problème, si ça pouvait la maintenir en vie. Le mieux aurait encore été de mettre tous ces connards dans une seule pièce et de la laisser s'en occuper. Ça leur aurait donné une bonne leçon.

Il augmenta le volume de son oreillette et entendit Bobbie Faye... Plutôt, il perçut un... grondement... régulier. Elle avait deviné qu'il lui avait collé un émetteur sur la peau. Elle était en train de lui faire savoir qu'elle n'était pas en mesure de parler.

— On va vous fouiller pour des micros éventuels, chère madame, dit une étrange voix à l'accent irlandais dans son oreillette.

Les enfoirés. Il se rapprocha de la camionnette. Et souffla. Il envisagea ses différentes options en repoussant les émotions qui l'assaillaient. Deux de ses hommes étaient en place dans le parking vide où ils « réparaient » une vieille bagnole. Leurs iPod étaient directement reliés à un émetteur qu'il portait sur lui et qu'il pouvait actionner pour les alerter. Il tourna dans une rue adjacente afin de pouvoir dépasser la camionnette sans se faire repérer et revenir vers elle en l'approchant de face. Il voulait avoir un bon aperçu de son conducteur.

Ils l'avaient *bâillonnée.* Elle avait mal lu son horoscope ou quoi ? Aujourd'hui, 100 % de chances de se faire enlever, avec une probabilité raisonnable d'hématomes et de ligotage de mains en matinée.

Ça commençait à bien faire, là. Quand tout cela serait fini, en supposant qu'elle y survive (elle allait se laisser aller à cet agréable fantasme pour le moment), elle reprendrait les cours de karaté et obtiendrait cette ceinture noire dont elle avait rêvé. (Bon, il y avait bien ce léger problème de professeur qui ne voulait plus la revoir dans son dojo depuis qu'elle lui avait accidentellement brisé le nez, l'année précédente, et celui du prof de judo qui avait fait une poussée d'urticaire quand elle avait essayé de s'inscrire à son cours. Il existait peut-être quelque part un prof de jiu-jitsu qui n'avait pas encore entendu parler d'elle. Mais, Dieu lui en était témoin, elle allait suivre un cours de quelque chose.)

Elle examina la main du connard qui serrait son bras : il lui manquait deux doigts. Le type qui semblait être le chef était à genoux devant elle et la fouillait. Il portait un SIG dans un holster placé sous l'aisselle, un revolver plus petit dans un étui fixé sur la cheville et un troisième à la taille. Pour faire bonne mesure, il avait également glissé un poignard KaBar dans sa ceinture. Il ne lui manquait plus qu'un bazooka en bandoulière (quelle négligence !). Il affichait l'expression détendue d'omnipotence à laquelle se laissent parfois aller les gens persuadés qu'ils peuvent aussi facilement prendre une vie que la préserver. Elle avait déjà pu observer ce genre d'attitude chez Alex, l'un de ses ex, qui s'était révélé être beaucoup plus qu'un mauvais garçon un peu rebelle (c'était en fait un criminel notoire et un trafiquant d'armes). Dieu du ciel ! il faudrait qu'elle trouve un médicament contre les affections cardiaques du genre « Histoires d'amour avec le pire des mecs possible ». Autant en profiter pour se faire prescrire un remède contre les rechutes du type « Mauvais endroit, mauvais moment ». Mieux valait qu'elle prévoie une double dose de chaque.

— C'est bon, elle est OK, dit le patron irlandais.

Elle lui lança un regard furieux pour dissimuler son soulagement qu'il n'ait pas découvert le petit micro qu'elle portait. Il la regarda à son tour avec une intensité qui agit comme un acide sur ses nerfs déjà à vif.

— On dirait que vous avez beaucoup d'amis aujourd'hui. Maintenant, vous allez suivre mes instructions, ou alors vous mourrez. Vous comprenez bien ce que je veux dire ? Hochez la tête si c'est le cas.

Elle hocha donc la tête tout en notant qu'ils venaient de tourner à droite. Le Syndicat des Kidnappeurs devait avoir imposé une taxe sur le kilométrage.

— Je crois que le train va bientôt repartir, chef, dit un gars fluet aux épaules affaissées, depuis le siège du passager, à l'avant. Les flics sont de l'autre côté.

Le chef poursuivit néanmoins, sans que cette remarque parût le préoccuper :

— On a vu les deux autres groupes. On avait l'intention de vous rencontrer les premiers, mais il y a toujours un avantage à laisser faire les amateurs. J'imagine qu'ils se sont montrés plutôt explicites quant au fait que vous deviez retrouver les diamants et les leur apporter.

Elle hocha une nouvelle fois la tête.

— Ah, oui, on pouvait s'en douter. Je suis certain qu'ils ont par ailleurs formulé des menaces assez précises contre vous ou votre famille, au cas où vous ne vous conformeriez pas à leurs exigences.

Elle opina encore, alors que la camionnette effectuait un nouveau virage vers la droite. Le bruit d'une moto se fit plus précis. Trevor avait dû s'arranger pour dépasser le véhicule et venir à sa rencontre. Pendant quelques secondes, elle crut qu'il allait lancer sa moto sur la camionnette, mais il tourna dans une allée, comme s'il rentrait chez lui.

— Bien, très bien, continua le chef. Toutefois, vous devez savoir que ces gens ne sont que des… électrons libres locaux. Ils ne font pas vraiment le poids, et chacun de ces groupes pourrait facilement être acheté, au cas où vous souhaiteriez écarter leurs menaces. (Bon, la situation n'avait pas l'air si pourrie que ça, finalement.) Pour ma part, je ne suis absolument pas achetable. Et je vais m'emparer de ces diamants, *àlainn*[1], ou beaucoup de gens vont mourir.

Puis, il se pencha vers elle et ajouta :

— Et je ferai en sorte que le monde entier sache qu'ils sont morts à cause de vous. Est-ce que vous me comprenez ? Vous pouvez hocher la tête.

Sa voix était grave et douce et les pointes d'accent irlandais qui teintaient ses paroles leur conféraient juste assez de légèreté pour indiquer qu'une pincée d'humour assaisonnait avec subtilité ses visées meurtrières de psychotique. Oh, quelle chance, un assassin *joyeux* ! Ça valait toujours mieux qu'un modèle plus grincheux.

Elle hocha une dernière fois la tête comme pour marquer le tournant sur la droite qu'était en train de prendre la camionnette.

— Excellent. Vous retrouvez les diamants et vous m'attendez. N'oubliez pas que je sais exactement ce qu'ils représentent, ce qu'ils valent et combien il y en a. Vous n'aurez pas la possibilité de me tromper, alors n'essayez même pas. Vous n'êtes pas assez fine pour ça.

Elle serra les dents, mais ne bougea pas la tête. *Pas assez fine. Pauvre nase, je vais te montrer, moi !* C'est alors qu'il sortit son couteau de son étui et s'employa à découper le devant de sa chemise.

— Je peux te retrouver quand je veux, *àlainn*, tu comprends ça ?

---

1. *Àlainn* est un mot gaélique irlandais ancien qui peut se traduire par « ma belle » (NdT).

Chapitre six

Trevor gardait un œil sur la petite merveille électronique qui lui servait d'écran de contrôle. Quiconque passant par là n'y aurait vu qu'un téléphone portable high-tech, mais, fort heureusement, ses capacités étaient bien supérieures à ce que l'Agence elle-même pouvait imaginer. Ainsi, ce chiffre qui clignotait dans le coin de l'écran correspondait au rythme cardiaque de Bobbie Faye. Merde, il voulait la sortir de là. Aucun gémissement, rien qui pût lui indiquer qu'il fallait qu'il débarque au plus vite pour la secourir. Non, ce connard ne voulait pas qu'elle meure. Pas encore. Juste lui faire peur.

Le rythme de ses battements de cœur se stabilisa, sans pour autant revenir à un niveau normal.

Le téléphone vibra. Trevor vérifia le numéro de l'appelant et referma le portable, même si ça énerverait forcément son supposé « chef ». Il savait déjà ce que le bonhomme voulait. Ou plutôt, *qui* il voulait.

Mais elle était dans la camionnette, le cœur battant, incapable de s'exprimer.

De : Simone
À : JT

Troisième acteur. Tu veux que je la sorte de là ?
(envoyé par téléphone portable)

De : JT
À : Simone

Non. Elle pas indispensable. Suivre acteur.
(envoyé par téléphone portable)

Cam écoutait dans sa radio les jérémiades des flics contraints d'attendre que le train s'ébranle afin de pouvoir atteindre le magasin de Ce Ce. Deux voitures de police étaient en train de contourner cet étonnamment long convoi ferroviaire, mais personne n'avait encore pu lui expliquer ce qui se passait de l'autre côté. Les appels téléphoniques à Ce Ce renvoyaient tous une tonalité occupée. Son téléphone avait peut-être été détruit ou quelqu'un s'en servait pour appeler. Mais ça lui rongeait les sangs de ne pas savoir si Bobbie Faye allait bien. Il regarda dans son rétroviseur et y aperçut Stacey, bien calée sur son siège par la ceinture de sécurité et le visage à demi dissimulé par l'énorme glace qu'il venait de lui offrir. Sa propre mère allait le tuer quand elle comprendrait qu'il avait dopé la petite au sucre.

— Oncle Cam… Est-ce que des gens se sont encore mis à tirer sur tante Bobbie Faye ?

Doux Jésus, où donc cette gamine avait-elle appris à être aussi maligne ? À cinq ans, on n'était pourtant pas censé être aussi futé.

— Ah, elle va bien, ma chérie. Elle est juste un peu occupée et il était prévu que tu ne passes pas l'après-midi au centre de loisirs, aujourd'hui. Du coup, elle a pensé que ça te plairait d'aller chez Me Maw pour te baigner.

Stacey employait pour la mère de Cam le même petit nom qu'utilisaient ses « vrais » petits-enfants. Me Maw n'avait d'ailleurs toujours pas admis qu'il ne fréquente plus Bobbie Faye et que Stacey ne fasse pas partie de sa descendance officielle.

Cam tendit l'oreille pour entendre les détails que diffusait sa radio. Il ne voulait pas augmenter le volume au cas où les nouvelles seraient mauvaises (et, au moins, à ce niveau, il pourrait rapidement supprimer le son avant que l'enfant entende quoi que ce soit de choquant pour elle).

— Quand je serai grande, je tirerai sur les gens avant qu'ils me tirent dessus, annonça fièrement Stacey, intensifiant ainsi la puissance de la migraine de Cam.

— Non, ma chérie, tu ne tireras sur personne et personne ne va te tirer dessus. Quand tu seras grande, tu seras normale.

Mon Dieu, il espérait qu'il en serait ainsi.

Ce salopard d'Irlandais avait lacéré la quasi-totalité du devant de sa chemise et son couteau lui avait laissé une belle estafilade sur la peau, comme si elle avait reçu un léger coup de rasoir. Il avait accompli le tout avec un sourire insolent. Il voulait qu'elle hoche la tête pour admettre qu'elle n'était pas assez fine pour le doubler et il allait sans doute chercher un autre bout de tissu à découper si elle ne s'exécutait pas.

Les yeux de Bobbie Faye lançaient des éclairs. Le Bon Sens venait de déclencher toutes ses alarmes et la suppliait de jouer son rôle de « prisonnière apeurée ». Mais la Fureur semblait vouloir faire cavalier seul. Parce que après tout, pour qui ce gros connard se prenait-il ?

Euh, probablement pour un tueur psychopathe, lui suggéra le Bon Sens. Peut-être, mais la Fureur refusait de rendre les armes.

Le fumier se mit à *rire* :

— Excellent, je constate que nous avons *tuiscint dà chéile*, un accord réciproque, à ce que je vois.

Puis, il approcha la bouche de l'oreille de Bobbie Faye et son haleine tiède lui caressa le cou :

— Je t'aime bien, *àlainn*, alors j'aimerais autant pouvoir te garder sans te faire de mal.

Garder ?? Oh, bordel… Elle en était à passer ses troupes en revue (Émoi, Peur, Répulsion et Dégoût), quand la Fascination fit son apparition en disant : *Oh, c'est donc ça, un meurtrier psychotique.*

Dernier frisson, la camionnette stoppa et ils la poussèrent dehors. Bobbie Faye trébucha sur l'asphalte et leva les yeux juste à temps pour apercevoir les pneus du véhicule qui s'éloignait à vive allure. Elle arracha son bâillon et recracha les petits bouts de coton trempés de sa salive. Elle fit brutalement volte-face afin de s'assurer qu'il n'y avait plus d'autres candidats pour l'emmener faire un tour en voiture aujourd'hui. La rue était déserte, à l'exception de Trevor, toujours sur sa moto, qui se dirigeait vers elle, et des cousins dans leur Hummer, bien garé à un endroit où ils pouvaient bloquer la camionnette... surtout maintenant que celle-ci était déjà loin. Bon, elle leur accordait deux points pour avoir finalement pensé à ce petit stratagème, trois enlèvements plus tard. Que Dieu lui vienne en aide si, un jour, elle prenait feu, car cette bande de rigolos songerait probablement à appeler les pompiers lorsqu'il ne resterait plus que des cendres.

Elle baissa les yeux vers sa pauvre chemise en lambeaux qui n'avait plus aucun bouton. C'était l'une de ses préférées et, bien entendu, c'était aujourd'hui qu'elle avait choisi de la porter avec un soutien-gorge quasi transparent. Ses mains tremblaient quand elle ramena sur sa poitrine les lanières de tissu pour tenter de les nouer ensemble. Le soleil, déjà brûlant bien que la matinée ne fût pas terminée, lui cuisait la peau et son pouls battait si fort qu'elle en ressentait les assauts jusqu'au bout des doigts. Elle pouvait suivre chacune des gouttes de sueur qui lui coulaient le long de l'échine. Elle reconnut les signes de l'état de choc, notamment parce qu'elle ne parvint pas à évaluer la distance entre elle et la moto avant que les mains de Trevor se referment sur les siennes. Elle fit tout ce qu'elle put pour ne pas se jeter contre lui et l'entourer de ses bras. Il considéra la chemise lacérée, aperçut la longue estafilade sur sa peau et pressa ses mains entre les siennes. Avec ses pouces, il lui massa les poignets en lents mouvements circulaires, pour la calmer, bien que la fureur se lût clairement dans ses yeux.

— Fais ce qu'ils disent, lui conseilla-t-il tout en l'attirant vers lui en la déséquilibrant, de sorte qu'elle atterrit contre son flanc et dut se rattraper à son bras pour éviter de tomber. Simule la colère pour ceux qui nous observent. Va directement à la maison de ta tante Marie et, quoi que tu fasses, prends un air effrayé si tu me vois dans les parages.

S'il continuait à afficher cette mine de tueur, elle n'aurait pas grand mal à simuler la peur. Il la repoussa et montra sa voiture du doigt, comme s'il était en train de lui donner des instructions. Elle tituba jusqu'à sa Honda Civic en ramassant, en chemin, le sac à main qu'elle avait laissé tomber dans la bagarre.

— Bobbie Faye, yoouuhouuuu, Bobbie Faye, appela Francesca qui se dirigeait vers elle à grands pas. On s'est dit que tu serais plus en sécurité si je venais avec toi ! Comme ça, je pourrai te protéger si ces sales types reviennent.

Bobbie Faye leva les yeux au ciel : *Sérieusement, mon Dieu, vous en aviez à ce point marre de la vermine, de la peste et des nuées de sauterelles ?*

★

★ ★

MINISTÈRE DE LA SÉCURITÉ INTÉRIEURE DES ÉTATS-UNIS

Bureau de Jessica Tyler (JT) Ellis

Assistante au sous-secrétaire du sous-secrétaire du
secrétaire de l'assistant au ministère de la Défense
Sécurité intérieure
La Nouvelle-Orléans, Louisiane

Réf. : Rapport de suivi
(À classer en notes de terrain, personnel, **exclusivement**)

Articles textiles trouvés sur Marie Despré à saisir pour vérification de leur utilisation éventuelle dans le cadre d'un trafic de diamants. Articles textiles visant, notamment : sacs à main, ceintures, chaussures et accessoires divers. Noter que les autres centres d'intérêt du suspect incluent la sculpture – toutes les pièces identifiées doivent être vérifiées, galeries et collections privées. Diverses agences du pays, dont le FBI, contactées pour assistance.

Affaire # 198733BFS / recherche de diamants
notes de terrain : personnel

27 ~~16~~ articles vérifiés
9 ~~2~~ vedettes de cinéma menaçant de saisir la justice

7 ~~5~~ politiciens dérangés (avec une autre personne que leur conjoint)

3 paparazzis arrêtés, caméras confisquées (contacter le département juridique)

2 plaintes pour raisons médicales (plaies et bosses) [voir ci-dessus]

1 agent soigné pour morsure d'homme (le propriétaire du chien) [voir ci-dessus]

6 avocats de la défense engageant un procès pour harcèlement

1 agent sur le terrain à Lake Charles

1 femme cajun complètement dingue ~~impliquée~~ kidnappée ? (aurait-on cette chance ?)

(voir ratage total – affaire précédente)

Cam reprit sa voiture et s'éloigna de la maison de sa mère où Stacey avait réussi, en moins de dix minutes, à engouffrer deux gâteaux au chocolat. Cette petite montrait une telle détermination qu'il espérait que les choix qu'elle ferait quand elle serait grande resteraient conformes à la loi. Il n'osait imaginer les dommages que pourrait causer une femme dotée des mêmes gènes que Bobbie Faye si, en plus, elle les *programmait.*

Sa radio crachota : les officiers de police avaient fini par arriver au magasin de Ce Ce. Les tireurs, dont l'identité restait inconnue, avaient commencé à s'exciter après l'entrée de Francesca dans la boutique. Compte tenu des liens du père de celle-ci avec la Mafia, tout cela ne signifiait rien de bon pour Bobbie Faye, même si cette dernière paraissait avoir quitté les lieux de son plein gré. L'officier responsable avait fait état d'un « dernier signalement » et indiqué dans son rapport la direction que plusieurs témoins l'avaient vue prendre dans sa voiture. Cam fit demi-tour et accéléra. Il y avait une chance – une toute petite chance – qu'il puisse l'intercepter et découvrir ce qui se tramait.

Si la guimbarde de Bobbie Faye avait bien voulu démarrer, non pas du premier coup (exploit inenvisageable), mais à la troisième tentative de sa conductrice, Tête de Serin aurait bien été obligée de monter dans la voiture de ses cousins et Bobbie Faye aurait pu profiter du trajet jusque chez Marie pour réfléchir aux événements de la matinée. Malheureusement, Francesca avait atteint son tas de ferraille juste à temps et elle était presque en état de lévitation pour éviter de s'asseoir sur le siège déchiré et couvert de bandes adhésives censé accueillir un passager.

— Bobbie Faye, il faut vraiment que tu te procures une nouvelle voiture. Avec des sièges en cuir. En plus, le cuir se nettoie beaucoup plus facilement et serait parfait pour des journées comme celle-ci où tu as des blessures qui saignent.

— C'est ça. Parce que tu crois que ce sont les sièges qui me soucient le plus quand je saigne ?

— Surtout, ne laisse personne les passer au Luminol[1]. Après ça, le cuir n'est jamais plus pareil. Peu importe ce que te diront les policiers à ce sujet.

— Finalement, toi non plus, tu n'as jamais eu une éducation normale, n'est-ce pas ?

— Nous sommes normaux ! s'exclama Francesca, piquée au vif.

— Frannie, quiconque a pour père un type qui sort régulièrement de son garage avec un Uzi dans une main et un pistolet dans l'autre ne mène pas, à proprement parler, une vie normale.

— Il y avait des ratons laveurs qui fouillaient dans nos poubelles. Papa essayait seulement de leur faire peur. *Nous sommes normaux.*

— Hein-hein. Trois des références que tu as citées quand tu cherchais ton premier job étaient en prison, du fait de leur appartenance au crime organisé.

1. Le Luminol est un produit utilisé par la police pour détecter des traces de sang sur les lieux d'un crime (NdT).

— Ah oui ! C'était pour le poste au Paradis des Cosmétiques ! Ils m'ont adorée. J'ai réalisé les plus beaux maquillages qu'ils avaient jamais vus. Je me débrouillais tellement bien qu'ils me confiaient les cas les plus difficiles.

Bobbie Faye accéléra en slalomant entre les petites rues pour éviter soigneusement la multitude des voitures de police qui fonçaient vers chez Ce Ce. Le fait qu'elle savait quelles rues transversales emprunter pour accomplir cet exploit donnait un triste aperçu de sa vie. Elle savait, d'après le niveau de décibels des sirènes, que Benoit, le meilleur ami de Cam, était en train de quitter le bistrot de Rosie, à quatre blocs de là, et qu'il se dirigeait vers elle. Elle savait aussi qu'il était probablement en train de mordre dans un *shrimp po'boy*[1] dont le jus lui dégoulinait sur le menton et qu'il oublierait sans doute de regarder sur sa gauche lorsqu'elle le croiserait à moins d'un pâté de maisons. Elle résista à l'envie de lui faire un petit signe quand il se comporta effectivement comme elle l'avait prévu.

— Tu as besoin d'un soin complet, annonça Francesca en enfonçant un doigt dans la joue de Bobbie Faye. Il faut que tu fasses quelque chose à propos de ces pores. On pourrait y garer un camion.

Bobbie Faye comprit soudain ce qu'un animal pris dans un piège pouvait ressentir et pourquoi il était capable de ronger l'un de ses membres pour se libérer.

Tandis que Francesca faisait la liste de tous les produits dont sa cousine avait besoin, à son humble avis (et il y en avait un certain nombre), sa victime poursuivit sa course sur l'autoroute 171, dépassa le passage à niveau et la zone industrielle, puis traversa les quartiers résidentiels boisés qui bordaient la voie rapide. Sa vieille voiture crachait un peu plus de nuages noirs à chaque kilomètre. Il n'y avait aucune station-service avant longtemps et elle ne pourrait donc pas vérifier l'état de son moteur avant d'avoir largement dépassé le pont. À chaque nouvel éternuement de son pot d'échappement, le Hummer qui les suivait ralentissait pour éviter ses fumées toxiques. Mais Bobbie Faye et Francesca n'avaient pas

1. Le *shrimp po'boy* est un sandwich typique de Louisiane composé de pain et, le plus souvent, de crevettes et d'huîtres (NdT).

cette possibilité. Quand les vapeurs d'essence devinrent insoutenables, Bobbie Faye ouvrit sa fenêtre et Francesca fut prise d'une quinte de toux.

— Mais où allons-nous, au juste ?

— Chez ta mère.

— Quand elle a disparu, c'est là qu'on a commencé à chercher. Choisis un autre endroit.

— Excuse-moi, mais ma voiture ne dispose pas d'un géolocalisateur de diamants, Frannie. Ta mère a peut-être laissé derrière elle un indice quelconque qui nous fournira un point de départ.

Bobbie Faye ne pouvait tout de même pas lui expliquer qu'il fallait surtout qu'elle se rende là-bas parce qu'un play-boy du FBI qu'elle reluquait depuis quelque temps le lui avait demandé.

Un brouillard âcre jaillit du tableau de bord.

— Je crois que nous devrions y aller dans la voiture des cousins, gémit Francesca entre deux quintes, tout en essayant de dissiper la fumée en battant l'air des mains. Le Hummer est neuf et impeccable. Et, au moins, il ne produit pas ce tic-tac épouvantable.

— Bien essayé, mais ma voiture ne fait aucun tic-tac.

— Oh que si !

Bobbie Faye approchait d'un pont qui enjambait un bayou en crue.

— Je suis certaine d'entendre un tic-tac, insista Francesca.

Le téléphone portable de Bobbie Faye sonna et elle plongea la main dans son sac pour l'en extraire. C'était Cam qui l'appelait.

— Je suis un peu occupée, là, lui dit-elle en guise d'introduction.

— Mais où es-tu, bon sang ? Les gars disent que le magasin de Ce Ce ressemble à Beyrouth-Ouest.

— Bobbie Faye ! s'écria Francesca en lui secouant l'avant-bras. J'entends vraiment un tic-tac.

— Je dois faire une petite course, expliqua Bobbie Faye à Cam. Tu as pu faire ce que je t'ai demandé ?

— Qui est avec toi ? Et qu'est-ce que c'est que cette histoire de tic-tac ? lui demanda-t-il à son tour.

— C'est rien et c'est personne. Est-ce que…

— Oui. Elle est en sécurité chez ma mère. Qu'est-ce…

— Ce n'est pas parce que je suis jolie que je n'entends rien, grogna Francesca. Et il y a bien un tic-tac !

— Non, il n'y a pas de tic-tac, Francesca, alors ça suffit maintenant !

— Il y a un tic-tac ? demanda Cam. (Bobbie Faye détestait ce ton énergique et posé qu'il adoptait toujours dans des moments comme celui-ci.) Qu'est-ce qui fait tic-tac ?

— Mais c'est rien, Cam. Tout va bien.

— Il y a bien un *tic-tac* !! hurla Francesca de plus en plus vindicative. Regarde ! s'écria-t-elle en gesticulant comme une folle en direction du plancher, devant la banquette arrière.

Puis son visage s'allongea, ses sourcils allant tutoyer le haut de son front pendant que son menton s'affaissait en signe d'effarement :

— Oh-oh, est-ce que ce ne serait pas une bombe ?

Oh putain... !

De : Simone
À : JT

Contact audio dans voiture BF. Histoire de bombe.
(envoyé par téléphone portable)

De : JT
À : Simone

Tu te fous de ma gueule ?
(envoyé par téléphone portable)

— Une bombe ? s'étonna Cam dont la voix trahissait manifestement l'angoisse.

— Euh, ouais, bon, je suis occupée, là. Faut que j'y aille.

Il hurla quand elle raccrocha, mais l'heure n'était pas aux explications. De toute façon, elle n'aurait pas pu lui expliquer grand-chose, vu que, à vrai dire, dans sa vie, rien n'avait jamais eu beaucoup de sens. Et surtout en cet instant. Elle se trouvait au milieu d'un pont, dans une voiture qui crachait tant de fumée qu'elle s'attendait à tout moment au parachutage d'une équipe antipollution, sans parler du problème mineur que constituait la présence d'une bombe éventuelle au pied de la banquette arrière. Y avait-il un minuteur sur cet engin ? Mais de toute façon, pourquoi quelqu'un qui chercherait à la faire exploser s'arrangerait-il pour lui faire connaître le temps qui lui restait à vivre ? Elle se gara sur le bas-côté et les deux jeunes femmes sortirent précipitamment de la voiture.

Bordel, *enfoiré*. Des voitures approchaient. Elle leur fit des signes pour qu'elles ne s'engagent pas sur le pont. Francesca lui saisit le bras pour essayer de la traîner jusqu'au Hummer.

— Je ne veux pas avoir à marcher jusqu'au bout. Montons avec les cousins.

— Je ne peux tout de même pas laisser des gens se faire réduire en poussière, Frannie, protesta Bobbie Faye en reprenant son téléphone pour appeler la police.

Heureusement qu'on l'avait prévenue…

Attends un peu… Depuis quand les bombes émettaient-elles un tic-tac ? On en était à l'ère des explosifs en plastique C-4, non ? Et les bombes modernes ne faisaient plus ce genre de bruit, n'est-ce pas ? Et puis, c'était bien commode que ce tic-tac dure suffisamment longtemps pour lui permettre de se mettre à l'abri. Elle repensa à ses premiers ravisseurs et à l'avertissement qu'ils lui avaient donné pour qu'elle ne cherche pas à retrouver les diamants… Encore une mise en scène. Ils essayaient de lui faire peur. Et elle était tombée dans le panneau. Mon Dieu, il faudrait qu'elle rende quelques points de QI.

Elle fit volte-face et se dirigea vers sa voiture. Peut-être qu'en ne la brutalisant pas trop, elle pourrait la pousser encore un peu plus loin, au moins jusqu'à une station-service.

— Bobbie Faye !! Tu es encore plus dingue que maman !

C'est à cet instant que la voiture, probablement ravie de pouvoir surenchérir sur le sujet…, explosa.

Chapitre sept

Le souffle de l'explosion projeta Bobbie Faye contre Francesca et toutes deux s'étalèrent sur la chaussée. Des morceaux du véhicule s'envolèrent et des éclats de métal fusèrent dans toutes les directions, tandis qu'une boule de feu s'élevait vers le ciel. Après ce qui lui parut être une éternité (mais qui ne dura peut-être qu'une demi-seconde), les débris métalliques se mirent à pleuvoir et le parapet du pont situé à hauteur de sa voiture commença à dangereusement pencher vers l'eau en contrebas. *Ah. Les bombes d'aujourd'hui pouvaient donc encore faire tic-tac. Une petite information très utile, en effet.*

— Oooooooooh, fredonna Francesca, un peu comme elle le faisait petite quand elle menaçait Bobbie Faye de la dénoncer pour avoir vendu des bâtonnets glacés réalisés à partir d'eau bénite. Le maire va faire une crise cardiaque.

— Encore une, admit Bobbie Faye.

— Tu pourrais peut-être lui adresser un mot pour t'excuser ?

— C'est ça, oui, je suis sûre que chez Hallmark, il existe des cartes postales pour ce genre de situation : désolée pour le pont, s'il vous plaît, ne mourez pas.

Une portion de pont tomba dans le bayou, quelques mètres plus bas.

— Je me demande s'ils vendent des timbres en prison ?

Les oreilles de Bobbie Faye bourdonnaient. L'arc du pont trembla, alors qu'elles se relevaient tant bien que mal. Le trou béant près de sa guimbarde en feu empêchait le Hummer d'avancer. Son téléphone sonna, tandis qu'elle essayait de décider de la direction à prendre : rebrousser chemin sur le pont vacillant pour rejoindre les cousins, ou aller de l'avant pour gagner la berge opposée. Appelant : Nina. Sa meilleure amie se trouvait en Italie où elle faisait des photos de mode pour son nouveau magazine (une émanation quasi sado-maso de son agence de mannequins quasi sado-maso).

— Hé, dit Nina en guise de bonjour. Tu ne me croiras jamais si je te dis où je suis.

— Je parie que je te bats sur ce terrain-là.

— J'ai été invitée dans une villa italienne où l'on est en train de me servir des taglionis au crabe dans une sauce aux aubergines.

— Et moi, je me trouve sur un pont où ma voiture vient tout juste d'exploser et une partie du tablier est en train de s'effondrer dans l'eau. Mais attention ! La bonne nouvelle, c'est que je crois bien que nous avons échappé au tireur embusqué !

— OK, j'arrête de jouer à ce jeu avec toi. Tu gagnes tout le temps.

Nina s'allongea sur le canapé recouvert de soie qui meublait le superbe salon XVIe siècle dans lequel l'assistant du photographe était en train de régler l'éclairage.

— Et ça va ? demanda-t-elle en faisant un petit signe aux serveurs qui apportaient des plateaux chargés de mets appétissants en reluquant les mannequins.

Décidément, le service était exemplaire dans cette villa.

— Bah, oui. Quelques égratignures, quelques bleus, les cheveux en pétard et des gens qui cherchent à me tuer. La routine, quoi.

— Dis-moi que c'est une blague, fit Nina en ouvrant son ordinateur portable. Je peux attraper un vol dès demain.

— Non, non. Reste où tu es. Ça va aller. Il faut juste que je retrouve un truc. De toute façon, cette histoire sera terminée avant que tu puisses rentrer chez toi.

— Mais je veux t'aider. Qu'est-ce que je peux faire ?

— Prier. Avec ferveur.

— Te souviens-tu du jour où tu as placé un enregistreur à commande vocale dans le confessionnal du père Patrick et que ta blague a fini par ruiner au moins onze mariages ? Du moins, à ce que nous en savons.

— Est-ce ma faute, à moi, si le père Patrick était beaucoup plus occupé que nous le pensions ?

— Eh bien, je crois que Dieu t'en veut encore pour cette blague. Il va peut-être te falloir quelque chose de plus costaud que des prières.

*

* *

Trevor vit la balle frôler Bobbie Faye. Quoi encore ?!… Elle était passée suffisamment près pour arracher un morceau de sa chemise, au niveau de l'épaule. La jeune femme s'était aplatie sur la chaussée, ventre à terre, paumes à plat, prête à ramper vers un endroit plus sûr. Tout en scrutant les rives du bayou situées en contrebas sur sa gauche, il appela ses hommes par radio, afin qu'ils écartent ce putain de Hummer de son chemin. Il n'arrivait pas à déterminer où se cachait le sniper, avec toutes ces broussailles envahissantes et ces herbes hautes.

— C'est fait, annonça John en vérifiant son affirmation dans la lunette de visée de son fusil.

Cette salope de folledingue venait de se cacher derrière la balustrade du pont. Et ce, après être sortie de son tas de ferraille juste à temps. Il n'avait pas pu fabriquer un détonateur à distance très élaboré. De toute façon, il détestait cette fichue mission. Il aurait pu résoudre le problème beaucoup plus tôt s'ils l'avaient laissé l'éliminer dès le début. Une bonne petite balle dans la tête quand elle s'était rendue au magasin, ce matin, et *bam*, il n'aurait plus eu qu'à toucher son pognon. Au lieu de ça, il se retrouvait à plat ventre, dans la boue de ce bayou de merde, avec des bestioles, des moustiques et probablement des serpents en veux-tu en voilà. Au moins, il y avait tellement de trucs qui poussaient là-dedans qu'il avait pu faire le boulot sans que personne le repère.

— Ah, mais tou l'as ratée, constata Otto, son partenaire italien, d'une voix sourde et ennuyée. Comme l'autre tireur. Tou veux réessayer, ou quoi ?

Ce connard d'autre tireur, quel que fût son putain de nom, n'aurait pu atteindre un ivrogne dans un bistrot. Trop impulsif. Stupides amateurs. John jeta un nouveau coup d'œil dans sa lunette.

— Trop de monde. Je t'avais dit qu'on aurait dû la descendre dès le départ.

— Ce n'est pas ce que voulait l'acheteur, dit Otto.

John se réjouissait qu'il ait dû lui aussi ramper dans la boue, dans son costard à douze mille. Quel abruti pourrait vouloir porter un pantalon de cuir dans le Sud et en plein été ?

— Il veut seulement dire *dégage*, poursuivit Otto.

— Ouais, bah je ne crois pas qu'elle soit du genre obéissant.

John avait pourtant essayé de le leur expliquer. Maintenant, il allait devoir faire en sorte qu'elle regrette de ne pas l'avoir été.

De : Simone
À : JT

Le pont ? Sa voiture a fait sauter le pont ? Et il y a encore tireur embusqué ? Mais combien de personnes haïssent cette femme ?
(envoyé par téléphone portable)

De : JT
À : Simone

Apparemment, beaucoup.
(envoyé par téléphone portable)

Un immense soulagement envahit Bobbie Faye quand elle entendit la moto. Elle se redressa. Son visage était encore à quelques centimètres de l'asphalte brûlant et de petits cailloux s'étaient incrustés dans ses paumes. Son regard se porta sur l'entrée du pont où deux hommes braquaient des revolvers sur les cousins. Mince, elle en avait rêvé toute la matinée. Trevor dépassa le Hummer, puis les décombres de sa voiture et arrêta sa moto entre elle et l'endroit d'où avaient dû partir les tirs – des tirs qui étaient passés beaucoup trop près d'elle. Elle en tremblait encore.

— Relève-toi, lui aboya-t-il.

Bobie Faye se dit qu'il jouait son rôle de méchant à l'intention de Francesca. Enfin, elle l'espérait. Parce que cette expression sur son visage… Plus effrayante encore que la détermination du sniper à vouloir l'éliminer de la surface de la planète. Étrangement, celui-ci s'était révélé une bien meilleure gâchette qu'au magasin. Ou alors, il y avait deux tireurs ? Nooooon… c'était pas juste… merde. Mais qui voulait-elle berner ? Elle n'aurait pas été surprise d'apprendre qu'un grand concours de tueurs à gages venait de débuter.

— Monte sur la moto, lui ordonna-t-il.

Puis, comme elle ne se relevait pas immédiatement (Cerveau : *Bouge maintenant.* Jambes : *Va te faire foutre.*), Trevor dégaina son SIG et le pointa dans sa direction avec une expression qui évoquait désormais plutôt l'envie de meurtre que la seule brutalité.

— Monte sur la moto. *Maintenant.*

— Où l'emmenez-vous ? demanda Francesca qui se tenait à proximité, les mains sur les hanches, et tapotait la chaussée du bout de son escarpin.

Comme si Trevor n'était pas suffisamment effrayant pour donner à Satan lui-même quelques inquiétudes quant au maintien de son poste. Bobbie Faye fut surprise qu'il daigne lui répondre.

— J'ai un message pour toi de la part de ton père, dit-il à Francesca (dont les yeux lançaient des éclairs) tout en la tenant en respect. Reste en dehors de tout ça. Elle (et il indiqua Bobbie Faye de la tête), elle bosse pour lui à partir de maintenant.

Mais bien sûr. Comme si le fait d'avoir déjà aux basques quatre cousins détraqués, trois groupes de kidnappeurs déjantés, un sniper psychopathe *et* un gars du FBI un peu trop fureteur ne représentait pas assez de folie pour la journée.

Cam attendait au pied du pont que les pompiers éteignent ce qu'il restait de la voiture de Bobbie Faye. L'explosion l'avait presque totalement pulvérisée, tout en la repoussant sur une portion intacte de la chaussée. Juste derrière l'incendie, il y avait un trou béant au milieu du pont. Des morceaux du véhicule jonchaient la route et l'on pouvait voir quelques poissons morts flotter à la surface des eaux calmes du bayou. Une nuée de flics et de badauds s'époumonaient en vain pour couvrir la cacophonie des sirènes assourdissantes. Il restait là, lunettes de soleil sur le nez, manches de chemise roulées jusqu'aux coudes, ignorant la fournaise et la sueur qui trempait déjà son encolure. Sa haute taille lui permettait de voir plus loin que la plupart des officiers de police présents sur les lieux. Il put ainsi examiner le tronçon de route qui s'étendait au-delà du pont détruit, dans l'espoir d'y repérer un signe qui lui dirait qu'elle allait bien.

Les hommes de patrouille recensaient les témoins en lui adressant, de temps à autre, de brefs coups d'œil accompagnés d'un discret haussement d'épaules indiquant qu'ils n'obtenaient rien de fructueux. Le véhicule avait probablement trop souffert de l'incendie pour que les types de la police scientifique puissent déterminer s'il y avait des restes de corps humain à l'intérieur. Une fumée âcre s'élevait au-dessus de la scène, assombrissant le ciel d'un bleu sans nuage et enveloppant d'un voile lugubre les propriétés décrépites qui bordaient le bayou. Même le vert lumineux des cyprès et des bouleaux ne parvenait pas à percer le brouillard qui planait désormais sur le poissonneux bras d'eau.

Cam tenta de discerner à travers le rideau de fumée les reliefs de la ville qui s'étendait derrière lui, au sud. Il voulait sentir son rythme, se concentrer sur le bourdonnement industrieux de Lake Charles coincé entre des terrains agricoles, d'un côté, et des marécages ou des zones de pêche, de l'autre. Parfois, il parvenait à faire abstraction de la dure réalité du crime en captant la chaleur de la petite cité et le battement de son cœur : il lui semblait alors que les bonnes intentions de ses habitants compensaient ses mauvais côtés et cela le réconfortait.

Et puis, il y avait des jours comme celui-ci qui le déprimaient. Il ne savait pas si elle était morte dans cette voiture ou au fond du bayou, ou si elle s'en était sortie. (Mais comment ? Et où se trouvait-elle alors ?) C'était exactement la raison pour laquelle il n'aurait jamais pu l'épouser, se souvint-il. C'était pour cela que cette bague de fiançailles reposait au fond du lac, derrière sa maison, sans que Bobbie Faye en ait jamais rien su. Parce que, de toute façon, il aurait fini par recevoir ce coup de fil. Il savait combien les conjoints de flics redoutaient cet appel et, pourtant, il avait toujours été persuadé que s'il avait épousé Bobbie Faye, même si c'était lui le flic, il aurait été celui qu'on aurait appelé. Trop souvent, il avait essayé de l'inciter à plus de prudence. Trop souvent, il s'était escrimé à lui faire comprendre que si elle voulait bien demander un tout petit peu d'aide, elle n'aurait plus à affronter ce genre de risques. Trop souvent, il lui avait répété qu'il était en son pouvoir de faire cesser ce chaos et de lui offrir une vie plus facile. Une vraie vie. Mais elle n'écoutait jamais rien. Bon sang, elle n'en faisait toujours qu'à sa tête !

Pour l'heure, il devait faire quelque chose – n'importe quoi –, parce que, décidément, cogiter ne lui valait rien.

Ce Ce parcourut des yeux la zone sinistrée qu'avait été son magasin. Ses longues dreadlocks s'agitèrent quand elle fit pivoter son imposante stature pour essayer de tout appréhender. Les débris de quatre présentoirs vitrés obstruaient les allées qui flanquaient le comptoir des armes où Bobbie Faye avait dû se terrer. Quant aux marchandises, il y en avait partout. Pas de sang, apparemment, ce qui la soulagea grandement. Comment tout cela avait-il donc pu se produire ? Ce Ce se sentait entièrement fautive et complètement nulle. Les gens venaient la voir parce qu'ils connaissaient ses talents en matière de vaudou. Sa petite entreprise officieuse ne reposait que sur sa réputation et les résultats qu'elle obtenait. Or, elle avait placé plusieurs charmes de protection sur la tête de Bobbie Faye, ces derniers temps, et ils auraient dû prévenir tout ça. Ces incantations auraient dû empêcher tout débordement dans le magasin et protéger son employée. Toutes les possibilités étaient censées avoir été couvertes.

Attends. *Plusieurs* charmes. Se pouvait-il qu'ils se fussent mutuellement annulés ? Oh, Seigneur ! Elle considéra la vieille boutique qui ressemblait à un véritable labyrinthe. La moitié du plancher antédiluvien était gondolé et une épaisse couche de poussière recouvrait certains articles qui peut-être n'avaient pas été de bons investissements, à l'époque. (D'ailleurs, elle ne voyait vraiment pas comment elle allait pouvoir se débarrasser de ces baignoires à remous portables qui encombraient l'allée numéro 12.) Il y avait dans ce magasin un recoin où se tapissait le mal et il venait de lui enlever sa petite.

Les jumelles la rejoignirent – depuis peu Alicia s'était fait faire des mèches, de sorte que Ce Ce pouvait les distinguer. Elles observèrent ensemble la horde de flics qui interrogeaient les témoins dans les allées, prenaient des photos et des empreintes, fourraient des indices dans des sacs en plastique…

— Bobbie Faye n'a rien fait d'autre que de s'occuper de ses affaires, murmura Alicia qui n'en croyait toujours pas ses yeux.

— Elle essayait de dissuader Maimee d'acheter un flingue, ponctua Allison.

À dix-neuf ans, les jumelles avaient déjà eu l'occasion de voir pas mal de cataclysmes déclenchés par leur collègue, mais, jusqu'à présent, rien qui la touchât d'aussi près.

Les yeux de Ce Ce se posèrent sur Maimee qui était en train de faire sa déposition aux policiers et n'appréciait pas du tout de se voir ainsi retenue. Plusieurs autres clients s'étaient retrouvés autour des vieilles tables en Formica rouge, dans le minuscule espace que Ce Ce avait aménagé pour le petit déjeuner, près des comptoirs où elle vendait des biscuits, de la *gravy*[1] et des blancs de poulet aux pêcheurs qui s'apprêtaient à passer la journée sur le lac. Ceux qui n'étaient pas en train de répondre aux questions des flics avaient les yeux fixés sur le petit téléviseur placé sur le comptoir. La chaîne de télévision locale y diffusait les images d'un véritable cratère qui coupait en deux le pont de l'autoroute 171. Ce Ce saisit le bras d'Alicia pour ne pas défaillir quand la caméra zooma sur les décombres d'une Honda Civic dont l'aile arrière – du moins ce qu'il en restait –, recouverte de Scotch et de résine de

1. La *gravy* est une sauce à base de jus de viande (NdT).

rebouchage, indiquait, sans aucun doute possible, l'identité de sa propriétaire.

— C'est la voiture de Bobbie Faye, chuchota Alicia à sa patronne qui avala péniblement sa salive.

La meilleure amie de Ce Ce, Monique, qui venait de surgir de l'arrière-boutique, en resta bouche bée. Solidement bâtie et plutôt rondelette, rousse avec des taches de rousseur, elle était mère de quatre chenapans et donnait l'impression d'être l'être humain le plus fiable, le plus gentil et le plus doux existant à la surface de la terre. Ce naturel joyeux lui venait sans doute de la flasque qu'elle gardait à portée de main vingt-quatre heures sur vingt-quatre et sept jours sur sept (ce dont Ce Ce ne lui tenait pas complètement rigueur).

— Comment as-tu fait pour arriver jusqu'ici ? lui demanda Ce Ce.

En sa qualité de propriétaire du magasin, la police avait laissé passer Ce Ce, mais personne d'autre n'était censé pénétrer dans le périmètre du crime, avant que les flics aient fini d'en collecter les indices.

— Oh, trésor, j'ai longtemps été la baby-sitter de Earl, là-bas, répondit-elle en agitant la main en direction de l'un des officiers de police. Eh bé, poursuivit-elle en considérant l'étendue des dégâts, je croyais pourtant qu'on avait baragouiné suffisamment de formules bizarres pour éviter à Bobbie Faye le moindre problème au magasin.

Elle avait insisté pour apprendre à lancer des charmes, mais son extrême négligence pour les détails (qui s'expliquait, notamment, par les rasades du breuvage quelconque qui remplissait sa flasque et qu'elle s'envoyait généreusement durant toute la leçon) risquait de causer leur mort à tous, si Ce Ce n'y prenait pas garde.

— Mon chou, ce que nous avons fait n'était manifestement pas assez puissant.

L'excitation illumina les grands yeux bleus de Monique :

— Est-ce que ça veut dire qu'on va devoir casser la baraque au département vaudou ?

Ce Ce balaya des yeux la pièce avant de s'ébranler vers la réserve où elle stockait ses marchandises :

— Et comment ! Tu peux parier ton joli cul de rouquine là-dessus.

Cam se tenait à proximité de la technicienne de la police scientifique qui examinait le véhicule. Celui-ci dégageait une odeur épouvantable de caoutchouc brûlé et de métal calciné. La dame en question, Maggie, était plus vieille que Dieu lui-même et portait en toute occasion un élégant tailleur orné d'une fleur rouge sur le revers. C'était une femme plutôt petite (le sommet de son crâne arrivait à peine au niveau du sternum de Cam), mais dont la circonférence égalait la hauteur. Quoi qu'il en soit, elle se déplaçait avec une grâce qui évoquait à Cam les leçons de danse classique et les cours de maintien, plutôt que l'abrupte réalité de son métier. D'ailleurs, il était en train de se dire qu'ils auraient largement pu se passer des effluves de poissons crevés qui remontaient du bayou.

— Je ne vois aucun reste de corps, dit-elle à Cam à voix basse, sans doute pour éviter que les journalistes l'entendent au moyen des micros fixés sur les longues perches qu'ils avaient déployées aussi loin que possible, au-delà des limites imposées par la police.

Les affaires dans lesquelles était impliquée Bobbie Faye déclenchaient toujours ce genre de frénésie insensée. Ces jours-là, le taux d'écoute du journal télévisé battait des records, et aucune chaîne de télévision ou station de radio, aucun quotidien (même les feuilles de chou étudiantes) ou site Internet d'informations, n'aurait raté ça pour rien au monde. Cam essayait de s'interposer entre Maggie et les caméras pendant qu'elle s'affairait autour de la voiture, mais les équipes de télévision s'étaient positionnées aux deux extrémités du pont, juste à côté des barrières disposées par la police, et il était difficile d'y échapper.

— Je te dégoterai quelque chose de plus concluant quand nous aurons pu examiner les débris, ajouta-t-elle. Mais je suis d'avis que ta nana a dû sortir avant l'explosion.

Puis elle se pencha à l'intérieur de l'habitacle par le trou béant qu'avait laissé la portière :

— On dirait qu'on a eu une équipe de pompiers compétente, cette fois-ci. Ils ont fait le maximum pour ne pas détruire les indices. Il se pourrait que j'aie de la chance.

Cam s'autorisa un imperceptible soupir de soulagement, même s'il avait légèrement tiqué sur le « ta nana ». Quand donc cette ville de cinglés allait-elle le laisser oublier qu'ils avaient été ensemble à un moment donné ?

— Et pour la bombe ?

— Ça m'a l'air vraiment basique d'après le peu que je vois. Rien d'élaboré, à mon sens. Mais ce n'est, à ce stade, qu'une supposition, car il nous faudra envoyer des plongeurs dans le bayou pour voir si on peut retrouver d'autres éléments. J'aurai un peu plus de choses à te dire demain.

Il n'était pas nécessaire d'expliquer à Maggie que cette affaire avait la priorité sur tout le reste. Tous les événements mettant en cause Bobbie Faye retenaient aussitôt l'attention du maire et du gouverneur, tant ceux-ci étaient impatients d'y mettre un terme. Maggie repartit superviser la récolte d'indices et Cam scruta la foule. Quelque part, quelqu'un avait vu ce qui s'était passé. Il y avait quelque chose de très frustrant dans les enquêtes concernant la reine des Journées de la Contrebande : la majorité des citoyens de la ville se faisaient un devoir de se montrer loyaux à son égard, comme si elle était effectivement une souveraine qui les représentait, et ses fans n'auraient jamais lâché quoi que ce fût qui pût lui nuire. Bien sûr, dès qu'il deviendrait évident qu'elle avait réussi à prendre la poudre d'escampette, Cam verrait débarquer dans son bureau cinquante péquins qui jureraient avoir quitté précipitamment la voiture en même temps qu'elle, juste avant l'explosion, pour le simple plaisir de passer à la télé.

Il continua à observer les badauds, cherchant une expression de… confiance : la décontraction qu'afficherait quelqu'un qui savait déjà que Bobbie Faye n'était pas dans cette voiture. Mais il ne lut que la curiosité ou l'inquiétude. Enfin, son regard se posa sur un visage familier.

Sa migraine devint plus intense.

De : Cam
À : Bobbie Faye

Mais où es-tu, bordel ? C'est mon 7e message ! Rappelle-moi.
(envoyé par téléphone portable)

Installée à l'arrière de la Harley, Bobbie Faye se pressait contre le dos de Trevor. Avec le vent, ses cheveux lui fouettaient le visage et elle devait fermer les yeux. De cette manière, elle ne voyait pas les virages que son chauffeur négociait à toute allure en inclinant dangereusement l'engin. Ils allaient si vite que la route lui semblait floue et qu'elle craignait de finir prochainement dans le décor.

Mentalement, elle fit la liste de tous les postérieurs qu'elle allait devoir botter et la longueur de cette liste l'mpressionna un peu. Mais pour qui se prenaient-ils tous ? Comment osaient-ils se permettre de débarquer ainsi dans sa vie et de menacer toute sa famille ? Elle savait que le père de Francesca était un type plutôt effrayant et très bien introduit dans le milieu (si du moins elle devait en croire les rumeurs, parce que rien n'avait jamais pu être prouvé). Quelqu'un de cet acabit était probablement tout à fait capable de placer un contrat sur la tête de son ex-femme et de faire le nécessaire pour récupérer quelque chose qu'il voulait. Lui, encore, elle pouvait comprendre, mais les autres… ceux qui essayaient de la tuer ? Qui donc étaient ces gens qui cherchaient à la manipuler pour satisfaire leurs propres intérêts ? Des malades mentaux ? Est-ce qu'ils croyaient qu'elle allait se mettre à trembler de peur et faire tout ce qu'ils lui demandaient ? Comme si elle agissait toujours avec bon sens…

… *Oh. Attends un peu…* OK, il était possible que ce ne soit pas le cas. Peut-être aurait-elle dû essayer, mais, à ce stade, elle était vraiment trop énervée. Et de surcroît elle avait mal partout. Son bras gauche était couvert de sang, du fait des plaies et des égratignures occasionnées par l'explosion. Et elle ne pouvait qu'imaginer à quoi ressemblait la coupure qui lui barrait le front depuis son deuxième enlèvement. Elle allait vraisemblablement finir la journée entièrement violette, vu les hématomes qui devaient être en train de s'épanouir.

Son adrénaline avait dû retomber car elle n'avait plus aucune force dans les bras et elle tremblait. Elle se colla un peu plus contre Trevor qui lâcha l'une des poignées de son guidon pour couvrir sa main de la sienne. Il tourna à gauche pour quitter la 171 en direction de la route panoramique Sam Houston Jones, puis à droite vers une magnifique zone résidentielle (ils venaient de dépasser un panneau mentionnant « Manoir du Parc » ou quelque chose comme ça, mais elle n'avait pas eu le temps de le lire en entier).

Marie avait emménagé dans cette retraite luxueuse après avoir quitté Emile. Des arbres centenaires ombrageaient les pelouses dont, notamment, d'immenses chênes au feuillage luxuriant et aux branches massives qui touchaient presque le sol, des lilas des Indes flamboyants qui croulaient sous l'abondance de fleurs rose pâle, et de majestueux pacaniers. Chaque propriété comptait au moins deux étages, et nombre d'entre elles en avaient trois. Trevor s'enfonça encore un peu plus dans le quartier, jusqu'à l'une des dernières rues entièrement bordées de maisons. Les promoteurs immobiliers de Lake Charles étaient manifestement pleins d'optimisme : il y avait, juste derrière chez Marie, un autre immense lotissement en construction.

Bien qu'elle ne fût jamais venue dans cet endroit auparavant, Bobbie Faye aurait parié que la villa victorienne était celle de sa tante. C'était tout Marie : des parterres roses ornés de fuchsias éclatants recouvraient la moindre parcelle de terre à l'avant du porche. Dès qu'ils furent en vue de la maison, Trevor se raidit et cessa de tenir sa main. Il se gara près d'une porte latérale et il agit si vite que Bobbie Faye ne se rendit compte de ce qu'il faisait que lorsque ce fut déjà trop tard : il venait de lui lier les mains au moyen d'une attache en plastique.

— Vous les achetez en gros, ou quoi ? ironisa-t-elle juste avant qu'une horrible sensation de claustrophobie s'empare d'elle. Enlève-moi ça tout de suite.

Il indiqua du doigt la fixation autobloquante du lien : celle-ci se trouvait presque au milieu de l'attache, ce qui signifiait qu'en une seule torsion de poignet, elle pourrait se libérer.

— N'imagine surtout pas pouvoir en faire une habitude, murmura-t-elle.

Il saisit ses poignets pour la conduire à l'intérieur. Il se pencha légèrement vers elle pour lui chuchoter, avec un imperceptible sourire au coin des lèvres :

— Ne compte pas là-dessus.

Ils entrèrent dans la maison, et sa journée jusqu'alors vraiment merdique se barra en sucette.

Chapitre huit

Reggie « Scie circulaire » O'Connor et son cameraman se dirigèrent vers le périmètre de sécurité aménagé par la police, aux abords du pont où Cam attendait, l'humeur de plus en plus sombre. Reggie était une femme très belle, même si Cam répugnait à l'admettre, sans doute parce qu'elle était bâtie sur le même modèle que Bobbie Faye : longue, mince, avec de jolies courbes. Malheureusement, sa beauté n'avait pas réussi à traverser son épiderme. Elle était extrêmement manipulatrice et c'était le genre de journaliste à ne pas se contenter de lancer une peau de banane sous les pieds de quelqu'un : elle photographiait aussi sa chute, en ayant pris soin, au préalable, de payer une péripatéticienne pour corser la prise. Elle se présentait comme reporter d'« investigation » et, lorsqu'elle n'avait pas d'infos à se mettre sous la dent, elle n'hésitait pas à les fabriquer elle-même, même si ça impliquait de foutre en l'air une enquête ayant mobilisé la police pendant plus d'un an.

— Cam, dit-elle quand elle fut près de lui, tu as une mine épouvantable, comme d'habitude. Bobbie Faye te manque toujours, à ce que je vois.

Puis, se tournant vers la voiture calcinée, elle ajouta :

— Littéralement.

— Et comment va ton ex ? Il t'enquiquine toujours par sa seule existence ?

— Hé, au moins, je sais comment attirer son attention. Tu as quelque chose à déclarer ? demanda-t-elle en lui plantant un micro sous le nez, tandis que son collègue pointait sa caméra sur l'inspecteur.

Il la regarda comme si elle avait perdu la tête. D'ailleurs, en y réfléchissant bien, vu les batailles juridiques auxquelles avait donné lieu son divorce et la publicité qu'avait suscitée la garde de son enfant, il était tout à fait possible qu'elle y ait effectivement laissé quelques neurones.

— Donc, enchaîna Reggie en parlant devant son micro, que me répondriez-vous si je vous disais que je dispose d'une information confidentielle, selon laquelle Bobbie Faye travaillerait pour le crime organisé et qu'elle préparerait un gros coup ? J'ai entendu dire qu'elle avait de sérieux ennuis.

— Tu sais très bien que je ne fais jamais de déclaration, Reg. Quel que soit l'objectif de ton petit jeu, tu me fais perdre mon temps.

Reggie éclata de rire :

— Je ne joue pas, Cameron, mais ça ira comme ça. Tu comprendras bien assez tôt.

Et elle s'éloigna de lui, son cameraman sur les talons. Au bout de quelques mètres, elle se ravisa toutefois et regarda Cam pardessus son épaule :

— Tu sais, ça doit être épouvantable pour une fille comme Bobbie Faye, d'être tout le temps fauchée. Elle doit élever sa nièce et n'a aucun endroit décent pour vivre... Et si elle avait soudain découvert le moyen de s'enrichir, même si ça implique quelques arrangements avec la morale ? (Elle ne laissa pas à Cam le temps de lui répondre.) Je sais... pas de commentaire. Mais, personnellement, je pense qu'elle serait tentée. En fait, je ne crois pas que tu la connaisses aussi bien que tu l'imagines. Tu n'as pas idée de ce dont est capable une femme poussée à bout. Pour ma part, je ne me fais aucune illusion sur ta Bobbie Faye.

Cam se contenta de la regarder, impassible, jusqu'à ce qu'elle se détourne et s'en aille.

Salope. Qu'est-ce qu'elle voulait dire par là ? Il savait que Bobbie Faye avait parfois écorné quelques règles, quand elle estimait que celles-ci étaient stupides ou gênantes, et pas vraiment nécessaires, mais Reggie faisait allusion à quelque chose de beaucoup plus grave, de nature à réveiller la journaliste sans scrupule et ultra-compétitive qui sommeillait en elle.

Mais que pouvait donc mijoter Bobbie Faye ?

La première pensée qui traversa Bobbie Faye en entrant dans ce salon entièrement rose fut qu'elle allait devoir se nettoyer les yeux à la Javel. Le moindre bibelot disposé dans la pièce était rose : rose bonbon, vieux rose, rose thé, rose pâle... Même le cadre en plastique de l'énorme téléviseur à écran plat avait été repeint dans cette couleur. Un affront à toutes les télés du monde. Elle eut à peine le temps de cligner des yeux pour ajuster sa vue à la luminosité généreusement dispensée par le soleil de midi, que trois hommes, venant apparemment de la cuisine, pénétrèrent dans la pièce.

Emile. Super. Elle avait dû oublier qu'aujourd'hui était le jour de la Saint-Fumier.

Bobbie Faye ravala le sentiment d'antipathie qui l'envahit dès que son oncle s'avança, flanqué de ses deux gardes du corps. Elle se fit la réflexion que, manifestement, en matière d'hommes de main, son oncle avait une politique de recrutement très stricte : pas de cou et des mensurations de pachyderme. Pris en sandwich entre ces deux mastodontes, Emile semblait presque fluet, bien qu'il fît à peu de chose près la taille de Trevor. Avec son teint olivâtre, presque exotique, il avait encore belle allure. Seules les ridules autour de ses yeux indiquaient qu'il approchait de la soixantaine.

Bobbie Faye pouvait facilement imaginer à quoi il ressemblait quand Marie l'avait rencontré, au lycée : brillant, drôle, beau et riche. Le rêve de n'importe quelle fille. Mais, en cours de route, il était devenu un homme qui gérait une entreprise de perles de mardi gras pesant des millions de dollars, ce qui, selon des allégations que le gouvernement fédéral n'avait jamais pu prouver, lui avait donné accès à un large réseau au sein du crime organisé, réseau qu'il dirigeait désormais, après en avoir été l'un des rouages.

— Quoi ! dit-il en montrant d'impeccables dents blanches qui contrastaient avec son hâle et en écartant largement les bras. Tu n'embrasses pas ton oncle ?!

Elle fit taire sa colère et dompta sa peur, levant devant elle ses mains liées afin d'empêcher qu'il la prenne dans ses bras. Elle n'était pas dupe. Elle ne l'avait jamais été, pas même lorsqu'elle était enfant, quand Emile rapportait des sacs de bonbons énormes et des cadeaux somptueux, les rares fois où il s'aventurait en pays cajun, pour venir chercher Francesca chez sa grand-mère et la traîner jusqu'à La Nouvelle-Orléans où elle était scolarisée. C'était le genre de type à s'offrir un chien de garde, puis à le tuer parce que ses aboiements le réveillaient. C'était en tout cas le bruit qui courait.

— Je ne pense pas qu'un oncle chargerait un boa constrictor de lui ramener sa nièce, mais il se peut que je me trompe sur la notion même de *famille.*

Emile ricana en jetant à coup d'œil à Trevor qui s'était placé dans un coin de la pièce, à l'opposé des gardes du corps. Il avait croisé les bras sur sa poitrine et ses biceps n'en étaient que plus visibles, de même que les tatouages qui ornaient ses épaules. Il semblait comme sculpté dans la pierre et cette vision la déconcentra un instant. (Où donc s'était-il fait faire ces tatouages ? Comment aurait-elle pu ne pas les remarquer ? Y avait-il d'autres choses qu'elle ignorait sur lui ?) Puis il fit jouer les muscles de son avant-bras et elle sentit la tension qui l'électrisait, malgré son attitude détendue et blasée. Bobbie Faye nota qu'il avait enfilé un holster. Sa main droite, dissimulée par le pli de son coude, reposait probablement sur la crosse de son arme. Cela ne l'incitait pas vraiment à la décontraction.

— Oh, *chérie*[1], dit Emile en faisant un signe de tête en direction de Trevor qui portait toujours le masque du tueur à gages, c'est juste une sorte de police d'assurance, rien de plus.

— Quelque chose me dit pourtant qu'il ne bosse pas pour la Coface.

— Je veux récupérer mes diamants, Bobbie Faye.

La voix d'Emile était devenue glaciale. Elle dut cligner des yeux pour écarter les images de serpents venimeux ondulant sur le sol qui lui apparurent et un frisson la parcourut.

1. En français dans le texte (NdT).

— Alors tu peux abandonner ton petit jeu et me dire où ils se trouvent.

Jeu ? *Jeu ?* Elle voyait déjà les gros titres : *La tête d'une femme explose et raye la ville de la carte.*

— Tu es devenu fou, aussi fou que tous les autres abrutis que j'ai croisés aujourd'hui. Es-tu au courant que j'ai… j'avais… une voiture dont les sièges ne tiennent qu'avec du Scotch et qui est désormais totalement calcinée ? Sais-tu que je suis par ailleurs l'heureuse propriétaire d'une *immense* caravane dont la surface est à peine suffisante pour contenir deux ampoules électriques ?… Qu'est-ce qui, dans ce mode de vie outrancièrement opulent, a pu t'amener à la conclusion lumineuse que je sais où pourraient se trouver tes putains de diamants à la con ?

Peut-être avait-elle un peu élevé la voix. Les deux musclors avec leurs gros pétards posèrent aussitôt l'un des battoirs qui leur servaient de main sur la crosse de leurs revolvers. À la réflexion, elle se demandait s'il était si judicieux que ça de crier sur un roi du crime organisé. Surtout quand on avait les mains liées.

Emile lui lança un regard assassin, mais, contre toute attente, il choisit d'ignorer les invectives de sa nièce. S'avançant vers la table basse, il ouvrit un agenda qu'il feuilleta jusqu'à ce qu'il trouve ce qu'il cherchait. Il posa le doigt dessus.

— C'est quoi, ça ?

— L'itinéraire suivi par Marie. Elle écrit tout. S'il y a bien une chose merveilleuse avec ma délicieuse ex-femme, c'est qu'elle prend des notes sur tout. Même sur un bureau en ronce de noyer qui m'a coûté un œil, dit-il d'une voix que la colère rendait plus sourde.

Puis, se rendant compte qu'il se laissait emporter, il fit une pause et ajouta :

— Vois par toi-même.

Bobbie Faye contourna les fauteuils en cuir rose et se pencha au-dessus de l'agenda. C'était un grand modèle, organisé par semaine et couvert de gribouillis. Il y avait là des notes concernant des rendez-vous chez le coiffeur, des essayages, des déjeuners avec des amis et des réunions professionnelles relatives au commerce de tissus qu'elle avait lancé (une émanation de sa passion pour les sculptures qui l'avait fait connaître). Elle créait maintenant des sacs à main et des chaussures à partir de toutes sortes d'objets « trouvés » et de perles. Ses créations se vendaient comme des petits pains dans les galeries d'art et son activité dans le textile avait décollé, quand plusieurs jeunes starlettes repoussantes-mais-en-vogue avaient fait la couverture de *People* et de *InStyle* en arborant l'une de ses ceintures.

Bobbie Faye fit pivoter le cahier afin de comprendre un peu mieux ce que pouvaient vouloir dire les créneaux horaires barrés d'une croix qui paraissaient consacrés à du shopping, les mémos sans queue ni tête concernant des marchandises et même plusieurs recettes de cuisine. Elle se sentait prise de vertige rien qu'en pensant au temps qu'avaient dû prendre toutes ces annotations. Quant aux activités qu'elles prévoyaient… Et puis soudain, deux initiales attirèrent son attention : *BF*. Elle dut faire tourner à nouveau l'agenda (Marie en avait rempli chaque marge) pour parvenir à lire une suite de pattes de mouches qui partaient de la marge pour se terminer en haut de la page :

Coffre D [vu] copies [vu] BF sait

Le picotement commença à la base de sa nuque et dévala ses bras jusqu'à ses dernières phalanges, engourdissant ses mains. *BF sait* semblait devenir de plus en plus gros à chaque lecture. Elle ferma les yeux et les frotta, avant de relire à nouveau.

Pas de doute possible. C'était toujours là. Mais c'était quoi ce truc ? Qu'est-ce que Marie avait pu avoir en tête ?

— Est-ce que Marie a un petit ami qui s'appellerait Bison Futé ? Bah, quoi ?

— Arrête de faire l'idiote.

— Je n'ai aucune idée de ce que ça signifie.

Puis le début de sa journée lui revint à l'esprit :

— C'est pour ça que Francesca est persuadée que je peux l'aider à retrouver ces fichus machins ?

— Je suis certain que ma fille a fouillé l'intégralité de cette maison, alors je présume que c'est effectivement le cas. Mais le plus important, c'est que *je* suis persuadé que tu sais où ils se trouvent et que *je* veux les récupérer.

— Non ? Sans blague ? Bah, je vais m'y mettre tout de suite, alors.

Elle s'attendait à ce qu'il la menace et lui balance le désormais traditionnel « Je vais tuer toute ta famille » qui semblait particulièrement en vogue aujourd'hui. Mais, au lieu de cela, Emile se contenta de sourire. Ce qui l'angoissa beaucoup plus.

— Si tante Marie a complètement perdu la tête – et dans cette famille, ce n'est jamais très étonnant – au point de souhaiter me révéler où ils se trouvent, je t'assure qu'elle n'a pas mis ses plans à exécution avant de disparaître. Par conséquent, cher oncle, si tu veux que je retrouve ces diamants, il va falloir que tu me laisses inspecter cette maison à mon tour.

Emile lui lança un regard haineux.

— On pourrait aussi se regarder dans le blanc des yeux jusqu'à ce que quelqu'un d'autre les trouve en premier. C'est comme tu veux. Mais je ne te promets pas de ne pas vomir si tu me laisses une minute de plus dans cette pièce, ajouta-t-elle en indiquant du menton la bonbonnière qui faisait office de salon.

Les deux malabars hochèrent la tête en signe d'acquiescement à sa dernière remarque. Emile réfléchit quelques instants :

— Très bien. Je te donne une heure pour fouiller cette bicoque. Si tu ne trouves rien, je m'emploierai à réduire en poussière tout ce que tu possèdes et tous ceux que tu aimes. Et ça ne cessera que lorsque j'aurai retrouvé les diamants ou que tu me les auras apportés.

— Ah ouais ? Eh ben, il va falloir prendre un ticket, parce que, apparemment, c'est l'idée du jour.

— Je vais poster mes hommes devant les portes, alors ne songe même pas à essayer de te faire la malle.

— Loin de moi cette idée. Je vais prendre Riri, là-bas, avec moi, dit-elle avec un grand sourire en montrant du doigt le plus massif des deux gardes du corps.

L'homme prit une mine déconfite puis loucha sur ses pieds, quand Emile lui décocha un regard glacial.

— Tu vas prendre celui-là, lui dit-il en indiquant Trevor.

— Le tueur à gages ? *Hors de question.* Comment vais-je pouvoir me concentrer sur les indices à trouver, si je suis continuellement dans la crainte qu'il m'égorge ?

— Je te suggère d'être rapide, alors. Bon, j'ai différents appels à passer, dit Emile en se dirigeant vers le porche. Une heure, Bobbie Faye, et pas une minute de plus.

De : Simone
À : JT

Trevor a la fille : confirmé.
(envoyé par téléphone portable)

De : JT
À : Simone

Agence refuse confirmer qu'il est en service. Rester vigilant.
(envoyé par téléphone portable)

De : Simone
À : JT

Pense que c'est coïncidence si l'a aidée pour diadème qui était carte trésor... et si revient maintenant que diamants valent fortune ?
(envoyé par téléphone portable)

De : JT
À : Simone

Je crois pas aux coïncidences.
(envoyé par téléphone portable)

Benoit avait été affecté à l'accident du pont avec Cam et tous deux transpiraient abondamment en cette belle matinée torride. Pourtant, Cam parvenait à garder une allure décontractée et sereine (sans doute grâce à son expérience de *quaterback* dans l'équipe de football de l'université de Louisiane : l'énorme pression et la chaleur extrême qui caractérisaient les premiers matchs de la saison avaient dû l'immuniser contre les canicules). Par contraste, Benoit donnait l'impression d'avoir fait carrière dans la natation. Il faisait même trop chaud pour parler. De toute façon, leur amitié de longue date leur permettait de se comprendre d'un simple hochement de menton. Cam, qui faisait bien une tête de plus que Benoit, était toujours en train de scruter la foule massée au pied du pont. Si quelqu'un avait effectivement vu Bobbie Faye quitter le lieu de l'accident, il réussissait à bien le cacher.

Une autre fan de l'université de Louisiane – superbe, longues jambes, formes généreuses – s'approcha de Cam pour un autographe (il ne refusait jamais) ; Benoit attendit que la jeune femme s'éloigne avant d'ironiser :

— Il faudrait que tu penses à emporter quelques photos un peu sexy, très cher.

— Va te faire voir.

Ils quadrillaient la foule en tâchant d'arracher les témoins aux griffes des journalistes, et Benoit n'en revenait toujours pas de la sérénité dont Cam faisait preuve en temps de crise. Il gérait les amateurs de football avec amabilité, tout en restant parfaitement concentré sur sa mission : retrouver Bobbie Faye. Au fil des ans, beaucoup de gens avaient demandé à Benoit pourquoi son ami n'avait pas cherché un travail loin de Lake Charles, dans une grande société quelconque (nombre d'entre elles auraient adoré pouvoir intégrer une ex-vedette du football à leur personnel, surtout en qualité de porte-parole). Mais ces individus n'avaient jamais vraiment compris sa personnalité et combien sa ville natale était importante pour lui. Cette ville était sa famille. Le choix de Cam avait aussi une autre raison, bien qu'il n'en eût jamais soufflé mot à Benoit : Bobbie Faye n'aurait jamais quitté sa terre et Cam ne quitterait jamais Bobbie Faye.

Bon, jusqu'à ce que cet idiot vienne les séparer.

À cet instant, le téléphone portable de Benoit sonna. C'était Diane, du central des communications.

— Il faut que je te transfère un appel, dit-elle. C'est quelqu'un qui affirme savoir quelque chose d'important sur le meurtre du bijoutier sur lequel tu bosses avec Cam.

Benoit lui demanda de le mettre en relation avec le type en question, lequel avait un accent cajun à couper au couteau, encore pire que le sien. C'était assez courant dans ces paroisses acadiennes.

— Fils, y'a un truc qui me chagrine ces temps-ci et, malgré que j'l'aime bien, faut que j'le rapporte.

— Rapporter quoi ? s'enquit Benoit après avoir noté son nom et son adresse.

— Ben, maintenant, faut que tu viennes voir. Moi, j'veux pas lui faire tort, et si c'était qu'une histoire d'explosion, fils, ça m'aurait pas dérangé, avec elle qu'est la reine des Journées de la Contrebande et tout, mais là, ben, y'a tuer quand y faut et pis y'a tuer tout court.

Benoit ne put rien obtenir d'autre de son interlocuteur, hormis un lieu et une heure de rendez-vous. La police ne recevait que rarement des appels de ce genre à l'occasion des affaires impliquant Bobbie Faye. On faisait plutôt la queue pour lui servir d'alibi. Il referma son téléphone portable et regarda Cam grommeler dans le dos d'une autre amatrice d'autographe qui s'éloignait.

— C'était quoi ? demanda Cam.

— Rien, fils, sauf si ça d'vient kek' chose et je te l'ferai savoir.

La télévision fixée au mur diffusait le reportage réalisé sur l'accident du pont et le commentaire qui l'accompagnait résonnait dans les couloirs du centre de désintoxication. Chaque centimètre carré de la salle télé (dont les murs étaient recouverts d'une horrible peinture vert d'eau) accueillait un accro à quelque chose, pas encore sevré et forcément grincheux, geignard ou irritable. Tous avaient les yeux rivés sur l'écran comme s'il s'agissait du tout dernier film-catastrophe avec, dans le rôle principal, sa foutue frangine. Pour l'heure, Lori-Ann se félicitait de ne partager avec Bobbie Faye que la zone des yeux, et peut-être le menton. Elle ratatina sa frêle carrure dans un coin de l'inconfortable canapé ; elle en était sûre, il avait été conçu pour que les gens y soient exprès mal à l'aise, car chaque journée sans boire était un enfer et ils voulaient que les prisonniers – OK, OK, les *patients* – commencent à expérimenter ce qu'était l'enfer le plus tôt possible, pour s'y habituer.

L'angle de la caméra s'élargit pour montrer plusieurs hélicoptères volant aux côtés de celui depuis lequel était filmé le reportage. En bas, sur la terre ferme, on pouvait voir au moins une douzaine de voitures de flics, deux camions de pompiers, des unités médicales, une foule de plusieurs milliers de badauds, des embouteillages sur quelques kilomètres et une nuée de reporters qui s'agitaient comme des puces sur le dos d'un chien. Et voilà que maintenant, l'un des autres patients faisait circuler un grand sac de pop-corn. N'importe quoi. Il se croyait au cinéma ou quoi ? Lori-Ann jeta un coup d'œil à son conseiller, un travailleur social plus âgé qu'elle et aussi beaucoup plus conservateur, qui donnait l'impression d'avoir perdu, depuis déjà des millions d'années, toute aptitude pour la joie.

— Une nouvelle journée à la Bobbie Faye, dit-il quand il remarqua son coup d'œil. On dirait bien qu'elle a encore fait sauter quelque chose.

— Ouais, répondit Lori-Ann, et pourtant, dans l'histoire, c'est *moi* la ratée de la famille.

Chapitre neuf

Michele retira ses lunettes pour coller sa mince silhouette contre la porte ouvragée de la chambre à coucher du manoir du gouverneur et presser son oreille contre le panneau de bois. Elle frappa plusieurs fois, avant d'écouter à nouveau. Elle ne faisait que ça depuis une heure.

— Monsieur ? Vous avez des rendez-vous, annonça-t-elle en tâchant d'adopter un ton dégagé, malgré la panique qui commençait à la gagner. Et une soirée de charité demain soir ! Il y aura la télévision ! Tout le monde risque de le prendre pour un affront personnel, si vous n'y allez pas ! Je ne peux pas leur dire que vous annulez !

Elle écouta la réponse étouffée et roula des yeux à l'intention de Kitty, son bras droit et aussi la secrétaire adjointe du gouverneur, qui venait de la rejoindre. Celle-ci s'appuya à son tour contre la porte et tendit l'oreille.

— Est-ce qu'il… pleure ? demanda Kitty.

— Il répète qu'il ne quittera pas cette pièce avant que « cette femme » ait été retrouvée et enfermée.

— Il veut parler de…

— *Shhhhh*, l'interrompit aussitôt Michele. Depuis qu'elle a accidentellement fait sauter sa limousine, il devient extrêmement nerveux dès qu'il entend son nom.

— Mon Dieu, si les démocrates savaient ça !

Trevor réprima un frisson en refermant la porte de la chambre à coucher principale – rose fluo – où Bobbie Faye s'était mise à tourner comme un lion en cage. Elle bouillait de rage, tout en arpentant l'immense pièce avec ses longues jambes. Il avait défait qui lui attachait les poignets aussitôt après avoir congédié les deux gardes du corps et, depuis, elle agitait les avant-bras comme si elle cherchait quelque chose sur quoi cogner. Enfin, plus exactement, *quelqu'un sur qui* cogner. Lui, sans doute.

— Si ta tête se détache de tes épaules, ironisa-t-il, je vais *vraiment* être malade.

Elle fixa le mur opposé, mais il vit qu'elle essayait de dissimuler un sourire.

Son téléphone sonna et elle sursauta en envoyant valser la lampe en cristal qui explosa sur le plancher. Elle ouvrit d'un geste brusque son portable, après avoir vérifié l'identité de celui qui l'appelait.

— Salut, Frannie. Non. *Non*. Eh bien, va te faire voir.

Et elle raccrocha. Elle continua à fixer le mur devant elle :

— Quelqu'un se propose de me déposer chez moi. J'ai un rendez-vous pour un soin visage et des mèches. Est-ce que je peux y aller ?

Elle fit une pause, en respirant profondément, puis demanda :

— Pourquoi Emile t'a-t-il engagé ?

— Inutile de te dire qu'il croit avoir trouvé en moi le mercenaire le plus violent et le plus expérimenté actuellement disponible sur le marché.

— Emile n'est pas facile à duper.

Elle l'observa et il comprit qu'elle tentait de faire la part des choses entre ce qui, dans son personnage, correspondait à la réalité et ce qui procédait d'un travail d'acteur.

— Il existe suffisamment d'éléments vérifiables pour qu'il décide de me faire confiance, répondit-il en la fixant dans les yeux.

Il savait qu'il eût été très facile de lui mentir. D'affirmer que sa couverture avait été entièrement fabriquée et qu'il jouait tout simplement un rôle. Mais il ne voulait pas de ça. On lui avait assez menti au cours de sa vie.

— Bah, c'est vraiment génial. D'abord, je suis sortie avec un type qui s'est révélé être un redoutable trafiquant d'armes. Ensuite, je suis devenue la petite amie d'un gars qui était flic et qui a choisi d'arrêter ma sœur et de foutre en l'air toute ma famille. Et maintenant, j'ai le béguin pour un mec probablement capable d'enseigner mille et une façons de se débarrasser d'un cadavre gênant. Je jure que la prochaine fois que je m'intéresse un tant soit peu à un homme, je m'arrangerai pour obtenir son CV détaillé et une flopée de lettres de recommandation.

— Je crois que tu m'as sérieusement sous-estimé si tu penses qu'il y aura une « prochaine fois ».

Elle le regarda en fronçant les sourcils, avec une intensité telle que la température ambiante sembla augmenter de quelques degrés. Il patienta, les bras croisés. Il savait qu'elle était un peu dangereuse lorsqu'elle était à cran. Il aimait bien le danger, ça ne le dérangeait donc pas. En fait, ça lui faisait même assez d'effet, tout comme les formes agréables qu'il entrevoyait entre les lambeaux de sa chemise qu'elle avait noués sous ses seins. Cette pensée le ramena à l'estafilade que le fumier d'Irlandais lui avait laissée et il dut réprimer un grognement. Inutile de lui rappeler ce mauvais souvenir, elle était déjà assez susceptible et assez électrique comme ça.

— Par conséquent, poursuivit-elle en fixant à nouveau le mur pour éviter d'avoir à le regarder dans les yeux (signe indubitable de son immense colère), je suppose que c'est un pur hasard si *toi* – le type auquel j'ai parlé au téléphone, le type avec lequel j'ai eu toutes ces conversations torrides, celui-là même qui n'a fait aucune allusion à une quelconque mission clandestine –, si toi, donc, tu te retrouves à travailler sur cette affaire, à peu près au même moment où moi, je me vois contrainte d'y participer ?

Sa première réaction fut de se dire que « torrides » était un terme un peu en deçà de celui qu'il aurait employé pour qualifier la teneur de leurs échanges, mais il se dit aussi qu'elle allait sans doute essayer de lui en coller une s'il lui en faisait la réflexion. Il opta donc pour la sagesse.

— Non, répondit-il en notant sa tension, ce n'était pas une coïncidence.

Bobbie Faye supportait mal que Trevor restât là sans broncher, impassible, les bras croisés, la hanche appuyée contre la commode, comme s'ils échangeaient des propos anodins sur le temps. Il était si difficile à déchiffrer que ça la rendait dingue, même si elle commençait à croire que lorsqu'on tapait cet adjectif sur GoogleMap, il y avait déjà une étoile au niveau de sa caravane et qu'elle n'avait donc pas besoin de Trevor pour accéder à cet état. À vrai dire (pour que la liste fût complète), elle ne supportait pas non plus la mélodie sourde qui envahissait son corps dès qu'il était dans les parages, ni la fébrilité qui s'emparait d'elle simplement parce qu'elle le savait à moins de cinq mètres.

Apparemment, le tiroir de la commode venait de casser. Peut-être n'aurait-elle pas dû le refermer aussi violemment. Mais elle ne se souvenait même pas de l'avoir ouvert. C'est alors qu'il fit ce dont elle avait rêvé sans le savoir : il s'approcha d'elle et la prit dans ses bras.

— Pourtant, ce tiroir ne t'avait rien fait.

— Salaud.

Le torse de Trevor étouffa l'insulte qu'elle avait, de toute façon, prononcée sans conviction. Dieu que ça faisait du bien !

— Il a fallu que je fasse très vite à partir du moment où ton nom est apparu sur les écrans. Je ne pouvais pas te contacter, Bonnie[1]. Ton portable et ton téléphone de bureau étaient sur écoute et tu étais toi-même sous surveillance.

— À cause de cette annotation insensée dans l'agenda de Marie ?

— Oui. L'Agence surveille Emile depuis plus d'un an, maintenant. Nous suspections qu'il était derrière le vol initial des diamants, mais les pierres n'avaient jamais plus refait surface, jusqu'à ce que Marie les lui prenne.

— Mais pourquoi est-ce que toi et tes collègues êtes aussi excités par ces cailloux ? Je veux dire, bien sûr, plusieurs millions, c'est beaucoup d'argent, mais quand même…

1. Allusion à Bonnie Parker, qui forma avec Clyde Barrow un duo célèbre de voleurs et de braqueurs de banque américains (NdT).

— Ce ne sont pas des diamants tout à fait ordinaires, l'interrompit-il. Et ils valent près d'un demi-milliard.

Elle resta interdite, sidérée par le chiffre qu'il venait d'annoncer.

— Je crois que tu viens de détruire mon cerveau.

Assise dans sa voiture, Reggie réfléchissait à son plan, pendant que son cameraman, DJ, prenait quelques images de la foule et du véhicule incendié. Elle avait déjà trouvé deux personnes qui confirmaient que Bobbie Faye était encore en vie après l'explosion, même si les témoignages sur la manière dont elle avait quitté les lieux, et avec qui, variaient beaucoup trop pour qu'on pût savoir lequel croire. C'était hallucinant ce que les gens étaient prêts à faire pour devenir des « stars » de la télé. Ils lui avaient dit des trucs qu'ils n'auraient jamais répétés à la police. Reggie se réjouissait que Bobbie Faye fût en vie : cette folledingue valait beaucoup plus vivante que morte, pour le moment.

Elle posa les yeux sur une photo de son fils de quatre ans, Nathan, qu'elle avait glissée au dos de son pare-soleil. Le petit riait en sortant de l'eau son tout premier poisson, une brème de la taille d'un demi-pain au lait. À voir la joie de son enfant, on aurait juré que sa prise faisait au moins cinq kilos. À l'arrière-plan, on voyait le père de l'enfant, le téléphone portable vissé sur l'oreille, totalement indifférent à l'exaltation de son fils.

Ça lui lacérait le cœur que son connard d'ex ne se batte pour la garde de Nathan que parce qu'il savait qu'elle-même la voulait. Il avait troqué une épouse active, agressive et fouineuse (ce qui s'accordait mal avec son profond désir de dissimuler les activités illégales de ses clients) contre une femme n° 3, un modèle beaucoup plus passif dont l'ambition majeure était de s'assurer de la qualité de ses mèches. Harold se servait de Nathan pour tenir Reggie sous sa coupe. Ainsi, elle ne pouvait pas révéler ses petits arrangements avec la loi (surtout ceux qui consistaient à alléger les comptes de ses associés), de peur qu'il s'envolât pour une île quelconque en emmenant leur fils, pour toujours. Il avait l'argent pour le faire, et aussi des gènes de salopard. Voilà pourquoi elle devait se résoudre à jouer le jeu.

Ce jeu allait prendre une autre tournure avec toute cette histoire. Reggie sentait déjà le parfum de la victoire. D'habitude, comme tous les autres journalistes, elle était sur la touche. Elle arrivait toujours un peu après l'événement créé par Bobbie Faye et, en tout cas, jamais assez tôt pour obtenir une exclusivité, laquelle constituait le plus sûr moyen de monter dans ce métier. Par conséquent, celui qui décrocherait un scoop sur Bobbie Faye, celui qui parviendrait à la filmer au beau milieu de l'un de ses exploits, accéderait à la notoriété – et à un poste autrement plus gratifiant que le sien. Et si le journaliste qui possédait un bout de film sur elle parvenait, en outre, à la prendre sur le fait dans une affaire criminelle ? Oh alors, le journal télévisé national ferait bien de tendre l'oreille, parce que Reggie avait un plan pour réaliser ces deux prouesses à la fois.

Elle regarda DJ qui revenait d'un pas nonchalant vers sa voiture, ce qui signifiait sans doute qu'il avait réussi à prendre quelques clichés d'une ou deux nymphettes plus ou moins déshabillées qu'il était sûr de pouvoir faire passer à l'antenne. Il lui fit un clin d'œil et lui offrit son sourire le plus roué. Elle regrettait de ne pas avoir accepté sa proposition de faire tomber son ex, quand c'était encore possible. Elle avait malheureusement attendu trop longtemps, croyant qu'elle pourrait toujours ressortir les preuves de son infidélité lors du procès, et que ça mettrait fin à ses projets de remariage. Mais elle aurait dû se douter qu'un aussi infâme salaud aurait pensé à se mettre un juge dans la poche. Au bout du compte, elle n'avait rien obtenu.

DJ grimpa dans la voiture et lui donna un gros baiser langoureux. Ils reprirent le chemin de la station de télévision, afin qu'il puisse faire le montage de ses prises, pendant qu'elle peaufinerait son plan.

Aiden observait Sean qui faisait rouler un dé entre ses phalanges, signe infaillible qu'il était agité. Le visage de Robbie était rouge de concentration, tandis qu'il entrait des commandes dans son ordinateur, puis écoutait quelque chose dans ses écouteurs, avant de retaper de plus belle sur son clavier.

— Toujours rien ? lui demanda-t-il.

— Rien de rien, putain, soupira Robbie. Pas même un son résiduel, comme s'il était tombé.

— Probablement à cause de l'explosion, suggéra Mollie, à laquelle Robbie adressa un coup d'œil reconnaissant.

Sean avait investi pas mal d'argent dans cette quête de diamants quand ils avaient disparu pour la première fois, quelques années auparavant, c'est-à-dire lorsque Emile les lui avait dérobés sous le nez. Du moins, Sean pensait que c'était Emile qui avait fait le coup, mais jusqu'à présent il n'avait jamais pu le vérifier. Sean n'allait pas être très content. Il ne prenait jamais très bien les échecs, ce qui, en général, signifiait que l'employé défaillant recevait une balle dans la tête. En fait, il était en train de fredonner la chanson « Dear Liza », et Aiden ne pouvait s'empêcher de penser à la manière dont il avait changé les paroles du dernier couplet :

Il y a un trou dans ce seau, ma chère Liza, ma chère Liza,
Il y a un trou, eh bien descends-le, mets-lui une étiquette sur le doigt de pied.

— Voilà ! s'écria Robbie en montrant l'écran du doigt. Le GPS refonctionne. Elle se déplace, on la tient.

Sean cessa de chantonner et sourit.

Bobbie Faye resta sans bouger dans le cercle que formaient autour d'elle les bras de Trevor. Le chiffre qu'il venait de lancer à propos de la valeur des diamants tournait dans son esprit fébrile, détruisant, lui semblait-il, les quelques cellules qui y avaient survécu jusque-là. Elle soupira.

— Donc, tu n'es pas vraiment ici pour me secourir ?

Il se redressa un peu et la regarda dans les yeux.

— Tu penses que je vais croire que ma simple apparition dans cette histoire pourrait te convaincre de cesser d'aider ta famille ?

— Ça aurait pu être le cas, mentit-elle.

— C'est ça, Bonnie, et juste après, tu vas enfiler un tutu rose, des pointes, et te mettre à faire des arabesques sur du Mozart.

— Idiot, dit-elle, mais il avait réussi à lui arracher un sourire. Laisse-moi deviner : le FBI pense qu'il est possible que je sois dans le coup à cause de cet agenda, et tout le monde est du même avis. Par conséquent, les fédés croient que je vais travailler pour toi, mais que je vais faire comme si tu me faisais peur, pendant que je travaillerai pour les types qui veulent que je retrouve les diamants et ceux qui ne le veulent pas, sachant que tout ce beau monde ne semble avoir qu'une seule logique : « Tire d'abord, oh regarde, quelque chose qui brille. »

— Tu as oublié le soin du visage et les mèches avec Francesca.

— Si elle s'aventure à brandir un flacon de vernis à ongles devant moi, mieux vaudrait que j'obtienne un permis de tuer.

Il sourit et se mit à ôter de ses cheveux les débris qui s'y étaient accrochés en prenant le temps d'examiner la coupure qu'elle portait au front. Elle devait sans doute ressembler à ces plaies que l'on voyait dans les films d'horreur car il pâlit un peu. Il la conduisit vers la salle de bains adjacente et elle faillit s'évanouir en voyant son reflet dans le miroir : on aurait dit une poupée de chiffons en loques et sous crack (bien pire que ces clichés « avant-après » dont se servent parfois les firmes de cosmétiques pour promouvoir leurs produits). Au royaume des thons, elle remporterait la palme. Ses cheveux ne ressemblaient plus à rien depuis sa balade en moto, son front et ses joues étaient maculés de sang séché, ses bras étaient couverts d'écorchures et sa chemise lacérée gardait les marques sombres de son parcours du combattant sur l'asphalte du pont.

Il fouilla un peu dans les placards et en sortit un gant de toilette qu'il mouilla et lui passa sur le visage.

— Mais si vous surveillez Emile depuis un an, comment se fait-il que tu sois là ? Tu bossais pour Vincent jusqu'à il n'y a pas si longtemps ?

(Vincent était l'innommable connard, fort heureusement décédé depuis, qui avait kidnappé son frère.)

Il continua de lui nettoyer le visage.

— Ma couverture de tueur à gages n'a encore jamais été percée à jour. À part toi et Cam, personne en dehors de l'Agence ne sait qui je suis.

— Et donc, il se trouve juste que tu avais un peu de temps pour t'occuper de ce bordel ?

Mais quand il garda les yeux obstinément fixés sur ses bras, elle comprit :

— Tu leur avais demandé de me surveiller !

— Non, répondit-il en finissant de soigner son autre bras. Je leur ai demandé de me prévenir si tu courais un danger quelconque. Je me disais que quelqu'un pourrait essayer de s'en prendre à toi en imaginant que tu étais toujours en possession du diadème.

(Le diadème de sa mère. La couronne de pacotille rouillée que son arrière-arrière-arrière-grand-père – qui s'était révélé être Lafitte lui-même – avait fabriquée pour sa fille et qui, depuis, avait été transmise de génération en génération. Un objet de fer-blanc qui, à son immense surprise, avait énormément de valeur.)

— Et l'Agence t'a appelé en renfort ?

Il fit une pause et, comme il restait silencieux, elle lui tapota l'épaule.

— Quand j'ai entendu qu'ils s'apprêtaient à t'utiliser en guise d'appât, je ne leur ai pas exactement laissé le choix.

Elle le regarda et se rappela le film qu'ils étaient allés voir ensemble, un western dont ils n'avaient jamais vu la fin parce qu'il avait reçu l'ordre de retourner à Quantico le soir même. Et puis, il y avait eu ces brûlants échanges au téléphone. Mais, malgré tout cela, elle ne s'était jamais laissée aller à imaginer que, peut-être, leur relation ne tenait pas seulement à une alchimie sensuelle. Bon, OK, elle avait un petit peu espéré que, éventuellement, sur un malentendu, il y avait quelque chose de plus. Si elle avait su qu'il se faisait du souci pour elle – compte tenu de ce qu'elle ressentait pour lui –, elle aurait mendié, emprunté ou volé pour aller le retrouver en Virginie.

Pizza.

L'image lui sauta à l'esprit. Elle observa son visage qui paraissait si sincère, tandis qu'il faisait glisser le gant humide sur les multiples contusions de ses bras, et elle se fit la réflexion qu'elle aurait adoré passer leur second rendez-vous dans une pizzeria de sa connaissance. Un endroit chaleureux, sympa et suffisamment informel pour pouvoir se relaxer en apprenant à mieux se connaître (pas une de ses boîtes à drague qui constituaient le parcours obligé d'une baise programmée). Elle aurait revêtu un truc un peu sexy, et lui de toute façon aurait été superbe. Il se serait effacé pour la laisser entrer, en ne fléchissant pas devant les gros yeux qu'elle n'aurait pas manqué de lui faire. Ç'aurait été vraiment magique. La soirée se serait sans doute terminée par le plus fabuleux des baisers.

— J'espère que le FBI dispose d'une carte Platinum plus ou moins universelle, dit-elle en essayant de raffermir sa voix, tout en s'éloignant de Trevor. Parce que c'est vous qui allez devoir payer pour tout ce qui va exploser.

— Tu déniches les diamants, on s'occupe des factures, répondit-il d'un ton enjoué, tout en l'examinant pour tenter de comprendre ce qui lui avait valu ce retrait soudain. Mais ce serait tout de même mieux si on pouvait éviter de détruire la Louisiane.

Elle retourna dans la chambre à coucher et se dirigea vers le tiroir de la commode avec un air très déterminé.

— Ce n'est pas comme si je prévoyais ce genre de choses.

— Que Dieu nous vienne en aide si tu te mets à les prévoir un jour !

John remonta dans le van qu'il avait garé dans la rue où habitait le vendeur. Otto était au téléphone avec l'acheteur et conversait en italien, ce qui agaçait John au plus haut point car il ne comprenait pas un mot. Lorsque Otto haussa un sourcil interrogatif, John dit :

— Elle est toujours à l'intérieur.

Otto prononça encore quelques mots d'italien, écouta la réponse et raccrocha.

— L'acheteur dit qu'il ne fait plous dé promesses au vendeur. Il faut que la femme Bobbie Faye ne pas sortir.

John s'empara de son fusil à lunette et le tendit à Otto.

— Voilà. Si elle est pas trop conne, elle ne va pas s'attarder devant les baies vitrées, commenta-t-il en ouvrant la porte du van.

Otto fit la grimace devant le fusil.

— Mais je ne pas être aussi bon que toi. C'est toi qui devrais lé faire.

— De toute façon, on n'ira pas bien loin, si elle ne passe jamais devant une fenêtre. Alors j'ai ma petite idée. Toi, tu fais juste en sorte qu'elle ne quitte pas la maison.

Et sur ces mots, John se précipita en direction des chantiers de construction. Il était convaincu d'avoir eu une inspiration géniale.

Chapitre dix

La chambre à coucher principale ne contenait pas le moindre fichu indice. Aucun néon rose géant assorti d'une flèche qui aurait annoncé : « Diamants par ici, abrutie. » Soucieux de ne pas gaspiller les précieuses minutes du délai fixé par Emile, Bobbie Faye et Trevor se précipitèrent ensuite au deuxième étage où se trouvait une sorte d'atelier spacieux, éclairé par une volée de baies vitrées qui donnaient sur les maisons en construction, dans la nouvelle partie du lotissement.

Bobbie Faye n'avait jamais vu autant de camelote accumulée au même endroit. Même le joyeux foutoir de Ce Ce ne pouvait rivaliser avec ce ramassis indistinct. Des cartons d'emballage renversés donnaient l'impression d'une fouille hâtive et peu soigneuse. Leur contenu avait été vidé sur la faible portion du plancher qui n'était pas occupée par les lourdes tables de travail, sous lesquelles d'autres cartons avaient été stockés. À en juger par les pots et les saladiers posés sur les tables, Marie devait réaliser ses articles en tissu à partir de ce qu'elle pouvait trouver de plus bizarre dans la nature (des feuilles enchâssées dans de la résine) et ailleurs (un tuyau d'arrosage, non, sérieusement ?), en passant par les perles et les fausses pierres précieuses. Bobbie Faye avança la main vers une pochette écarlate qui jetait mille feux, mais la retira vivement après s'y être piquée.

— Ouille !

Elle se pencha pour la regarder de plus près et constata qu'elle était composée de centaines de petits talons d'escarpins, apparemment tous affûtés comme des rasoirs.

— Mais qui pourrait vouloir s'embarrasser de ça !? Ça t'oblige à emporter aussi ta propre armoire à pharmacie pour les premiers secours.

Trevor pointa du doigt une photo encadrée qui semblait provenir d'un article tiré du magazine *InStyle*, où l'on pouvait voir la plus en vogue des jeunes actrices de télévision brandir la même dangereuse pochette, en bleu cette fois.

— Je me demande bien quel nombre de pansements ils ont dû faire disparaître au montage.

Il y avait des douzaines d'autres photos, pareillement encadrées, de célébrités, de politiciens et même de quelques chefs d'État, qui tous arboraient l'un des objets confectionnés par Marie ou posaient devant l'une des pièces de sa collection de sculptures. Bobbie Faye se souvenait d'elle comme de l'Étrange Tante Marie qui s'arrêtait tout le temps pour ramasser des trucs bizarres par terre, à chaque fois qu'ils se retrouvaient tous dans la maison familiale, et qui n'avait jamais su résister à l'appel d'un marché aux puces quelconque, bien qu'elle fût mariée à l'un des hommes les plus riches de l'État. Elle n'avait jamais imaginé que sa tante pût aussi être célèbre et avoir une vie – un art – bien à elle.

— Je parie qu'une bonne partie de tout ça a disparu quand l'argent d'Emile a commencé à se tarir, dit-elle comme pour elle-même, et Trevor suivit son regard vers le mur tapissé de photos. Parce qu'il en faut vraiment beaucoup pour mener ce genre d'entreprise. Ça ne crache aucun bénéfice pendant des années et puis, il faut se faire inviter aux bonnes soirées, avoir les contacts *ad hoc*... Elle a dû connaître des moments de découragement.

Sous les photos, un bureau cauchemardesque supportait plusieurs piles branlantes de paperasses diverses qui menaçaient de s'écrouler : des calendriers, des factures, des cartes de visite, des facturettes, des cartes postales, des brochures, des publicités pour les prochaines expositions, des coupures de journaux sur ses shows, des tickets de cinéma pour de vieux films, des numéros de téléphone et d'autres gribouillages incohérents et abscons.

— Comment avez-vous pu conclure aussi vite que les diamants n'étaient pas ici ? Il faudrait des siècles pour examiner tout ça.

— Ce ne sont pas des diamants ordinaires. Ils sont marqués au moyen d'un radio-isotope. En scannant la maison, on a pu en déduire qu'ils avaient été entreposés ici à un moment donné, mais qu'ils n'y étaient plus, expliqua Trevor en jetant un coup d'œil autour de lui. Tu es sûre que c'est par ici que tu veux commencer ?

Elle hocha la tête en agitant la main en direction du bureau.

— À l'heure qu'il est, Marie peut se trouver n'importe où, surtout si elle a reçu l'aide de sa… ma… famille. Je présume que vous êtes tous en train de vérifier ses comptes bancaires et ses déplacements ? demanda-t-elle en relevant un instant la tête de la paperasse. Il acquiesça. Je connais bien Marie. Enfin, je la connaissais bien. Elle est futée. Quand j'étais petite, à chaque fois qu'on jouait aux cartes ou à des jeux de société, tout le monde voulait l'avoir dans son équipe, parce qu'elle gagnait toujours. En tout cas, elle a été suffisamment maligne pour subtiliser les diamants à son mari et ça n'a pas dû être facile. Mais elle est aussi du genre bordélique.

— Ah ? Je n'avais pas remarqué. Et tu cherches quoi, au juste ?

— Je ne sais pas. Des idées sur les endroits où elle a pu se rendre et sur celui où elle veut aller. Je sais bien que nous pourrions rendre visite à ses amis et les interroger à ce sujet, mais…

— L'Agence contrôle les cartes de crédit de tous ses amis et relations. Et on surveille aussi les lieux mentionnés dans son agenda.

Bobbie Faye feuilleta les affiches des expositions à venir. Sur certaines photos des travaux que Marie envisageait d'exposer, elle avait transformé en sculptures quelques-unes de ses créations en tissu (des sacs, des chaussures). *Une forme de reconversion, c'était tout tante Marie.* Quand quelque chose ne se vend pas, intégrez-le à autre chose et appelez ça de l'art. On pouvait lui faire confiance pour mettre en œuvre cette petite stratégie, lors de son prochain vide-greniers.

— Et on pourrait démantibuler tout ce qu'elle a jamais fabriqué ou vendu… (Elle leva la main devant elle pour l'empêcher de réagir.) Je sais, vous vous y êtes déjà attelés. Mais, si j'étais Marie ? Jamais je ne laisserais les diamants dans un endroit où je ne pourrais pas les surveiller moi-même, pour m'assurer qu'ils sont en lieu sûr. Emile a beaucoup trop de relations parmi les banquiers. Par conséquent, elle ne déposerait jamais les pierres dans un coffre-fort loué dans un établissement bancaire. Et, ce qui est sûr, c'est qu'elle ne ferait jamais confiance à notre famille.

Elle passa en revue la pyramide de paperasse en fourrant au passage certains documents dans son sac à main. Elle mit de côté plusieurs papiers et constitua une autre pile « À examiner plus soigneusement ». Elle avait un peu de mal à se concentrer avec Trevor qui se tenait si près d'elle. Il cherchait à l'aider, mais il ne cessait de la frôler, pendant qu'elle tâchait de s'y retrouver dans les monceaux d'échantillons amassés à leurs pieds. Quand elle avait décidé de quitter la maison, Marie était partie en éteignant l'air conditionné et l'atelier était un véritable four. Cette chaleur tournait presque la tête de Bobbie Faye et elle avait l'impression qu'elle allait bientôt fondre et se répandre sur le sol. Ou alors, c'était la présence de Trevor, son soudain retour sur la planète Terre…

Avant de disparaître, il n'avait pourtant fait qu'un passage éclair dans sa vie. Elle s'était résignée au fait qu'il ne reviendrait pas. Mais elle s'était trompée et voilà qu'il ne cessait de l'effleurer pour s'emparer d'un papier quelconque ou replacer un objet à côté d'elle. Comment deux accros à l'adrénaline comme eux avaient-ils pu sérieusement envisager de sortir ensemble ? OK, *elle* y avait pensé. Beaucoup. « Sortir ensemble » n'étant à vrai dire qu'un euphémisme pour « d'innombrables étreintes animales ». Bon, il suffisait de le regarder, hein.

— Ça va ? lui demanda-t-il, et elle prit conscience qu'elle était en train de le dévisager d'un air songeur.

Elle baissa les yeux vers ce qu'elle avait entre les mains : des écorces de riz. Du riz pas encore séché, tout juste récolté. Elles lui avaient fait penser à quelque chose d'important, mais quelle qu'ait pu être cette idée, elle s'était dissoute dans la moiteur de la pièce, tout comme elle.

Bobbie Faye s'approcha de la fenêtre pour y chercher désespérément un peu d'air. Elle eut du mal à l'ouvrir et regretta immédiatement son effort, en entendant le tintamarre qui s'élevait du chantier de l'autre côté de la rue, et en sentant la poussière dessécher sa bouche. Trevor vint la rejoindre une seconde plus tard et referma la fenêtre. Il s'était placé derrière elle, ses bras frôlant son corps, et elle se mordit la lèvre pour ne pas succomber à l'envie qu'elle avait de se coller contre lui.

C'est alors qu'il y eut un infime *plink*, presque inaudible, à peine différrent des bruits provenant du chantier. C'était un peu comme si quelqu'un avait lancé un petit caillou sur la vitre. Un tintement imperceptible qu'elle n'aurait pas entendu si la vitre ne s'était pas étoilée, au niveau de son front. Étrange, non ? Quelqu'un avait lancé un caillou deux étages plus bas et, oh regarde, une autre étoile… Pendant un instant, elle se demanda comment la fenêtre pouvait encore tenir en place. Une partie de son cerveau avait envie de féliciter le vitrier, ou plutôt le fabricant, pour avoir conçu une vitre si solide qu'elle pouvait résister à un jet de pierre. Mais voilà qu'elle tombait à terre, poussée par Trevor qui lui criait quelque chose qu'elle n'entendait pas. Peut-être parce que le sang était en train d'affluer à son cerveau. Peut-être parce qu'elle était en train de hurler. (Il faudrait choisir.)

— Des vitres blindées, constata-t-il alors qu'elle était toujours plongée dans ses réflexions.

Trevor balaya des yeux la pièce en semblant oublier qu'il était toujours allongé sur elle de tout son long, et qu'elle soutenait son poids grâce à une sorte de demi-pompe. Alors que la Peur et le Hurlement essayaient de se racheter pour s'être montrés aussi paresseux (en se déchaînant sur le thème *vitres blindées fendues* signifie *balles*, signifie *abruti tirant sur toi*, signifie *fais un peu gaffe*), le reste de son cerveau se mit à frémir (*mmmmm, quels biceps !*) avant d'approcher l'ébullition (*ooooh, les abdos… et les épaules ! Aaaah, quelles jambes ! Sur moi !!*).

Était-ce le choc ? le déni ? les deux ? En tout cas, la gourgandine qui sommeillait en elle refusait opiniâtrement de s'intéresser à tous ces galimatias concernant des balles et autres dangers de mort pour se consacrer à ces muscles-là et, *wow*, est-ce qu'elle aurait retenu son attention ?

— Dieu du ciel, Bonnie !

Ses lèvres s'étirèrent en un sourire malicieux.

— Le fait d'avoir encore failli me faire tuer me conduit à revoir mes priorités…

La partie la moins irrationnelle de son cerveau venait de jeter l'éponge et tout son corps ondulait sous celui de Trevor. Il la regarda pendant ce qui lui sembla durer une éternité. D'ailleurs, elle n'était plus très sûre qu'il respirait à en juger par l'intensité de son regard.

— Quoi ? finit-elle par lui demander.

— Je suis en train de me creuser les méninges pour faire en sorte que quelqu'un te tire dessus tous les jours.

— Je commence à croire que ça ne devrait pas poser trop de problèmes.

Ce qui ramena Trevor au tireur. Bon sang ! Il roula sur le côté, puis se mit à genoux pour tenter d'apercevoir le sniper. Deux nouveaux projectiles vinrent ricocher sur la vitre juste au-dessus de sa tête.

Benoit s'était mis à se balancer sur ses talons après avoir visionné la vidéo. Il ne s'attendait absolument pas à ça. La petite boutique de confection pour hommes nichée dans un angle de la galerie commerciale – entièrement rénovée et désormais prospère – située en centre-ville disposait d'un matériel de sécurité high tech qui paraissait complètement anachronique par rapport à son propriétaire, M. Beauregard, un Cajun de souche, fluet et plutôt désuet. M. Beau, comme on l'appelait, était dans le métier depuis quarante ans et, malgré l'évolution drastique de la mode masculine et la dureté de la crise économique que la ville avait traversée (surtout après le cyclone Rita), il avait réussi à faire de sa petite entreprise une affaire florissante. Son sens aigu des affaires et son instinct avisé l'avaient amené à louer des smokings, pour les galas des écoles, aux gamins des cadres dynamiques et aisés qui travaillaient dans les usines chimiques du coin. Ce créneau avait néanmoins un inconvénient : de temps à autre, il attirait les graffitis et les effractions. L'une d'entre elles venait d'ailleurs de donner lieu à un article dans le journal. Le môme s'en était tiré parce que l'ancien système de vidéosurveillance était trop flou pour que l'on ait pu l'écrouer sur cette seule base. Après cet incident, M. Beau avait donc fait installer des caméras de sécurité supplémentaires.

— Revenez en arrière, s'il vous plaît, il faut que je revoie ça encore une fois, demanda Benoit.

Le vieil homme rajusta ses bésicles sur son nez camus en plissant les yeux devant la console de surveillance, un peu désorienté par le nombre de boutons. Finalement, il parvint à retrouver la séquence de film qui intéressait l'inspecteur et celui-ci s'approcha de l'écran pour mieux voir les images.

— En vérité, dit le vieux commerçant avec un accent cajun chantant, ça m'embête de dire quelque chose contre elle. C'est une bonne fille, *cher*[1]. Quant à Sal ? Il a ses côtés obscurs, alors je me suis dit, *mais no*[2], il a manigancé quelque chose contre elle. Alors, si elle a de bonnes raisons pour cela, il est hors de question que je lui cause des ennuis. Non.

Benoit continua à regarder le film en silence. Il faudrait qu'il fasse boire à Cam un ou deux verres avant de le lui laisser voir. Il appuya sur le bouton pour actionner le ralenti.

Sal – Salvador Frenetti –, le joaillier qui s'était fait refroidir quatre jours plus tôt, possédait un magasin presque en face de celui de M. Beau. La bijouterie attirait des clients huppés dont les enfants se fournissaient auprès de M. Beau. La police – puis le FBI – avait quadrillé le quartier et constaté que seuls deux magasins disposaient d'un système de vidéosurveillance avec une caméra dirigée vers la bijouterie ou ses abords immédiats. Curieusement, l'une d'entre elles était « en panne » la nuit du meurtre et les autres vidéos de surveillance avaient « accidentellement » été effacées. Benoit et Cam soupçonnaient un coup de la Mafia, au vu de la parfaite symétrie des tirs, et se doutaient que l'un des membres de ce syndicat avait contacté – gentiment mais fermement – les propriétaires des boutiques alentour afin d'organiser une amnésie collective. Et maintenant, Benoit se demandait si cette amnésie n'avait pas pour objet de protéger la reine des Journées de la Contrebande. En tant que Cajun, il savait que ses concitoyens avaient spontanément tendance à resserrer les rangs autour des leurs pour les couvrir.

Mais l'inspecteur ne s'attendait certainement pas à voir la reine elle-même sur ce film – surtout en train de pointer un Glock en direction de Sal et de lui coller cinq balles dans le buffet.

1. Tel dans le texte d'origine (NdT).
2. Tel dans le texte d'origine (NdT).

La caméra ne l'avait pas filmée directement. Elle était orientée vers le trottoir (par où détalaient habituellement les artistes en graffitis) et au bout de celui-ci se trouvait un magasin d'antiquités dont la devanture faisait saillie par rapport aux autres boutiques. Sa vitrine était pleine d'armoires anciennes, et la plus importante d'entre elles supportait un grand miroir disposé de manière à refléter l'allée adjacente, un peu comme ces glaces convexes que l'on installait aux croisements pour voir la circulation arrivant à angle droit.

Une femme, de taille et de corpulence comparables à celles de Bobbie Faye, retrouvait Sal dans l'allée. Il paraissait surpris de la voir. Ils se disputaient et, l'espace d'un bref instant, elle s'avançait vers lui et le lampadaire illuminait son visage. Elle ressemblait tellement à Bobbie Faye que Benoit sentit l'angoisse envahir son esprit. La jeune femme sortait un Glock que Sal commençait par regarder d'un air apparemment amusé, avant de scruter les ténèbres qui les entouraient. Benoit se disait qu'il avait dû y repérer du mouvement, quelqu'un d'autre… deux personnes peut-être ? Quand Sal reposait à nouveau les yeux sur la femme, son attitude semblait être passée du mépris à la peur panique. On avait même l'impression qu'il la suppliait, et c'est à ce moment que la femme lui tirait cinq balles dans le ventre. Sal tombait, au ralenti, sur les genoux d'abord, avant de rouler à demi et de s'étaler sur le dos. Avait-il prononcé quelques mots ? Elle se penchait vers lui, comme pour l'écouter. Après cela, elle avait l'air encore plus agitée qu'auparavant. Elle parcourait l'allée de graviers en observant le sol. Bobbie Faye – le suspect, se corrigea-t-il – ramassait alors la totalité des douilles, vérifiait le pouls de la victime et s'essuyait les mains sur sa chemise. Elle restait encore là une seconde, tournait la tête vers quelqu'un resté dans l'ombre, derrière elle, et s'en allait tranquillement.

Benoit fit un arrêt sur image au moment où elle regardait par-dessus son épaule. Malgré les ombres créées par les lampadaires, on reconnaissait le visage de Bobbie Faye. Les yeux, le nez… tout. *Merde.* Il n'était pas sûr à 100 % qu'il s'agissait de la jeune femme, mais le fait même qu'il devait faire appel aux pourcentages lui mettait la tête à l'envers et l'incitait à se balancer une fois de plus sur ses talons, dans l'espoir de clarifier ses pensées. Il fallait tenir compte de l'angle du miroir et du fait que les visages n'apparaissaient pas clairement sur le film. À plusieurs reprises, l'image semblait même se dédoubler, probablement en raison de la forme du miroir ou d'un reflet dans l'une des baies vitrées de la devanture de l'antiquaire. Le film était assez sombre malgré l'éclairage dispensé par les lampadaires, et il n'aurait pu dire avec certitude s'il y avait ou non un homme caché dans l'ombre. Tout de même.

Il fixa l'image arrêtée et cette ébauche de sourire. Il avait grandi avec Bobbie Faye. Il connaissait son caractère – par cœur – et il savait qu'elle n'aurait jamais tué un homme de sang-froid. Il aurait parié sa vie là-dessus. Et pourtant, c'était bien son visage, là, sur l'écran. Son sourire. Benoit ne parvenait pas à le croire. Il ne voulait pas le croire. Il était *impossible* qu'il accorde un quelconque crédit à ce qu'il avait sous les yeux. Si la vidéo lui avait été présentée par un autre que M. Beau (un homme si honnête qu'il avait un jour refait tout le trajet jusqu'à Baton Rouge pour restituer un remboursement indu – 5 dollars ! – que le fisc lui avait accordé par erreur), Benoit en aurait immédiatement conclu que le film avait été trafiqué. Mais il avait M. Beau devant lui, manifestement embêté de devoir dénoncer quelqu'un qu'il aimait et tourmenté par la situation à un point tel que l'inspecteur pouvait affirmer, avec l'expérience de ses années de carrière, qu'il était sincère. Benoit se voyait donc contraint d'admettre que la vidéo n'avait pas été retouchée.

Mais comment allait-il pouvoir annoncer à Cam que la femme qu'il aimait – et qu'il aurait dû épouser, selon l'opinion que défendait encore Benoit cinq minutes auparavant – était peut-être une meurtrière ?

Le ménage avait commencé dans le magasin de Ce Ce, maintenant que la police avait libéré les lieux. Tandis que l'on remettait peu à peu tout en place et que les artisans prenaient les mesures des futures baies vitrées (elle était déjà passée par là suffisamment de fois pour savoir où trouver les meilleurs entrepreneurs, moyennant un confortable acompte), Ce Ce s'était mise au travail dans son bureau. Elle avait étalé devant elle tous les manuels de charmes, les incantations et les anciennes traductions qu'elle avait accumulés dans sa bibliothèque vaudoue personnelle. Et elle se morfondait. Apparemment, les charmes de protection n'avaient pas fonctionné. Le sniper n'aurait pas dû pouvoir tirer, les cousins n'auraient jamais dû réussir à convaincre Bobbie Faye de les suivre. Ce Ce avait échoué et elle entendait bien y remédier.

L'assureur de Ce Ce, Neil, un type incroyablement grand à la voix nasillarde, dont le teint cireux s'harmonisait parfaitement avec le costume gris pâle, la cravate gris foncé et les chaussures assorties, apparut dans l'encadrement de la porte. La seule tache de couleur qui déparait cette belle harmonie était celle qui salissait sa chemise. Sans doute avait-il déjeuné d'une pizza. Il se gratta la tête et l'inquiétude assombrit encore un peu plus son front perpétuellement plissé.

— Ils vont vouloir ajouter une clause d'exclusion concernant les « événements » liés à Bobbie Faye, soupira-t-il en se passant la main dans les cheveux.

— Et ils n'obtiendront pas satisfaction, mon chou, répondit-elle en continuant à feuilleter le livre d'incantations qu'elle était en train de consulter. Ne m'oblige pas à contacter une fois de plus mon avocat.

Le pauvre assureur épongea son front avec sa cravate. La dernière fois que Ce Ce avait déposé une déclaration de sinistre, sa compagnie d'assurances avait tenté de résilier ses polices. La direction entendait bien exclure toutes les dépenses causées par l'existence de Bobbie Faye et elle avait remonté les bretelles du pauvre Neil pour avoir signé avec Ce Ce un renouvellement de contrat qui ne comportait pas cette clause. Mais, lorsque la compagnie d'assurances avait rechigné à payer, l'avocat de Ce Ce avait su trouver les arguments qui l'avaient convaincue de ne rien changer à la police en vigueur. (Ce Ce avait fourni à l'avocat en question un philtre d'amour qu'il avait utilisé sur sa superbe épouse et il voulait pouvoir refaire le plein *ad vitam æternam*. Ce Ce n'allait certainement pas lui expliquer que la potion ne fonctionnait vraiment qu'une seule fois et que ses effets se dissiperaient si les deux personnes concernées n'étaient pas faites l'une pour l'autre. Tant que l'avocat resterait persuadé qu'il lui en fallait, Ce Ce se ferait un plaisir de lui en fournir.)

— Mais je vais me faire virer, Ce Ce !

La chaleur commençait à lui donner des couleurs et, pour Neil, une légère rougeur sur le visage signifiait sans doute un début d'apoplexie. Ce Ce admit que ce pauvre homme n'était qu'une victime de plus d'un « événement Bobbie Faye » et elle lui tapota la main en passant près de lui pour aller dans la réserve.

— Attends-moi ici, mon chou. J'ai exactement ce qu'il te faut.

Dans sa réserve, Ce Ce se posta au milieu des centaines de flacons qu'elle y avait stockés. Il était presque impossible de circuler dans la pièce, tant les étagères croulaient sous les produits. Il lui fallut rentrer son ventre grassouillet (« fait pour l'amour ») afin de se faufiler entre les étroites travées. La poussière recouvrait la plupart des ingrédients et des flacons, et aucun de ceux-ci ne portait d'étiquette. Elle s'était aperçue voilà bien longtemps que les potions non identifiées ne risquaient pas d'être volées, parce que nul ne souhaitait utiliser par erreur un breuvage rétrécisseur de pénis au lieu d'une potion pour devenir riche ou susciter l'amour.

— Mékesstufais ? grommela Monique.

Ce Ce sursauta si violemment qu'elle faillit envoyer valser toute une étagère. Elle regarda d'un air réprobateur son amie qui lui offrit un grand sourire (celui qui disait « je m'apprête à terminer ma première flasque de la journée »).

— J'essaie juste de trouver un truc pour aider Neil, lui expliqua-t-elle en saisissant un flacon qui prit une très légère couleur ambrée dans la lumière.

— On dirait de l'eau. De l'eau sale. Ooooh, est-ce que ça va transformer Neil en vieillard dégoûtant ?

— Non.

Comme son amie avait quelques difficultés à conserver les secrets, elle n'allait surtout pas lui révéler qu'elle s'apprêtait à donner à un assureur le pouvoir du « oui ». Il s'agissait d'une potion légère, Neil n'étant vraisemblablement pas en mesure de supporter quelque chose de plus fort.

— C'est juste un philtre de protection, mon chou.

Mieux valait éviter toute vérité trop crue. Ce Ce ne voulait pas que Neil abuse du pouvoir qu'elle allait temporairement lui accorder pour survivre à la fureur de son chef.

— Tu devrais peut-être rafraîchir celles-ci un petit peu, non ? dit Monique avec de grands yeux innocents en regardant les étagères surchargées et poussiéreuses.

Ce Ce fronça les sourcils en considérant ses stocks. Les flacons se faisaient peut-être un peu vieux... un peu... périmés. C'était peut-être pour cela que les charmes n'avaient pas si bien fonctionné pour Bobbie Faye. Elle échangea le flacon qu'elle avait dans la main pour un autre beaucoup plus sombre.

— Tu vois ! s'écria Monique en suivant Ce Ce hors de la réserve. Je peux t'être d'une grande aide ! Il faut que tu m'apprennes des trucs, en commençant par ce que c'est que tout ça.

Monique souleva délicatement les volutes desséchées d'un intestin d'iguane spécialement difficile à se procurer car il fallait que l'animal meure de sa belle mort. Ce Ce les retira avec précaution des mains de son amie.

— Plus tard, peut-être. Je pense que tu devrais commencer par quelque chose de plus simple et qui ne risque pas de tuer des clients au cas où tes mesures seraient un peu approximatives.

Ce Ce se retourna et tendit la fiole à Neil qu'elle surprit en train de feuilleter son livre de charmes. Il fit un bond en arrière et eut la décence de prendre une mine coupable.

— Voilà, mon chou. C'est tout ce que tu peux te permettre pour le moment.

— C'est un philtre de protection ! renchérit Monique. Un vrai de vrai. Double puissance.

— J'adore ta discrétion, dit Ce Ce d'un ton glacial.

Puis, s'adressant à Neil :

— Bois-le juste après ton dîner. Assure-toi de ne rien manger de jaune, cela dit. À défaut, tu risquerais une petite indigestion.

Neil la remercia, mit le flacon dans sa poche et quitta la pièce avec un air encore plus affolé que lorsqu'il y avait pénétré. Ah ! ça valait bien la peine de se donner du mal, pensa Ce Ce. Elle avait juste voulu l'aider.

Ce qui la ramena à sa préoccupation première : trouver un charme pour Bobbie Faye. Elle avait besoin de quelque chose de générique, de transportable et de véritablement puissant. Elle se plaça devant son livre de charmes et se mit à compulser les diverses incantations auxquelles elle avait songé, quand celle figurant sur la page que Neil avait consultée attira son regard.

Le charme s'intitulait *excellent*. Bon, Bobbie Faye la tuerait probablement pour l'avoir mis en œuvre, mais à part ça ? À part ça, c'était *parfait*.

Chapitre onze

Quand Bobbie Faye se redressa pour s'asseoir à côté de Trevor, sous la fenêtre, une vibration ébranla le bâtiment. Les objets posés sur le bureau se mirent à trembler et plusieurs photos dégringolèrent sur le plancher, ainsi qu'une étrange sculpture. Des cartons en équilibre instable entamèrent un jerk, répandant un peu partout des billes de plastique, des perles, des boutons et Dieu sait quoi d'autre.

Trevor et Bobbie Faye glissèrent sur le parquet jusqu'à la fenêtre située à l'angle de la maison. De là, ils virent un bulldozer du chantier d'en face qui s'approchait. Sans conducteur.

— Comment est-ce possible ? s'étonna-t-elle.

— Les bulldozers peuvent fonctionner tout seuls, dès lors qu'une de leurs vitesses est engagée.

Des ouvriers qui travaillaient à l'autre extrémité du chantier le virent traverser la rue et se précipitèrent vers lui, mais ils étaient beaucoup trop loin pour arriver avant que l'engin atteigne la maison de Marie.

Et il ne s'agissait pas de n'importe quel bulldozer. Ce n'était pas exactement l'un des nouveaux modèles de chez Majorette. Plutôt un gros pépère avec une lame géante qui formait comme un « V » à l'avant du véhicule. Le genre de machine qu'on utilisait pour abattre d'énormes troncs dans le cadre d'un défrichement massif. L'engin escalada le trottoir en renversant, au passage, une bouche d'incendie qui se mit aussitôt à cracher un jet puissant en direction de la fenêtre. Poursuivant sa route droit devant lui, il pourfendit d'abord la terrasse située sur l'arrière de la propriété, avant d'*entrer* dans la maison de Marie.

La lame s'attaqua d'abord au porche avant de passer aux fondations de la villa. Tout l'édifice pencha dangereusement. Les tables glissèrent sur le sol, se cognant les unes aux autres, tandis que fournitures et papiers divers se répandaient dans toute la pièce. Bobbie Faye et Trevor entreprirent l'ascension du plancher, désormais fortement incliné, pour rejoindre la cage d'escalier, en essayant de ne pas rouler sur les perles qui s'étaient échappées des boîtes renversées.

En s'aidant des coudes et des genoux, ils parvinrent à traverser la pièce dont le sol s'affaissa encore un peu plus lorsque l'un des poteaux de soutènement de la maison fut emporté. Le parquet ciré ne leur donnait que peu de prise, sauf aux endroits où des lattes de bois avaient sauté, incapables de résister à la torsion qui leur était imposée. Une portion du mur de façade, au niveau de la fenêtre où ils s'étaient arrêtés quelques minutes plus tôt, se déchira en projetant des morceaux de plaques de plâtre, des clous et des éclats de verre brisé, avant de s'effondrer par pans entiers. Puis, le plancher s'éventra en créant, çà et là, des gouffres qui plongeaient vers le rez-de-chaussée et s'élargissaient de seconde en seconde. En bas, l'énorme engin poursuivait son entreprise de destruction, à peine ralenti par le volume et le poids de sa victime. Un peu partout, des tuyaux explosaient, éventrant les cloisons dans un grand craquement et envoyant des geysers à travers les portions manquantes du parquet. La pièce où se trouvaient Trevor et Bobbie Faye ne cessait pas de tanguer. Il y eut comme un sifflement et ils sentirent l'additif que l'ingénieuse et fort serviable compagnie du gaz ajoutait à ses produits, pour permettre à ses clients d'identifier une fuite et de se rendre compte que, oui, effectivement, ils étaient sur le point d'être pulvérisés par une explosion.

Ils regardèrent par les trous du plancher jusque dans la cuisine, quelques mètres plus bas. Il y eut un éclair blanc lorsque le gaz prit feu, suivi de flammes bleues, puis orange, qui jaillirent du conduit en direction du magnifique fourneau en acier brossé, embrasant au passage l'îlot en granit et cerisier massif qui trônait au milieu de la cuisine. Dans tout ce vacarme, Bobbie Faye eut l'impression de percevoir la timide alarme d'un détecteur de fumée. Heureusement que ce petit mouchard était en état de marche.

Et puis elle tomba. L'engin avait atteint la salle à manger, après avoir abattu un autre mur porteur et, avec lui, les solives sur lesquelles s'était perchée Bobbie Faye dans son ascension vers la cage d'escalier qui, de toute façon, n'existait plus. Elle plongea donc, non sans noter les mouvements furieux de Trevor pour tenter de la retenir. Elle atterrit sur le sommet d'une armoire qui vacilla, tangua et… amorça une chute vers l'étage inférieur. Bobbie Faye réussit à agripper un tuyau qui sortait du plafond. Trevor tendit la main à travers le trou du plancher, en lui hurlant quelque chose qui fut couvert par le grondement du bulldozer et le vacarme ambiant. Il pointa alors le doigt vers une fenêtre et elle comprit ce qu'il cherchait à lui dire : va vers la baie située en façade parce que, si tu choisis le chemin opposé, tu risques de recevoir toute la maison sur le dos.

Bobbie Faye s'employa à suivre ce judicieux conseil. Le bâtiment continuait de craquer, de vibrer, de grogner comme s'il exprimait une sourde colère. Le bras puissant de la machine s'était mis à éventrer le sol, entamant ainsi sa propre assise déjà rendue instable par l'eau que crachaient les tuyaux et qui transformait le rez-de-chaussée en terrain spongieux. L'engin finit par trouver un appui sur de nouveaux débris qui venaient de s'abattre et progressa encore de quelques mètres. Les murs extérieurs se séparèrent alors du toit qui s'affaissa un peu plus. Bobbie Faye et Trevor jouaient maintenant aux funambules sur les morceaux de plancher qui pendaient du mur arrière, tandis que solives et lambourdes se désintégraient une à une sous leurs pieds. Elle se souvenait maintenant pourquoi elle détestait tant les courses d'obstacles durant les cours d'EPS. À l'époque, elle avait déclaré avec aplomb à son prof de sport que jamais ce genre d'aptitude physique ne lui servirait. Il n'y avait aucun rocher à escalader en Louisiane, avait-elle avancé à l'appui de sa théorie, et elle ne voyait vraiment pas pourquoi elle aurait eu besoin de savoir grimper le long d'une corde lisse. (Pourtant, elle convenait que la maîtrise d'une telle technique lui aurait été bien utile, maintenant qu'elle devait s'agripper au cordon électrique de l'applique fixée à côté de la fenêtre de la façade, pour éviter d'exécuter un piqué vers la cuisine en flammes.)

Près d'elle, Trevor tomba, mais se rattrapa juste à temps à une moulure du plafond qu'il escalada jusqu'à la fenêtre, en s'abîmant les mains sur les clous qui en dépassaient. Tandis que la destruction progressait, Bobbie Faye se balança au bout de son fil électrique – *Toi Tarzan, moi Jane* – pour aller se projeter, les deux pieds en avant, vers l'immense baie vitrée de la façade. Toute la vitre venait d'exploser sous la torsion que lui avaient imposée les murs extérieurs désolidarisés. Bobbie Faye atterrit sur la terrasse, juste avant que le bâtiment se mette à pencher dangereusement. Trevor la suivit de près en s'engouffrant lui aussi par le trou béant laissé par l'éclatement de la vitre, et ils s'éloignèrent à toutes jambes de la façade qui avait pris un angle très suspect, avant que le reste de la maison s'affaisse.

Il était temps.

Elle aperçut Emile et ses deux gardes du corps qui fuyaient la villa ventre à terre. Fidèles à leur mission première – protéger leur boss –, les hommes de main fourrèrent Emile dans la voiture. Celui-ci eut néanmoins le temps d'entrevoir sa nièce et son tueur à gages.

Une balle passa à deux doigts de la tête de Bobbie Faye qui venait tout juste de se pencher pour examiner une plaie sur l'épaule de Trevor.

De : JT
À : Simone

Mon Dieu, suis si fatiguée. Toute la *foutue* maison *effondrée* ?
(envoyé par téléphone portable)

Il n'avait pas fallu à John plus de cinq minutes pour découvrir où Otto avait garé le van, dans le terrain boisé situé en face de chez Marie. Il l'avait sans doute déplacé afin de pouvoir observer la façade avant de la maison, et s'assurer que la salope n'en sortait pas à quatre pattes. John s'attendait à trouver un Otto tout à fait ravi et la confirmation que ses honoraires lui seraient prochainement virés sur son compte. Le bulldozer s'était révélé absolument idéal : l'outil parfait pour l'accident parfait. Plus de Bobbie Faye, plus de maison, plus d'indices, plus de soucis. L'acheteur allait être aux anges. Mais au lieu de cela, quand il arriva au niveau du van, il trouva Otto sur le toit du véhicule. Mort. Il tenait le fusil à lunette dans une main et de l'autre un téléphone portable qui sonnait. John devina que cet abruti avait grimpé là-haut pour avoir une meilleure ligne de mire, au-dessus des autres véhicules garés devant chez Marie. Une moto passa en trombe à côté de lui et il eut tout juste le temps d'entrevoir ce salopard de mercenaire qu'Emile avait engagé, avec Bobbie Faye en croupe.

Le numéro de l'appelant sur le portable indiquait : inconnu. John répondit néanmoins parce que la seule personne avec laquelle Otto s'était entretenu avec ce téléphone était l'acheteur. Quand John eut fini de lui exposer la situation, son interlocuteur avait déjà fait virer une somme rondelette sur un compte, afin qu'il fût engager les renforts qu'il jugerait adéquats.

Sean et Aiden remontèrent dans leur camionnette.

— Alors, bonne chasse ? demanda Mollie.

Aiden acquiesça. Ils avaient effectivement vu l'homme monter sur le toit du van, et celui-ci avait dirigé un fusil à lunette en direction de la maison de Marie.

— Qui crois-tu que c'était ? demanda encore la jeune femme. Les fédés ?

— Y'a peu de chance. Trop amateur, répondit Sean.

— Tu l'as toujours ? s'enquit Aiden auprès de Robbie qui hocha la tête, sans quitter des yeux son système informatique et le signal du GPS qu'il suivait à la trace.

Cam se trouvait dans l'allée qui menait à la maison de Marie, désormais entièrement détruite. Les pompiers venaient de fermer l'arrivée principale du gaz et leurs camions cernaient le bâtiment pour mieux maîtriser les flammes.

— On ne peut pas accéder aux étages supérieurs, lui annonça Jordan, capitaine de l'antenne locale des pompiers et, accessoirement, ami et beau-frère de Cam (il avait épousé la deuxième fille de la famille Moreau). Le bâtiment ne tient que par l'opération du Saint-Esprit. Il faut d'abord qu'on éteigne l'incendie au rez-de-chaussée, avant de pouvoir évaluer la stabilité de la structure. Ensuite seulement, nous pourrons tenter de monter à l'étage pour fouiller les décombres.

Il devait hurler pour couvrir le bruit des sirènes et le grondement de l'eau qui affluait dans les énormes lances à incendie, en direction de la maison.

— J'ai entendu dire que vous avez plusieurs témoins qui disent l'avoir vue sauter de là.

Cam hocha la tête. De toute façon, il n'aurait pas pu garder le secret avec les médias qui interrogeaient tout le monde et tous leurs suppôts qui vivaient dans le voisinage (un lotissement huppé dont l'association de propriétaires avait institué un « comité de surveillance de quartier »). Jordan eut un sourire de soulagement. Il avait toujours apprécié Bobbie Faye (à vrai dire, tous les pompiers de la ville l'adoraient depuis qu'après la dernière catastrophe, elle avait activement et publiquement plaidé leur cause pour qu'ils obtiennent une augmentation de salaire et des moyens supplémentaires). Cam lui enviait ce sentiment pur, simple et heureux. Bobbie Faye était en vie et elle ne l'avait évidemment toujours pas appelé. On lui avait tiré dessus, une bombe avait pulvérisé sa voiture (sans parler du pont) et elle ne s'était même pas donné la peine de lui passer un coup de fil pour l'informer qu'elle respirait encore. Il appuya sa paume contre son orbite droite, sentant que la migraine qu'il avait couvée jusque-là n'allait pas tarder à se déchaîner.

— Ta sœur veut savoir si Winna et toi vous venez toujours samedi prochain pour le barbecue, demanda Jordan, auquel Cam lança un regard qui signifiait, à peu de chose près : *Tu te fous de moi, ou quoi ?*

Ils étaient au beau milieu d'un nouveau cataclysme déclenché par Bobbie Faye. Comment pouvait-il songer à un truc comme un déjeuner de famille ?

— Hé, ne mets pas à mort le simple messager. Tu connais Gracie, elle a hérité la manie de tout contrôler des Moreau, lui dit son beau-frère avec un grand sourire.

Il était marié à Gracie depuis trois ans maintenant, et semblait en être plutôt heureux. De son côté, Gracie était résolue à voir le dernier de ses frères convoler, comme si le fait que Cam avait jusque-là réussi à déjouer ses talents d'entremetteuse lui causait un affront personnel. Elle enseignait dans la même école que Winna qui, Cam devait le reconnaître, était très jolie, douce, stable et intéressante. Ils sortaient ensemble depuis bientôt deux mois – assez longtemps, en tout cas, pour que sa sœur les considère comme un couple officiel.

Le téléphone de Cam sonna et il reconnut le numéro de téléphone de la technicienne de la police scientifique. Il savait qu'elle avait déjà envoyé une équipe chez Marie et qu'il était bien trop tôt pour qu'elle ait quoi que ce soit à lui révéler sur la bombe ou les indices qu'elle avait recueillis dans la voiture. Jordan retourna travailler quand Cam prit l'appel.

— Ta copine me donne beaucoup trop de boulot, dit-elle abruptement. Je crois que je peux d'ores et déjà te dire qu'il n'y avait aucun reste humain dans la voiture. On dirait bien que celui ou celle qui s'y trouvait a pu en sortir avant l'explosion.

Ça, c'était bien, mais il avait déjà recueilli le témoignage d'un voisin qui affirmait avoir vu Bobbie Faye quitter la maison de Marie. Il en avait d'ailleurs déjà informé Maggie.

— Qu'est-ce qui t'amène, Maggie ?

— Il y a un truc que je voudrais te soumettre pour confirmation. Il ne s'agit donc que d'une hypothèse, mais, compte tenu du profil de l'affaire, j'ai pensé que tu ne cracherais pas sur un tuyau. Tu te souviens que j'ai recueilli des cheveux et du sang, sur le pont.

Cam se tendit. Heureusement, il était présent lorsqu'elle avait repéré la tache, et il se souvenait qu'il n'y avait pas assez de sang pour indiquer une blessure grave.

— C'est à propos des cheveux, poursuivit-elle, constatant qu'il restait silencieux. Avant qu'on nous appelle, aujourd'hui, j'ai examiné un échantillon de cheveux pour l'affaire du négociant en diamants.

— Je croyais que les fédés avaient raflé tous les indices ?

— Pas tous, dit-elle, et il pouvait presque voir son sourire. Certains d'entre eux ont été mal rangés et il a fallu que l'on se démène vraiment pour les retrouver. Quoi qu'il en soit, pendant que j'attendais qu'ils m'appellent à propos de ces trucs, j'ai lancé un test ADN – le labo me doit quelques faveurs. Eh bien, ces cheveux n'appartiennent à personne de répertorié. Ça ressemble donc à une voie sans issue.

— Alors, pourquoi ai-je cette impression étrange qu'il y a un « mais » sous-jacent ?

— Effectivement. Je n'ai aucun échantillon de l'ADN de Bobbie Faye dans mes dossiers.

— Mais pourquoi t'en faudrait-il un ?

— J'étais en train de superviser le fichage des indices provenant du pont et quelque chose dans les cheveux que nous avons trouvés auprès de ses empreintes m'a paru familier.

Cam savait qu'à défaut de l'ADN ils disposaient des empreintes de Bobbie Faye dans leurs archives. Bon sang ! le médecin légiste en chef en avait quasiment fait un cas d'école pour les nouvelles recrues.

— Et là, j'ai compris pourquoi ça me disait quelque chose... En fait, je venais de voir les mêmes dans le cadre de l'affaire... du bijoutier. Je les ai soumis au microscope et je vais comparer les résultats des tests ADN. Mais je ne pourrai déterminer si ces cheveux appartiennent effectivement à Bobbie Faye que si je dispose d'un échantillon de son ADN.

Hors de question. Bobbie Faye ne serait jamais impliquée dans un vrai meurtre.

À cet instant, une énorme portion du toit de la maison de Marie se détacha, avant de s'écraser sous la puissance de l'assaut des lances à incendie.

Merde, il n'avait pas de temps à consacrer à ça. Il ne voulait pas avoir à revivre le calvaire qu'engendrerait forcément le fait de devoir encore la traquer, puis l'arrêter.

Il fallait juste qu'il se procure un échantillon de son ADN.

Bobbie Faye et Trevor s'agitaient dans la caravane, ouvrant les placards, jetant un œil sous les lits, passant la salle de bains au peigne fin... Ils voulaient s'assurer que personne – et surtout pas un assassin notoire – ne s'y cachait. Enfin, un sentiment de soulagement envahit Bobbie Faye, comme si l'endorphine avait fini par remplacer l'adrénaline qui avait jusque-là imposé sa loi. Elle s'affala devant sa minuscule table de cuisine, en déchirant le sac en papier rempli des provisions qu'ils venaient d'acheter en chemin. Il ne lui fallut que quelques secondes pour engouffrer le hot dog au chili et fromage qu'elle s'était commandé. Elle faillit s'en évanouir de joie.

Quand elle s'aperçut que Trevor considérait sa mine réjouie avec des yeux amusés, elle observa en souriant :

— On dirait bien que toutes ces explosions m'ouvrent l'appétit.

— Doux Jésus, va falloir stocker, alors !

Elle lui aurait bien fait une grimace, mais ça aurait ralenti le rythme de sa mastication. Par ailleurs, quand tout le reste déconnait, un bon hot dog au chili et fromage avait des pouvoirs magiques de guérison et faisait des merveilles. Surtout ceux que faisaient les frères Ardoin, parce qu'ils constituaient la version cajun du modèle original américain et incorporaient des saucisses fumées et des épices locales, ainsi que trois types de fromages. Elle n'était pas certaine de ce qui entrait dans la composition du chili, mais si elle avait pu s'en faire une injection, elle n'aurait pas hésité. Elle essayait de se rappeler quand elle avait bien pu lui parler de sa passion coupable pour les hot dogs des frères Ardoin et du fait qu'elle économisait religieusement pour que Stacey et elle-même puissent s'en offrir un tous les samedis. Elle se souvenait de l'avoir entendu glousser et, quand elle releva la tête, elle vit le sourire malicieux de ses dents blanches qui contrastait avec son teint mat. Mon Dieu, c'était encore meilleur que le chili ! Il se pencha vers elle pour lui donner un baiser au coin de la bouche (volant par la même occasion – elle en était sûre – un peu du chili qui y avait coulé) et son cerveau faillit exploser du fait de la réunion de deux des choses qu'elle préférait au monde. Soudain, ces hot dogs au chili se confondirent avec un désir indubitablement charnel et son péché, jusqu'alors mignon, devint capital.

Son téléphone sonna : Nina retournait son appel. D'après le son de sa voix et compte tenu du décalage horaire, Bobbie Faye aurait pu croire qu'elle la sortait du lit, mais, connaissant son amie, elle se dit qu'elle venait probablement tout juste d'en finir avec un comte italien. Ou deux.

— Que puis-je faire pour toi ? demanda Nina.

— Me prêter ton appart', si ça ne te dérange pas ? J'ai besoin d'un endroit pour me planquer et réfléchir.

— Aucun problème.

— Attends un peu. Pas si vite. Il faut tout de même que je te prévienne que la maison dans laquelle je me trouvais il n'y a pas si longtemps ne ressemble plus vraiment à une maison.

— Elle s'est transformée en petit chien ?

— Ha.

— Tu as le double des clés et tu connais le code. Fais comme chez toi. De toute façon, j'ai prévu de refaire la cuisine.

Elles prirent congé l'une de l'autre et, en moins de dix minutes, Bobbie Faye débarrassa les papiers d'emballage de leurs dernières miettes, jeta quelques vêtements et articles de toilette dans un sac et rejoignit Trevor dans le salon. Il se tenait près de la fenêtre, surveillant les environs.

— Il va falloir qu'on parte par-derrière, dit-il.

Elle se rapprocha de lui et regarda par l'infime interstice qu'avait ménagé sa main entre les rideaux : deux chaînes de télévision concurrentes venaient d'installer leurs caméras. La gérante du camp de caravanes avait pu les empêcher de pénétrer dans l'enceinte du terrain parce que c'était une propriété privée. Mais il y avait de grandes chances pour qu'ils se soient postés à toutes les sorties. D'ailleurs, à l'entrée principale, elle apercevait Reggie O'Connor. Bobbie Faye grinça des dents. Les gens l'avaient pourtant prévenue que cette femme était capable de vous regarder dans les yeux pendant qu'elle vous plantait un couteau dans les tripes, mais Bobbie Faye n'avait pas voulu entendre leurs mises en garde. Elle savait, en connaissance de cause, qu'il était difficile d'être une femme forte parce qu'on attendait toujours de la jeune fille du Sud qu'elle soit réservée et respectueuse. Mais ils pouvaient tous aller se faire voir, et elle comprenait parfaitement le genre de vent contraire que Reggie avait dû affronter lorsqu'il lui avait fallu jouer des coudes pour se frayer un chemin dans le milieu du journalisme, en volant l'exclusivité à ses collègues masculins. Bobbie Faye aurait cru que cette situation créerait un lien entre elles, une expérience partagée sur laquelle elles auraient pu construire une ébauche d'amitié. Et puis Reggie s'en était prise à elle. Mais c'était sans doute le titre de l'émission – « Bobbie Faye : devrait-on la stériliser ? » – qui l'avait choquée le plus (encore que le débat intitulé « Bobbie Faye : puissance maléfique ou tout simplement esprit débile ? » lui restait parfaitement en mémoire).

Donc, elle n'adorait pas Reggie.

Bobbie Faye jeta un coup d'œil à Trevor et comprit à quoi il pensait. Le camp de caravanes était bordé par un immense champ de cannes à sucre encore vertes qui devaient avoir atteint la taille d'un homme et leurs rangées étaient juste assez espacées pour permettre le passage d'une moto. L'expérience serait probablement pénible (ils allaient forcément se faire fouetter par des tiges pleines de sève). Ils s'étaient garés à trois caravanes de là en arrivant, parce que Trevor voulait faire preuve de discrétion. Ils allaient donc, pour repartir, emprunter le même chemin que celui qu'ils avaient suivi pour arriver : par la porte de derrière. Ils n'avaient pas encore atteint la dernière marche de l'escalier donnant sur la courette arrière que la petite barrière en bois s'ouvrait déjà.

De : Simone
À : JT

Alerte. Activité téléphone portable. Appel entrant pour BF. Signal provenance Italie.
(envoyé par téléphone portable)

De : JT
À : Simone

Merde. Acheteur italien. Crois-tu BF songe à vendre ?
(envoyé par téléphone portable)

De : Simone
À : JT

Supposer affirmatif.
(envoyé par téléphone portable)

Chapitre douze

Cam, arme à la main, se glissa dans la petite cour, derrière la caravane de Bobbie Faye. Il tendit l'oreille : aucun bruit provenant de chez elle. Il s'avança vers la porte et tout lui parut normal. Cela dit, vu les événements de la journée, mieux valait ne pas tabler sur une situation ordinaire.

Il avait aperçu les caméras de télévision installées devant le camp de caravanes et avait préféré cacher son pick-up à huit cents mètres de là, sur le bord de la route. Ensuite, il avait coupé à travers le champ de cannes à sucre pour éviter les journalistes. La porte de derrière était fermée. Il regarda le ciel : pas d'hélicos de la télé. Du moins, pas encore. Ils étaient sans doute tous occupés à couvrir ce qui se passait sur le pont ou chez Marie. Il posa son revolver le temps de crocheter la serrure. Il avait toujours sur lui un petit ustensile de serrurier adroitement dissimulé dans un banal couteau de poche. Ça ne faisait pas partie des choses dont il se vantait. D'ailleurs, il ne l'utilisait jamais, sauf en de rares occasions où la vie de quelqu'un était en jeu. Ainsi, il lui avait fallu pénétrer dans un vieil appartement que Bobbie Faye avait un jour occupé – bien avant qu'ils sortent ensemble et que lui-même devienne flic – pour faire échec à un abruti qui l'y avait séquestrée. À cette époque-là, il ne disposait pas encore de ce genre d'outil et il n'avait pu faire autrement que de l'écouter hurler, pendant que des tas de trucs se brisaient ou explosaient sur le sol. À cette époque-là, il s'était contenté de défoncer la porte. Il avait ainsi pu constater que Bobbie Faye avait pris le dessus sur le connard et que c'était lui qui criait grâce en la suppliant de le laisser partir.

Mais cette fois-ci, il ne voulait pas laisser de traces d'effraction.

Cam resta dans l'encadrement de la porte de la caravane, à l'entrée du salon/salle à manger. La pièce sentait… le hot dog au chili et fromage. Elle était donc passée par là, et peu de temps auparavant, car l'odeur était encore nette. Un rapide coup d'œil à la poubelle de la cuisine lui confirma sa supposition : des barquettes de chez Ardoin. Mince, il l'avait ratée de peu. Il sortit son téléphone portable pour l'appeler et s'aperçut qu'elle lui avait envoyé un SMS qu'il n'avait pas encore remarqué – sans doute un retard de réception attribuable à la zone sans réseau qu'il avait dû traverser pour arriver jusqu'à la caravane.

De : Bobbie Faye
À : Cam

Suis 5/5.
(envoyé par téléphone portable)

5/5. Ce qui signifiait *excellent.* Sa manière à elle de dire *Je respire encore, mais ne va pas t'imaginer que ça va forcément durer très longtemps.*

Cam scanna la pièce. Ses yeux de flic relevaient la moindre différence par rapport à sa précédente caravane. Il n'avait encore jamais pénétré dans celle-ci, qui était légèrement moins décrépite que celle qu'il avait connue (« plus luxueuse » eût été un peu exagéré). Il notait qu'elle avait pu sauver quelques affaires personnelles – des photos de famille, cette pendule horrible que Stacey aimait, quelques jouets et divers bibelots qui n'avaient de valeur qu'aux yeux de Bobbie Faye. Et aux siens. Ainsi il reconnaissait cette cafetière en émail qu'ils avaient trouvée sur un marché aux puces, par un bel après-midi d'été. Elle avait adoré son éclatante couleur rouge et l'utilisait pour lui faire du café, le samedi matin, quand il restait dormir chez elle. Juste à côté se trouvait un caillou, à peu près aussi gros que sa main, mais ce n'était pas un banal galet :

il s'agissait d'un morceau de silice, noir et argenté, qu'il avait ramassé et lancé contre sa fenêtre, lorsqu'ils étaient encore mômes. Il ne pensait pas qu'il aurait brisé cette fichue vitre et elle avait eu de sacrés ennuis. Pourtant, elle l'avait conservé. Il y avait d'autres choses encore, mais il s'obligea à détourner le regard de ces vestiges du passé pour se concentrer sur ce qu'il y avait de nouveau : un téléviseur et un magnétoscope neufs (enfin, comme neufs). Elle les avait sans doute achetés au magasin d'occasions de Dusty.

Son parfum flottait encore dans l'air – léger, subtil, un truc appelé Angel, songea-t-il, et que les as du marketing auraient mieux fait d'intituler Tentation. Ou Damnation. Il se dirigea vers sa chambre à coucher en essayant d'oublier cet effluve. Juste un rapide coup d'œil. Elle n'était manifestement pas là et il aurait déjà dû être dehors. Il n'avait certes pas besoin de s'offrir une petite séquence nostalgie. Il lui fallait juste un échantillon d'ADN. Un truc qui montrerait qu'il ne s'agissait pas de ses cheveux, sur le lieu du meurtre. Un truc qui prouverait que le tueur se trouvait également sur le pont, même s'il paraissait difficile d'expliquer comment il avait pu laisser des cheveux juste à côté des empreintes ensanglantées de Bobbie Faye.

Il s'attarda un instant dans la chambre et nota le placard ouvert, les cintres jetés sur le lit et les tiroirs de la commode mal refermés, comme si elle était partie à la hâte. Un picotement glacial vint agacer sa nuque. Visiblement, elle avait emporté quelques affaires et sa trousse de toilette n'était plus dans la salle de bains. De même que sa brosse à cheveux favorite. Il regarda un peu plus précisément dans l'armoire à pharmacie, connaissant ses habitudes, tout comme elle connaissait les siennes. Sur la dernière étagère, il trouva un petit panier rempli de menus accessoires de coiffure. Deux d'entre eux portaient encore quelques cheveux. Ce serait sans doute suffisant pour que Maggie détermine s'ils correspondaient à ceux que l'on avait retrouvés sur la scène du crime et près de la voiture calcinée.

Il n'avait toujours pas réfléchi à ce qu'il ferait s'ils étaient effectivement identiques. Pourrait-il transmettre au procureur les informations dont il aurait besoin pour pouvoir accuser Bobbie Faye ? Il s'agissait de preuves très indirectes, mais beaucoup de procès se résumaient à cela.

Cam se plaça devant le miroir, les deux mains solidement appuyées sur le lavabo. Les cheveux qu'il venait de trouver n'étaient pas des indices recevables : il n'avait aucun mandat, aucune autorisation, et ce n'étaient, en aucun cas, des éléments abandonnés sur la voie publique qu'il aurait pu tout simplement ramasser. Il ne pourrait pas non plus prétendre qu'elle avait laissé une brosse chez lui, car il lui avait tout rendu, quand ils s'étaient séparés. Maggie n'était pas censée déjà être en possession des cheveux découverts sur le lieu du meurtre, et ses suppositions quant à leur propriétaire et leur similitude avec ceux qu'elle avait recueillis sur le pont n'étaient que des conjectures. Pourtant... Est-ce que le fait de savoir dès maintenant que l'ADN des deux échantillons était identique aiderait le procureur à monter un procès contre Bobbie Faye ?

Par sa seule présence dans la caravane, il était en train d'enfreindre dix lois différentes, sans parler de questions morales. Elle n'était pas sa petite amie, n'avait pas sollicité son aide et, en un an, ils n'avaient pas été capables d'avoir plus d'une conversation un tant soit peu courtoise. Quand bien même auraient-ils encore été ensemble, son devoir de policier l'aurait obligé à en passer par un mandat de perquisition. Et si elle avait habité chez lui ? Il aurait transmis tout ce qu'il détenait, comme sa brosse à cheveux, dès lors que ça aurait figuré sur la liste jointe au mandat. Alors, qu'est-ce qu'il faisait ici ?

Son portable sonna et il vit que c'était un appel de Benoit. Il hésita : son ami allait forcément lui poser des questions auxquelles il n'était pas sûr de vouloir répondre pour le moment (par exemple, s'il avait perdu la tête).

— Ouais, dit-il en décrochant finalement.

— Est-ce que tu peux me retrouver chez toi ?

— Il faut encore que je vérifie quelques pistes.

— Ouais, *cher.* Mais il faut qu'on se voie. Dans vingt minutes.

Benoit raccrocha et l'angoisse de Cam s'emballa. Cette tension ne ressemblait pas à son vieux complice.

Cam se pinça l'arête du nez et ferma les yeux pour tenter d'oublier sa migraine. Quand il les rouvrit, il marqua un temps pour se réhabituer à la lumière. C'est alors qu'il aperçut quelque chose de brillant dans le minuscule interstice entre la cloison et le meuble de salle de bains. Il se pencha en supposant qu'il s'agissait d'un bijou quelconque et sortit spontanément son couteau de poche afin de le récupérer pour Bobbie Faye (oublieux du fait qu'il était censé, selon ses propres résolutions, ne plus faire ce genre de trucs pour elle). Il réalisa que l'objet en question était beaucoup plus gros que ce qu'il avait imaginé et qu'il s'agissait de laiton.

Des *douilles* en laiton. Dans la salle de bains ? *Étrange* fut le premier mot qui lui vint à l'esprit, puis, quand il se fut rapproché pour inspecter la chose sans avoir à la toucher, il comprit aussitôt que ce terme était très insuffisant. Et aussi inadéquat. Il y avait au moins quatre cartouches dans la fente. Bobbie Faye n'était pas exactement du genre à ramasser ses munitions, après un exercice au stand de tir de Ce Ce (elle savait que les jumelles étaient fauchées comme les blés et apportaient les douilles au ferrailleur pour se faire un peu d'argent supplémentaire). S'il n'y en avait eu qu'une seule, Cam se serait dit que Stacey avait dû la trouver par hasard et la coincer derrière le lavabo, selon la logique imparable d'une gamine de cinq ans, mais déjà il était un peu choqué qu'on ait pu la laisser jouer avec une douille, alors quatre… Au demeurant, Bobbie Faye n'aurait jamais autorisé Stacey à tripoter quoi que ce fût qui pût lui laisser penser que les munitions étaient des jouets. Son ex était peut-être folle, mais elle était aussi extrêmement attentive au bien de cette enfant.

Cam eut recours à son couteau pour déloger la première douille et la posa sur le lavabo. Il en retira ensuite une deuxième, puis une troisième, et l'angoisse qui montait en lui l'obligea à affronter une autre de ses pensées : les douilles des cinq balles qui avaient servi à tuer le joaillier n'avaient pas été retrouvées. Cinq. Et, tandis qu'il retirait la quatrième cartouche de son trou, il en vit une cinquième, qui avait glissé un peu plus bas dans la fente. Il lui fallut utiliser la paire de ciseaux intégrée à son couteau de poche pour extirper le cylindre sans le toucher, mais il n'y avait aucun doute possible, une cinquième douille venait de rejoindre les quatre précédentes, alignées sur le lavabo.

Cam ne croyait pas aux coïncidences. Cinq douilles manquantes. Le meurtre d'un bijoutier. Des rumeurs selon lesquelles Francesca aurait parlé de diamants, lorsqu'elle se trouvait dans le magasin de Ce Ce (du moins, si on pouvait accorder un quelconque crédit à Maimee et, franchement, il n'avait jamais vu une femme perdre aussi vite la boule que cette respectable paroissienne, après qu'Edgar avait dilapidé leur pension de retraite et leurs économies au jeu). Et puis, il y avait aussi eu le coup de fil de Maggie à propos des cheveux sur le pont qui correspondaient à ceux retrouvés sur le lieu du crime. Et, pour contrebalancer toute cette série de coïncidences, il y avait le fait qu'il s'agissait de la femme qu'il avait voulu épouser.

*

* *

Il lui semblait parfaitement surréaliste de se trouver aux côtés de Trevor, en train de pousser une moto, entre deux rangées de cannes à sucre plantées derrière sa caravane. Bobbie Faye finissait par croire qu'elle avait pété un câble deux explosions plus tôt. Mais ce qu'elle avait le plus de mal à comprendre, c'était que Cam se soit introduit chez elle. Depuis leur cachette, ils l'avaient épié tandis qu'il franchissait la barrière, montait les marches de sa caravane et sortait son crochet de serrurier. Même s'il était juste venu pour s'assurer qu'elle allait bien et qu'il ait imaginé que ce n'était peut-être pas le cas et qu'elle avait besoin d'aide, il aurait dû frapper à la porte et appeler pour qu'elle vienne lui ouvrir. En fait, il aurait dû commencer par se présenter à la porte de devant, avant de faire le tour de la caravane au cas où elle aurait, par mégarde, traîné son corps ensanglanté jusqu'à la porte de derrière. Mais, dans tous les cas, il aurait frappé à la porte. Normalement.

Pourtant il ne l'avait pas fait. Il avait pénétré par effraction dans sa caravane, comme dans du beurre. Était-ce là pourtant l'homme qui s'était montré si pointilleux sur la nécessité de faire ce qui était « bien », quand il avait arrêté sa sœur pour conduite en état d'ivresse, au lieu d'appeler Bobbie Faye et de la laisser placer Lori-Ann en cure de désintoxication, sans faire de vague ? Quand elle s'était mise en colère à propos de cette histoire, il lui avait expliqué – on ne peut plus clairement – qu'il était un flic honnête qui n'enfreignait pas les règles. Il ne lui avait en outre pas dit qu'elle était le genre de fille dont aucun flic honnête ne pourrait vouloir. Alors pourquoi ne voyait-il aucun inconvénient à violer les lois, quand *lui* désirait quelque chose ? Et quelle était donc cette chose qu'il pouvait chercher aussi obstinément ? Elle n'en avait pas la moindre idée.

Elle jeta un coup d'œil à Trevor qui n'avait cessé de l'observer, conscient de ses ruminations.

— Tu veux qu'on y retourne pour lui botter le cul ? lui demanda-t-il avec un clin d'œil malicieux.

— Non.

Pour le moment, elle n'avait surtout pas besoin d'ajouter à sa journée une joute verbale avec Cam. En particulier, elle ne voulait pas se voir contrainte de répondre à ses questions sur Francesca, les diamants ou les explosions, ni d'ailleurs sur quoi que ce fût, avant d'avoir pu réfléchir à tous ces événements. Elle suivit des yeux la rangée de cannes à sucre qu'ils étaient en train de remonter, observant les plants qui devaient faire une bonne vingtaine de centimètres de plus que Trevor et dont les feuilles étroites piquaient vers le ciel avant de retomber en ombrelles vertes au-dessus de leurs têtes, sur des centaines de mètres. Apparemment, elle allait avoir un peu de temps pour réfléchir. (Trevor avait préféré pousser la moto jusqu'à ce qu'ils soient suffisamment loin de la caravane, afin de ne pas risquer d'attirer l'attention quand il démarrerait le puissant moteur de la Harley.)

— Si tu reviens un jour en Louisiane, je te promets de te montrer des choses plus belles que des maisons incendiées et des exploitations agricoles sans fin, chauffées à blanc par le soleil.

Peut-être qu'à ce moment-là elle aurait même reçu cette aide qui devait lui permettre de lancer son activité de guide touristique en Louisiane du Sud et qu'elle pourrait alors se permettre de l'inviter dans un endroit chouette, au restaurant par exemple. Sans vraiment y penser, elle glissa la main dans son sac, où se trouvaient les documents qu'elle devait remplir avant la fin de ce stupide délai.

— J'aurai tout mon temps.

— Oh, tu crois qu'ils te laisseront traîner quelque temps par ici, en supposant que je ne te fasse pas tuer avant ?

Elle faisait vraiment de son mieux pour ne pas sembler trop pleine d'espoir (quant à son séjour, pas quant à son décès). Pffff, il avait dû s'en apercevoir. Merde.

— Vaudrait mieux, parce que je me suis fait muter ici, répondit-il tout en poussant la moto vers un chemin dont elle ne connaissait pas l'existence et qui coupait le champ en deux.

— Tu… euh ? (Son cerveau venait-il de couler dans ses oreilles ?) Quand as-tu fait ça ?

— La mutation ?

Elle hocha la tête.

— Le mois dernier.

Le mois dernier. C'était donc quelques semaines après la catastrophe avec Roy… Ooooh, *putain* ! Elle s'arrêta, tandis qu'il poursuivait son chemin.

— Tu t'es fait rétrograder, hein ? Oh, Trevor, je suis vraiment désolée.

Il arrêta de pousser la moto pour la regarder en fronçant les sourcils.

— Ton cerveau est un endroit qui fait vraiment peur, parfois.

— Comme si c'était un scoop.

— Je *n'*ai *pas* été rétrogradé, dit-il d'une voix ironique et un peu crâne. Allez, ajouta-t-il en lui tendant la main, il faut qu'on sorte d'ici.

— Tu as *demandé* ta mutation ? Tu n'es pas en phase terminale, n'est-ce pas ? Tu ne t'es pas dit qu'un suicide au moyen de l'un des cataclysmes déclenchés par Bobbie Faye serait une bonne façon de partir, hein ?

Sa réponse consista en une longue œillade malicieuse et tout à fait expressive (du genre, *bon sang, il n'y a jamais de plumard quand on en cherche un*) qui commença par ses orteils et se termina par ses yeux, sur lesquels il s'attarda, et elle eut l'impression qu'elle allait devoir recourir à la réanimation cardio-pulmonaire.

— Disons que j'ai bien l'intention de me rendre à ce second rendez-vous.

Cam retourna dans la cuisine de Bobbie Faye pour y chercher un sac de congélation avant de regagner la salle de bains. Il y déposa précautionneusement les douilles et le referma. Il évita de se regarder dans la glace. Même s'il n'attendait pas trop longtemps avant de les faire inscrire comme indices, il n'en éviterait pas moins la fureur de son capitaine pour ne pas avoir obtenu au préalable un mandat de perquisition. Sa petite collecte revenait presque à jeter son enquête à la poubelle, si ces douilles étaient effectivement celles qui avaient été utilisées pour le meurtre du bijoutier. Il n'avait pas de mandat. N'importe quel avocat de la défense pourrait faire prononcer l'irrecevabilité de ces éléments de preuve. Oh, bien sûr, il pourrait toujours prétendre qu'il avait un accès constant à sa caravane en qualité d'invité permanent, et qu'ayant dû prendre Stacey en charge, il était passé chercher quelque chose dont elle avait besoin, mais ce ne serait pas suffisant. Et l'avocat général saurait lui aussi que c'était insuffisant, de même que le juge. Les douilles risquaient donc d'être rejetées. Et si elles devaient constituer les éléments nécessaires à la condamnation du meurtrier, il aurait donc détruit des preuves. Pourquoi, au juste ? À cause d'une ex qui le rendait dingue ?

L'explication la plus probable de leur présence dans la caravane était que celui qui les y avait placées voulait impliquer Bobbie Faye. Selon toute vraisemblance, ces petits cylindres de métal portaient les empreintes de Bobbie Faye. Elle avait donné d'innombrables leçons de tir à tout un tas de gens au stand de Ce Ce et elle ne ramassait jamais ses douilles. Bobbie Faye était une chieuse de première, mais c'était aussi une chieuse très maligne. Elle n'était pas idiote au point de tuer quelqu'un et de cacher à son domicile les reliques des balles qui lui avaient servi… surtout pas si, entre sa caravane et le lieu du crime, elle devait traverser trois bayous où elle aurait aisément pu les balancer. Non, la présence des douilles dans cette caravane, cachées mais pas *suffisamment*, laissait penser que quelqu'un cherchait à lui faire porter le chapeau. Pouvait-il faire confiance à un bon avocat pour la sortir de là ?

Avec la chance qui la caractérisait ?

Il avait encore la possibilité de sauver sa propre peau en remettant les cartouches à leur place et en laissant l'enquête suivre son cours. Car comment serait qualifié son geste ? Illégal. Il serait cuit. On l'accuserait d'avoir altéré les preuves, d'avoir fait obstacle à l'enquête et, probablement, d'avoir commis une bonne douzaine d'autres délits. Sa carrière serait fichue. Après tout, Bobbie Faye ne serait peut-être jamais considérée comme suspecte dans l'affaire du joaillier, et peut-être qu'il ne s'agissait pas de ses cheveux sur le lieu du crime. Peut-être même allait-elle se transformer en Mary Poppins et s'envoler en chantant ? Toutes ces hypothèses avaient à peu près autant de chances de se réaliser.

Cam retourna dans la cuisine et fouilla dans le tiroir où elle rangeait ses médicaments pour y trouver quelque chose contre sa migraine. En fait, elle gardait ce genre de pilules surtout pour lui, car elle-même n'était pas sujette à ce mal. Il se remplit un verre d'eau glacée, avala les cachets et laissa le tout sur le plan de travail, afin qu'elle les voie quand elle reviendrait. Il ne savait pas trop pourquoi il faisait ça. Il cherchait peut-être à la faire sortir de ses gonds, lorsqu'elle comprendrait qu'il s'était introduit chez elle sans sa permission. Il était plus facile de se concentrer sur cette colère potentielle que sur le sac en plastique au fond de sa poche.

Il se faufila à nouveau par la porte de derrière et c'est alors qu'il le remarqua : la porte de son abri de jardin. Il était absolument certain qu'elle était close à son arrivée. Et maintenant elle était ouverte. Il dégaina son arme, canon vers le sol, et repoussa du pied la porte pour l'ouvrir encore un peu plus. Il n'y avait personne à l'intérieur, mais il vit deux séries d'empreintes de pas dans la terre : celles d'un homme et celles d'une femme. Qui se chevauchaient, comme s'ils s'étaient trouvés là au même moment. Des témoins avaient dit qu'elle avait quitté la maison de Marie à l'arrière d'une moto dont le conducteur correspondait plus ou moins au signalement de Trevor. Les fédés étaient à fond sur cette affaire. Trevor s'était-il fait enrôler lui aussi ? Ou était-il possible que les personnes qui l'avaient embarquée dans leurs véhicules un peu plus tôt ce matin (d'après le témoignage des jumelles qui travaillaient chez Ce Ce, au moment où tout ce cirque avait commencé) aient décidé de l'enlever à nouveau ?

Merde.

Il suivit les traces de pas jusqu'au champ de cannes à sucre. Il n'eut pas besoin d'aller très loin pour tomber sur un sillon creusé par l'empreinte d'un pneu – un pneu de moto – avec des empreintes de chaussures d'homme d'un côté, et de femme de l'autre. D'après l'enfoncement des marques dans la terre, il semblait qu'elle poussait quelque chose – probablement la bécane. *Idem* pour l'homme. Ils avaient peut-être voulu éviter d'attirer l'attention en démarrant le moteur. Le fait qu'elle se trouve de l'autre côté d'un aussi lourd engin pour l'aider à pousser, laissait supposer qu'elle n'y était pas contrainte.

Cam s'accroupit pour examiner les traces et tenter de déterminer le temps écoulé depuis leur départ. À son avis, quelques minutes, pas plus. Elle était en fuite et, qu'elle le veuille ou non, elle allait devoir lui en expliquer la raison.

Reggie considéra le Hummer jaune étincelant qui venait de se garer dans le camp de caravanes. La plupart des résidents donnaient l'impression de s'être procuré leur véhicule chez Ed, le concessionnaire d'occasions auto du coin, pour qui l'absence de contrôle technique n'était jamais un problème. Outre le côté parfaitement décalé de ce Hummer, il venait de stopper devant la caravane de Bobbie Faye et la femme qui en était descendue était en train de tambouriner sur la porte d'entrée.

Reggie utilisa le zoom de DJ pour y voir d'un peu plus près. Elle reconnut Donny, ce débile pathétique. Si elle l'entendait encore une fois se vanter de tous les pseudo-rôles qu'il avait presque décrochés avant de quitter L.A. et de tous les autres projets qu'il allait pouvoir lancer, une fois qu'il aurait changé d'agent, elle allait lui balancer le micro dans la tronche.

Mentalement, elle se secoua et se répéta son mantra : tous les moyens sont bons.

Donny fit son plus beau sourire à la caméra et s'approcha en caracolant, comme s'ils ne s'étaient jamais rencontrés auparavant et n'avaient jamais parlé ensemble, apparemment convaincu que les spectateurs n'y verraient que du feu. Après tout, on pourrait peut-être faire de lui un acteur acceptable.

Chapitre treize

Cam rentrait chez lui et il était en retard. Il avait suivi les traces de la moto jusqu'à un chemin mais, sans son pick-up, il ne pouvait pas les rattraper. De toute façon, même s'il était parvenu à retrouver l'entrée du sentier, celui-ci aurait été trop étroit pour son véhicule. Benoit l'attendait avec un pack de bières glacées et, quand Cam arriva devant sa porte, il lui en tendit une.

— Merci, lui dit Cam en prenant la bière qu'il sécha avant même d'avoir atteint le salon. Une belle journée de merde.

— Et ça ne va pas s'arranger.

*

* *

Cam n'aurait pas cru que cela fût possible, mais plus le film de la caméra de surveillance défilait sur son large téléviseur à écran plat haute définition, plus il avait l'impression qu'il venait de se faire épingler par le plus grand salopard d'arbitre de touche que la Fédération de football eût engendré. D'abord, il était resté debout, mais il avait fini par s'asseoir dans le fauteuil que Benoit lui avait avancé.

Son compagnon s'était installé sur le canapé, tandis que lui était assis juste en face de l'écran. Il ne cessait de rembobiner le film pour revoir les images au ralenti. À plusieurs reprises, il fit un arrêt sur image, quand la prise était un peu floue ou qu'il lui semblait apercevoir l'ombre d'autres personnes. La partie rationnelle de son cerveau d'inspecteur de police tentait alors de donner un sens à tout cela, de comprendre comment il était possible que la femme qu'il était en train d'observer – celle qu'il connaissait depuis l'enfance – soit en train de tirer de sang-froid sur un homme. Parce qu'il n'y avait aucun doute : ce n'était pas de la légitime défense.

Les deux policiers la regardèrent ramasser les cinq douilles et Cam sentit le poids des cylindres de laiton dans sa poche. Il n'en dit rien à Benoit. Ce type était son meilleur ami et il se serait fait tuer pour lui, mais Cam ne le laisserait pas foutre sa carrière en l'air parce que lui-même s'était laissé happer par un nouveau désastre dont Bobbie Faye avait le secret. Et, *bordel de merde*, il n'était pas certain qu'elle parvienne à se sortir de celui-là. Il plissa les yeux pour la énième fois devant la même image : elle se tenait sous le lampadaire et la lumière crue qu'il diffusait projetait des ombres qui déformaient ses traits.

Cam y réfléchit.

— Ça ne peut pas être elle, finit-il par dire à Benoit qui garda le silence.

Elle était pourtant là, sous ses yeux, et sa main brandissait un Glock qui venait d'envoyer cinq bastos dans le buffet du bijoutier, selon un schéma qui lui avait paru familier depuis le début. Maintenant, il savait pourquoi.

— Impossible, répéta-t-il.

Mais il avait les douilles, là, dans sa poche. Qu'avait-il fait ? Putain, qu'avait-*elle* fait ? Se pouvait-il que quelqu'un l'y ait forcée ?

— Ça pourrait être quelqu'un d'autre, offrit Benoit d'une voix lente et trop calme, dont son ami perçut le manque de conviction. C'est peut-être quelqu'un qui s'est habillé comme elle. Ils devaient bien savoir qu'il y avait d'autres caméras de surveillance. Peut-être même qu'ils comptaient sur le fait qu'on les visionnerait.

— C'est une possibilité, dit Cam en se souvenant que le film enregistré par l'une des caméras avait été effacé et que les autres enregistrements avaient été détruits. Mauvais angle. Mauvais éclairage. Ça pourrait être quelqu'un d'autre.

Pourrait être ? Il avait bien dit *pourrait être* ? Pas *c'est.* Pas *c'est quelqu'un d'autre.*

— Je ne vais pas repasser par le poste, ce soir, dit Benoit.

Cam savait qu'il voulait dire par là qu'il ne consignerait pas cette pièce avant le lendemain matin. Dès qu'il le ferait, il leur faudrait arrêter Bobbie Faye.

— Je ne peux pas te demander ça, dit Cam. Elle n'est pas ma… Elle n'est rien pour moi.

À part quelqu'un qui le faisait chier régulièrement.

— Mais c'est toujours mon amie, Cam, lui répondit Benoit. Et c'est aussi la tienne. Même si tu ne l'épouseras jamais.

— L'épouser ?! Que Dieu m'en préserve. Il faudrait que je me farcisse ce genre d'emmerdements toutes les semaines. Non merci.

— Pour ma part, *cher*, je veux d'abord laisser passer une journée pour voir ce que je peux trouver d'autre. Il faudra bien que je dépose ces preuves demain, mais, d'ici là, je peux peut-être agiter quelques branches et voir s'il en tombe quelque chose d'utile.

Cam hocha la tête et installa son ordinateur pour enregistrer une copie du film. Il allait retrouver Bobbie Faye et lui poser diverses questions avant que Benoit se repointe au commissariat.

Douché de frais, les cheveux encore mouillés, Trevor arpentait le loft ultra-grand ultra-chic de Nina, pieds nus et vêtu de son seul jean (un truc à propos duquel les Hormones de Bobbie Faye étaient en train de se répandre en remerciements particulièrement chaleureux). Ça faisait bien la quatrième fois qu'il vérifiait le système de sécurité. Bobbie Faye s'était installée devant l'immense table en acajou, heureuse d'avoir enfin pu passer sous la douche pour se débarrasser des fatigues de la journée. Elle n'avait pas très envie de réfléchir à ce qu'elle venait de vivre. Elle se demandait même si elle ne pourrait pas dégoter un boulot de Spécialiste en Déni et Saucissonnage, parce qu'elle commençait à être experte en la matière. En y réfléchissant, il y avait sans doute des tas de ministères auxquels elle aurait pu adresser sa candidature. Bon, elle devrait probablement affronter la panique qui risquait de s'emparer des fonctionnaires. Dans ces conditions, il lui paraissait plus judicieux de continuer à ruminer ses angoisses en solitaire.

Elle aperçut le reflet de Trevor dans l'immense baie vitrée (l'obscurité qui régnait maintenant dehors l'avait transformée en miroir). Elle avait l'impression qu'il ne se savait pas observé et elle nota qu'il la reluquait avec insistance en s'attardant longuement sur ses fesses. Elle se demandait si elle avait bien fait, après tout, d'emporter ce mini-pyjama de soie qu'elle trouvait si confortable. Il était un peu trop indécent, peut-être. Ou peut-être pas. (La notion de sainte coquine devait bien exister, non ? Quelque chose entre la totale innocence et un début de grossesse.)

Elle reprit ses esprits et se remit à examiner le bric-à-brac qu'elle avait trouvé chez Marie et fourré dans son sac. Trevor refit un passage devant les murs ornés de fabuleuses peintures et de masques africains (des originaux, pas de minables copies, comme elle l'avait appris, un jour, après en avoir laissé tomber un). Il y avait aussi de magnifiques lampes en métal brossé et des tapis moelleux, beaucoup plus confortables que le pauvre plumard qui gisait dans sa caravane. L'appartement comportait deux chambres à coucher et celle réservée aux amis était remplie de vêtements de toutes sortes (pour les mannequins de Nina, comme celle-ci le lui avait expliqué). Bobbie Faye n'avait posé aucune question sur les divers accessoires SM que Nina y avait également entreposés pour les besoins de son magazine, ni, d'ailleurs, sur les raisons qui l'avaient incitée à se lancer dans une telle entreprise. En fait, elle n'avait posé aucune question directe. Paradoxalement, Nina était très discrète, et Bobbie Faye savait qu'elle lui en avait dit beaucoup plus qu'elle n'en avait jamais raconté à quiconque, mais plus le temps passait et plus il y avait de choses inexpliquées. Bobbie Faye se demandait bien pourquoi. Si son amie lui avait paru malheureuse, elle l'aurait questionnée à ce sujet, mais Nina semblait parfaitement équilibrée. C'était probablement la personne la plus équilibrée de tout l'entourage de Bobbie Faye, à vrai dire.

— Ça fait au moins quatre fois que tu fais le tour de l'appartement, remarqua-t-elle, quand il repassa près d'elle.

— Dix, corrigea Trevor d'un air absent.

Comme il avait adopté un ton amusé, elle leva les yeux. Il tapota la longue baie vitrée qui surplombait le lac Charles dont les eaux sombres et calmes reflétaient la lune. Les guirlandes lumineuses du bateau-casino ondulaient dans la brise légère.

— Est-ce que tous tes parents et amis font systématiquement installer des vitres blindées ?

— Ouais. Ils exigent toujours qu'on leur fasse le rabais spécial « mauvais jour de Bobbie Faye ».

— C'est bon à savoir.

Trevor continua son manège. Il lui évoquait une panthère qu'elle avait vue quand elle était enfant, un jour où sa mère avait rendu visite à l'une de ses vieilles amies qui habitaient au milieu des marécages. Ce type était mortel, musclé, gracieux, puissant… et envoyait, pour le moment, des SMS – cryptés, lui avait-il expliqué – depuis son téléphone portable dernier cri, pour échanger les dernières mises à jour avec son état-major. Elle, n'utilisait plus le sien, depuis qu'il lui avait dit qu'il était surveillé.

— Mais ne risquent-ils pas de nous repérer avec ton portable ?

Elle aurait pu y penser plus tôt, mais elle était si fatiguée. À la fois électrisée et lessivée. Elle ne parvenait plus à avoir les idées claires.

— C'est ce qu'ils croient.

— Mais alors, tu n'es pas un agent exemplaire qui leur fournit des coordonnées exactes ? (Il haussa les épaules.) Dis-moi, juste par curiosité, si nous étions là où le signal dit que nous sommes, où serions-nous ?

— Cut Off[1].

Elle éclata de rire. Le point le plus austral de Louisiane qui ne fût pas un atoll de corail, tout en bas, à l'extrémité de la botte. Elle appréciait aussi son humour.

Son téléphone sonna alors qu'il revenait vers elle et, quand il décrocha, son visage passa aussitôt en mode « impassible » :

— Ouais.

— Je veux la voir, hurla Emile. Elle a détruit la maison de Marie, bon sang. Manifestement, vous n'êtes pas capable de la contrôler. Je veux qu'elle vienne ici pour que je puisse la surveiller.

— Vous voulez qu'elle reste en vie pour qu'elle retrouve les diamants ? demanda Trevor.

---

1. Cut Off est une bourgade du sud de la Louisiane, anciennement dénommée La Coupe. Son nom peut effectivement se traduire par « couper » (comme dans « couper le contact, l'électricité, les vivres », etc.), ou encore par « extinction », « interruption », « limite », « raccourci » (NdT).

Bobbie Faye ne bougeait pas d'un millimètre. Emile postillonna encore quelque chose d'incompréhensible pendant quelques minutes durant lesquelles Trevor patienta.

— Ce n'est pas elle qui a détruit la maison, mais quelqu'un qui en avait après elle. Par ailleurs, si vous souhaitez mettre un terme à mon contrat, je n'y vois aucun inconvénient. C'est une chieuse de première, totalement incontrôlable… (Elle lui décocha une grimace qui le fit sourire.) Et je ne sais même pas qui sont les autres gusses dont je suis censé me méfier. Alors je ferais aussi bien de la relâcher, mais elle ne survivrait pas cinq minutes après mon départ, ça, vous pouvez me faire confiance.

— Pensez-vous qu'ils soient en sa possession ?

— Je pense qu'elle ne va pas tarder à découvrir où ils sont.

Emile fulminait, mais il finit par concéder :

— Je veux des comptes rendus. Si elle bouge un cil, je veux un rapport.

Trevor raccrocha avant de lui dire :

— Tâche de ne pas bouger un cil.

— Je vais voir ce que je peux faire.

De : Simone
À : JT

Comment ça, avons pas la moindre idée adresse Nina ? Comment une telle lacune possible dans nos archives ?
(envoyé par téléphone portable)

De : JT
À : Simone

NSP, mais gros souci. Un, meilleure amie en Italie… lieu acheteur. Deux, impossible trouver BF pcq est au domicile amie inexistante dans archives.
(envoyé par téléphone portable)

De : Simone
À : JT

Étaient ensemble lycée. Donc a existé.
(envoyé par téléphone portable)

De : JT
À : Simone

Avons trace Nina McVey – à partir sept ans. Nom de sa grand-mère, Rhoda McVey. Sa vie semble débuter là, même année. Localiser adresse Nina. Priorité absolue.
(envoyé par téléphone portable)

Aiden passa les jumelles à Sean. Ils étaient allongés de tout leur long sur un toit, de l'autre côté du loft où se terrait Bobbie Faye avec un type dont personne ne savait rien – à part qu'il semblait l'aider (et, à en juger par le nombre de fois où il lui avait caressé le bras ou massé l'épaule et à la façon dont il la regardait pendant qu'elle étudiait le bordel étalé sur la table, il lui portait un intérêt indéniable).

— Tu prends le premier quart, ordonna Sean en rendant ses jumelles à Aiden. Réveille Mollie d'ici deux ou trois heures pour te remplacer.

Aiden hocha la tête, tandis que Sean se relevait et rejoignait l'escalier de secours sous lequel était garée la camionnette où Robbie était probablement toujours en train de surveiller son GPS. Quand Aiden rajusta les lentilles sur la jeune femme, il constata qu'elle avait l'air morte de fatigue et que l'angoisse marquait son joli visage. Il savait que Sean avait l'intention de l'embarquer avec les diamants (si elle disparaissait en même temps que les pierres, tout le monde penserait qu'elle s'était barrée avec, sans se douter que Sean les lui avait reprises, avant de la ramener en Irlande). Sean prendrait beaucoup de plaisir à la dompter – plus elles étaient têtues, plus il s'amusait.

Il ne s'appesantit pas sur son sentiment de culpabilité. Leur équipe avait fait beaucoup d'argent sous le commandement de Sean. Aujourd'hui, tout le monde voulait les engager, et cette affaire était le coup qui leur manquait pour acheter leur liberté. Assez d'argent pour corrompre quelques fonctionnaires et acquérir une île privée. Sean les avait amenés jusque-là – un sacré chemin depuis leurs années dans la rue, à tirer le diable par la queue. Ce n'était pas maintenant qu'Aiden allait se poser des questions.

— Combien ça nous en fait en tout ? demanda Trevor à son collègue, Dave, qu'il venait d'appeler au téléphone.

Il se tenait devant la fenêtre de la superbe cuisine dont il avait éteint les lumières et pouvait voir les immeubles de l'autre côté de la rue. Le loft de Nina bénéficiait d'une vue magnifique depuis toutes ses façades – à l'exception de celle, exposée au nord, qui jouxtait l'immeuble voisin et ce bâtiment qu'elle avait converti en salle de gym et en garage.

— Deux groupes, d'après ce que nous pouvons voir, répondit Dave.

Trevor avait envoyé Dave se poster sur le toit de l'immeuble de Nina et placé deux autres agents pour faire le guet – l'un dans le bâtiment d'en face, au deuxième étage, l'autre dans la rue.

— On dirait bien que le groupe n° 3 de ce matin est sur le toit en face de vous, comme tu t'y attendais.

Pour simplifier les communications, Trevor avait numéroté les groupes suivant l'ordre des enlèvements de Bobbie Faye.

— Le groupe n° 2 fait le pied de grue dans la rue. Ils n'ont pas quitté leur 4×4. Tu avais également raison à leur sujet.

Merde. La Sécurité intérieure. Il savait bien que son boss lui mentait. Et il était quasi certain de savoir pourquoi.

— Et le groupe n° 1 ? celui de l'acheteur ?

— Aucune idée. Je te tiens au courant si quelqu'un se pointe.

Ils raccrochèrent et Trevor resta immobile dans l'obscurité, le regard toujours concentré sur la rue. S'il avait eu ses lunettes de vision nocturne avec lui, il aurait pu se faire une meilleure idée du salopard tapi sur le toit d'en face. Sans elles, il ne distinguait qu'une vague excroissance à l'endroit où le gars se dissimulait, derrière le rebord du toit où il avait appuyé ses propres jumelles, en direction de la fenêtre de la salle à manger. Et si Trevor baissait les yeux vers la gauche, il pouvait voir le 4×4 garé dans la rue. L'habitacle du véhicule s'éclaira brièvement lorsque le téléphone portable de l'un de ses occupants reçut un appel.

Bobbie Faye finissait par voir flou à force d'examiner les piles de paperasse disposées devant elle sur la table. Il y avait là des brochures pour différentes expositions des tout derniers accessoires créés par Marie, un article de journal sur un gala de charité au cours duquel devait être mise aux enchères l'une de ses créations, une invitation pour une remise de prix, un ou deux déjeuners, une kyrielle de notes sur des pédicures, des manucures, des stylistes capillaires et des essayages. Visiblement, Marie préparait un événement ou un voyage important pour lequel il fallait qu'elle soit au mieux de sa forme. À côté de tout ça se trouvait le seul indice dont Bobbie Faye était persuadée qu'il n'avait encore attiré l'attention de personne : les écorces de riz.

Soudain, son attention fut attirée vers l'encadrement de la porte de la cuisine. Elle ne savait pas depuis combien de temps il la regardait, mais il était appuyé contre le chambranle, les bras croisés sur la poitrine, dans une attitude nonchalante qui lui évoqua les vieux films d'espionnage. Quand elle fut enfin capable de détacher les yeux de cette vision divine, elle vit que son visage était fendu d'un large sourire.

— T'es-tu rendu compte, lui demanda-t-il, que tu étais en train de fredonner le thème de la publicité pour les saucisses Oscar Mayer ?

Oh, miiiince, elle l'avait chanté à haute voix ? Bien. Que font les fous quand on les prend sur le fait ?

— La ferme, dit-elle, avant de s'apercevoir, en voyant Trevor hausser le sourcil, qu'elle venait d'exprimer sa pensée à haute voix. Euh, pas toi… La chanson… dans ma tête. C'est plutôt bruyant là-dedans, ces derniers temps.

— À l'extérieur aussi, remarque.

— N'importe quoi.

— Les voisins ont appelé. Ils se demandaient quel chat on était en train d'égorger et si on en avait bientôt fini.

— Très bien. Continue comme ça et tu vas avoir droit à ma version personnelle de « La Rue Sésame ».

— Mon Dieu, je t'en supplie, ne m'impose pas ça. Je n'ai pas de prime de risques.

— N'es-tu pas censé passer des coups de fils ou te consacrer à des activités plus productives, au lieu de te coller aux murs dans des poses lascives ?

Il lui fit un petit sourire en coin. Dieu du ciel… Son cerveau était tellement à plat qu'il allait passer la case Autopréservation pour foncer directement à la case Franche Humiliation. À ce rythme, autant qu'elle se foute tout de suite à poil et qu'elle se mette à danser. (*Amen !* s'écrièrent les Hormones.)

— Arrête ça ! ordonna-t-elle en parlant de son sourire. Alors, ces coups de fil ?

— Ouais, quelques-uns. L'agent responsable n'en peut plus de bonheur parce que tous les acteurs ont réapparu.

— Ah, bon, youpiiie. Dis à ce type…

— Cette fille.

— Eh bien, dis-lui qu'*elle* peut toujours prendre ma place, si elle veut absolument rencontrer celui qui a d'horribles yeux orange.

Trevor s'immobilisa :

— Tu as vu l'Irlandais ?

— Ben oui.

— Je t'ai aperçue tombant de la camionnette et roulant sur le bitume. Mais de là où je me trouvais, je ne pouvais pas bien te voir. Ce n'est que lorsque tu t'es relevée que je t'ai vue retirer quelque chose…

— C'était un bâillon. Ils ne m'ont pas couvert la tête comme l'ont fait les deux autres groupes.

Devant son silence et son expression tendue, elle se réjouit d'être assise. Elle ramena ses genoux vers sa poitrine et se roula en boule. Trevor vint se placer devant son fauteuil et s'accroupit. Ses yeux étaient maintenant au niveau des siens.

— Il est de taille moyenne, plus petit que moi, avec un air effrayant, malgré un sourire charmant qui fait presque oublier l'horrible cicatrice que lui a laissée un fil de fer barbelé ?

Elle fut parcourue d'un frisson.

— Oui, c'est bien lui. À vrai dire, il n'a pas souri beaucoup, sauf à la fin. Et il ne cessait de m'appeler Allen, ou un truc comme ça, mais à part ça, oui, c'est lui.

— *Àlainn.* Ça veut dire *belle.*

— Super. Ça améliore vachement les conditions de l'enlèvement.

— Et il t'a laissé voir son visage, continua Trevor en ignorant son commentaire. Tu es sûre que ce n'est pas un bandeau ou quelque chose comme ça que tu as enlevé ?

— Houhou, dit-elle en agitant la main devant son visage, ça va, j'ai déjà assez peur comme ça, merci.

La Panique menaçait de faire un coup d'État, pendant que la Bravoure tâchait de se trouver une place dans le prochain vol pour Tahiti.

Il prit conscience de son angoisse et son visage se radoucit.

— Il s'agit de Sean McGregor. Comme tu as dû le déduire de son accent, il est irlandais. Irlando-écossais, pour être exact, expliqua-t-il en se relevant. (Elle sentit, plus qu'elle ne vit, qu'il essayait de reprendre le contrôle de son expression.) En bref, c'est un boucher. Il a commencé par de simples chapardages, quand il était môme, puis il a fait ses armes dans les vols par effraction en tout genre pour se faire suffisamment d'argent et pouvoir quitter la rue. Manifestement, il a fini par y prendre goût. Il est soupçonné d'être le cerveau de plusieurs casses et de quelques opérations de blanchiment d'argent, en Europe et au Royaume-Uni. Et il ne laisse jamais aucun témoin derrière lui.

— Ah, jamais ?

— Jamais.

— Est-ce qu'on pourrait revenir en arrière et faire comme si j'étais une jeune fille délicate qui s'évanouit à la moindre mauvaise nouvelle ?

— Bonnie, tu es ma partenaire et tu dois savoir ces trucs-là.

— Mettons ça au vote : que tous ceux qui sont pour le déni, lèvent la main fit-elle en levant les deux bras.

— Si ça ne l'a pas gêné que tu le voies, c'est qu'il poursuit une stratégie quelconque dans laquelle ce genre de situation lui convient.

— Génial. Je trouvais aussi que ça manquait un peu de piment. Merci beaucoup.

— McGregor connaît suffisamment bien nos méthodes pour savoir que l'Agence te ferait suivre, dès que le bruit courrait que tu serais éventuellement capable de retrouver les diamants. Pourtant, il se fiche que tu le voies et que tu puisses témoigner qu'il est dans les parages, continua-t-il en lui tapotant le front du doigt pour qu'elle fasse attention à ce qu'il disait. Et ça, ça signifie qu'il a un plan pour s'enfuir.

— Tu n'as pas l'air surpris qu'il soit dans le coin.

— Il semble qu'il s'apprêtait à s'emparer des diamants quand Emile les lui a raflés sous le nez. À cette occasion, deux des sbires du gang de McGregor se sont fait descendre et après ça, il a disparu. Depuis, personne n'est parvenu à le localiser, et la Sécurité intérieure – pourtant censée le pister – n'a jamais signalé qu'il était revenu aux États-Unis.

— Mais tu avais un pressentiment, devina-t-elle en voyant son expression.

— Disons seulement qu'on pouvait imaginer qu'il se montrerait. Les diamants valent un demi-milliard. Et puis, c'est *son* affaire. Et comme McGregor est du genre rancunier, il va vouloir rendre la monnaie de sa pièce à Emile. Mais ne te laisse pas attendrir par son charme : ce type est extrêmement dangereux. Il n'est pas revenu pour rigoler.

— Mon Dieu, Trevor, fais-moi penser à t'offrir deux ou trois chatons que tu pourras terroriser à loisir, la prochaine fois.

— Si ça peut te rassurer, dit-il presque à voix basse, en s'installant sur l'accoudoir de son fauteuil, je ne suis pas là pour rigoler non plus.

Est-ce qu'elle bavait, là ? C'était une éventualité. On lui avait dit que ce n'était pas très séduisant, mais elle ne parvenait pas à refermer la bouche. Son hâle, les muscles de ses bras, ces mèches de cheveux un peu trop longues qui lui tombaient devant les yeux – bleus, magnifiques –, ce sourire en coin… Elle ne voyait plus que ça et elle soupçonnait que ses oreilles étaient en train de cracher la fumée que le freinage d'urgence amorcé par son cerveau venait de générer.

— Tu es épuisée, lui dit-il d'une voix douce. (*Ouais, c'est ce que toutes les filles veulent entendre.*) Il faut qu'on aille au lit.

— Au lit ?

Était-ce bien sa voix qui déraillait ainsi ? Un *lit*, c'était beaucoup mieux qu'*épuisée*.

— Pour dormir.

Une telle perspective lui parut à peu près aussi probable que de se voir décerner le prix Pulitzer en astrophysique, mais il semblait déterminé à la conduire jusqu'à la chambre d'amis. L'impatience de ses Hormones était telle qu'elles menaçaient de déclencher une attaque cardiaque si la jeune femme se risquait à ouvrir la bouche et à anéantir la magie de cet instant. Comme pour bâiller, par exemple.

Et voilà, elle s'était mise à bâiller à s'en décrocher la mâchoire. Elle n'était qu'à quelques centimètres de ces superbes abdominaux et elle bâillait.

— Ce n'est pas ta faute, lâcha-t-elle en rebâillant de plus belle.

— Je sais.

— Il faut vraiment qu'on s'occupe de ce problème de manque de confiance en toi, Trevor.

— Oh, on va s'en occuper. Plus tard. Pour le moment, il faut que tu dormes.

Il posa son SIG sur la table de nuit, à portée de main, et il plaça un minuscule revolver .38 sous son oreiller. Il se glissa dans le lit en remontant la couette et elle comprit immédiatement que dormir à ses côtés n'allait pas être une mince affaire. Il l'attira contre sa poitrine. Sa main droite était à deux doigts du .38 et sa main gauche, pas bien loin du SIG. Elle se cala confortablement contre lui, bâilla encore une fois et dit :

— Dieu que tu sens bon.

Et ajouta :

— Mince, est-ce que je viens de parler à voix haute ?

Il glousssa en continuant à l'enlacer. Déjà, elle n'entendait plus très bien ce qu'il lui disait. Des histoires sur son enfance au milieu de trois sœurs et peut-être aussi quelque chose à propos de base-ball, et un truc sur des belles voitures et… elle s'endormit.

Tandis que son corps s'abandonnait à cette sensation de chaleur et de sécurité, elle se souvint qu'elle avait oublié de lui expliquer la signification des écorces de riz, mais elle n'avait plus la force de parler, alors elle se fit une promesse : demain.

*

* *

Ministère de la Sécurité intérieure des États-Unis

Bureau de Jessica Tyler (JT) Ellis

Assistante au sous-secrétaire du sous-secrétaire du
secrétaire de l'assistant au ministère de la Défense
Sécurité intérieure
La Nouvelle-Orléans, Louisiane

Réf. : Rapport de suivi
(À classer en notes de terrain, personnel, **exclusivement**)

Articles textiles trouvés sur Marie Despré à saisir pour vérification de leur utilisation éventuelle dans le cadre d'un trafic de diamants. Articles textiles visant, notamment : sacs à main, ceintures, chaussures et accessoires divers. Noter que les autres centres d'intérêt du suspect incluent la sculpture – toutes les pièces identifiées doivent être vérifiées, galeries et collections privées. Diverses agences du pays, dont le FBI, contactées pour assistance.

Affaire # 198733BFS / recherche de diamants. tab.. tab. notes de terrain : personnel

* **Sean McGregor !**

Envoi renfort Trevor

35 ~~27~~ ~~16~~ articles vérifiés

11 ~~9~~ ~~2~~ vedettes de cinéma menaçant de saisir la justice

13 ~~7~~ ~~5~~ politiciens dérangés (avec une autre personne que leur conjoint)

3 paparazzis arrêtés, caméras confisquées (contacter le département juridique)

6 ~~2~~ plaintes pour raisons médicales (plaies et bosses) [voir ci-dessus]

1 agent soigné pour morsure d'homme (le propriétaire du chien) [voir ci-dessus]

8 6 avocats de la défense engageant un procès pour harcèlement

3 femmes arrêtées, tentatives de corruption pour conserver leur attirail

5 appels à Oprah..
17 appels à Fox News } FAIRE GÉRER PAR RP

. Prévoir contacter *InStyle*, détourner attention des objets Marie

1 agent sur le terrain à Lake Charles

1 femme cajun complètement dingue ~~impliquée kidnappée ? (aurait on cette chance ?)~~ (voir ratage total - affaire précédente). Rappel : c'est mal de tuer un civil

3 . avertissements.-.Sean & qui d'autre ?

Chapitre quatorze

Bobbie Faye sentit quelque chose bouger et elle se réveilla en sursaut, avant de se rendre compte qu'elle se trouvait encore dans les bras de Trevor, dans la même position que celle dans laquelle elle s'était endormie la veille. Elle se détendit et se recala contre sa poitrine, tandis qu'il souriait contre sa tempe. Les chiffres lumineux du réveil indiquaient qu'il était presque 6 heures et demie du matin. Ils avaient donc dormi près de quatre heures – une bénédiction. Elle s'étira contre lui, trop consciente qu'il portait encore son jean et elle, son pyjama. Flûte.

Trevor lui passa tendrement la main dans les cheveux pour écarter les mèches de son visage et elle supplia tous les saints qu'elle connaissait que cette journée ne commence jamais et qu'elle puisse rester au lit. Il caressa son épaule et descendit vers le creux de sa hanche. La chaleur de sa main électrisa le reste de son corps et l'évidence la percuta comme un boulet de canon : *elle voulait cet homme-là*. Tellement. Ce n'était pas parce qu'elle se sentait seule, ni qu'elle était terriblement en manque, ni encore qu'il représentait sa revanche. Juste un *choix*. Cette façon qu'il avait de l'enlacer, de lui parler d'égal à égal, de la regarder et même de se moquer d'elle. C'était stupide et insensé. Elle ne savait rien de lui. Enfin presque. En tout cas rien de plus que ces quelques histoires qu'il lui avait racontées pour qu'elle s'endorme et dont elle se souvenait à peine.

Elle devait être bonne pour l'asile parce que, en cet instant, elle s'en tapait complètement.

Il s'écarta, comme s'il avait compris à quoi elle pensait. Certes, sa main qui était en train de lui caresser le torse avait pu le mettre sur la voie.

— On n'a pas le temps, murmura-t-il.

— Mais il n'est pas encore 7 heures !

Il y avait tout le temps voulu, bon sang !

— Le jour où je vais m'occuper de ton cas, j'aimerais autant avoir quelques heures devant moi. Et beaucoup moins… (il hésita, tandis qu'elle continuait ses caresses) de public.

— De public ?

Euh… quoi ? Il semblait regretter le choix de ses mots. Peut-être que lorsqu'elle avait glissé ses doigts vers ses abdominaux, sa tentative de corruption avait rencontré un plus vif succès et qu'il était tout simplement troublé.

— Je suis quasi certain que l'Irlandais est sur le toit d'en face et que la Sécurité intérieure se trouve de l'autre côté de la rue dans un 4×4. Sans compter les hommes de l'acheteur qui doivent te rechercher, et mes propres troupes qui sont en bas. Alors, pour être parfaitement honnête, dit-il en embrassant la commissure de ses lèvres, je préférerais que nos premiers ébats soient un peu plus confidentiels.

Mais son cerveau embrumé ne pouvait comprendre.

— Hé, je sais bien que tu es un super-agent, protecteur et tout, mais tous ces types se trouvent dans un endroit que nous, les civils, nous appelons l'*extérieur*, et nous, là, on est à l'*intérieur*, et il y a des vitres blindées et un système de sécurité qui empêcherait Dieu lui-même de pénétrer dans l'appartement, alors on ne risque rien. À moins que tu imagines que Nina a planqué des caméras un peu partout, ou un truc dans le genre, mais elle sait que je la tuerais si c'était le cas, et elle aurait été assez fine pour me prévenir. Alors, tu vois ? dit-elle en entreprenant de déboutonner son jean : c'est parfaitement *confidentiel*.

— Non, répéta-t-il, en la repoussant contre le matelas et en l'embrassant.

Toutes les cellules de son corps s'embrasèrent aussitôt. Si au moins elle pouvait se rapprocher un tout petit peu, et être un tout petit peu plus nue…

Il se redressa, roula sur le côté et la regarda.

— Ah, Bonnie, tu parviens à me faire oublier le monde entier beaucoup trop facilement. Mais on doit s'arrêter là. Tu n'as pas envie de faire ça devant des caméras.

Des caméras ?? Pour de vrai ? Elle tenta de déchiffrer son expression et, meeerde, il avait l'air sérieux. D'un bond, elle se redressa sur son séant.

— Et comment ont-ils fait pour mettre des caméras ici ? Et pourquoi est-ce qu'on est encore là ? Et…

— Whoa. Tout doux. Pas *ici*, au sens strict, soupira-t-il. (Bon sang, Trevor n'avait décidément rien d'un « soupirant ».) Ils ont probablement du matériel de vision thermique.

— Attends un peu… du quoi ?

— Des jumelles. Ça permet de repérer une signature thermique, même à travers un mur. Tout ce qui génère de la chaleur apparaît, en rouge. Tout ce qu'il y a autour reste en noir.

— On dirait un truc de cinéma.

— C'est parfaitement réel, et certains modèles sont encore plus sophistiqués.

— Sophistiqués comment ? Qu'est-ce…

— Humains, animaux…

Il hésita et un sourire malicieux releva la commissure de ses lèvres :

— … accessoires.

Elle suivit son regard jusqu'à l'énorme armoire que Nina avait placée dans un coin de la pièce (celle dans laquelle ils avaient découvert tous les *sex toys* dont son amie se servait pour les séances de photos destinées à son magazine). Elle venait de comprendre son allusion et le rapport qu'il impliquait entre les joujoux de sa copine et… miiiiiince, ce qui se trouvait dans le tiroir supérieur de sa commode, dans la caravane. Un objet qui générait énormément de chaleur. L'amusement se lisait dans ses yeux bleus désormais aguicheurs.

— Bon, clama-t-elle en saisissant le bord de la couette pour la ramener sur elle. Donc, tu me dis que tu as utilisé des thermimachins sur moi… dans ma caravane… et… et… que tu sais tout sur…

Elle fit un geste de la main en direction de l'armoire de tous les péchés, incapable de prononcer le mot « vibromasseur ». Écarlate, elle sauta du lit comme si elle venait de prendre une décharge de 220 volts, sans vraiment savoir ce qu'elle devait faire ni où elle devait aller. La seule chose qu'elle parvint à entreprendre fut de le regarder béatement, bouche ouverte. Et le fait qu'elle se trouve ainsi, devant lui, vêtue d'un simple pyjama, ne l'aidait pas vraiment. Surtout que Trevor ne la quittait pas des yeux, toujours aussi sexy, avec un petit rictus au coin de la bouche, comme si tout cela était follement drôle. Nom d'une pipe ! Elle lui jeta à la tête la première chose qui lui tomba sous la main – une bougie – qu'il évita, le salopard, en riant.

— Ça n'a pas *toujours* été dans ton tiroir de commode, grogna-t-il.

Elle le regarda d'un air si mauvais qu'il prit son SIG pour le placer de l'autre côté du lit, hors de sa portée.

— La première fois – et la seule d'ailleurs –, je n'avais pas compris ce que tu avais sorti de ce tiroir. J'ai vu ce que tu en as fait, cela dit. Ma vie est alors devenue un enfer. Il fallait que j'éteigne les lunettes de visée thermique chaque fois que tu t'approchais de cette commode. Si ça, ce n'est pas tuer un homme à petit feu !

Sa tête venait-elle de se désolidariser de ses épaules ? Se trouvait-elle en lévitation, tandis que son crâne roulait sur le plancher ? Parce que c'est exactement ce qu'elle ressentait. Voilà donc pourquoi il semblait toujours si bien la connaître, si bien savoir ce qui lui ferait plaisir, comme ces fameux hot dogs au chili, par exemple. C'était donc pour cette raison qu'il connaissait l'adresse de Nina, sans qu'elle lui en ait rien dit. Sans parler d'une bonne dizaine de petites attentions qu'il avait eues et qui l'avaient amenée à se sentir si à l'aise avec lui. La lycéenne en elle avait envie de le gifler.

— Tu m'as *épiée*. Tu as collecté des… données ? Et tu as sans doute fait des rapports, aussi.

— Pas là-dessus, dit-il en indiquant l'armoire où se trouvait la « chose » qu'ils avaient réussi à éviter de nommer jusque-là. Jamais rien là-dessus. Mais sur tout le reste, j'en ai bien peur.

Elle ne parvenait pas à croire qu'il pût rester aussi nonchalant. Mais qui était ce mec ? D'où sortait-il ?

— Bonnie, dit-il en se rapprochant d'elle, tu étais dans le collimateur d'un des ténors du blanchiment d'argent. Et dans la mesure où tu étais en possession du diadème, il était au courant de ton existence bien avant de manigancer l'enlèvement de ton frère. Dans ces conditions, tu étais un paramètre important et ça fait partie de mon job de connaître les paramètres à la perfection. À l'époque, j'étais aussi censé bosser pour lui et il fallait donc que je me renseigne sur toi : où tu te situais, moralement parlant, le genre de personne que tu étais et, surtout, si on pouvait t'acheter.

— Comme si j'avais pu trahir mon propre frère !

— Tu serais surprise du nombre de gens auxquels ça ne ferait ni chaud ni froid, remarqua-t-il. Je sais bien que ça te met mal à l'aise. Je sais combien ton intimité est importante pour toi.

— Ouais, j'imagine en tout cas que maintenant, tu l'as compris, n'est-ce pas ?

— J'allais t'en parler.

— Quand ? Quand j'ai partagé ton lit, alors que tu étais déjà au courant de tous mes petits secrets, sans rien me raconter des tiens ? Tu as utilisé ces informations pour me mettre à l'aise. Pour me manipuler. Comment puis-je m'assurer que tout ceci (sa main fit un va-et-vient entre eux) n'a pas pour unique but de te permettre de retrouver les diamants et de m'avoir à l'œil ?

Et soudain, une autre idée germa dans son esprit :

— Et ce McGregor ? Tu savais qu'il était dans le coin, sur la piste des diamants ! Alors, tu te pointes, fort commodément, chaud comme la braise, séduisant en diable, romantique et tout, et moi, pauvre pomme, je suis tombée dans le panneau !

— Tu es en colère.

— Nooon, sans blague. Il faudra que tu songes au métier d'espion ou un truc dans le genre.

— Ceci, fit-il, imitant le geste de la main qu'elle avait fait entre eux, n'a rien à voir avec cette mission. Ni avec *aucune* mission. C'est toi que je veux. (Elle dut cligner des yeux devant tant de franchise.) C'est toi que je veux *et* pour ce que tu *es*. Pas pour d'autres raisons. D'ailleurs, je pense que tu le sais.

— Et tu peux me dire comment je le saurais ? Je ne sais même pas qui tu es.

— Tu te fous de moi ou quoi ? s'écria-t-il en faisant un pas vers elle.

Il se tenait tout près d'elle maintenant.

Est-ce qu'elle avait remis ça une fois de plus ? Croire à un mirage, à une illusion, à quelque chose de faux, tout simplement. Bien sûr qu'il défendait sa position, il avait encore besoin d'elle pour sa mission. S'il avait existé une émission de téléréalité sur la Meilleure Bécasse du Monde, elle aurait remporté la finale, haut la main.

— Toi et moi, poursuivit-il en se penchant vers elle, nous sommes loin d'en avoir fini. Et mes sentiments pour toi sont beaucoup plus forts que tu l'imagines.

— En voilà de jolies paroles, Trevor. Une leçon bien apprise. On pourrait presque y croire.

Son portable sonna sur la table de nuit et elle sursauta. Il jeta un coup d'œil à l'écran, puis la regarda. Elle voyait bien qu'il voulait dire quelque chose, mais au lieu de cela, il enfila son tee-shirt et saisit le téléphone. Et comme elle se disait qu'il allait partir sans ajouter un mot, il se retourna vers elle, l'attira à lui et lui donna un baiser.

Sauvage.

Elle tenta de le repousser, mais il la tenait fermement et… Par tous les saints du paradis, il savait parfaitement comment la faire grimper au ciel. Même si elle le haïssait. (Ce fut à cet instant que les Hormones intervinrent pour préciser qu'elles ne voyaient aucun inconvénient à s'envoyer en l'air avec un individu qu'elle détestait, et que le Bon Sens menaça de donner sa démission.)

Elle finit par réussir à se dégager de son étreinte.

— Si tu savais comme tu me laisses froide.

Merde, *ça* : *ça me laisse froide.*

Il lui lança un coup d'œil goguenard, tandis qu'elle piquait un nouveau fard.

— Tu veux parier ?

Il quitta la pièce et elle s'écroula sur le lit. La tête lui tournait. Réalité, fiction, tout ça se mêlait. C'était comme avec Alex, le trafiquant d'armes : des mensonges, encore et encore. Car c'était bien de cela qu'il était question Elle en était à ruminer sa fureur quand elle entendit qu'on frappait à la porte de l'appartement. Il avait dû sortir et il ne pouvait plus rentrer sans le code. Elle souhaitait vivement qu'il revienne, afin de finir cette discussion. Parce que maintenant qu'elle avait eu le temps de digérer le fait que leur relation n'était fondée que sur des mensonges – ou des omissions, pour être plus exacte –, elle était prête à le mettre en pièces. Ce fumier l'avait *épiée* !

Elle sortit du lit, attrapa une robe de chambre et se hâta vers la porte, mais celle-ci s'ouvrit avant qu'elle ne l'atteigne. Quand elle vit que les cheveux du type qui se tenait sur le seuil étaient beaucoup plus sombres que ceux de Trevor, elle s'aplatit maladroitement sur le canapé pour tenter une retraite rapide. Merde, c'était maintenant qu'elle aurait eu besoin du Glock de Maimee, sagement rangé dans son sac à main… lequel se trouvait sur la table…

C'est à cet instant qu'elle le reconnut : Cam. Plus livide qu'elle ne l'avait jamais vu depuis très, très longtemps. Ce qui impliquait nécessairement qu'il allait se voir décerner le trophée de « l'homme le plus en colère du monde » par le *Guinness Book des records*.

Absolument parfait. Ne changez rien. Visiblement, au cours de la nuit, elle avait pris un express pour le deuxième sous-sol de l'enfer, Département Abrutis Qui Croient Tout Savoir.

*

* *

Cam ne savait plus très bien depuis combien de temps il avait pénétré dans le hall d'entrée de Nina, quand une main s'abattit sur sa poitrine et qu'il s'aperçut que Bobbie Faye était si proche de lui qu'il pouvait sentir l'odeur de son shampoing (ce truc un peu fruité qu'il aimait tant). Il aurait parié qu'elle ne s'était pas séché les cheveux après la douche car ils étaient tout bouclés et encadraient son visage. Mon Dieu, quelle mauvaise idée il avait eue. Il aurait dû envoyer Benoit. Et puis merde, même Jason du central aurait mieux géré la situation que lui. Surtout avec cette migraine qui transformait la conversation la plus anodine en calvaire et ne ferait que rendre un peu plus pénible leur relation déjà conflictuelle.

— Cam ? dit-elle d'une voix où transparaissait la panique. Il y a un problème avec Stacey ?

— Non, répondit-il mécaniquement, avant de reprendre ses esprits. Non, elle va bien. J'ai pris de ses nouvelles avant de partir au boulot. Maman a dit qu'elle était un peu agitée la nuit dernière – après ton appel, Stacey a englouti un peu trop de biscuits et elle ne voulait plus aller se coucher. Mais à part ça, elle a l'air de bien s'amuser.

Elle retira sa main et il sentit la chaleur de son empreinte à travers sa chemise de coton, comme si elle venait de le marquer au fer rouge. Ensuite, il sentit quelque chose à la base de sa nuque, comme un souffle d'air. Il dégaina son arme et pivota vers l'entrée de la cuisine. Trevor : adossé au chambranle, les bras croisés, les yeux fixés sur Cam. Ce fumier n'avait pas même cligné des yeux à la vue du revolver pointé sur lui. Cam et l'agent se dévisagèrent de part et d'autre du canon de l'arme de Cam.

— Content de vous revoir, inspecteur, dit Trevor.

Cam abaissa son arme.

— Mais qu'est-ce que vous foutez ici ?

— On se cachait dans un endroit sûr, répondit Bobbie Faye. Du moins, c'est ce que je croyais. Je tablais sur ce concept un peu vieux jeu, je te l'accorde, suivant lequel, lorsqu'une porte est *fermée*, les gens attendent *de l'autre côté* et frappent.

— Pour quelqu'un qui veut se cacher, rétorqua-t-il en évitant le sujet, je te trouve étonnamment négligente. N'importe qui aurait pu faire irruption dans cet appart' à ma place.

— Mais si vous aviez été n'importe qui, vous vous seriez fait descendre avant même de passer le seuil, intervint Trevor.

Bobbie Faye regarda Trevor d'un air ébahi.

— Le coup de fil… Tu savais qu'il était en train de monter ici et tu ne m'as rien dit !

— Nous étions un peu occupés, lui rappela Trevor.

Les yeux de Cam allaient de l'agent fédéral à Bobbie Faye. Il n'était pas bien sûr de ce qu'il avait voulu dire par là, dans la mesure où son visage restait parfaitement impassible, alors que celui de Bobbie Faye était déformé par la rage.

— Petit déjeuner dans dix minutes.

— Au moins, il a suffisamment de jugeote pour ne pas te laisser entrer dans la cuisine, grommela Cam auquel Bobbie Faye balança une claque sur le bras.

— Ce grille-pain m'avait dans le nez. Ce n'est pas ma faute s'il a mis le feu à ta cuisine, alors arrête de toujours remettre ça sur le tapis. Et pour revenir aux questions importantes, qu'est-ce que tu fais ici ? Tu te spécialises dans les effractions, maintenant ? Tu as perdu la tête ou quoi ?

— Il faut que je parle à Bobbie Faye, dit alors le policier à l'intention de Trevor, sans pourtant la quitter des yeux.

À la façon dont elle lui retournait son regard, Cam prit conscience qu'elle n'avait pas seulement fait allusion à la manière dont il venait de pénétrer dans l'appartement de Nina. Elle avait dû le voir entrer dans sa caravane. Il se tourna alors vers l'agent et ajouta :

— En privé.

— Bah, voilà qui est nouveau, commenta Bobbie Faye avec sarcasme.

Trevor fit un signe de tête à Cam et quitta la pièce aussi discrètement qu'il y était entré.

Benoit s'accroupit à l'entrée de l'allée où Sal s'était fait descendre. Des lambeaux du cordon de sécurité qu'avait installé la police étaient restés accrochés au lampadaire, à quelques mètres de là, et flottaient au vent. Il ne savait pas très bien ce qu'il espérait trouver qui pût aider Bobbie Faye. Ses collègues et les techniciens de la police scientifique, ainsi que le FBI, avaient déjà ratissé l'endroit avec d'infinies précautions. Il ne s'attendait pas à découvrir quoi que ce fût, et encore moins quelque chose qui pourrait aider son amie, mais il avait fini – à l'issue d'une bataille qui avait opposé son devoir à son instinct – par se ranger à l'idée qu'il connaissait Bobbie Faye depuis le lycée et que, en aucun cas, elle ne pouvait être une meurtrière.

Dans la lumière de l'aube, le lieu du crime paraissait bien différent de ce qu'il avait vu sur le film enregistré par les caméras de surveillance. Il prit tout son temps pour examiner les immeubles fin XIXe qui n'avaient été rénovés que quelques années auparavant : leurs briques d'un rouge terne portaient la patine de plus d'un siècle d'intempéries et donnaient à l'immeuble un côté accueillant et chaleureux, créant un contraste frappant avec les vitres teintées toutes récentes, les ornements fraîchement repeints et d'extravagantes moulures qui conféraient au quartier un côté luxueux.

Il accorda une attention particulière aux emplacements des deux caméras de surveillance qui auraient dû saisir les mouvements dans l'allée.

Intéressant.

Afin de vérifier sa théorie, il marcha jusqu'à l'endroit où s'était tenue la meurtrière et se retourna vers les caméras : le meurtre avait eu lieu dans l'axe exact des deux caméras. Trois mètres plus loin, une seule caméra aurait pu filmer la scène. Et si le crime avait été perpétré encore un ou deux mètres plus loin, il serait resté totalement en dehors du champ du système de surveillance.

Si la femme avait effectivement apporté un revolver et tiré de sang-froid sur la victime – ce qu'elle avait fait – n'aurait-elle pas, au moins, pris soin d'inspecter les lieux au préalable ? Ça ne ressemblait ni à un crime passionnel, ni à une pulsion, et encore moins à un acte de légitime défense. Dans ces conditions, en parcourant ne serait-ce qu'une fois l'allée pour se faire une idée du système de sécurité en place, elle n'aurait pas manqué de relever qu'en attirant le joaillier un tout petit peu plus loin, elle ne risquait plus d'être repérée par les caméras. De plus, si la mémoire de Benoit ne le trahissait pas, la lumière du lampadaire – situé à l'entrée du passage – ne parvenait pas jusqu'au bout de l'allée. En fait, songea-t-il en s'y engageant un peu plus avant, la meurtrière avait fait un signe à quelqu'un qui était resté dans l'ombre, juste ici… Avait-elle donc choisi à dessein de s'arrêter à l'endroit depuis lequel elle avait tiré sur Sal ?

Par ailleurs, pourquoi s'embêter à simuler l'identité de Bobbie Faye si la femme ne savait pas, avec certitude, qu'elle serait filmée ? Elle aurait pu se contenter de porter un chapeau, une casquette, ou un déguisement quelconque lui permettant de se couvrir la tête et le visage. Et personne n'aurait su qui elle était, surtout si elle avait choisi de rester dans l'ombre. Et si ce raisonnement était juste… était-elle aujourd'hui furieuse que les deux films de surveillance aient disparu avant d'avoir pu révéler la présence de Bobbie Faye à la police ? Si quelqu'un voulait lui faire endosser la responsabilité de ce crime, qu'allait-il faire maintenant ?

Mais pas une once de son raisonnement n'aidait vraiment Bobbie Faye.

Benoit envisagea alors l'affaire du point de vue d'un flic, mais aussi de celui du procureur, lequel était également un ami. Bobbie Faye avait la réputation d'aider les gens à sortir de leurs ennuis, même si cela impliquait d'écorner, voire de piétiner, quelques réglementations. Elle avait réussi à échapper aux sanctions qu'aurait pu engendrer sa dernière catastrophe (en pratique, une multitude de condamnations potentielles, à commencer par destruction de propriété publique et mise en danger de… et puis, merde, cette liste était beaucoup trop longue pour qu'on s'y attarde). Benoit soupçonnait que l'unique raison pour laquelle elle s'en était tirée se résumait à Cam et peut-être à ce fédé, Trevor, qui avaient dû passer pas mal de coups de fil à cette occasion. (Bien entendu, cet idiot de Cam ne lui avait pas avoué qu'il avait contacté deux sénateurs pour arranger son affaire.) Quoi qu'il en soit, même en l'absence d'un mobile évident, un bon procureur – et son pote était sacrément doué – pourrait toujours avancer qu'elle avait l'*habitude* de considérer que la fin justifiait les moyens, qu'elle s'était toujours plus ou moins placée au-dessus des lois et qu'elle avait fini par croire qu'elle pourrait tuer Sal sans en être inquiétée.

Pour quelle raison ? Benoit n'en avait pas la moindre idée, mais vu le nombre de dégâts liés à Bobbie Faye dans la seule journée d'hier, il était prêt à parier son badge que quelque chose d'énorme était en préparation. Il ne serait pas bien difficile pour le procureur (et probablement pour le jury) d'en conclure que, compte tenu de la détermination et de l'énergie dont elle avait fait preuve la veille, rien n'était impossible : si elle était prête à détruire une maison et à faire sauter un pont, était-il si difficile d'imaginer qu'elle ait également pu commettre un meurtre ?

Dans sa lunette, John observait la fille qui s'entretenait avec ce connard de flic, Cam. Tous deux semblaient regarder un troisième larron, mais celui-ci était hors de son champ de vision. Voilà qu'ils se faisaient à nouveau face. Apparemment, ils se disputaient. Bah, c'était généralement le cas, alors il n'en était pas vraiment surpris.

Depuis son repaire, il n'avait pas un bon angle de tir. Même chose pour les hommes qu'il avait engagés.

Plusieurs heures s'étaient écoulées entre le coup de fil qu'il avait passé et l'arrivée de ses assistants. À partir du moment où les fonds avaient été virés à son attention sur un compte, John avait agi rapidement et embauché les meilleurs mercenaires de sa connaissance. L'espace d'un court moment, il avait songé à courir après les diamants lui-même, mais il s'était dit qu'il n'avait pas envie de devenir une cible, à son tour. Par ailleurs, la récompense s'annonçait juteuse : assez de pognon pour vivre agréablement quelques années et rendre à Bobbie Faye la monnaie de sa pièce.

Il avait consacré les deux heures précédant l'arrivée de ses hommes de main à déterminer où elle avait pu aller après avoir quitté la maison de Marie. Lake Charles est une petite ville et ne compte pas énormément d'hôtels. En distribuant un peu d'argent, il avait aisément apaisé les scrupules d'un certain nombre d'employés de ces établissements, lesquels étaient en réalité une mauvaise piste. Il était donc passé aux amis de Bobbie Faye et Nina était en tête de liste. Son appartement n'était répertorié dans aucun annuaire, mais John connaissait plusieurs mannequins inscrits dans son agence. Il ne restait plus à Bobbie Faye qu'à se déplacer un peu sur la droite et tout serait parfait.

Nina n'avait aucune intention d'aller se coucher. Elle devait achever sa mission à Taormina et boucler les séances photos dans la villa, deux objectifs qui allaient sans doute l'occuper quelques heures encore. Un jet avec le plein de kérosène attendait à l'aérodrome de Catane qui, fort heureusement, était aussi une base militaire (le dossier de son vol de retour serait forcément traité en priorité). Il lui faudrait environ douze heures de vol avant de retrouver la Louisiane, et elle sentait qu'on avait besoin d'elle là-bas. Elle composa le numéro de son amie et sourit en entendant l'aboiement qui l'accueillit.

— Bon, dit abruptement Bobbie Faye, est-ce que tu as des armes chez toi ? Parce que ce matin, quelque chose me dit que je vais en avoir vraiment besoin.

Nina était presque certaine d'avoir entendu la voix de Cam.

— Manifestement, tu n'as pas encore fouillé la salle de gym.

— La salle de gym ? Pourquoi est-ce que tu garderais des... Oh. Ne me donne pas de réponse. Tu n'as aucun Rital à menotter, là ?

— C'est déjà fait. Je rentre à la maison et je vais passer pas mal de temps dans l'avion. Je t'appelle quand j'atterris à New York. Essaie de ne pas faire sauter tout l'État avant que j'arrive. Je veux pouvoir mettre en lieu sûr certaines de mes œuvres d'art.

— Un de ces jours, tu verras, tu m'appelleras et je serai en mesure de te dire qu'il n'y a *rien* de spécial, que tout est calme et que personne ne me hurle dessus.

— Mais oui, B, bien sûr, et ce jour-là, je saurai qu'ils te traitent tous très gentiment, dans ta cellule capitonnée.

Cam l'avait bombardée de tellement de questions à propos de la veille qu'elle avait bien envie de lui botter les fesses, mais l'expérience lui avait appris une chose : ne jamais donner un coup de pied à quoi que ce soit sans ses bottes. Or, pour le moment, elle était pieds nus et Cam pouvait s'estimer heureux. Elle s'affala dans le canapé en laissant ses questions sans réponse, autant pour l'ennuyer que pour se donner le temps de digérer qu'il était Mal de cogner sur un Gros Costaud de Flic – même lorsqu'il s'agissait d'un ancien petit ami. D'ailleurs, ce n'était pas seulement un flic, mais aussi un connard de flic qui prenait sa voix d'interrogatoire pour éviter de lui expliquer ce qu'il était allé faire dans sa caravane. À chaque détail, il devenait de plus en plus nerveux et elle avait fini par ne plus lui fournir que les grandes lignes de son activité de la journée et de sa recherche des diamants. Il n'était pas nécessaire de le mettre au courant des annotations de l'agenda de Marie.

— Donc, tu aides Francesca ? T'es dingue ou quoi ? Mais qu'est-ce que je raconte ? (Il leva les deux mains en l'air et se mit à tourner comme un lion en cage.) Folie & Co., c'est presque une marque de fabrique, pour toi.

— Et je vais me la faire tatouer sur le postérieur.

— Mais tu n'aimes même pas cette fille. Elle s'est toujours mise en concurrence avec toi. Depuis la maternelle.

Bobbie Faye n'avait aucune envie d'entrer dans les détails (« Francesca pourrait se faire tuer et elle fait aussi partie de ma famille étendue ») car elle n'avait encore jamais expliqué à Cam les liens de parenté qui les unissaient.

— Francesca s'est toujours sentie en concurrence avec tout le monde, Cam. Putain, avec un père comme Emile, elle a appris la compétition au berceau. Par ailleurs, elle n'a jamais cherché à obtenir de trucs auxquels je tenais vraiment.

— Ouais, c'est bon. J'ai compris, merci.

— Tu sais très bien ce que je veux dire. Tu la détestais. Tu ne comptes pas.

— Et je présume que ce n'est que le début des gentillesses.

— Bon sang, Cam, la prochaine fois que tu débarques pour m'annoncer que je suis la reine des pommes, fais-moi penser à réviser le traité des bonnes manières de ma grand-mère et, tant qu'on y est, à préparer du thé et des petits gâteaux, sans oublier les mots de bienvenue : « Ne fais pas attention à moi, je suis le paillasson. » Je t'attendrai avec mon plus beau tablier brodé, promis. Bon, maintenant, si tu en as terminé, j'ai des diamants sur le feu.

— Où étais-tu samedi soir ?

— Pourquoi ?

— Contente-toi de répondre à ma question, Bobbie Faye ! aboya-t-il en continuant de faire les cent pas pour se calmer, tout en se frottant l'arête du nez, comme à chaque fois qu'il avait une migraine. Est-ce qu'un jour tu pourrais juste répondre à mes putains de questions ?!

Il avait l'air épuisé. Ses yeux étaient injectés de sang et on aurait pu croire qu'il avait dormi avec ses fringues. Pourtant, à le voir devant elle, bras croisés, muscles bandés, elle se rappelait combien il était séduisant. Plus grand et plus longiligne que Trevor avec son mètre quatre-vingt-quinze, il intimidait beaucoup de gens, surtout quand il adoptait ce regard furibard de flic qu'il avait mis au point. C'était aussi un leader-né, et pas seulement sur un terrain de foot. Il lui avait toujours paru sexy, même quand il n'était encore qu'un adolescent dégingandé de quatorze ans et elle une gamine famélique de douze ans. Elle revoyait encore le garçon auprès duquel elle avait grandi. Celui qui lui avait fait conduire sa première voiture, celui qui n'aurait jamais admis qu'il aimait le film *E.T.* Pour l'heure, elle remarquait surtout ses biceps et les abdominaux impeccables qui tendaient le tissu de sa chemise. *Oh, mon Dieu.* Elle était décidément accro aux beaux muscles. Elle devait vraiment se désintoxiquer – abstinence radicale –, parce que voyez où ça la menait : un mec qui venait de lui faire connaître l'humiliation ultime tellement il s'était fichu de sa poire, et un autre qui semblait irrémédiablement décidé à l'incendier de conneries pour la moindre bêtise qu'elle eût jamais commise. Il était clair qu'à son avis, même respirer, elle ne le faisait pas correctement. Bon, c'était tout vu : AA, les Abdos Anonymes. Inscription dès demain. Elle se demandait s'il existait des patchs pour ça.

— J'étais toute seule à la maison, finit-elle par répondre, alors qu'il s'apprêtait à lui reposer sa question.

— Toute la nuit ?

— Ben oui !

Le ton employé par Cam n'était pas très agréable jusque-là, mais il devenait presque agressif.

— Seule ?

— Cam !

— Il faut que je sache. Alors, seule ?

— Mais qu'est-ce que tu as avalé, bordel ?

Chapitre quinze

— Ça fait partie du boulot de la police, Bobbie Faye, s'écria Cam d'un ton excédé qui résonna contre les murs du loft. *Oui* ou *non*, étais-tu seule ?

Il la regardait avec intensité. Sa robe de chambre s'entrouvrit et, Dieu du ciel, il entrevit l'amorce de ses seins, à peine recouverts d'un minuscule pyjama. Il dut détourner les yeux.

— Mais oui, seule ! Qu'est-ce qui se passe, bon sang ?

— Y a-t-il quelqu'un qui puisse confirmer que tu es restée chez toi ? Est-ce que Stacey était là ?

— Non, elle a passé la nuit chez Janie, à deux pas de chez moi. Est-ce que quelque chose est arrivé samedi soir ?

Durant une minute, il inspira et expira profondément, les yeux fixés sur une plante installée près de la fenêtre, afin de repousser l'image que cette robe de chambre indiscrète avait incrustée dans son esprit. Cela lui rappelait – beaucoup trop précisément – ces week-ends qu'ils passaient ensemble à traîner, sans songer à s'habiller.

— Ouais, finit-il par lâcher. Quelque chose est arrivé.

Il pouvait difficilement lui dire qu'elle était désormais le suspect n° 1 pour le meurtre du bijoutier, ni lui révéler qu'il avait découvert les douilles, et encore moins – Dieu l'en garde ! – les enregistrements des caméras de surveillance que Benoit n'avait toujours pas rendus publics. Il avait déjà merdé une fois, en enfreignant à cette occasion des règles qu'il avait pourtant juré de respecter. Alors, lui donner des détails sur une enquête en cours, dans laquelle on était en droit de penser qu'elle était l'auteur d'un crime ? Pas question. Point final.

— Et tu es vraiment certaine que personne ne peut confirmer que tu es restée chez toi toute la nuit ?

— Non, personne je te dis. Ce n'est pas comme si je rentrais tous les soirs à la maison pour retrouver l'équivalent masculin de Winna. Mais à quoi tu t'attendais, hein ?

Elle avait prononcé ces dernières paroles d'une voix si basse, si posée (mais certainement pas calme), qu'il ne pouvait plus s'empêcher de la fixer. Il aurait dû se douter que tous ceux qui lui rapportaient des commérages mettraient leur point d'honneur à lui raconter, à elle, le moindre de ses faits et gestes. Il s'était pourtant dit que si cette relation avec Winna continuait, il faudrait qu'il en parle à Bobbie Faye. Non pas que ça puisse la préoccuper, non. Si ça avait été le cas, ils n'auraient pas rompu. Mais il avait prévu… Et puis merde, il ne savait pas ce qu'il avait prévu. Il savait surtout qu'il n'avait *pas* prévu de se retrouver devant elle, assise, vêtue d'une robe de chambre et d'un pyjama quasi invisible, avec un agent fédéral un peu limite dans la pièce d'à côté qui faisait Dieu sait quoi, et qu'ils auraient cette discussion qui tutoyait les frontières de sa responsabilité dans une grosse affaire de meurtre.

— De ta part, Bobbie Faye, je ne m'attends à rien.

Sa voix était si froide qu'il aurait pu aussi bien lui planter un pic à glace dans le cœur.

— Visiblement, lui rétorqua-t-elle d'un ton qu'elle voulait tout aussi glacial.

Il aurait mieux fait de la fermer. Bordel, il ferait mieux de se lever et de s'en aller, maintenant qu'il avait obtenu toutes les réponses qu'il lui fallait.

— Tu sais, lui dit-il sèchement, c'est ce qui arrive quand une personne en quitte une autre. Il faut passer à autre chose.

La violence du choc la contraignit à brièvement fermer ses grands yeux verts. Elle se pencha légèrement en avant comme pour amortir un direct à l'estomac. Il ne comprenait ce qu'elle voulait de lui. Qu'il cesse de sortir avec des filles pendant qu'elle continuait à mener sa vie ? Qu'il reste définitivement ce type qu'elle avait rejeté et qui se morfondait ? Un gars qu'elle gardait sous le coude ? Qu'elle aille se faire foutre !

— Tu... tu es en train d'essayer de prétendre que c'est *moi* qui suis partie ?

— Mais bien sûr que c'est toi qui es partie.

Elle le regarda comme si elle le voyait pour la première fois et une sensation désagréable lui chatouilla la base du cou, l'informant que l'image venait de se décaler imperceptiblement sur la droite, mais n'était pas encore tout à fait stabilisée. Elle se mit à secouer la tête en signe de scepticisme. Puis elle ricana sans pourtant manifester de joie quelconque. Son rire procédait plutôt d'une totale incrédulité.

— Ça, siffla-t-elle en allant jusqu'à la porte d'entrée qu'elle ouvrit en grand, c'est tout toi. Comment peut-on être un si bon inspecteur de police et, en même temps, plus aveugle qu'une taupe ? Vraiment, ça me dépasse. Et maintenant que tu as eu les réponses à tes questions, tu peux t'en aller.

Benoit se dirigea vers la boutique d'antiquités et il avançait la main vers la poignée de la porte quand il entendit Reggie O'Connor l'apostropher.

— Salut Benoit, t'as l'air en forme.

Il se retourna pour lui faire face, un peu estomaqué par sa mini-jupe rouge, son chemisier au décolleté juste assez profond pour pimenter son métier de journaliste de direct et ses longs cheveux bouclés savamment décoiffés. Elle lui décocha un sourire éclatant qui s'étira sur des dents impeccables et, s'il n'avait connu sa réputation de coupeuse de gorge, il lui aurait immédiatement proposé la botte (ou aurait fini par céder à ses innombrables avances). Mais il n'était pas fou à ce point-là. Sortir avec Reggie équivalait plus ou moins à s'acoquiner avec un piranha. La question n'était plus *si* on allait se faire manger, mais... *quand*.

— Oh, *très chère*, tu dis ça à tout le monde. Autant passer directement au sujet qui t'intéresse.

— Benoit, mon chou, un de ces jours, tu vas finir par admettre que je suis la meilleure chose qui pourrait t'arriver. Mais pour le moment – elle agita la main en un imperceptible signal et l'inspecteur comprit aussitôt que le cameraman qui se tenait juste à côté d'eux venait de commencer à filmer –, je veux tout connaître de cette histoire selon laquelle Bobbie Faye s'est fait surprendre par une caméra en train de tirer sur le bijoutier.

Heureusement qu'il pratiquait le poker depuis qu'il était tout gosse. Il feignit la surprise et se pencha légèrement vers elle.

— Je ne sais pas de quoi tu parles, *très chère*, mais ton histoire me paraît sacrément intéressante. Où donc as-tu entendu ça ?

— Il semble que M. Beauregard l'ait raconté à sa femme, qui s'en est ouverte à sa sœur, laquelle en a parlé à son groupe paroissial, et c'est plus ou moins parti de là. M. Beau dit que vous disposez de l'unique enregistrement. Tu veux commenter ?

— Tu sais bien que je ne fais jamais de commentaires.

— Pas même pour aider ton amie qui semble bien avoir abattu un homme de sang-froid ?

— Je te souhaite le bonjour, Reggie. J'aime beaucoup ton chemisier.

Il pénétra dans le magasin d'antiquités, ignorant les jurons étouffés de la journaliste. Il savait que le boss de Reggie aurait adoré pouvoir diffuser quelque chose – n'importe quoi – sur le sujet. Tout cela signifiait des records d'audience. Si elle parvenait à obtenir un commentaire quelconque, elle monterait l'histoire en épingle et il ne pourrait pas faire grand-chose pour l'en empêcher. Une fois que ce bruit serait rendu public, il faudrait qu'il inscrive le DVD (et le disque dur original) au nombre des indices et il imaginait déjà la joie du procureur à l'idée de pouvoir enfin lancer des poursuites à l'encontre de Bobbie Faye.

Cam passa devant Bobbie Faye et s'engagea dans le couloir en direction du garage où Nina garait ses voitures. Il se repassait mentalement leur discussion, surtout sa dernière réplique, et faillit percuter Francesca qui manqua de s'emmêler les escarpins et de tomber sur son postérieur rose fluo. Il la rattrapa en détournant les yeux de sa micro-minijupe pour ne pas avoir à passer un test de gynéco-obstétricien. Mais, surtout, il voulait éviter d'encourager les avances de la jeune femme. Quand il était encore au lycée – alors que tout le monde savait qu'il était raide dingue de Bobbie Faye, bien qu'ils fussent les meilleurs amis du monde et qu'il n'eût toujours pas compris comment changer de statut sans ruiner leur amitié –, Francesca s'était mise en tête de le séduire, sauf que sa version à elle du « flirt » imposait apparemment qu'elle se présente dans sa chambre tous les week-ends de l'été. Nue comme un ver. Et dans son lit. Il avait fini par découvrir qu'elle avait convaincu son petit frère de déverrouiller la fenêtre. Mais quand il avait enfin refermé ce fichu passage, elle n'avait apparemment pas compris le message : elle s'était tout bonnement mise à l'attendre à la fin de chacun de ses entraînements de football.

— Oooooh, Cam, minauda-t-elle d'une voix qui venait de perdre une octave et tenait désormais du feulement. Tu es célibataire maintenant… Je suis célibataire maintenant… Tu veux qu'on se retrouve un peu plus tard ? On pourrait peut-être prendre un verre ? Je veux dire, une fois que j'aurai aidé la pauvre Bobbie Faye avec son maquillage et diverses autres choses.

— Oh *putain*, non, dit Bobbie Faye dans son dos et il l'entendit refermer brutalement la porte de Nina et enclencher le verrou.

— Non, merci Frannie.

— Ce serait sympa, insista-t-elle en plaquant une main parfaitement manucurée sur son torse et en amorçant une caresse descendante. Ça fait si longtemps que nous ne nous sommes pas vus.

Il saisit sa main et l'éloigna de sa poitrine. Il tâcha de ravaler la colère et la frustration qu'avait suscitées son entretien avec Bobbie Faye, afin de canaliser ses émotions.

— Non Frannie.

Les yeux de la jeune femme s'humidifièrent légèrement et il eut l'impression d'avoir donné un coup de pied à un chiot.

— Bon, eh bien, si tu changes d'avis… se résigna-t-elle, avant de lui offrir son plus beau sourire.

Comme elle remontait le couloir en direction de l'appartement de Nina, il se retourna vers elle et lui demanda :

— Au fait, comment savais-tu où trouver Bobbie Faye ?

Il était certain que son ex ne l'avait pas contactée, même si Francesca essayait de l'aider. Il savait que la patience de Bobbie Faye vis-à-vis de la compagnie Emmerdes & Co., Société à

Responsabilité Illimitée, avait à peu près l'épaisseur d'une amibe. Or, l'adresse précise de Nina – à vrai dire, la toute dernière adresse d'une liste qui ne cessait de s'allonger – ne figurait nulle part. Cam ne disposait du code d'entrée que parce que Nina voulait avoir sur place un flic qui la connaisse, quand elle quittait la ville.

— Mais je n'ai eu qu'à te suivre, *idiot*, dit Francesca en lui soufflant un baiser du bout des doigts, sans interrompre sa progression chaloupée.

De : Simone
À : JT

Autre appel provenance Italie ? Impossible remonter piste ?
(envoyé par téléphone portable)

De : JT
À : Simone

Italie pas certain car signal rebondit de satellite en satellite comme un fou. Quelqu'un a matériel high tech bloquant nos logiciels traçage. Aussi bon que nôtres.
(envoyé par téléphone portable)

Ce Ce mélangea avec une infinie précaution sa mixture dans le saladier en verre, en observant le liquide clair qui s'épaississait jusqu'à atteindre la consistance de la confiture. Elle balaya des yeux son atelier et vérifia (sans doute pour la centième fois) que l'ensemble des talismans étaient bien suspendus à leur place : le romarin sur le mur nord, le thym à l'est, la sauge au sud et la menthe à l'ouest. Elle était devenue un peu obsessionnelle quant à la position de ces amulettes, depuis que, pour s'amuser, Monique en avait remplacé une par un poulet en caoutchouc et que les trois philtres d'amour que Ce Ce avait confectionnés ensuite s'étaient révélés désastreux. (Même si le banquier qui s'était lancé dans l'élevage de poulets semblait plutôt content.)

Le vieux billot de boucher sur lequel Ce Ce travaillait avait été saupoudré d'un mélange de primevères, d'olives en poudre et de cire d'abeille. Elle avait commencé sa préparation la veille (heureusement, c'était la saison des baies) et avait exposé le saladier à la pleine lune afin qu'il absorbe ses pouvoirs. Elle avait rajouté à sa mixture de la poudre de magnétite, de sanguine, de verre poli par la mer et enfin d'aloès. Elle s'efforçait pour le moment d'ignorer les petits coups que Monique ne cessait de donner sur la porte, la suppliant par là de la laisser entrer.

— Je ne vais pas faire rater celui-ci, je te le jure, implorait Monique entre deux hoquets qui indiquaient à Ce Ce que son amie était encore tombée dans sa flasque.

— Pas question, mon chou. Tu es très bien là où tu es. De toute façon, j'ai presque fini.

— Que veux-tu que je fasse du groupe de prière, alors ?

— Du quoi ?! s'exclama Ce Ce en relevant brutalement la tête de son saladier.

Elle ne pouvait absolument pas interrompre ce qu'elle était en train de faire pour laisser entrer Monique (le moment de l'ajout des deux derniers ingrédients était crucial).

— Maimee est revenue et, cette fois, elle est accompagnée d'un groupe de prière. Elle affirme que Dieu lui a ordonné de se présenter au comptoir des armes, jusqu'à ce qu'on veuille bien lui vendre un Glock. Et ses partenaires de prière apposent leurs mains sur tous ceux qui s'aventurent de ce côté-là du magasin.

Ce Ce jeta un coup d'œil au contenu du saladier, estimant que le moment était venu d'ajouter la lavande. Elle répondit donc à Monique :

— Laisse-les donc faire, mon chou. (La dernière chose dont elle avait besoin, c'était bien que Maimee et sa bande commencent à s'énerver en attirant des ondes négatives sur le magasin. Au contraire, un brin d'énergie positive serait tout à fait bienvenu.) Dis-lui que j'arrive dans un instant.

— Comme tu veux, mais elle dit qu'ils vont faire une sorte de prière de nettoyage.

— Très bien, mon chou, très bien, dit Ce Ce à Monique tout en saupoudrant l'hysope.

Mais, quand elle regarda le flacon, elle ne parvint plus à se souvenir combien elle en avait déjà mis. La fiole était moins remplie qu'elle pensait. Non, elle devait se tromper. Impossible qu'elle en ait trop versé.

Ignorant les coups que Francesca assenait sur la porte de l'appartement de Nina, Bobbie Faye se dirigea vers la cuisine. Elle bouillait encore de la conversation qu'elle venait d'avoir avec Cam et n'avait toujours pas oublié l'humiliation de sa dispute avec Trevor.

Elle avait bien l'intention de mettre les choses au point. C'est alors que le délicieux parfum qui flottait dans la cuisine la submergea : un mélange de bacon, de champignons, de ciboulette et d'œufs qui mettait l'eau à la bouche. Mais où avait-il bien pu dénicher ces victuailles ? Elle était pourtant quasi certaine que la conception qu'avait Nina d'une cuisine bien approvisionnée se résumait à un plein tiroir de menus de traiteurs. Dès qu'elle s'encadra dans la porte, Trevor posa un verre de jus d'orange à son intention, sur le bar en granit. Il resta néanmoins concentré sur sa tâche, lui tournant le dos dans son tee-shirt moulant. Il manipulait les poêles et se déplaçait dans la cuisine avec une incroyable dextérité. Comment était-il possible qu'un type potentiellement si dangereux puisse simultanément vous mettre aussi à l'aise ?

L'appétissant fumet embaumait l'air, et le fait que Trevor en était à l'origine ajoutait au trouble de ses sens. Elle dégusta son verre de jus d'orange en évacuant toute pensée. Mais le contact du breuvage acide contre son palais fit jaillir malgré elle un souvenir désagréable. Quelque chose de sombre et de mauvais. Elle frissonna sans pouvoir identifier avec précision ce dont il s'agissait. Elle reposa le jus d'orange et Trevor lui jeta un coup d'œil, sans cesser de s'affairer devant le fourneau, puis il s'arrêta pour se concentrer sur elle.

— Est-ce qu'il t'a énervée ?

— Qui ça ? demanda-t-elle en reposant les yeux sur son verre, tandis qu'une angoisse sourde remontait le long de sa colonne vertébrale, lui rappelant ce rêve étrange et insensé qu'elle chassa en secouant la tête.

Son attention revint sur Trevor :

— Cam ?

— Tu es toute pâle.

Il plaça l'omelette dans une assiette qu'il déposa sur le bar, à côté d'elle.

— Cam trouve toujours le moyen de m'énerver, dit-elle sans cesser de songer à ce jus de fruit qui la dérangeait pour une raison inconnue. Ça fait partie de son Système d'Exploitation Standard.

Elle regarda l'assiette et son estomac se mit à grogner.

— Mange, dit-il en faisant glisser l'omelette devant elle.

Puis, comme elle ne réagissait pas, il ajouta :

— Le fait de manger n'implique pas que tu n'es plus en colère contre moi.

Elle s'assit sur un tabouret devant le bar.

— Bien vue, ta petite stratégie psychologique à deux balles. Mais tu es en plein délire si tu crois que je suis aussi facile à gérer.

Elle examina son assiette. Il y avait deux sortes de fromage. Peut-être même trois.

— Bonnie, dans toute l'histoire de la femme, tu es sans doute la dernière qu'on songerait à qualifier de « facile à gérer ».

— Excellent, ponctua-t-elle avant de se ressaisir. Attends, soyons bien clairs. (Il sourit.) Il *n'*est *pas* question que je me fasse manipuler.

— OK.

Mais quand il fit le geste de retirer son assiette, l'Instinct reprit le dessus et elle s'y accrocha des deux mains. Il patienta sans éloigner ses doigts.

— Je n'ai jamais dit que je n'en voulais pas.

— Est-ce que tu en veux ?

Elle lui lança un regard inquiet, pas bien sûre de ce dont il parlait. Il saisit sa fourchette de l'autre main et découpa un morceau d'omelette qu'il lui mit dans la bouche. Une tentative de manipulation aussi évidente aurait dû la hérisser et l'inciter à garder les lèvres serrées, mais la Faim opposa son veto et prit le contrôle de ses mâchoires. Elle dut fermer les yeux quand la nourriture toucha sa langue parce que, *doux Jésus*... Elle ne savait pas qu'il était possible de cuisiner une omelette aussi sublime. Elle n'avait pas vu comment il l'avait préparée, mais la bouchée venait de fondre dans sa bouche et lui laissait un goût de béatitude. Quand elle rouvrit les yeux, elle constata que sa réponse lui avait visiblement convenu.

— Espèce de salaud, dit-elle, mais il lui était difficile de simuler la colère, dans la mesure où elle s'était emparée de la fourchette et s'apprêtait à engouffrer la deuxième bouchée.

Devant son sourcil interrogateur, elle choisit donc de se radoucir et, montrant l'omelette, elle ajouta :

— Tu triches.

— Mais je n'ai aucune intention de m'en priver.

Elle aurait aimé pouvoir considérer cette affirmation éhontée, ainsi que la sensualité pure qui émanait de lui en ce moment, comme une opération de séduction, mais Trevor était le genre d'homme qui réussissait à prendre ses interlocuteurs à leur propre jeu, sans jamais se dévoiler (même ceux qui étaient prompts à la paranoïa, comme les gars de la Mafia avec lesquels il lui avait dit avoir dû s'associer, par le passé). Dans ces conditions, il y avait peu de chance pour qu'elle représente autre chose qu'un infime obstacle, s'il estimait qu'elle détenait quelque chose dont il avait besoin. Elle n'était qu'un moyen comme un autre pour parvenir à ses fins.

Son objectif était de retrouver les diamants et de coincer ce McGregor, pas d'entretenir une véritable relation sentimentale avec elle, et il était grand temps qu'elle apprenne à se protéger un peu, pour changer. Elle avait déjà suffisamment gâché sa vie en faisant confiance à deux hommes. Elle n'avait pas besoin d'y ajouter un troisième ratage. Seulement, voilà, elle n'était pas bien sûre d'y parvenir, et elle préféra repousser cette pensée parce qu'il aurait fallu qu'elle s'interroge sur le *pourquoi* et elle ne s'y sentait vraiment pas prête. En tout cas, pas avec ce mec devant elle qui ressemblait au Sexe fait homme et qui la *nourrissait*, aussi incroyable que ça puisse paraître. Par tous les saints du paradis, ce type était loin d'être bête.

— En tout cas, c'est une bonne chose que tu n'aies plus à jouer la comédie, conclut-elle, générant dans les yeux bleus de Trevor une certaine *confusion.* Je sais par où commencer pour retrouver les diamants.

Elle descendit de son tabouret avant qu'il pût répondre et se dirigea vers la salle à manger où elle trouva ce dont elle avait besoin. Quand elle se retourna pour revenir vers le bar, elle se heurta à son torse puissant.

— Mon Dieu, il va falloir qu'on te mette une clochette autour du cou !

Trevor plissa les yeux et elle lui colla sous le nez son poing fermé qu'elle finit par ouvrir pour lui montrer sa découverte. *Voyons voir si ses recherches sur elle avaient été exhaustives.*

Dans sa paume, il y avait les écorces de riz qu'elle avait trouvées chez Marie. Il dut les examiner pendant un moment avant de comprendre ce dont il s'agissait et elle en conçut une certaine humiliation : son intimité avait décidément été piétinée dans les grandes largeurs. Il avait donc aussi fait des recherches sur sa famille – une famille de fous furieux –, puisque les écorces de riz provenaient de là. Mais alors comment avait-il pu être attiré par elle ? Aucun homme un tant soit peu informé de la dynastie de folie pure à laquelle elle appartenait ne se serait approché d'elle à moins de cinq cents mètres.

Elle n'avait jamais parlé de ses liens familiaux, sauf avec Nina. Mais même avec elle l'échange avait été bref : les parents de Nina étaient morts quand elle était enfant et elle avait déménagé à Lake Charles pour venir vivre chez sa grand-mère. Quant à ses parents à elle, son père ne l'avait jamais reconnue et sa mère avait fini par perdre un peu la tête et faire jaser les gens, avant de développer un cancer (Bobbie Faye avait alors cru que le prénom de sa mère était devenu « Pauvre-Necia-Dieu-La-Bénisse », parce que c'est ainsi que commençaient toutes les phrases évoquant les dernières frasques de sa mère). Bobbie Faye n'en avait même jamais parlé à Cam. Ils s'étaient rencontrés quand elle avait douze ans, après que sa mère eut emménagé dans son quartier. Le fait qu'elle n'avait pas de père ne semblait pas le gêner.

— On va chez ton père ?

— En effet, alors, si tu veux bien m'excuser, il faut que je décide de ce que je dois me mettre pour aller visiter la Centrale de la Démence.

Chapitre seize

Benoit alla à la rencontre de la propriétaire de la boutique d'antiquités. Elle avait environ soixante-quinze ans et sa peau tannée était striée de tant de rides qu'on aurait pu croire qu'elle avait servi à d'innombrables jeux de morpion. Sa toux de fumeuse résonna dans la vaste salle. La vieille femme traînait derrière elle une bouteille d'oxygène dont le caractère inflammable ne sembla pas la perturber le moins du monde lorsqu'elle alluma une nouvelle cigarette, tout en lui parlant de ses cors aux pieds.

Quand elle voulut bien s'intéresser à la question qu'il lui avait posée, elle dit :

— Ah, trésor (les grand-mères du Sud donnent du « trésor » à tout le monde), les seules jeunes femmes que je suis certaine d'avoir vues sont mes clientes, et, forcément, elles viennent assez souvent. Je vois toutes sortes de filles ici. Des grandes, des petites... Certaines viennent une fois par an, d'autres une fois par semaine.

Elle mentait. La vieille femme inhala une autre bouffée de sa cigarette et changea d'appui. Elle ne cessait de scruter le fond du magasin comme s'il y avait là un client dont elle devait s'occuper. Or le magasin était désert.

— Ça l'aiderait *beaucoup*[1], Mme Oubillard, si vous pouviez me dire si oui ou non vous avez vu dans les parages quelqu'un qui ressemblait à Bobbie Faye, la nuit dernière.

1. En français dans le texte. (NdT)

— L'aider, hein ? demanda-t-elle, avant de tirer encore sur sa cigarette. Bon… Vous en êtes sûr ?

Il hocha la tête.

— Eh bien, elle se tenait là. Elle était un peu bizarre, cela dit, et je ne comprenais pas la moitié de ce qu'elle racontait, mais mon Sonotone fonctionne mal parfois.

— Elle était là ? Elle vous a parlé ?

Impossible.

— Oh, pas à moi directement. Elle était là-bas, précisa-t-elle en montrant du doigt l'allée où Sal s'était fait tuer. Mais je n'ai pas pu voir à qui elle parlait, cela dit.

— Vous êtes bien certaine que c'était elle ? Et pas quelqu'un qui lui aurait ressemblé ? Ça fait tout de même une sacrée distance, d'ici.

— Absolument certaine, trésor. Vous voyez cette étagère dans le fond ? demanda-t-elle en pointant le doigt vers un présentoir à l'extrémité de l'immense magasin. De là où nous sommes, je peux lire la couverture de tous ces magazines.

Benoit plissa les yeux. Pour sa part, il avait beaucoup de mal à en distinguer les couleurs et plus encore les gros titres. Il l'observa d'un air dubitatif.

— Je me suis fait opérer de la cataracte l'année dernière, expliqua-t-elle. Des lentilles multifocales, c'est ce qu'ils m'ont mis. Il fallait que je puisse voir les clients entrer dans le magasin, surveiller les marchandises qui cherchent à se faufiler vers la sortie. Je sais très bien qui j'ai vu dans cette allée. J'étais dans ma chambre. (Elle leva le doigt en direction de l'étage supérieur.) Et elle m'a fait un petit signe. Ma fenêtre était ouverte, à cause de la fumée.

Elle rajusta le tube d'oxygène qui sortait de son nez et reprit une bouffée.

— Évidemment, j'ai fini par aller me coucher. Je ne pouvais pas deviner que le vieux Sal allait rendre son dernier souffle. Sinon, je serais restée debout.

Benoit la suivit jusqu'à sa chambre qu'elle avait visiblement meublée au moyen des invendus (et probablement invendables) de sa boutique. Il sortit de sa poche le petit appareil photo numérique qu'il emportait toujours avec lui désormais et prit quelques clichés, depuis la fenêtre qui surplombait l'allée. Il nota qu'elle ne pouvait en voir qu'une partie. Pourtant, sa certitude semblait absolue et, en tout cas, elle convaincrait un jury.

Ils croiraient tous que Bobbie Faye se trouvait dans ce passage.

— Vous souvenez-vous de l'heure à laquelle vous l'avez vue ?

— Je pense que c'était un peu après la fin de cette émission, le *Tonight Show*. Je n'en suis pas absolument sûre, cela dit, parce qu'il se peut que je me sois légèrement assoupie devant la télévision. C'est après que je l'ai vue. Aussi clairement que je vous vois.

Benoit lui posa encore quelques questions, mais elle n'avait aperçu personne d'autre. Elle n'avait même pas vu Sal ni les lumières de sa bijouterie. La situation ne lui avait pas paru suspecte, dans la mesure où Bobbie Faye faisait toujours des trucs un peu dingues, et donc il n'y avait rien d'étonnant à ce qu'elle se soit trouvée dans l'allée à minuit.

Il prit congé de la vieille femme qui alla s'occuper d'un groupe de clients qui venaient de pénétrer dans sa boutique. De l'autre côté de la cour, la teinturerie ouvrait ses portes et il en prit le chemin. C'est alors que quelque chose d'orange, sous un buisson, arrêta son œil. La curiosité le poussa à aller voir ce que c'était et quand il se pencha, une alarme s'alluma dans son cerveau. C'était une chemise. Mais surtout, elle avait les mêmes rayures que celle de la meurtrière, telle qu'elle avait été filmée par la caméra de surveillance.

Benoit se redressa et scanna les alentours pour voir si quelqu'un l'observait. Il savait que si la chemise avait été jetée là juste après le meurtre, la police, le FBI ou les techniciens de la police scientifique auraient dû la découvrir. Le massif de buissons se situait à moins de cent mètres de l'entrée de l'allée. Quand avait-elle pu atterrir là ? Tout récemment ?

Il ne remarqua aucun spectateur potentiel. Il n'y avait que peu de gens dans la rue ce matin. Après quelques minutes, il ressortit son appareil et photographia l'emplacement de la chemise sous tous les angles. Il faudrait qu'il compare ses propres prises de vue avec les clichés du dossier, pour en avoir le cœur net. Cela fait, il usa de son stylo pour soulever un coin du vêtement et y aperçut des taches de sang qui correspondaient à celles de la vidéo du meurtre. Il repéra quelque chose de tout aussi inquiétant : sur l'étiquette de la chemise, les initiales « BF » avaient été inscrites au marqueur indélébile.

Benoit n'avait pas attendu de voir ces lettres pour deviner d'où venait la chemise : il s'agissait de celle qui avait été remise aux vainqueurs d'un concours organisé dans le cadre de la « Semaine de l'École ». Il se souvenait que tous les gamins avaient rigolé en disant que cette année-là, les prix étaient vraiment trop merdiques (plutôt une punition qu'une récompense), mais ça ne les avait pas dissuadés de participer au concours. Le défi posé aux participants consistait à imaginer un événement visuel suffisamment attractif pour déchaîner les passions au profit de l'équipe de football. Bobbie Faye avait donc entrepris d'élever un grand bûcher près du château d'eau et convaincu deux benêts (Cam et lui-même) de monter sur la tour pour y tendre des guirlandes lumineuses de Noël proclamant le nom de l'école. Personne n'avait prévu que quelqu'un glisserait une grosse braise sous les buissons qui se trouvaient à proximité. Le feu s'était propagé aux arbres plantés autour du château d'eau dont les structures métalliques anciennes avaient fondu et, avant que quiconque ait pu comprendre ce qui se passait, le réservoir s'était effondré. Il y avait eu une petite inondation (qui avait eu le mérite d'éteindre l'incendie). Bobbie Faye était la seule étudiante de deuxième année dont l'œuvre était passée aux infos nationales. Elle avait donc remporté le concours le plus mémorable de l'histoire de l'école (même si les sœurs l'avaient ensuite bannie de toutes les activités de préparation des « Semaines de l'École »). Elle aurait néanmoins dû se faire expulser, mais, lorsque l'un des journalistes venus couvrir la catastrophe lui avait planté son micro sous le nez en lui demandant à quoi elle avait pensé, la jeune fille s'était écriée : « Allez les Tigers ! » Et tout avait été pardonné (en termes d'importance, le football, en Louisiane, vient juste après l'oxygène).

Il enfila une paire de gants en latex, sortit un sac en plastique consacré à la collecte d'indices et y enfourna avec précaution la chemise.

— Donc, parce que ces écorces de riz sont fraîches, tu penses que Marie est allée récemment voir ton père, demanda Trevor à Bobbie Faye, lorsqu'elle l'eut rejoint dans la salle à manger de Nina.

Pendant qu'elle opinait, il lui passa un petit objet le long du corps, lequel déclencha une épouvantable alarme qui faillit la faire mourir de peur.

— Mais, bon sang, ce tee-shirt n'est pas si moche que ça !

Il lui avait déjà imposé d'abandonner la chemise rouge qu'elle avait commencé à enfiler, au pointilleux motif qu'elle constituerait une trop bonne cible. Elle avait donc jeté son dévolu sur un petit tee-shirt vert qu'elle avait pris dans sa caravane et elle baissa les yeux pour regarder ce qui cette fois pouvait gêner Trevor.

— Ce n'est pas à cause du tee-shirt, dit-il en agitant son gadget, même s'il pourrait bien causer quelques crises cardiaques. En fait, tu as un GPS quelque part sur toi.

— Et d'où tiens-tu ça ? s'étonna-t-elle, tandis qu'il repassait le détecteur autour de ses chaussures de sport, puis de son sac à main… qui décupla les foudres de l'engin.

— J'ai demandé à l'un de mes hommes de prendre ça avec lui, quand il est venu nous apporter de quoi manger ce matin.

— Donc, tu soupçonnais que j'étais porteuse d'un GPS… même cette nuit ?

— Je me doutais bien qu'ils ne nous avaient pas retrouvés en interrogeant une boule de cristal. Ils sont arrivés devant chez Nina quelques minutes après nous.

— Et pourquoi sommes-nous restés, alors ?

— Tu étais épuisée et il fallait que tu te reposes.

Il vida son sac à main sur la table et elle se précipita pour en récupérer les objets les plus embarrassants (tampons, veilleuse – elle détestait vraiment le noir – et Binky, un minuscule lion en peluche qu'elle trimbalait depuis qu'elle était môme et dont elle pourrait toujours prétendre qu'il appartenait à Stacey, même si elle n'en voyait plus vraiment l'intérêt, vu que ce mec l'avait surprise en compagnie d'un vibromasseur, alors… Il l'avait même sans doute observée dans les toilettes. Oh, elle aurait tellement voulu disparaître par un trou du plancher). Elle leva les yeux vers le ciel et l'apostropha en silence : *c'est pour toutes les fois où j'ai caché une boîte remplie de cafards dans le bureau de sœur Elizabeth, quand j'étais en CM2 ? C'est ça, hein ?*

Pendant qu'elle dialoguait avec Dieu lui-même, Trevor avait continué de lui parler, ignorant sa gêne.

— Ils ne pouvaient entrer dans l'immeuble, ni même s'en approcher sans que je le sache. Par ailleurs… cela pourrait nous servir, dit-il en saisissant un petit carré qu'il se mit à inspecter.

De : Simone
À : JT

Ils bougent. Et nous avons compagnie.
(envoyé par téléphone portable)

Cam écouta la description que lui fit Benoit de la chemise qu'il avait découverte, ainsi que le rapport de son entretien avec la vieille propriétaire de la boutique d'antiquités. Ils utilisaient une ligne téléphonique sécurisée, mais il aurait été préférable que Benoit demande à son ami de quitter le commissariat avant de lui balancer ces informations. Il reposa le combiné si brutalement sur son socle que celui-ci se fendit. Génial. Maintenant, il faudrait qu'il fasse une demande pour un nouveau téléphone. Ça allait être facile d'en expliquer la raison, tiens. Il tenta de recoller les morceaux de plastique entre eux, mais quand il les lâcha pour trouver un rouleau de Scotch dans le foutoir de son bureau, il heurta le tiroir central du meuble, déstabilisant ainsi le fragile édifice que formait l'ensemble des chemises cartonnées concernant le meurtre. Elles s'éparpillèrent sur le sol.

Il se redressa et envoya un coup de poing à travers la cloison en Placoplâtre située derrière lui. Ses phalanges lui faisaient un mal de chien, mais cette douleur restait plus supportable que la terrible migraine qui ne l'avait pas quitté, malgré les médicaments qu'il avait avalés chez Bobbie Faye. Était-ce bien lui, ce type réputé pour son self-control, même sous la pression ? Il avait participé à des matchs dont l'issue dépendait d'un seul lancer, un unique envoi au bon endroit qui permettrait à son équipe de remporter le championnat. Et il n'avait jamais flanché, même avec un poignet fracturé et 90 000 supporters complètement déchaînés dans le stade de l'université. Il avait joué des coudes pour percer le front qu'opposait l'équipe adverse, tandis que ses propres lignes se battaient pour gagner le moindre centimètre, mais il était toujours, toujours, resté cool. Sous contrôle.

— Au moins, tu as eu le bon sens de ne pas choisir un mur en béton, lui dit son capitaine, depuis le couloir. Un petit problème, ce matin ?

— Non, capitaine. Rien. Juste... de la colère.

— De la colère, hein ? lui demanda son chef dont le ventre rebondissait par-dessus la ceinture un peu plus que d'habitude et dont le teint rougeaud s'accentuait en regardant le mur que Cam venait d'endommager. Eh bien, mon garçon, je ne crois pas que ce soit le meilleur endroit pour l'exprimer, qu'en penses-tu ?

— Non, capitaine, effectivement.

— Alors, fais en sorte que ça ne se reproduise pas. Et appelle les services généraux pour qu'ils réparent tout ça. Les frais seront prélevés sur ton salaire, bien entendu.

Le capitaine s'éloigna et Cam se passa la main dans les cheveux, avant de se masser la nuque. Il ne comprenait pas ce qui lui arrivait. Il ne parvenait même pas à prendre la mesure de ce qu'il avait déjà fait. Jamais il n'avait dissimulé des preuves. Jamais il n'avait même envisagé la possibilité de le faire, quelle qu'ait pu en être la raison. Pas plus qu'il n'avait triché durant ses examens, même lorsque ses copains se proposaient de lui donner la réponse. Il avait été un excellent *quaterback* et, en Louisiane, beaucoup de gens considéraient que de tels athlètes valaient mieux qu'un roi et méritaient certains égards. Il y en avait tant qui s'étaient montrés prêts à lui faire des cadeaux, à lui permettre de prendre un raccourci, plutôt que d'en passer par les règles du jeu, mais il n'avait jamais été tenté par leurs propositions. Et pourtant, là, dans sa poche, il y avait un sac en plastique contenant des douilles qui, selon lui, pouvaient très bien concerner une affaire de meurtre. Des cartouches qui avaient été déplacées de leur cache originelle, sans mandat.

Comment avait-il pu ainsi perdre la raison ? Comment en était-il arrivé là ? Ça ne lui ressemblait pas du tout.

Il s'accroupit et commença à ramasser les documents éparpillés et les clichés réalisés sur le lieu du crime. La photo placée sur le dessus de la pile était une vue globale prise avant que le cadavre ait été emporté. Plusieurs plots de plastique marquaient les endroits où l'on avait retrouvé des éléments de preuve potentiels qu'il faudrait vérifier. L'un d'eux était un vieux rang de perles. Celles-ci avaient peut-être un jour appartenu à un collier, mais, si c'était le cas, il en manquait au moins la moitié, ainsi que le fermoir. Aucun moyen de déterminer si ces perles avaient été perdues au moment du meurtre ou si elles étaient là depuis des semaines. Chaque fois qu'il avait examiné cette photo, il avait pensé « collier », parce que c'était ainsi que l'objet avait été consigné.

Sauf que maintenant... ses réflexions étaient tellement centrées sur Bobbie Faye qu'il le reconnut immédiatement. Il ne s'agissait pas d'un collier, mais d'un bracelet. Son cœur lui fit tout à coup l'effet d'un morceau de banquise.

Il se souvint de l'époque où Bobbie Faye était en première année à l'université de Louisiane, et lui en troisième année. Il aurait aimé que leur relation ne se résume pas à de l'amitié, mais il n'avait pas trouvé le moyen de la réorienter, sans risquer de la fragiliser. Il lui avait offert un bracelet de perles pour son anniversaire. Les perles étaient la pierre des natifs de juin. Avant cela, ils n'avaient encore jamais échangé de vrais cadeaux d'anniversaire et il espérait qu'elle comprendrait ce qu'il essayait de lui dire.

Quand il examina plus attentivement la photo, un autre épisode explosa dans sa mémoire. Cette fois-là, ils s'étaient disputés et il avait tenté de lui attraper le bras pour qu'elle cesse de s'agiter. Sa main avait glissé jusqu'à son poignet et en avait accidentellement arraché le bracelet. Elle en avait eu le souffle coupé et s'était précipitée pour le ramasser. En fait, ils s'étaient chamaillés à propos du connard avec lequel elle était sortie et auquel elle envisageait de donner une « seconde chance ». Alex. Un type dont il savait aujourd'hui qu'il faisait du trafic d'armes et qui, déjà à l'époque, était un sacré fumier qui ne cessait de lui mentir et de la trahir. Il aurait voulu qu'elle rompe. Il aurait surtout voulu sortir avec elle, mais il n'avait pas réussi à lui exposer ses sentiments et elle était restée là, devant lui, avec son bracelet cassé entre les mains.

— Mais pourquoi ne peux-tu pas t'empêcher de faire un truc aussi con que de sortir avec ce type ? lui avait-il demandé.

Idiot. Il le savait maintenant. Idiot, idiot, idiot.

— Et toi, tu ne peux jamais t'empêcher de me dire ce que je dois faire, avait-elle répliqué.

Si au moins il pouvait revenir en arrière et se secouer. Il dirait alors :

— Je ne peux pas m'empêcher de t'aimer.

C'était con, hein ? Et comment ! Mais était-ce la vérité ? Sans aucun doute. Au lieu de cela, il lui avait dit :

— Si tu ne te comportais pas comme une imbécile, je n'aurais pas besoin de le faire.

Cam s'assit dans son fauteuil tout en continuant à fixer la photo, la poitrine dans un étau. D'abord, ses cheveux avaient été retrouvés sur le lieu du meurtre. Ensuite, il avait découvert les douilles cachées dans sa caravane. Celles-ci ne prouvaient pas nécessairement son implication dans la mort du bijoutier car elles pouvaient provenir d'un autre épisode de tir, puisqu'elle était la plus mauvaise ramasseuse de cartouches de tout l'État. Après, il y avait eu le film de la caméra de surveillance qui suffisait à lui seul à la condamner. Et enfin, la chemise et le témoin oculaire dont Benoit venait de lui parler.

Maintenant, il y avait aussi ce bracelet.

Il ne voulait pas envisager la possibilité qu'elle ait pu effectivement appuyer sur la gâchette. Il n'avait jamais cru que cela fût possible. Jusqu'à maintenant. Et elle s'était retrouvée dans une telle mouise qu'elle avait estimé que ce meurtre était sa seule échappatoire ? L'aurait-elle commis pour son propre salut ? Non. Mais pour sauver quelqu'un ? Et si elle y avait été poussée par une force extérieure ? Cam ne se souvenait que trop bien de la folie qui s'était emparée d'elle lorsque son frère s'était fait kidnapper. Il était quasi certain qu'elle aurait pu faire *n'importe quoi* pour le tirer de là.

Comment pouvait-il penser cela ? Il n'en savait rien. Qu'on ait cherché à lui faire porter le chapeau ou qu'on l'y ait obligée, il savait seulement qu'il ne serait peut-être pas capable de la sauver de ce mauvais pas.

John avait perdu la trace de Bobbie Faye dans Iowa, une petite bourgade à l'est de Lake Charles où l'autoroute 165 croisait la I-10. La Harley s'était arrêtée pour faire le plein et, quand il avait repris sa filature, il avait cru que Bobbie Faye et le larbin d'Emile étaient toujours sur la moto. Mais à quelques kilomètres de la station-service, sur la 165, au niveau de Kinder, il s'était un peu rapproché et avait compris qu'il s'était fait enfumer. Un autre couple se trouvait sur la bécane : il avait dû échanger sa monture avec la fille et son ange gardien.

Rien ne se passait selon les plans. La nuit précédente, ça aurait dû être facile, mais ça avait viré au cauchemar. Ni lui ni ses hommes n'avaient été capables de l'avoir en ligne de mire. Sans compter les fédés qui étaient postés un peu partout aux abords du bâtiment. De toute façon, il n'aurait pas pu approcher suffisamment pour utiliser les explosifs sans se faire prendre.

Il appela par radio les hommes qu'il avait engagés et leur dit de revenir vers Lake Charles. Il avait noté que Bobbie Faye se dirigeait vers l'est quand ils avaient quitté la ville, mais leur destination finale lui était inconnue. Cependant, il pensait connaître quelqu'un qui en saurait peut-être plus. Ce n'était donc qu'une question de temps.

Chapitre dix-sept

Aiden sourit intérieurement. L'avantage d'avoir Mollie sous la main, c'était qu'en se collant une perruque sur le crâne elle pouvait se faufiler quasiment partout sans que personne la remarque. Ce n'était pas qu'elle fût terne, non, Aiden la trouvait même très jolie. Mais elle avait cette aptitude de caméléon, qualité que Sean appréciait.

— Alors, tu l'as vue ? demanda Sean à Mollie, quand elle revint des toilettes de la station-service et monta dans la Subaru qu'ils avaient troquée contre leur grosse camionnette, pour les besoins de leur filature.

— Carrément, et elle est montée dans une Pontiac rouge, répondit Mollie en montrant du doigt le coupé sport.

Aiden vit le sourire de Sean. C'était déjà la deuxième fois qu'elle changeait de véhicule, ce matin, et Mollie avait tout vu en se contentant de traîner dans la boutique de la station-service où Bobbie Faye s'était précipitée.

— C'est clair qu'elle a changé de sac.

Puis elle ajouta avec une mine un peu rouée :

— Je lui ai demandé du feu.

— T'es censée rester discrète, lui rappela Sean d'un ton sec.

Mollie ôta sa perruque blonde.

— Elle m'est pratiquement rentrée dedans, qu'est-ce que tu voulais que je fasse ? Il fallait bien que je dise quelque chose.

— Et ton accent, idiote ?

On aurait dit que Sean s'apprêtait à lui en coller une – chose dont il était coutumier avec les femmes, mais n'avait encore jamais pratiquée avec sa cousine qu'il avait quasiment élevée.

Elle sourit et dit en adoptant l'accent un peu traînant des gens du Sud :

— Ça m'ennuie de vous déranger, mais vous auriez du feu ?

Un vrai accent d'Amerloque. Peut-être pas du sud de la Louisiane, mais dans les boutiques de stations-service, on trouvait toujours tout un tas de touristes et de voyageurs. Aiden était content et plutôt fier d'elle, même si ça ne semblait pas améliorer l'humeur de Sean.

— Ça va, mais la prochaine fois, contente-toi de faire ce que je t'ai demandé et rien d'autre.

— Oh, pas de problème, Sean. En même temps, si j'avais pas fait ça, j'aurais pas pu fourrer le nouveau détecteur dans son sac.

— Putain, commence par ça la prochaine fois, cracha Sean, alors que Robbie allumait déjà son ordinateur portable.

— Je n'arrive pas à croire que le mec de la station t'ait laissé emprunter cette voiture, dit Bobbie Faye à Trevor, sans cesser de caresser les sièges en cuir noir de la magnifique Pontiac GTO 1966 entièrement restaurée.

— Je lui ai filé suffisamment d'argent pour en acheter trois comme celle-là. Mais, c'est vrai que si on lui fait la moindre égratignure, le dieu des voitures va m'immoler par le feu.

— Tiens, j'ai bien l'impression que je viens d'entendre le maître d'hôtel céleste commander : « Et un agent fédéral à point, un ! »

Il rit et elle reporta son attention sur le paysage. Mieux valait qu'elle ne s'appesantisse pas sur l'effet que ce type lui faisait. De la *manipulation*, se souvint-elle. Rien d'autre. Ce n'était pas parce qu'il lui faisait croire qu'elle pouvait en espérer plus de lui qu'elle devait tomber dans le panneau, et plus tôt elle accepterait cette donnée, mieux ce serait. Même *elle* pouvait apprendre à faire preuve d'un minimum de bon sens en matière de mecs. Qu'il aille se faire voir.

Bobbie Faye aperçut les silos à grain bien avant qu'ils quittent la nationale, juste à l'ouest de Crowley. En fermant les yeux, elle revoyait les images de ses souvenirs de gosse. Sept immenses bâtiments cylindriques qui faisaient près de dix ou douze étages de haut (deux d'entre eux seulement n'atteignaient que la moitié de cette taille), regroupés à l'intersection des deux routes d'accès, l'une pour les semi-remorques et l'autre pour les voitures. Quand elle battit des paupières, elle nota les légères différences que ces vingt dernières années avaient apportées : les bâtiments métalliques, alors étincelants, s'étaient ternis, comme s'ils s'étaient peu à peu fondus dans le paysage. Il y avait aussi un immeuble abritant les bureaux, massif et peu élevé, au pied des silos, avec un parking pavé plutôt sommaire.

En cette matinée d'été, une fine couche de poussière (issue du déchargement des écorces de riz dans les silos, au moyen des chaînes de manutention installées au sommet des bâtiments) semblait tout recouvrir. Même les arbres et la maison, pourtant situés à une certaine distance – et à l'opposé des routes d'accès – paraissaient ternes et pâles.

Trevor se gara devant la maison et elle examina cet endroit où elle avait pourtant juré de ne jamais revenir : c'était une sorte de ranch en briques marron, avec un toit plutôt bas, ombragé par un cercle de chênes. Il y avait – du moins c'était le cas à l'époque – une balançoire dans la cour, derrière la maison. Et aussi un toboggan qui était déjà rouillé quand elle était enfant. À mesure que ses souvenirs revenaient, d'autres sensations affluaient. Elle était alors toute jeune et passait son temps à fouiller entre les coussins du salon pour y découvrir de curieux trésors (une montre de gousset, les pneus d'un vieux camion miniature ayant appartenu à l'un de ses cousins, une lime à ongles et plus de monnaie qu'elle n'en voyait chez elle en un mois complet). Elle se souvenait de l'odeur de café, suffisamment puissante pour réveiller un mort, du frottement des pales des ventilateurs fixés au plafond qui battaient la mesure contre la chaleur estivale, et de la soupière sur le plan de travail de la cuisine, toujours pleine de bonbons qu'elle parvenait à chaparder en se haussant sur la pointe des pieds.

Mais, surtout, elle se rappelait les disputes entre sa mère et l'homme dont elle avait plus ou moins compris qu'il était son père, bien qu'il ne l'eût jamais reconnue et qu'il lui donnât l'impression de ne pas du tout apprécier sa présence, lors des dîners dominicaux. En ce temps-là, sa mère disait qu'ils devaient essayer de former un foyer, que la famille était essentielle, même si Bobbie Faye et son père ne s'entendaient pas. Sa mère, en revanche, ne lui avait jamais expliqué la raison de tous ces cris, hormis qu'elle n'avait pas à s'en préoccuper. Pourtant, il lui avait été difficile de rester sourde le jour où son propre père avait hurlé qu'il n'avait jamais voulu un chiard. Après cette magnifique journée, elle avait tout simplement refusé de retourner là-bas.

Abandonnant le cours de ses souvenirs, elle s'aperçut que Trevor était sorti de la voiture, qu'il avait ouvert sa portière et lui tendait la main. Elle n'aurait pu dire depuis combien de temps il se tenait là.

— Allez, on ne rend pas visite à la guillotine, ironisa-t-il.

— Au moins, ce serait plus drôle.

Ils entendirent le cliquètement caractéristique d'une cartouche qui entrait dans la chambre d'un fusil. Suivi de deux autres cliquètements identiques. Ils regardèrent en direction de la maison et virent que des canons de carabines dépassaient désormais de chacune de ses ouvertures – les deux fenêtres du rez-de-chaussée et la porte d'entrée, entrebâillée.

— Ah, rien de tel que de rentrer chez soi.

La porte s'ouvrit de quelques centimètres supplémentaires.

— Salut, tante V'rai. C'est Bobbie Faye. Il faut que je te parle.

La porte s'ouvrit sur une femme d'une soixantaine d'années. Bobbie Faye resta bouche bée. Elle ne l'avait pas vue depuis l'âge de huit ans et elle avait aujourd'hui l'impression d'observer une version âgée d'elle-même. La ressemblance était si parfaite que même Trevor en resta interdit. V'rai avait été brune, mais ses cheveux étaient désormais poivre et sel et des rides d'expression entouraient ses yeux – des yeux qui ne semblaient se concentrer sur rien en particulier. Sa tante était capable de faire la différence entre le jour et la nuit, mais, au-delà, elle était pour ainsi dire aveugle… ce qui rendait la manière dont elle tenait son fusil encore un peu plus angoissante. Elle faisait environ cinq centimètres de moins que sa nièce et avait les épaules légèrement voûtées. Elle abaissa le canon de son arme vers le sol.

— Je m'disais bien que t'allais montrer ton nez, dit V'rai avec un fort accent cajun (elle avait passé son enfance à Baton Rouge). Mais pas question que j'accueille toute cette smala.

— Quelle smala ? s'étonna Bobbie Faye, avant d'entendre le ronronnement d'un gros véhicule qui quittait la nationale pour s'engager sur la route d'accès à la maison.

Elle se retourna et vit alors le Hummer :

— Oh, merde !

— Comme tu dis, ponctua V'rai, tandis que l'énorme engin se garait et que les quatre cousins en descendaient, avant de se diriger à petites foulées (Francesca sur ses escarpins violets) vers la maison.

— Bouge pas, demoiselle, dit V'rai en levant le canon de son arme vers Francesca qui écrasa son horrible sac à main rose contre sa poitrine (elle avait maintenant des plumes plein le décolleté, tandis que son sac semblait muer).

— Dieu du ciel, Frannie. Il doit y avoir quelque part un flamant rose qui se les gèle carrément, dit Bobbie Faye à sa cousine. Comment tu m'as retrouvée ?

— Oh, c'était facile. Tante V'rai a dit à tante Aimee qu'elle pensait que tu passerais la voir aujourd'hui, et tante Aimee a dit à son coiffeur qu'elle ne pourrait pas venir à son rendez-vous parce qu'il fallait qu'elle soit là, et son coiffeur l'a raconté à sa sœur qui l'a dit à sa mère, qui habite près de chez la mère de Kit, qui a appelé Kit, qui me l'a répété.

Bobbie Faye lança un coup d'œil exaspéré à Trevor :

— Ton GPS ne fait pas le poids contre le Système de Radio-Commérages du sud de la Louisiane.

— Mais comment ta tante V'rai pouvait-elle le savoir ? lui demanda Trevor.

Elle fut bien forcée de sourire. Donc, ses minutieuses recherches ne lui avaient pas tout révélé. Le pauvre garçon n'avait manifestement pas la moindre idée du traquenard dans lequel il s'était fourré.

— Tu vas comprendre.

— Salut tante V'rai, héla Francesca par-dessus l'épaule de sa cousine. Moi aussi, je suis venue pour filer un coup de main.

— Oh que non, rétorqua V'rai. Toi et les cousins, vous allez remonter dans votre engin et reprendre la route. Vous avez assez causé d'emmerdements à ta maman comme ça.

— Mais j'essaie de l'aider ! protesta Francesca.

Trevor s'interposa entre elles, fin prêt pour reprendre son rôle de fumier de mercenaire. Il saisit le coude de Bobbie Faye pour l'entraîner vers la porte.

— Rentre, maintenant, lui dit-il.

Puis, s'adressant à Francesca d'une voix menaçante :

— Et toi, tu retournes chez toi. Ton père t'a prévenue : il va finir par placer un contrat sur *ta* tête si tu continues à t'en mêler. Et je me ferai un plaisir de lui accorder une ristourne, si je te retrouve encore sur ma route.

— Euh, je dois tuer quelqu'un ? proposa Mitch, toujours serviable. Je crois que c'est elle, non ? ajouta-t-il en désignant Bobbie Faye.

— Non, pas Bobbie Faye, dit Donny. Pas encore, en tout cas.

— Donny, ta mère va être très en colère après toi.

— Non, elle sera fière de moi, tante V'rai. Tu verras. Il y a déjà des agents qui s'intéressent à moi et envisagent de me représenter.

— Ramène ton cul, dit V'rai à sa nièce. Et amène aussi celui-là, ajouta-t-elle en indiquant Trevor du menton, alors qu'elle remontait les marches du perron.

— Mais, tante V'rai !! insista Francesca. Maman est ta petite sœur ! Tu n'as pas le droit de le faire rentrer. C'est l'un des hommes de main de papa !!

— Mouais, grogna la vieille femme. J'ai le droit de faire ce qui me plaît. Et toi, tu rentres chez toi.

De : Simone
À : JT

Merde. On les a perdus. Des nouvelles de cousine Francesca ?
(envoyé par téléphone portable)

De : JT
À : Simone

Envoi des coordonnées maintenant.
(envoyé par téléphone portable)

Lori-Ann se tenait devant le téléphone public installé dans le hall d'accueil du centre de désintoxication. Elle ne cessait de replacer nerveusement ses courtes mèches blondes derrière ses oreilles. Ça faisait trois fois qu'elle tombait sur la messagerie vocale de Roy et elle avait maintenant envie de lui taper dessus. Elle se doutait qu'il était resté dormir chez l'une de ses pouffiasses. Quand il finit par répondre et qu'elle entendit son « 'llo » endormi, elle n'aurait pu dire si elle se sentait soulagée ou irritée qu'il ne soit qu'à moitié réveillé. Putain, elle-même devait bien se lever à 7 heures du mat' tous les jours (l'État entendait bien profiter de la moindre seconde de sobriété quotidienne pour perpétrer ses tortures).

— Est-ce que t'as parlé à Bobbie Faye ? lui demanda-t-elle, une fois qu'elle fut certaine qu'il était suffisamment sorti des limbes pour comprendre ce qu'elle lui disait.

— Et pourquoi aurais-je dû faire une chose pareille à cette heure-ci ? répliqua-t-il. Je ne suis pas suicidaire.

— Je veux dire depuis hier.

— Écoute, elle m'en veut encore pour ce qui s'est passé le mois dernier et…

— Elle t'en veut surtout d'avoir essayé de lever la femme du maire, quand elle s'est pointée à l'hôpital pendant ta convalescence, espèce d'idiot. Bobbie Faye avait déjà assez d'emmerdements comme ça avec la municipalité et l'administration de l'État.

— Et depuis quand ça te soucie ? Toi et Bobbie Faye, vous ne vous êtes pas parlé depuis ton arrestation.

— Ce n'est pas parce qu'on ne se parle pas que je me fiche de ce qui peut lui arriver. Par ailleurs, elle n'a pas appelé le centre hier soir. Et je n'ai reçu aucun appel ce matin non plus. Elle ne manque jamais de téléphoner, pourtant.

— J'y comprends rien, dit-il. (Elle sentit qu'il commençait à se réveiller vraiment.) Vous ne vous parlez pas, mais elle t'appelle ?

— Elle m'appelle, je lui dis « bonjour » et après « au revoir », et puis je lui raccroche au nez. C'est un truc entre nous. Un truc qu'on fait. Et on le fait *tous les jours*. Sauf qu'hier, elle n'a pas appelé.

— Et que suis-je censé faire à propos de votre *truc* ?

Lori-Ann savait bien que la perspective de devoir retrouver Bobbie Faye susciterait chez Roy un enthousiasme à peu près équivalent à celui d'une souris obligée de faire un câlin à un python.

— Je veux que tu te renseignes et que tu t'assures qu'elle va bien.

— Pas question. J'avais quelques dettes en souffrance et je crois bien que c'est elle qui les a payées. Et je peux pas encore la rembourser. Alors tu imagines ce qui m'attend si je la retrouve.

— Roy, soupira Lori-Ann en fixant le graffiti qui surplombait le téléphone public, laisse-moi te présenter les choses différemment : c'est notre grande sœur qui m'a tout appris sur la manière d'enquiquiner les gens. Or, je suis *sobre* et je n'ai rien d'autre à faire que de m'intéresser à *ton* cas.

Il étouffa un juron et hésita un instant, avant de soupirer :

— OK, je vais voir si je la trouve. Mais ce sera ta faute si elle me tue.

— C'est un truc que je peux assumer.

Le vieux plancher de l'entrée craqua quand ils le traversèrent pour gagner le salon où rien n'avait dû bouger depuis le début des années 1970. Bobbie Faye se souvenait très bien du canapé en Skaï vert et de la magnifique pendule dorée juste au-dessus, même si elle s'était pas mal écaillée depuis sa dernière visite. En revanche, les chefs-d'œuvre du kitsch qui ornaient le moindre pan de mur et le plus petit meuble ne lui disaient rien du tout. Certes, elle avait eu l'occasion de voir les créations de Marie dans son atelier, aujourd'hui en ruine, et quelques-unes de ses œuvres étaient exposées dans plusieurs bureaux et galeries d'art, en ville. Parmi les pièces que possédait V'rai, certaines étaient assez psychédéliques et Bobbie Faye se surprit à les admirer.

— Tu te souviens de ta tante Aimee ? demanda V'rai en indiquant sa sœur aînée qui était calée dans un fauteuil, avec un fusil pointé vers la fenêtre de la salle à manger.

Aimee fit un petit signe à Bobbie Faye avant de se concentrer à nouveau sur les cousins qui n'avaient toujours pas décampé.

— On parlera plus tard, ma chérie, chantonna Aimee. J'ai des brownies dans la cuisine, si tu veux.

Exactement comme lorsque Bobbie Faye avait cinq ans. Aimee ne s'était jamais mariée et avait toujours vécu dans cette ferme transformée depuis lors en moulin à grain. Quant à V'rai, elle y était revenue à la mort de son mari, il y avait de cela des années.

— Il faudra que tu montes dire bonjour à Lizzie, dans sa chambre, et aussi à Antoine qui surveille la terrasse, sur l'arrière, dit V'rai en traversant le salon. Ils passèrent devant la table en Formica de la salle à manger qui disparaissait sous une épaisse couche de cartouches, de revolvers, de balles et de chargeurs.

Les yeux de Trevor allèrent de la table à Bobbie Faye :

— Ça me fiche un peu les jetons de penser que tu es la calme de la bande.

— Va te faire voir.

Elle ignora son sourire narquois. Elle n'allait pas se faire avoir une deuxième fois par son petit air enjôleur.

V'rai se tourna vers Trevor sans le voir :

— Vas-y, mon garçon, je sais que ça te démange.

Il plissa les yeux et jeta un coup d'œil à Bobbie Faye pour une explication. Il avait fait de son mieux pour présenter une mine patibulaire, lancer des regards noirs et, plus généralement, effrayer son petit monde.

— Elle veut dire que tu peux vérifier la maison, si tu veux.

— Mais comment…

Il s'interrompit et, se tournant vers V'rai, ajouta :

— Je travaille pour Emile.

— C'est l'un des tueurs d'Emile, enchaîna Bobbie Faye d'un ton enjoué qui fit rouler des yeux à Trevor.

— Mouais. Et mon cul, c'est du poulet.

Puis elle hocha la tête en direction de Trevor et dit :

— Allez, vas-y.

— Oui, madame.

Décidément, un tueur remarquablement bien élevé.

V'rai lui fit un geste vaguement méprisant et Trevor la regarda en coin comme il l'aurait fait en présence d'un extraterrestre susceptible de se repaître des lobes de son cerveau, ce qui ne l'empêcha pas de s'exécuter et d'aller jeter un coup d'œil à travers toutes les fenêtres du salon.

— Ton père veut te dire un mot, dit V'rai ; sa nièce se raidit immédiatement. Il est en route pour la maison.

— Je n'ai pas de père, V'rai.

La vieille femme ricana avec sarcasme :

— Ma fille, tu n'as pas ton mot à dire là-dessus. Et j'imagine que ce visiteur est là pour toi.

On frappa à la porte et Bobbie Faye sursauta. Trevor avait déjà sorti son arme, quand Ce Ce fit irruption dans la pièce, sa peau sombre luisante de sueur. Elle se précipita vers Bobbie Faye en charriant un cabas presque aussi gros qu'elle. Trevor regarda V'rai, puis la porte et enfin Bobbie Faye d'un air désorienté. Mais avant qu'elle ait pu lui expliquer comment V'rai avait deviné la visite de Ce Ce, Francesca se rua sur la porte d'entrée que Ce Ce n'avait pas refermée. Elle stoppa net quand elle vit l'arme qu'Aimee pointait sur elle.

— Recule, ma petite, ordonna Aimee. Je pense que ça ne pourrait qu'améliorer tes frusques, mais ça m'embêterait beaucoup de le vérifier.

— C'est trop injuste ! gémit Francesca. Vous avez toujours préféré Bobbie Faye. Mais je suis votre nièce autant qu'elle et c'est *ma* mère qu'on essaie d'aider. Je devrais avoir le droit d'entrer !

— Si tu veux aider, alors rentre chez toi, dit V'rai, et elle claqua la porte au nez de Francesca.

De : JT
À : Simone

Rumeur sur film surveillance – BF a tué bijoutier. Locaux ont bande – pas encore consignée.
(envoyé par téléphone portable)

De : Simone
À : JT

On la fait tomber ?
(envoyé par téléphone portable)

De : JT
À : Simone

Après qu'elle aura trouvé diamants, oui.
(envoyé par téléphone portable)

Bobbie Faye se retourna vers Ce Ce qui continuait à transpirer et à souffler comme un bœuf, tout en remettant vaguement en place ses dreadlocks, plus emmêlées que si elle avait couru un cent mètres.

— 'Scuse-moi, mon petit, souffla Ce Ce en posant sa main sur l'avant-bras de Bobbie Faye comme pour retrouver son équilibre. Mais il fallait que je termine ce philtre rapidement, avant que ça soit trop tard. Celui-ci va marcher.

Puis elle regarda autour d'elle, comme si elle venait de s'apercevoir de la tension qui régnait dans la pièce, et vit Trevor. Bobbie Faye savait que c'était la première fois qu'elle le rencontrait et, bien que la jeune femme le lui ait décrit aussi fidèlement que possible, l'emprise de sa main sur son bras se resserra, comme si elle allait s'effondrer sur le sol et se liquéfier :

— Oh, mon…

Elle se pencha alors vers Bobbie Faye en chuchotant un tantinet trop fort :

— Mon chou, le terme « orgasme sur pattes » n'en décrit pas le dixième.

Trevor se détourna de la fenêtre, visiblement amusé, voire un peu fanfaron.

— Ah, vraiment merci, Ce. Je n'avais pas encore tout à fait atteint mon quota d'humiliation, aujourd'hui.

— Jeune homme, dit V'rai, tu vas venir avec moi dans la cuisine pour m'aider à faire du café. Et, tant qu'on y est, on va avoir une petite conversation.

Bobbie Faye pâlit quand Trevor répondit :

— Avoir une conversation ? N'est-ce pas l'un des doux euphémismes du Sud pour dire « On va aller dans la pièce d'à côté, pour que je te colle une balle dans la tête » ?

— Pas aujourd'hui, répondit V'rai. Alors, tu viens ?

Elle lui tendit le bras pour qu'il la guide, ce qui – Bobbie Faye le savait pertinemment – était totalement inutile parce que V'rai avait dans la tête un sonar de chauve-souris et circulait dans cette maison depuis plus de trente ans. Elle cherchait sans doute une excuse pour tâter, elle aussi, les biceps de Trevor. Il passa son bras autour du sien et la vieille dame adressa un sourire à Bobbie Faye. Celle-ci ne savait pas ce qui lui plaisait le plus : que sa tante s'offre un petit frisson à deux balles ou que Trevor doive faire connaissance avec les fous furieux qui composaient sa famille, sans compter que, dans l'histoire, son petit *ego* d'agent infaillible paraissait légèrement… malmené.

Bon, OK, c'était ça qu'elle préférait. De loin.

— Alors… comment ça va ? demanda Ce Ce, en désignant Trevor du menton, tout en déballant de son cabas des pots remplis d'une espèce de gel translucide.

— Quoi ? Non. *Non*. Rien n'arrivera. J'ai repris mes esprits.

— Est-ce qu'il s'agirait des esprits de la bêtise ? Parce que, ma fille, tu ferais bien de faire demi-tour, si c'est par là que tu vas.

— Je suis d'accord, dit Aimee depuis la fenêtre de la salle à manger. D'ailleurs, V'rai a dit qu'il était plus chaud que…

— Aimee ! l'interrompit V'rai qui n'avait pourtant pas quitté la cuisine. Tu n'es pas censée cafter.

— Putain d'oreille de chauve-souris, grommela Aimee qui se tut néanmoins et reporta son attention sur les abords de la maison.

— Comment V'rai aurait-elle pu te dire ça, alors qu'on vient d'arriver… Oh… (Elle vit son expression renfrognée.)

Bien sûr. La « vision » de V'rai faisait royalement suer toute la famille. Elle avait découvert des tas de secrets sur tout le monde, voyait des choses que personne n'était capable de voir, et pouvait prédire des trucs dont elle refusait, en général, de parler à quiconque, à moins que cela satisfaît l'un de ses objectifs (aptitude très gênante quand Bobbie Faye était petite fille). Sa propre mère était elle-même très impressionnée par le don de V'rai, et Emile avait quant à lui toujours cherché à éviter le contact de sa belle-sœur. (Bobbie Faye soupçonnait qu'il ne voulait pas savoir ce que V'rai présageait pour lui, notamment si elle le voyait mourir dans d'atroces souffrances… parce que cela faisait sans doute partie des cas pour lesquels sa tante se serait fait une joie de déroger à son mutisme.)

— Donc, c'est unanime, constata Ce Ce en étalant un peu de son gel sur l'épaule gauche de Bobbie Faye. Si V'rai dit qu'il est chaud, il suffit juste que…

— Attends un peu. Comment connais-tu V'rai ? Je travaille pour toi depuis que j'ai seize ans et tu n'as jamais mentionné que tu connaissais ma tante. Et elle n'a jamais mis les pieds au magasin.

— Bah, je connais beaucoup de gens dont on ne parle jamais.

Elle en était à tamponner de son gel la joue gauche de Bobbie Faye quand Trevor éclata de rire dans la cuisine. Pas un discret gloussement, non, un vrai éclat de rire puissant et généreux. Bobbie Faye se demandait bien ce dont lui et V'rai pouvaient parler pour qu'il rie de la sorte.

— Je fais des livraisons spéciales pour tous les Landry. V'rai ne conduit plus et…

— Elle a conduit ? Je croyais qu'elle était aveugle de naissance ?

— Oh, elle avait mis au point un système avec Lizzie (l'aînée des sœurs). V'rai utilisait son espèce de pied.

— Sa prothèse ? s'étonna Bobbie Faye (tout ce qu'elle savait, c'était que Lizzie avait été impliquée dans un accident de voiture quand elle était enfant et y avait laissé un pied).

— Ouais. Elle ne sentait pas les pédales, mais elle voyait, et V'rai pouvait actionner l'accélérateur *et* le frein, alors elles ont élaboré un système…

— Et moi qui espérais que la folie n'avait rien de génétique !

— … jusqu'au jour où V'rai a emplafonné le tribunal, intervint Aimee. C'est à ce moment-là que le shérif a exigé qu'elle cesse de conduire.

— Bah, ça, il y a mis le temps.

Tout en continuant à appliquer son gel sur le bras gauche de Bobbie Faye, Ce Ce demanda à Aimee :

— Est-ce que Marie est venue ici récemment ?

— Peux rien dire, répondit Aimee en lançant un coup d'œil en direction de la cuisine et en s'appuyant sur son fusil.

— Qui la cache ?

— Un petit café ne serait pas de refus, dit Aimee. Bonne idée, tiens, ajouta-t-elle en reposant son arme. Je reviens dans une minute.

Bobbie Faye résista à l'envie de s'écrier : « Trouillarde ! » Pendant qu'Aimee se hâtait vers la cuisine, elle baissa les yeux vers son bras, s'attendant à y voir la couche de gel que Ce Ce y avait étalée en préparation d'une incantation quelconque. Mais quand elle découvrit ce que Ce Ce avait fait, elle faillit avoir une crise cardiaque.

Chapitre dix-huit

— Mais, Ce !! Qu'est-ce que tu fais, bon sang ? s'écria Bobbie Faye en regardant son bras avec inquiétude – il était entièrement bleu roi, jusqu'à sa dernière phalange.

— C'est pour un charme, mon chou. Un charme de protection vraiment puissant. Je crois que j'ai trouvé ce qui n'avait pas marché avec les précédents.

— Parce que je n'étais pas déjà assez effrayante ?

— Mais si, bien sûr que tu étais déjà assez effrayante.

— Ah, ben voilà un compliment que toute personne aimerait recevoir de son employeur ! J'apprécierais énormément de pouvoir traverser cette catastrophe sans me transformer en myrtille géante.

— Bah, c'est pas si moche que ça. Juste un tout petit peu bleu, admit Ce Ce sans parvenir à regarder Bobbie Faye dans les yeux. (Elle se mit précipitamment à remballer ses pots de gel vides, après avoir rebouché avec soin celui dans lequel il en restait encore un peu.) C'est peut-être la prière qui l'a rendu un peu plus sombre.

— La prière ?

— Maimee et sa bande. Ils ont débarqué au magasin. Il est possible que toutes leurs prières aient rendu le gel beaucoup plus foncé qu'il l'est dans la recette originale.

— Possible ?! Si c'est Maimee qui a initié la prière, j'ai sans doute de la chance de ne pas avoir pris feu. C'est quoi le truc qu'on doit chanter ?

L'incantation. Ah. Ce Ce ne la regardait toujours pas dans les yeux.

— Pour ce truc-là, on ne chante rien. Le charme est tout entier dans le gel.

— C'est fini alors ? Je peux aller me laver, maintenant ?

— Non, dit Ce Ce en se rapprochant de la porte.

— Je n'ai vraiment pas envie de devoir me balader avec ce truc. On dirait que j'ai emplafonné un Schtroumpf.

— Mon chou, ça a très bien marché pour Mel Gibson dans *Braveheart*.

— Mais, Ce ! Son camp a *perdu*. Avant la fin du film, le héros est noyé et se fait couper en morceaux.

— C'est sans doute parce qu'il a essayé de l'enlever avec de l'eau. Alors ne fais pas la même chose. Surtout durant les deux prochaines heures, parce que je ne suis pas très sûre des capacités explosives du gel.

— Explosives ?! s'écria Bobbie Faye dont les intestins commençaient à s'agiter.

— Mais tu ne vas pas exploser, mon chou. Enfin, normalement. C'est juste que le charme de protection doit pouvoir travailler sur quelque chose, sinon il arrive qu'il déraille un brin. C'est d'ailleurs pour ça que je dois remettre en lieu sûr ce qu'il en reste, dit-elle en tapotant le gros sac où elle avait remisé ses pots. À propos, j'ai peut-être résolu, tout à fait par hasard, ton problème de devis d'assurance. Alors, tâche de rester en vie pour qu'on en parle, d'accord ? Allez, au revoir !

Ce Ce trottina jusqu'à la porte et sortit, tandis que Bobbie Faye allait se placer devant le miroir du salon. Elle étouffa un gémissement.

John et ses hommes se mirent en position aux abords du moulin. Il regarda dans ses jumelles la tarée de prêtresse vaudoue qui s'éloignait de la maison en traversant le groupe d'ahuris qui piaffaient entre la baraque et le Hummer. Il savait bien qu'en suivant Ce Ce, il finirait par retrouver sa trace. Chaque fois (ou presque) que Bobbie Faye déclenchait un désastre, sa patronne débarquait dare-dare pour essayer de la sortir de là. Après tout, ce n'était que justice que cette bonne femme, qui lui avait jeté un sort des années auparavant (il avait mis deux bonnes années à se débarrasser de toutes ses verrues), lui permette aujourd'hui de retrouver Bobbie Faye et de mettre un terme à sa carrière.

Il avait trois hommes à sa disposition, et si elle ressortait avec les diamants, il s'en emparerait. Peu importait qu'elle y reste. Il serait ainsi définitivement débarrassé d'elle et il toucherait de toute façon sa prime. Excellent.

Trevor écoutait toujours V'rai quand elle sortit de la cuisine et les seuls mots qui vinrent à l'esprit de Bobbie Faye en apercevant son visage furent… « profondément soucieux ». Il troqua néanmoins rapidement cette expression pour celle d'une incrédulité totale, lorsque ses yeux se posèrent sur la jeune femme. Il s'immobilisa, interdit.

— La ferme, dit-elle avant même qu'il ait prononcé un mot.

— Comment t'as fait ça ? lui demanda-t-il, complètement sidéré, en la rejoignant dans le salon. Je ne t'ai pas laissée seule plus de cinq minutes. J'ai le vertige en songeant à ce que tu aurais pu faire si j'étais parti une demi-heure.

— Vraiment ? Je te déteste. Alors la ferme.

Il était beaucoup trop près d'elle, envahissant son espace.

— Je crois que nous avons déjà établi que tu ne me détestais pas.

— Et je crois que nous avons également établi, répliqua-t-elle de la voix la plus maniérée qu'elle pouvait singer, que tu es un salaud de manipulateur. (Elle lui adressa un large sourire un peu forcé pour ajouter un point final à son affirmation.) Bon, c'est quoi ce bordel ? ajouta-t-elle en désignant sa tante V'rai qui semblait à nouveau mal à l'aise.

— Il semble que ta tante ait le don de « vision ». Un truc que tu as peut-être déjà évoqué, murmura-t-il, tout près d'elle. Quant à ta famille, elle est encore plus piquée que toi et je croyais pourtant bien que c'était impossible.

— Mon garçon, n'oublie pas que je suis aveugle, pas sourde.

Trevor hocha la tête en regardant V'rai :

— Elle dit que ton père possède un don de vision, lui aussi, mais d'un genre différent. Elle dit qu'il est capable de retrouver n'importe quel objet perdu.

— Oh, c'est sûr, n'importe quel objet qu'il *veut* bien retrouver. C'est pour ça que je suis ici.

— Pas seulement parce que Marie est passée par ici ?

Elle souhaitait à peu près autant rester dans cette maison que de subir une lobotomie. D'ailleurs, en y réfléchissant, cette deuxième option lui eût paru préférable. Le fait de devoir demander quelque chose à son père lui donnait envie de tirer dans n'importe quoi. Plusieurs fois. Et aussi, éventuellement, de s'acharner dessus à coups de pied.

— Non, finit-elle par répondre. Pas seulement pour cette raison. Les écorces de riz me disent juste qu'elle est venue ici, mais le pourquoi de sa venue reste un mystère. On pourrait passer des jours à la chercher, tu comprends, mais on ne peut pas se le permettre.

— Donc, tu vas lui demander de t'aider à retrouver la trace des diamants ?

Elle se rendit compte que Trevor n'essayait même plus de dissimuler quoi que ce soit à V'rai, ce qui signifiait qu'elle lui avait fait une sacrée impression avec sa « vision » à la con, sans doute en lui révélant des trucs incroyables sur lui-même. Bobbie Faye aurait bien aimé demander à sa tante ce qu'elle avait vu et les raisons qui la poussaient à lui faire autant confiance (parce que, indéniablement, elle semblait très à l'aise avec lui), mais sa tante ne laissait jamais rien filtrer de ce genre de choses. Parmi tous les gens du sud de la Louisiane, dans cet État où n'importe qui se proposait de vous raconter tout et n'importe quoi, si vous vouliez bien passer un moment en sa compagnie – y compris des révélations de nature à humilier pour l'éternité un membre de sa propre famille –, il fallait que Bobbie Faye tombe sur la seule et unique tante qui savait véritablement des choses, mais refusait d'en parler.

Elle reporta son attention sur la question que venait de lui poser Trevor.

— Le vieux Landry…

— Bobbie Faye, gronda V'rai, c'est ton père. Appelle-le de façon convenable.

— Ce vieux salopard grincheux, reprit la jeune femme en détachant bien chaque mot, malgré l'air ennuyé de sa tante, n'a pas besoin de suivre des traces. Il voit où sont les trucs, c'est tout. Où qu'ils se trouvent. Même si c'est à des centaines de kilomètres, il est capable de mettre le doigt dessus.

Trevor haussa un sourcil dubitatif.

— Je sais, je n'y croyais pas moi-même, mais pourtant, des tas de gens l'appellent, parfois depuis l'autre bout du pays, et il leur dit où ils peuvent retrouver ce qu'ils cherchent. Sauf, bien entendu, quand il s'agit d'un diadème qui pourrait être la carte menant à un énorme trésor de pirates.

Elle visait le diadème de reine des Journées de la Contrebande de sa mère. Une carte que son aïeul avait réalisée pour que sa propre fille puisse retrouver l'emplacement de son trésor. L'objet reposait maintenant dans la boue, quelque part au fond du Mississippi. Elle vit soudain que Trevor s'était tendu et qu'il regardait par-dessus son épaule, en direction de la porte de la cuisine.

— Ce trésor n'apporterait rien d'autre que des ennuis, aboya une voix d'homme, teintée d'un accent cajun encore plus épais que celui de V'rai.

Bobbie Faye se retourna vivement pour faire face au vieux Landry – Etienne, de son prénom –, qui ajouta avec un regard noir :

— Et vous en avez assez comme ça.

— Ben tiens. Des millions pour vivre. Mon Dieu, je serais capable d'en endurer beaucoup, des ennuis.

— Et le monde entier chercherait à te le reprendre.

— Je ne me souviens pas que mon sort t'ait jamais beaucoup préoccupé par le passé, alors garde tes conseils pour toi, maintenant.

— Tu comprends rien à rien. T'es une sacrée *coo-yon*[1] de t'être laissée embarquer dans tout ça. T'as vraiment aucun sens commun, jeune fille, hein ?

Bobbie Faye se redressa et ses yeux lancèrent des éclairs. Trevor mit la main sur son épaule.

1. Tel dans le texte d'origine (NdT).

— Mais moi, au moins, j'ai des tripes, rétorqua-t-elle au vieux Landry.

Celui-ci s'avança dans le salon pour poser son chapeau de cow-boy sur les armes qui recouvraient la table. La peau de son visage ressemblait à du vieux cuir tanné, pendouillant par endroits, et ses cheveux blancs soulignaient son grand âge, mais il avait encore une voix de stentor. Pourtant, ce qui retenait le plus l'attention, en général, c'était la cornée de ses yeux, blanchie par la cataracte.

— Et ces tripes-là te feront tuer, répliqua-t-il.

V'rai vint se placer entre eux et posa une main pacificatrice sur le bras de son frère.

— Elle a besoin d'aide, Etienne.

— Marie a des ennuis, dit le vieil homme, avant de regarder Bobbie Faye avec intensité. C'est la cadette de la famille et nous, on est les seuls à s'interposer entre elle et les balles d'Emile. Je ne t'en veux pas, jeune fille. Tu peux me croire.

— T'en vouloir ? s'étonna Trevor.

— Elle lui a tiré dessus il y a des années, expliqua V'rai, d'un ton aussi anodin que si elle avait raconté qu'ils adoraient manger des glaces en famille.

Trevor interrogea Bobbie Faye du regard.

— Nous avons eu un léger différend, souffla la jeune femme. J'aurais dû mieux viser.

— Rappelle-moi de ne pas t'énerver.

— Trop tard, dit-elle, avant d'ajouter à l'intention du vieux Landry : donc, tu refuses définitivement de nous aider ?

— *Mais non*[1], je suis en train de vous aider. T'es juste trop têtue pour écouter. Rentre chez toi. Je m'en occupe.

— Et tant que j'y suis, je pourrais aussi préparer des madeleines pour tous ceux qui cherchent à me descendre. Après tout, je vais peut-être réussir à les placer dans une sorte de coma diabétique et ils oublieront bien gentiment mon existence.

Trevor ricana et quand elle leva les yeux vers lui, elle comprit que ses recherches lui avaient révélé un autre petit renseignement qu'elle aurait préféré qu'il ignorât.

---

1. En français dans le texte (NdT).

— Oh, ça va, hein. C'est pas ma faute si tous ces gens de l'association des parents d'élèves sont tombés malades avec les gâteaux que je leur avais apportés.

— Pourtant, je crois bien que quatorze lavages d'estomac en une seule nuit, ça doit constituer un record pour l'hôpital du coin.

— Si tu savais comme je te déteste en ce moment.

— Ça te passera.

Elle ne s'était pas encore rendu compte qu'il avait passé un bras autour d'elle et elle lui aurait bien donné une bonne correction, mais elle n'était que trop consciente du regard que son père et sa tante V'rai posaient sur elle, avec leurs petits sourires en coin.

— Quoi ?!

Landry désigna Trevor avec son pouce et demanda à V'rai :

— C'est lui ?

— Ouais, c'est lui.

— Lui quoi ? insista Bobbie Faye, sans obtenir de réponse.

Au lieu de ça, ils se mirent à reluquer Trevor, comme pour l'évaluer. Du moins, ils se tournèrent vers lui, la tête penchée sur le côté, le menton levé. Mais comme V'rai était aveugle et qu'Etienne avait une cataracte de la taille d'une orange, ils auraient pu tout aussi bien pisser dans un violon.

— Toi, dit le vieux Landry en pointant le doigt sur Trevor, tu ferais mieux de prendre soin d'elle. Je reconnais que c'est un sacré morceau, mais s'il lui arrive le moindre truc, je m'occuperai sévèrement de ton cas. Compris ?

— Et depuis quand tu te prends pour mon ange gardien et…

La voix de Bobbie Faye devint aiguë et finit par se briser. Son cœur se déchaînait à l'intérieur de sa poitrine à cause de toutes ces années, toutes ces putains d'années durant lesquelles elle n'avait pas même reçu la moindre carte d'anniversaire. Et voilà qu'il se réveillait et faisait comme si elle lui importait ? Elle sentit ses ongles s'enfoncer dans la paume de ses mains, en maudissant le fait que ce vieillard lui faisait encore de l'effet.

Trevor la calma d'une pression de la main qui la ramena à la situation présente. Sa confusion se transforma en vraie surprise quand elle vit l'expression furieuse et outrée qu'il lançait à son père.

— Elle se débrouille très bien toute seule, gronda-t-il d'une voix menaçante à l'intention de son père. Et si elle a besoin de moi, je suis là.

Bobbie Faye s'efforça d'expirer normalement, mais il était possible qu'elle se soit légèrement rapprochée de Trevor et qu'elle ait même placé un pouce dans la ceinture de son jean. Le tout de manière tout à fait involontaire, bien entendu.

V'rai se fendit d'un large sourire et rigola.

— I' fera l'affaire, dit-elle à son frère.

— J'espère que t'as raison, lui répondit le vieil homme.

— Raison à propos de quoi ? demanda Bobbie Faye, mais son père et sa tante s'absorbèrent subitement dans la contemplation du sol et du plancher ; tout comme Trevor.

Génial. Tout à fait ce dont elle avait besoin. V'rai se remettait au langage crypté. Et elle détestait ça, elle, le langage crypté. Ça jouait avec le dernier nerf qui lui restait encore, comme si on avait agité un trousseau de clés sous son nez ou qu'on lui ait soufflé de la fumée dans les yeux. Elle s'apprêtait à contre-attaquer, mais V'rai l'en dissuada en se dirigeant à tâtons vers une desserte qui croulait sous les albums photos et autres classeurs.

— *Mais non*, tais-toi, *bebe*, tu comprendras plus tard. Pour le moment, je veux que tu aies une *teet chôse*[1].

— Un petit quelque chose, traduisit Bobbie Faye pour Trevor qui ne comprenait toujours pas le cajun.

Le vieux Landry lâcha alors quelques mots en cajun que Bobbie Faye ne parvint pas à saisir et V'rai parut le rembarrer gentiment :

— Tais-toi, Etienne. Ce ne sont que quelques photos de famille.

— Mais je n'en veux pas, protesta Bobbie Faye, tandis que sa tante fouillait dans une pile.

Bobbie Faye n'aurait pu expliquer comment elle avait fait pour trouver les clichés qu'elle cherchait : pas de marque apparente, ni de déchirure quelconque. Du moins, c'est ce qui lui avait semblé de loin, car elle avait mis un point d'honneur à ne pas regarder ceux que V'rai venait de lui coller entre les mains.

---

1. Mots en italique tels dans le texte d'origine (NdT).

— Ne dis pas n'importe quoi, *bebe*. Tu verras, un jour tu auras envie de connaître cette partie de ta famille et tu seras contente de trouver ces photos. Tu occupes une grande place du vide qui est là (et elle porta la main à son propre cœur). Un jour, tu comprendras.

Bobbie Faye prit les clichés et les fourra dans la poche arrière de son jean.

— Donc, vous n'allez pas m'aider à retrouver Marie ?

La tristesse enveloppa V'rai quand ses yeux se posèrent sur le visage fermé de son frère.

— Tu as ton chemin, *bebe*, dit V'rai. Et nous avons le nôtre. Je ne peux pas intervenir. Tu dois tracer ta route ou mourir à coup sûr.

— Tu n'as pas besoin de nous, ajouta Landry, et il quitta la pièce d'un pas nonchalant.

— Contente-toi de surveiller tes arrières, *bebe*, dit V'rai en se retournant pour suivre son frère.

Et puis, à contrecœur, comme après réflexion, elle dit encore :

— Tu marches au bord du précipice, et tu dois surveiller tes arrières.

— Je n'ai pas dit que c'était le cas, mais je n'ai pas dit non plus que ce n'était pas le cas, dit la vieille femme décharnée à Benoit.

Elle se balançait sur le porche de sa guérite de gérante du camp de caravanes où habitait Bobbie Faye, avec, sur les genoux, un panier de petits pois qu'elle était en train d'écosser. Elle jetait les écorces vides dans un récipient placé à côté d'elle.

— Peut-être qu'elle était là et peut-être pas. J'avais allumé la télé, alors je pouvais rien entendre.

Ouais, c'est ça. Benoit aurait parié la moitié de son salaire que rien de ce qui se passait dans le camp n'échappait à la vieille. Il baissa les yeux vers ses notes. Pour le moment, il avait le témoignage de Walter Couillion, le voisin immédiat de Bobbie Faye, qui jurait qu'il était en pleine partie de dominos avec ses copains de bringue et que, bien entendu, il n'avait pas parié d'argent car ç'aurait été contraire à la loi. Ils n'avaient rien vu, sauf peut-être une femme ou deux qui s'étaient – peut-être bien que oui, peut-être bien que non – désapées. Benoit gardait encore le souvenir de l'haleine de Walter et il en avait déduit qu'il était probablement inutile de le faire venir au poste pour un interrogatoire, dans l'espoir qu'il finirait par dessaouler et se souvenir de quelque chose.

Bethany Meyers vivait dans la caravane située en face de chez Walter et elle faisait sans doute partie des pin-up qui s'étaient déshabillées durant le « tournoi » de dominos. D'ailleurs, elle avait eu beaucoup de mal à se rappeler comment on boutonnait une chemise, quand Benoit était venu la questionner.

Restait le petit Aubrey Ardoin (lequel n'avait rien à voir avec les rois du hot dog au chili et fromage). Le policier espérait qu'il avait enfreint l'injonction qui lui avait été faite par le tribunal (à la demande de Bobbie Faye) de ne plus prendre de photos de sa voisine pour les revendre (une petite fortune) sur Internet. Malgré son jeune âge, Aubrey roulait déjà dans une vieille Porsche d'occasion, alors que ses parents ne pouvaient pas se permettre autre chose qu'un mobil home surdimensionné, installé à l'entrée du camp. Or, il était impossible qu'il ait gagné cet argent grâce au job à temps partiel qui l'occupait après ses heures de classe. De toute façon, Benoit était quasi certain que, si Aubrey était un jour confronté à un véritable travail, il s'évanouirait dans l'instant. L'ennui, c'était que malgré sa rapacité, le gosse avait vraiment la trouille de Bobbie Faye depuis qu'elle l'avait punaisé à un mur – la tête en bas et au moyen de couteaux judicieusement placés – le jour où elle avait repéré un fil électrique qui se poursuivait jusque dans sa caravane, avec une minuscule caméra à son extrémité, c'est-à-dire… dans sa salle de bains. Par conséquent, s'il possédait une photo de Bobbie Faye, il préférerait mourir plutôt que de l'avouer.

— Elle a des ennuis, Mme Abilene, dit l'inspecteur à la gérante du camp de caravanes. De gros ennuis. Et le fait de savoir où elle se trouvait pourrait vraiment l'aider.

La vieille femme ouvrit en deux une autre cosse et en racla les billes vertes, dont un peu de jus lui resta sur les doigts, de plus en plus colorés. Elle plongea sa main osseuse dans son panier et y prit une pleine poignée de petits pois qu'elle laissa rouler entre ses doigts, en les étudiant à la manière dont l'aurait fait une diseuse de bonne aventure avec des runes. Benoit réprima une envie totalement irrationnelle de s'incliner devant les légumes. Elle lui lança un coup d'œil inquiet.

— Eh bien, si le fait de savoir qu'elle était là serait utile, j'imagine que vous devriez parler avec ces gens.

— Ces gens ? Quels gens ? demanda Benoit à Mme Abilene dont les lèvres n'étaient plus qu'un trait mince. Je vous jure que je suis l'un de ses amis. J'essaie vraiment de l'aider.

La gérante soupesa encore une fois les petits pois.

— Bon, puisque je vous ai déjà vu par le passé, venir lui rendre visite avec son petit ami et tout ça, j'imagine que je peux vous faire confiance. Mais si j'apprends par elle que ce n'est pas le cas, je vous promets un sacré paquet d'ennuis.

— Oui, madame, lui parut une réponse adaptée, mais il décida de ne surtout pas rectifier son impression que Cam était encore le petit ami de Bobbie Faye.

— Je ne sais pas qui étaient ces gens. Sont arrivés sans faire de bruit, au milieu de la nuit. Sont entrés dans sa caravane comme s'ils en étaient propriétaires. Ils n'avaient pas l'air de fouiner ou un truc dans le genre, non, ils ont allumé les lumières. Je m'apprêtais à vous appeler, vu qu'il était si tard et qu'il y a des gens qui lui font tant de misère, parfois, mais à ce moment-là, elle est sortie et elle avait l'air d'être d'accord pour partir avec eux.

— Combien ?

— Deux – un homme et une femme.

— Et vous avez pu les voir précisément ?

— Non, une fois que j'ai compris qu'elle était avec eux, je suis revenue voir la fin de mon émission. Je les ai pas vus d'assez près pour vous en dire plus.

— Quelle heure était-il à peu près ?

— Oh, vers 23 heures 30. Je le sais parce que mon émission était presque finie.

Le médecin légiste avait initialement placé l'heure du meurtre entre minuit et une heure du matin. Et depuis que Benoit avait visionné une à une les images du film avec Cam, ils savaient tous les deux que le crime avait eu lieu à 0 heure 23, très exactement. L'inspecteur questionna encore Mme Abilene pendant quelques minutes, mais, si elle savait quelque chose d'autre, elle n'avait manifestement pas l'intention de le révéler. Il la remercia et s'éloigna de sa guérite (en fait, une pièce de la caravane installée juste à l'entrée du camp). Il songea un instant à organiser un barrage pour pouvoir interroger tous les voisins, quand ils rentreraient de leur boulot, le soir, mais il fallait avant tout qu'il retrouve Bobbie Faye pour lui poser directement ses questions. Pour une raison quelconque, elle avait affirmé à Cam qu'elle était seule, et que ç'avait été le cas toute la nuit. Maintenant, la gérante venait de lui dire que non seulement c'était faux, mais qu'en plus elle avait quitté sa caravane en compagnie de deux personnes. Par ailleurs, Mme Oubillard avait juré l'avoir vue sur le lieu du meurtre. Pourtant, le seul élément constant chez Bobbie Faye (et qui lui avait d'ailleurs causé pas mal de tort au fil des années), c'était qu'elle ne mentait pas. Alors, comment pouvait-elle être chez elle toute seule, sans que ce soit le cas ?

Jusqu'à présent, la seule chose qu'il avait réussi à établir, c'était sa présence dans l'allée où avait été commis le crime et la possibilité qu'elle en soit responsable, ainsi que l'absence de témoins pouvant affirmer qu'elle était chez elle au moment du meurtre, sans parler de la vidéo qu'il avait sous le coude et qui montrait que la femme ayant appuyé sur la gâchette ressemblait étrangement à Bobbie Faye.

Quel genre d'ami était-il donc ?

Chapitre dix-neuf

— Tu n'oublieras pas ce que je t'ai dit, mon garçon, dit V'rai à Trevor qui emboîta le pas à Bobbie Faye en direction de la porte, pendant que la vieille femme regagnait sa cuisine.

Quand ils furent seuls dans l'entrée, Bobbie Faye se retourna vers lui pour une explication, mais le visage de Trevor était redevenu impassible.

— Qu'est-ce qu'elle t'a dit ?

— Tu sais, répondit-il d'un ton badin, je trouve que le bleu te va plutôt bien.

— Là, Trevor, tu dois commencer à travailler du chapeau. Et tu cherches à éluder ma question.

— C'est exact, dit-il en replaçant une mèche de cheveux derrière l'oreille de la jeune femme, avant de laisser courir son index le long de la ligne bleue qui lui barrait le visage. Il faudra que tu me la reposes un peu plus tard.

— Oh, pas de problème, je suis la championne toutes catégories de la patience.

Bon sang, elle avait la même patience que Job, tiens, et elle pouvait parfaitement attendre. Elle était *tellement* patiente, *tellement* peu curieuse, et elle se fichait *tellement* des petits secrets que sa tante avait pu « voir » et de ce qu'elle avait pu raconter sur elle. Très bien, ça n'avait *aucune* importance. Elle n'avait pas besoin de savoir. Pas besoin de l'interroger. Elle était totalement immunisée contre la curiosité.

— C'était positif ou négatif ?

— Ni l'un, ni l'autre, Obi Wan. Et tu pourras me reposer la question un peu plus tard.

— Très bien. Restons zen. As-tu jamais remarqué que tous les moines sont chauves ?

— Bien essayé, Bonnie.

— Après ça, tu ne me diras pas que je ne t'avais pas prévenu, dit-elle en s'éloignant de lui pour jeter un coup d'œil par une fenêtre. Je veux parler à quelques amies de Marie. Elles sont cajuns et très discrètes. Il se peut que Francesca ait eu vent qu'elles étaient prêtes à me parler, mais elles ne diront rien en présence d'autant de gens. Or, j'ai la ferme impression d'être poursuivie par un tsunami d'abrutis.

— Je vais m'en occuper. Mes hommes pourront les ralentir et on les sèmera. Où va-t-on ?

Elle repensa à tous les noms qu'elle avait relevés, la veille, sur l'agenda de Marie. Certains d'entre eux figuraient également dans les papiers qu'elle avait embarqués chez Nina.

— Coffre D, dit-elle d'une voix pensive.

Il fallut quelques secondes à Trevor pour comprendre à quoi elle faisait référence.

— La mention sur l'agenda, vérifia-t-il.

Elle acquiesça.

— Peut-être a-t-elle voulu dire que les diamants étaient en sécurité. Et juste à côté, elle a inscrit « [vu] ». Peut-être qu'elle a vérifié qu'ils étaient en lieu sûr. Le nom de deux de ses amies est listé dans la colonne du dernier jour pour lequel elle a pris des notes. Elle aurait pu se rendre chez l'une ou l'autre en quelques minutes depuis cette maison. Or je sais, grâce aux écorces de riz, qu'elle est venue ici tout récemment. Ça me paraît logique d'aller leur rendre visite, pour voir si elles ont un coffre.

— Tu as une idée de celle qu'il faudrait voir en premier ?

— Bah, elle est très copine avec les deux. Elles étaient toujours invitées aux dîners du dimanche, quand j'étais môme. Mais la maison de Mlle Trognon est plus proche d'ici. C'est peut-être par là qu'on devrait commencer, non ?

— Trognon ?

— C'est un surnom familial. Elle s'appelle en réalité Patricia Burroughs.

— Ça me paraît pas mal, dit-il tout en préparant un SMS pour un destinataire inconnu.

— Donc, tu me laisses les commandes ? Tu as tout le FBI à ta disposition et c'est à moi que tu confies cette mission ?

— Oui, c'est à peu près ça.

— Ben, on n'est pas dans la merde.

Il passa devant elle pour être le premier à sortir de la maison. Toutefois, avant d'appuyer sur la poignée de la porte, il marqua un temps d'arrêt :

— Pour tes cousins, jusqu'à ce qu'on soit débarrassés d'eux, je suis censé te forcer à travailler pour Emile.

— Pas de problème. Frimeur. Vas-y.

— Ce qui signifie que je vais devoir te malmener un peu devant tout ce petit monde.

— Oh, ne t'inquiète pas, dit-elle d'un air absent. J'ai connu pire.

Comme il ne répondait rien, elle lui lança un coup d'œil. Elle lut la colère sur son visage. Ce frimeur-là foutait aussi les jetons.

— Quand tout cela sera fini, on va s'offrir un tapis de sol, dit-il.

— Pour s'entraîner à la lutte ? (Il acquiesça.) J'espère que tu as une bonne mutuelle parce que, dans le Grand Livre des Énormes Bêtises, faire de la lutte avec moi apparaît dès la deuxième page.

— Bonnie, si un jour tu me blesses, c'est que je l'aurai mérité.

— Doux Jésus, ce que tu peux être arrogant ! Tu le sais ça ?

— Tu t'y habitueras.

— Je ne parierais pas là-dessus.

Il l'enveloppa de son bras libre et l'attira à lui pour embrasser sa tempe, puis il murmura :

— Oh, que si. Et qu'est-ce qui figure en première page ?

Elle s'apprêtait à répondre *sortir avec moi*, mais quelque chose attira son regard. Elle vit qu'il y avait du mouvement… sur la pelouse devant la maison.

— Les enfoirés ! Voilà la presse, maintenant.

Quand Trevor ouvrit la porte, ce fut d'abord la chaleur étouffante qui les agressa. Ensuite, la poussière omniprésente des silos, mêlée à l'humidité ambiante, leur donna l'impression de devoir traverser un étang de boue jusqu'à la portière de leur étincelante voiture rouge. Merde, les journalistes n'auraient aucun mal à suivre ce véhicule-là. Bobbie Faye eut à peine le temps d'apercevoir ses cousins et les types à moto qui, la veille, avaient donné un coup de main à Trevor sur le pont que toute cette foule convergea vers eux. Soudain, elle entendit un petit sifflement au-dessus de sa tête et quelque chose fit tinter un vieux récipient métallique rempli de rosiers, à quelques mètres d'eux. Deux autres sifflements plus tard, les pneus de leur GTO, côté conducteur, étaient à plat. Trevor poussa Bobbie Faye derrière une avancée de la maison, qui, malheureusement, les empêchait de retourner à l'intérieur. Tous ceux qui se trouvaient sur la pelouse – cousins, motards et reporters – se jetèrent au sol et commencèrent à ramper vers un abri.

Cam avait décidé de réexaminer la totalité du dossier sur le meurtre du bijoutier. Il y avait forcément quelque chose là-dedans qui désignait le véritable meurtrier et expliquait les raisons pour lesquelles il voulait faire porter le chapeau à Bobbie Faye. Il savait que Salvador tenait une boutique de luxe, chose tout à fait inattendue pour Lake Charles, qui n'était pas exactement le temple du chic. Plutôt une bourgade populaire, ouvrière et industrielle. Malgré cela, sa bijouterie appartenait à une chaîne de magasins implantés dans le sud-est des États-Unis et son essor était presque un cas d'école : pas le moindre scandale, pas le plus minime redressement fiscal, pas un seul client douteux.

Ça puait la magouille à plein nez.

Cam feuilleta l'épais dossier jusqu'à la liste de tous les clients et contacts du joaillier, sur les dix dernières années. Ce document avait pu être établi à partir de l'historique de ses ventes, des adresses utilisées pour ses mailings, de ses factures de téléphone et de ses archives. Des centaines de noms. Une aiguille dans une botte de foin.

Mais était-ce vraiment une coïncidence si un bijoutier s'était fait descendre et si, quatre jours plus tard, plusieurs personnes s'étaient réveillées pour obliger Bobbie Faye à retrouver des diamants disparus ? Ouais, à d'autres. Et lui, il avait en main le titre de propriété du stade des Tigers et il allait le céder pour un dollar. Se pouvait-il qu'elle ait suscité la colère de quelqu'un (bon, ça, ça pouvait couvrir au moins la moitié de la ville, alors ça ne le mènerait pas bien loin)… quelqu'un auquel elle aurait causé de gros ennuis, et qui pourrait vouloir prendre sa revanche ? De gros… ennuis… Ça lui faisait penser aux ruines de la maison de Marie et à la rumeur selon laquelle Bobbie Faye avait été aperçue en train de quitter les lieux sur une moto. Instinctivement, il reprit la liste alphabétique des clients du bijoutier et alla jusqu'à la lettre « D » : Despré, Marie. Elle faisait donc partie de ses clients. Génial. Salvador était mort et Bobbie Faye était à la poursuite des diamants. Et elle avait détruit le domicile de l'un de ses plus gros clients. Si on y ajoutait les cheveux sur le lieu du crime, la vidéo, la chemise et le bracelet, mon Dieu, elle allait passer le restant de ses jours en prison. Et ça, c'était sans inscrire les douilles au nombre des preuves (il les avait toujours dans la poche). Son estomac se tordit sous un jet d'acide et il se prit la tête entre les mains. Avec elle, rien – vraiment rien – n'était jamais facile. Mais pourquoi en était-elle si incapable, bon sang ?

— Cam, cria Jason depuis la porte.

Il leva les yeux vers lui, surpris. Il ne l'avait pas entendu arriver.

— J'ai dit qu'il y avait une fusillade au moulin du vieux Landry.

— Ah, quelqu'un a fini par vouloir régler son compte au vieux grincheux. Je peux pas dire que ça me surprenne vraiment.

— Bobbie Faye a été vue là-bas.

— Putain, soupira-t-il en sautant sur ses pieds et en lâchant le dossier qu'il faillit faire tomber. Va…

— C'est déjà fait. L'hélico est prêt à partir.

Cam se précipita dans le couloir où il se heurta à Winna dans sa jolie robe d'été rose. Il la rattrapa avant qu'elle s'étale.

— Winna ? Je suis désolé. Je suis à la bourre, là. Tout va bien ?

— Oh, euh, pas de problème. C'est juste qu'on devait déjeuner ensemble.

Mince. Il se sentait vraiment bête. Il ne se souvenait même plus d'avoir fixé ce rendez-vous.

— Je t'appelle un peu plus tard, dit-il.

Elle lui sourit en lui faisant un petit signe de la main, mais il était déjà dehors.

— Y'a des blessés ? demanda-t-il à Jason qui courait à ses côtés.

Cam se réjouissait que le gouverneur soit aussi remonté contre Bobbie Faye : du coup, il avait personnellement appuyé une demande visant à octroyer à l'équipe D de la police locale un tout nouveau Bell 207.

— Sais pas. L'une des fermes voisines a appelé. Ils ont dit que les journalistes avaient installé un véritable campement devant le moulin des Landry, puis qu'ils avaient entendu des tirs et que tout le monde s'était couché sur le sol.

*

* *

Trevor avait sorti son SIG. Il attira Bobbie Faye derrière lui pour faire écran entre elle et le tireur, tandis qu'elle fourrageait dans son sac à main pour y trouver le Glock de Maimee qu'elle avait presque oublié. Elle écartait son téléphone portable qui la gênait, quand celui-ci se mit à sonner. Elle regarda le numéro de l'appelant.

— Wow, une compagnie d'assurances, grommela-t-elle.

Elle jugea préférable de ne pas décrocher et continua à fouiller. Une nouvelle salve de balles s'encastra dans le toit, juste au-dessus de leurs têtes.

— Ça fait combien en tout ? demanda Trevor, tout en essayant de déterminer où se trouvait le sniper.

Merde.

Elle savait bien qu'il cherchait à la distraire pour éviter qu'elle panique. Mais, *merde*. Elle lui lança un regard noir. Encore un bel exemple de ce qu'avait pu lui apprendre l'écoute de son téléphone portable. Parce qu'elle ne lui avait absolument rien dit de sa demande d'aide financière. Ni du refus des assurances. Il continuait à scanner la zone pour découvrir la planque du tireur embusqué, mais il savait très bien qu'elle l'observait. Il semblait trouver ça drôle.

— Très bien, concéda-t-elle. C'est un dossier difficile à défendre. Mais, pour le moment, il y a eu vingt-cinq refus, seulement.

— Le terme « seulement » paraît tout à fait adapté à la situation. Je suis même surpris qu'ils se soient donné la peine d'appeler.

— Je m'en fiche qu'ils se mettent à geindre en apprenant qui je suis. Mais ce que je déteste, c'est quand ils se mettent à marmonner à propos d'un numéro spécial pour les personnes suicidaires.

D'autres tirs arrachèrent un peu de rouille à une boîte aux lettres voisine.

— Combien de compagnies d'assurances te reste-t-il à contacter ?

— Deux. Il y a forcément quelqu'un de plus cinglé que moi dans cet État.

— Je crois bien qu'il va falloir un peu retravailler ton business plan.

Des rafales de balles vinrent se perdre dans les arbres qui entouraient la maison, écorchant au passage un vieux poteau en aluminium placé près de la porte et en haut duquel un drapeau américain décoloré pendouillait. Bobbie Faye jeta un coup d'œil à ses cousins : Donny semblait déchiré entre l'urgence de se ratatiner derrière l'antique mobilier de jardin qui rouillait sur la pelouse, et l'envie de jouer les héros devant la presse et les équipes de télévision garées aux abords de la propriété. Il s'avança d'un pas avant de se remettre précipitamment à couvert quand la mangeoire à oiseaux fixée sur un arbre, à deux doigts de sa tête, explosa sous l'impact d'une balle. Mitch, pour sa part, s'était trouvé une excellente cachette derrière un réservoir métallique de 1 500 litres que V'rai, des années auparavant, avait fait installer en prévision des pénuries liées aux ouragans.

— Mitch, lui cria Bobbie Faye, est-ce que tu pourrais t'éloigner de la citerne de gaz ?

— Tu veux que je descende quelqu'un ?

— Non, répondit-elle d'une voix aussi douce que possible, je pense seulement que ce serait aussi bien de ne pas faire exploser de cousins aujourd'hui.

— OK.

Kit se précipita vers Mitch et le ramena jusqu'à sa propre cachette, derrière le tronc d'un énorme chêne. Seule Francesca n'avait pas bougé. Elle s'était assise et vérifiait soigneusement sa manucure, en jetant de temps à autre des coups d'œil à sa cousine que Trevor dissimulait à moitié.

— Bobbie Faye, tu as changé quelque chose, non ? lui lança Francesca en fronçant les sourcils. (Par réflexe, elle baissa la tête quand une balle vint heurter la gouttière juste au-dessus de sa cousine.) Tu vois bien que tu devrais venir avec nous, ajouta-t-elle en sortant un petit miroir à main de son sac pour vérifier son maquillage. Si tu restais avec nous, personne ne te tirerait dessus. On pourrait te protéger et, toi, tu pourrais retrouver les diamants.

Mais qu'est-ce qu'elle voulait dire par « personne ne te tirerait dessus » ? Évidemment que tout le monde lui tirait toujours dessus !

Est-ce que Francesca connaissait le tireur ?

Une balle fit éclater le miroir de poche. Le tir provenait de quelqu'un situé dans le dos de Francesca, dans un autre silo. Francesca s'aplatit contre la pelouse.

Deux réflexions vinrent s'entrechoquer dans l'esprit de Bobbie Faye : *quel bol, cette Francesca !* et *un autre tireur ?* Trevor la fit reculer et elle comprit qu'il cherchait à atteindre l'abri pour voitures situé sur le côté de la maison, afin de ne plus être dans la ligne de mire du sniper.

— Est-ce que ça aussi, c'est de la famille de l'oncle Etienne ? s'écria Francesca à l'intention de Bobbie Faye, alors qu'un autre tir faisait frémir le buisson vers lequel elle s'était mise à ramper.

— Frannie, il va vraiment falloir que l'on revoie ensemble la manière dont une famille est censée se comporter.

De : Simone
À : JT

Sont coincés. Sniper... deux peut-être. Tente de m'approcher sans me griller.

(envoyé par téléphone portable)

De : JT
À : Simone

Je déteste mon job.
(envoyé par téléphone portable)

Trevor et Bobbie Faye optèrent pour la seule voie de fuite possible : l'abri pour voitures. Ils progressaient l'un à côté de l'autre, mais brusquement, Bobbie Faye sentit le canon d'une arme posée sur sa nuque.

— Si tu bouges, elle est morte, dit un homme qui enroula son bras autour d'elle pour lui ôter des mains le Glock de Maimee.

Trevor regarda par-dessus son épaule, derrière elle, l'homme qu'elle-même n'avait toujours pas vu. Sa main droite étant dissimulée à leur agresseur, il l'avança discrètement vers elle et glissa deux doigts dans la ceinture de son jean, comme pour pouvoir l'attirer violemment vers lui. Mais il était impossible qu'il puisse le faire suffisamment rapidement et tirer plus vite que ne le ferait le type. De plus, si elle bougeait, le gars pourrait facilement le toucher – mortellement. Sa main reposait sur la taille de Trevor et elle savait donc très bien qu'il ne portait aucun gilet pare-balles. Elle le vit jeter un bref coup d'œil à l'un de ses collègues du FBI qui les observait depuis un arbre. Mais il paraissait évident que l'agent ne pourrait pas faire feu, si elle ne bougeait pas. Or, le dixième de seconde qu'il lui faudrait pour s'écarter coûterait la vie à Trevor. Elle sentit ses doigts se raidir. C'était prendre un risque insensé pour un stupide tas de diamants, quelle qu'en soit la valeur.

Elle saisit sa main pour l'arrêter :

— Ils n'en valent vraiment pas la peine.

Il murmura quelque chose qui ressemblait à s'y méprendre à « tu fais » et aussi « vraiment chier », tandis que son emprise sur la ceinture de son jean se précisait et que... *Bon sang de bonsoir !* L'Adrénaline s'en mêla et, combinée aux Hormones, forcément... elle se retourna brutalement et demanda à leur agresseur, en le regardant bien dans les yeux :

— Qu'est-ce que vous voulez ?

Le « O » sombre d'un canon tremblotait devant son nez. Des perles de sueur gouttaient sur la main déjà moite de l'homme qui les tenait en joue.

— Vous savez que... vous êtes bleue ? lui demanda-t-il, en guise de réponse.

C'était un jeune type, d'une vingtaine d'années, peut-être, qui avait encore des traces d'acné, avec un buisson de cheveux rouge qui le faisait un peu ressembler à un grand coq de basse-cour.

— Vous ne savez donc pas que certaines femmes gonflent et rougissent une fois par mois, et qu'alors elles sont si irritables qu'elles se déchaînent pour le *moindre* truc, qu'elles ont des envies de meurtre et qu'elles peuvent vous bouffer le cerveau à la petite cuillère entre deux tablettes de chocolat, sans même s'en apercevoir ?

— Euh, si.

— Eh bien, quand c'est bleu, c'est encore bien *pire.* Alors éloigne ce putain de revolver de mon visage.

Il commença à abaisser son arme, puis, se ravisant, il l'arrêta à hauteur de sa poitrine.

— C'est pas vous qui allez me la refaire, hein ? C'est pas parce que je suis stagiaire que vous devez pas m'obéir.

Puis, tapotant son revolver, il ajouta :

— C'est lui le chef.

— Jayden ? appela Kit depuis le tronc derrière lequel elle se terrait. C'est toi, mon grand ? Alors, comment ça se passe ?

— Oh, c'est une blague ?! souffla Bobbie Faye.

Puis, s'adressant à Kit :

— C'est l'un de tes protégés ?

— Elle m'a trouvé une place la semaine dernière, répondit à sa place Jayden, avec une certaine fierté. Et notre firme a été engagée hier. C'est ma première mission.

— Il a un fort potentiel, cria Kit. Jusqu'à présent, il n'a commis que des effractions mineures, mais il est prêt à se défoncer, maintenant.

— C'est ce que mon patron a dit ! C'est pour ça qu'il m'a envoyé ici pour vous reprendre les machins.

— Il t'a surtout envoyé ici, intervint Trevor, parce qu'il se fiche que tu y restes. Et si je te descends, ça ne lui fera ni chaud ni froid.

— Peut-être, mais vous allez lâcher votre flingue parce que je peux très bien la tuer. Et je suis un peu nerveux, alors vous feriez mieux de vous grouiller.

De la sueur continuait à perler sur son menton, dégoulinant sur son torse maigrelet ou tombant sur le sol. Vu comme son doigt tremblait sur la gâchette, il risquait de toute façon de tirer sur Bobbie Faye, mais elle n'avait aucune chance s'il prenait peur.

— Si vous bougez, les autres doivent la tuer. Mais j'aimerais autant pas, parce que ma mère est une de ses grandes admiratrices. C'est sûr qu'elle me tombera dessus à bras raccourcis si je bute la reine des Journées de la Contrebande, mais elle sera encore plus en colère si je me fais virer. Alors, s'il vous plaît, ne me forcez pas à tirer.

Trevor abaissa lentement son revolver. Bobbie Faye savait qu'il avait un autre SIG dans un holster latéral, dissimulé à la vue du gamin. Mais, tandis qu'il s'accroupissait pour déposer son arme à terre et avant même qu'il puisse saisir la deuxième, Jayden tira. Sa balle ne fit qu'écorcher l'épaule de Trevor qui fut néanmoins projeté en arrière, tandis que Bobbie Faye poussait un cri et que les yeux de Jayden s'élargissaient :

— Ooops, désolé, je ne voulais pas faire ça.

Et il appuya son revolver contre les côtes de la jeune femme.

— Bah, c'est rassurant, dit Trevor qui semblait inspecter sa plaie, alors qu'il était en fait en train de préparer son assaut contre le gamin.

— Je veux ce que vous avez, dit Jayden à Bobbie Faye qui s'était retournée pour tenter d'aider Trevor.

Jayden enfonça son arme encore un peu plus dans son flanc et insista :

— Vraiment. Ils avaient installé un truc d'écoute et ils savent que votre tante vous a donné quelque chose. Il faut que vous me le filiez.

Il appuya sur son épaule pour la forcer à s'accroupir.

Reggie pensait qu'elle n'était plus très loin de l'orgasme.

— Je vous en prie, mon Dieu, dites-moi que vous enregistrez tout ça.

DJ sourit derrière l'œil de sa caméra :

— Je l'enregistre.

Reggie regarda à travers une paire de jumelles de théâtre. Le tuyau sur la destination de Bobbie Faye s'était révélé gagnant et tout ce dont Reggie avait toujours rêvé était en train de s'assembler sous ses yeux. Avec DJ, ils n'étaient pas les seuls journalistes sur place, mais, arrivés dans le peloton de tête, ils étaient maintenant aux premières loges pour filmer l'événement qui se déroulait devant la maison. Avec ça, elle pourrait décrocher le meilleur créneau au journal du soir : Bobbie Faye Sumrall en pleine action, avec une arme. Doux Jésus, que c'était bon ! Elle plissa les yeux pour essayer de mieux distinguer la scène : l'homme forçait la jeune femme à s'accroupir.

— Est-ce qu'elle est… bleue ?

— Euh, ouais, confirma DJ. Elle est bleue.

— Mais c'est de mieux en mieux…

Aiden était allongé près de la plus haute ouverture d'une grange située de l'autre côté du chemin de terre qui menait au moulin des Landry et il pointait son fusil en direction de la femme. Quand il finit par comprendre ce qu'il était en train d'observer, il s'écarta un instant de sa lunette de visée, se frotta les yeux et regarda à nouveau.

— Qu'est-ce qui cloche ? demanda Sean à voix basse, tout en étudiant lui aussi la scène.

— Elle… Je te jure que j'ai rien bu, Sean. Elle est bleue. Vois par toi-même.

Il tendit à son chef le fusil et Sean plissa les yeux derrière le viseur.

— Elle porte le *woad*[1], dit-il en désignant la teinture bleue sur le visage et le bras de Bobbie Faye.

1. *Woad* est le nom anglais d'une plante (*Isatis tinctoria*) connue en France sous le nom de « pastel des teinturiers », « guède » ou encore « herbe de saint Philippe ». Les Pictes (peuplade d'Écosse dont le nom, dérivé du latin « picti », signifierait « hommes peints ») étaient censés aller au combat nus et recouverts d'une peinture bleue tirée de ses feuilles (cf. *Braveheart* avec Mel Gibson). Toutefois, il y a aujourd'hui des doutes quant à l'utilisation de cette teinture par ces tribus (NdT).

— Bien sûr, mais alors, tu crois qu'elle sait qui tu es ? demanda Aiden. Elle est peut-être en train de te déclarer la guerre.

— Ouais, ben, ça serait pas ce qu'elle pourrait faire de mieux, dit Sean. Tu crois que tu peux réussir à coller un pruneau au type qui la tient en joue ?

Aiden vérifia dans sa lunette et secoua la tête.

— Non, pas sans la toucher ni esquinter le mec qu'Emile a embauché.

— De toute façon, celui-là, je m'en tamponne.

— T'es sûr ? Plan B, alors ?

— Vas-y.

— Tu penses pas que la fille va te donner trop de fil à retordre ?

Sean se fendit de ce sourire de fou qu'Aiden avait appris à craindre. Le sourire d'un homme qui s'apprête à faire souffrir quelqu'un par pur plaisir.

— Mais j'espère bien, mon garçon. J'espère bien.

Chapitre vingt

À l'arrière de la stretch limo noire, Roy avait les yeux rivés sur le petit écran. Il regardait le reportage de Reggie O'Connor au journal télévisé. Celle-ci chuchotait dans son micro. La caméra fit d'abord un gros plan sur la journaliste, avant de filmer la scène qui se déroulait derrière elle, c'est-à-dire devant la maison du père de Bobbie Faye (mais elle lui avait pourtant tiré dessus, la dernière fois qu'ils s'étaient revus, non ?). Roy avait le pantalon sur les genoux et la femme du gouverneur, très impatiente et très dévêtue, s'étirait à ses côtés. Malheureusement, le fait d'avoir vu un homme armé forcer sa frangine à s'accroupir venait d'anéantir sa libido (il avait toujours cru que c'était impossible, mais il fallait une première fois à tout).

Certes, l'océan de culpabilité qu'il ressentait pour avoir menti à Lori-Ann, en lui disant qu'il allait rechercher leur sœur aînée, pouvait aussi y avoir contribué. Il n'aurait jamais imaginé pouvoir éprouver autant de remords et il aurait préféré ne jamais en faire la découverte. Avant cela, tout dans sa vie se passait à merveille… enfin, si on voulait bien mettre de côté les tracas mineurs liés aux maris et fiancés jaloux qui prenaient assez mal le fait qu'il couche avec leur femme et qui voulaient lui régler son compte – et aussi les menus soucis que lui causaient les quelques personnes auxquelles il devait un peu d'argent (celles-là lui fichaient même carrément la trouille, parfois). Il ne savait pas trop d'où lui venaient ces scrupules inhabituels parce que, cette fois, ce n'était pas sa faute si sa sœur avait un revolver braqué sur elle. Bon, c'est vrai qu'elle avait dû négocier avec beaucoup de ces époux, petits amis et prêteurs courroucés et que, peut-être – mais seulement, peut-être – elle avait d'autres choses à faire. Comme d'éviter de se faire tuer, par exemple.

Ou de se faire peindre en bleu.

— Oh, Dieu soit loué, soupira la jeune femme en se redressant pour regarder l'écran. C'est un jour Bobbie Faye. Et tu sais ce que ça veut dire ? demanda-t-elle à Roy en se tournant vers lui.

Son vertigineux décolleté le troubla au point qu'il n'était plus très sûr de ce qu'elle lui avait demandé.

— Ça veut dire, poursuivit-elle face à son mutisme, que Delano, mon idiot de pourfendeur-du-crime de mari, va se ratatiner et se terrer en sanglotant jusqu'à cet horrible gala de charité. Nous avons donc toute la journée devant nous.

Elle lui fit un petit sourire lubrique et sa main glissa de son torse vers son caleçon, tandis que, de l'autre main, elle éteignait le téléviseur.

Pour la première fois de sa vie, il se surprit à dire : « Bébé, non », suivi de « Je dois m'assurer que ma sœur va bien ».

Wouaaa. Ça ressemblait à un truc de grande personne ou, en tout cas, à quelque chose dont Bobbie Faye aurait été vraiment fière. En supposant qu'elle ne s'était pas déjà muée en Xena, Princesse Guerrière de la Mort qui Tue.

Quand Jayden, le tueur acnéique, avait commencé à obliger Bobbie Faye à s'accroupir, Trevor bouillait encore d'énergie et semblait brûler d'en découdre avec lui. Elle caressait l'espoir qu'il s'était calmé pour la simple et bonne raison que l'arme était tellement enfoncée dans ses côtes qu'un seul tressaillement de la part de Jayden pouvait l'envoyer *ad patres*. Quant à elle, elle aurait autant aimé conserver ses propres organes à l'intérieur de son corps, si ça ne gênait personne. Jayden extirpa les photos de la poche arrière de son jean et sourit. Il vérifia aussi ses chaussures de sport, et elle était convaincue que la seule chose qui l'avait empêché d'examiner l'intérieur de son soutien-gorge était l'expression meurtrière que lui avait lancée Trevor quand il lui avait demandé de soulever son tee-shirt. D'ailleurs, ce soutif-là n'aurait pas pu dissimuler grand-chose et ce fait semblait n'avoir échappé à aucun de ces messieurs, pas plus qu'aux spectateurs du petit écran, apparemment, grâce aux journalistes qui pullulaient désormais devant la propriété. À cet égard, Bobbie Faye avait bien l'impression d'avoir aperçu Reggie en train de donner un *high five* à son cameraman.

— Vous pourriez me signer ça ? demanda Jayden en sortant de sa poche un sous-bock du Festival de la Contrebande. Ma mère serait vraiment folle de joie si je lui rapportais un autographe de vous. Un truc du genre « Amitié, Bobbie Faye », vous voyez.

— Oh, pas de problème. Je peux aussi faire un petit dessin représentant un type qui m'enfonce un revolver dans les côtes, avec un cœur au-dessus, tant que j'y suis.

— Ça vous embêterait pas ?

Elle prit le sous-bock et le stylo que le gamin lui tendait, sous les yeux médusés de Trevor qui semblaient dire : « Tu te fiches de moi ? » Elle le signa et le rendit à Jayden qui sourit de toutes ses dents, avant de prendre une mine attristée.

— Ils ont dit qu'ils allaient vous tuer de toute façon, dit-il en reculant, tandis qu'elle renfilait ses chaussures. Je ne suis pas censé vous le dire, mais je pense que ma mère serait vraiment fâchée que je ne le fasse pas. En même temps, si vous mourez, le sous-bock va prendre de la valeur.

— Mon Dieu, j'imagine que je dois te remercier.

Jayden recula encore de quelques pas en pointant toujours son arme en direction de la jeune femme et de son partenaire. Le canon de son revolver tremblait encore beaucoup trop pour que Trevor puisse se permettre de sortir son SIG. Ce n'est que lorsque le gamin fut déjà à une certaine distance, qu'elle comprit qu'il lui avait pris ses photos. À cet instant, le cortex moyen d'un être normalement constitué aurait sans doute réagi par un profond soupir, une crise nerveuse, voire une proposition de tournée générale. Mais pas le sien. Au lieu de cela, son cerveau (qui manifestement avait besoin d'un bon nettoyage de printemps) s'écria *Mais ces photos sont à moi !!* et malgré les supplications du Bon Sens (désormais à genoux), Bobbie Faye s'empara du SIG de Trevor, dès que Jayden eut tourné au coin de la maison.

— Couvre-moi, lui lança-t-elle avant de s'élancer à la poursuite de son héritage.

Si Cam avait pu faire en sorte que l'hélicoptère aille plus vite, il n'aurait pas hésité, mais le pilote tenait fermement le manche et ne semblait pas prêt à le confier à quelqu'un qui avait presque de l'écume à la commissure des lèvres. Fumier de pilote. Jason (qui était retourné au central) appela Cam par radio.

— Nous avons eu confirmation par des témoins sur place qu'il y a au moins un porte-flingue. Apparemment, il tient en joue Bobbie Faye. Les voitures de patrouille sont en route. Elles devraient arriver dans… six minutes.

Merde. C'était beaucoup trop long, mais le moulin était situé en pleine campagne et le shérif n'avait pas énormément de personnel sous la main, dans ces coins retirés.

Le niveau de l'acide dans son estomac remonta d'un cran. Non, ce n'était pas aujourd'hui qu'il allait se pencher sur son cadavre, bordel, parce qu'il avait bien l'intention de lui tordre le cou lui-même, et il déconseillait à quiconque de se mettre sur son chemin.

Bobbie Faye venait à peine de passer le coin de la maison qu'elle entendit Trevor derrière elle qui grommelait quelque chose comme « bleu » et « folle » suivi d'une sorte de plan pas spécialement sympathique qui la concernait et incluait une corde. Elle préféra donc se concentrer sur Jayden qui s'enfuyait vers un pick-up vert, flambant neuf, garé juste devant les bâtiments consacrés au séchage des grains.

— Et les autres agents ? demanda-t-elle sans s'arrêter.

— Toujours à leurs places, coincés. Trop loin de la maison pour faire quoi que ce soit.

Au moins, là où elle était maintenant, le tireur ne pouvait plus la canarder. Bon, s'il voulait bien rester à l'endroit depuis lequel il avait tiré jusqu'à présent, c'est-à-dire dans le silo le plus proche de la route. De là-bas, il avait eu une vision dégagée sur la façade de la maison et plus elle se rapprocherait des bâtiments de séchage, plus elle serait en sécurité. Loin derrière eux, elle entendait encore des tirs auxquels on répliquait, avec Mitch qui continuait à poser des questions absurdes et Kit qui encourageait ses troupes.

Jayden se retourna et fit feu dans sa direction. Ses deux premières salves ratèrent leur cible de plusieurs mètres, mais la troisième fit voler la poussière juste devant ses pieds. Elle se réfugia derrière une grosse conduite d'eau sur laquelle ricocha une quatrième balle, manquant de peu son bras. Elle ne pouvait même plus compter les hématomes qui marbraient l'ensemble de son corps depuis la veille (finalement, ce tatouage bleu présentait quelques avantages).

Trevor la dépassa par la droite en tirant sur Jayden qui continuait à courir vers le pick-up. Le gamin avait bien cinquante mètres d'avance sur Bobbie Faye et, s'il parvenait à atteindre le véhicule, elle pouvait faire une croix sur ses photos. Elle s'élança donc derrière lui en visant les pneus arrière. Dans sa course, elle avait du mal à maintenir la stabilité de son poignet et elle avait oublié que sur ce modèle, le réservoir était situé juste au-dessus de l'essieu arrière. D'accord, elle ne l'avait pas *totalement* oublié, mais peut-être était-elle un tout petit peu fatiguée de tous ces gens qui lui disaient ce qu'elle pouvait ou ne pouvait pas faire, en s'acharnant à lui piquer ses affaires. Il était également possible – simple hypothèse – qu'elle ait effectivement atteint sa cible (le pneu arrière), mais que la balle l'ait traversée pour finir sa course dans le réservoir. Toujours est-il que le pick-up explosa.

Il engendra une boule de feu des plus réconfortantes.

Jayden s'immobilisa, la mâchoire pendante, avant de reprendre ses esprits et de foncer se mettre à l'abri derrière un tracteur.

Trevor rejoignit Bobbie Faye.

— Difficile de comprendre pourquoi tous les experts auprès des compagnies d'assurances de l'État ont collé ta photo au milieu d'une cible, lui dit-il en considérant l'incendie.

— Je présume que je leur suis sympathique.

Il lui adressa une œillade indéchiffrable et ils se dirigèrent vers l'endroit où étaient entreposées les machines agricoles (moissonneuses, tracteurs, ensileuses) pour tenter de coincer le chapardeur, mais Jayden s'élançait déjà vers les silos. Il ralentit juste assez sa course pour tendre les photos à un petit homme sec, habillé tout en noir. Mais à cet instant un tir écorcha la terre presque sous ses pieds et le gamin détala comme un lapin, en couinant et en agitant les bras au-dessus de sa tête. Le petit nerveux, de son côté, pivota pour se précipiter vers les deux silos voisins.

Trevor fut surpris de constater que les locaux étaient vides. Cette absence d'employés, un jour de semaine, signifiait probablement que la tante de Bobbie Faye avait « su » ce qui risquait de se passer suffisamment à l'avance pour inviter le personnel à rester chez lui. Ça le tourmentait beaucoup plus qu'il ne voulait l'admettre, surtout depuis que V'rai l'avait prévenu que Bobbie Faye allait mourir le jour même. Il était pourtant habitué à envisager chaque matin comme celui d'un jour au cours duquel *il* pouvait mourir. On ne rampait pas dans les broussailles du désert, jusque derrière des lignes ennemies, on ne se glissait pas dans un campement, en pleine nuit, pour y dérober quelque chose, et on ne s'attaquait pas à un entrepôt rempli de terroristes sans être conscient des risques encourus. Il savait par ailleurs que ses hommes étaient parfaitement entraînés, quand il appartenait à l'élite des commandos américains.

Elle allait mourir aujourd'hui, avait dit sa tante, à moins qu'elle suive son instinct, mais, même dans ce cas, il y avait de fortes probabilités pour qu'elle y reste. Il avait donc choisi de ne pas l'obliger à rester derrière lui, pour forcer la chance.

Or Bobbie Faye avait la ferme intention de poursuivre le connard qui venait de lui piquer ses photos.

C'était pourtant la dernière option qu'il aurait choisie. Il était très entraîné. Il avait passé des années à traquer des hommes, à se défendre, à tuer. Elle n'était en aucun cas suffisamment préparée pour jouer au chat et à la souris avec un homme armé, et encore moins s'il y avait un tireur embusqué dans le panorama. Il avait toujours voulu la traiter d'égal à égal (et elle le méritait amplement, comme elle l'avait déjà prouvé), mais le fait était qu'il n'avait pas eu le temps de la former. Elle pouvait être blessée.

Comment pouvait-il la laisser s'approcher de ces silos ? Mais l'écho de la prédiction de la tante résonnait encore dans sa poitrine. Était-il complètement fou de croire que V'rai pouvait effectivement prévoir l'avenir ? Si cette vieille femme ne lui avait pas décrit certains épisodes de missions qu'il était le seul à connaître, il ne lui aurait prêté aucune attention. Mais maintenant ? *Merde.*

Ils continuèrent à progresser, Trevor scannant les environs. Ses hommes ne pouvaient rien faire. Et, en pratique, il ne pourrait, à lui tout seul, coincer le type qui avait pris les photos. Manifestement, elles avaient de l'importance, et l'homme devait être en train de prendre le large, pendant que lui était là, à hésiter. *Merde.* Ses gars étaient coincés dans leur planque, de l'autre côté de la maison, et il ne pouvait en espérer aucune aide à brève échéance. Et si les diamants étaient revendus sur le marché noir, l'argent qu'ils allaient rapporter à n'importe quel terroriste ferait des ravages.

— Ne me dis rien. Les mots qui te viennent à l'esprit sont « bordel sans nom » et « folle à lier », n'est-ce pas ? lui demanda Bobbie Faye à laquelle il jeta un coup d'œil. Si tes muscles se tendent encore un peu plus, ils vont se transformer en câbles d'acier. Ce n'est pas que je déteste ce genre de look – tu sais que je suis une de tes fans –, mais je peux très bien gérer ça. Sauf si tu veux me faire le coup de la Procédure Standard FBI et essayer de me stopper, bien sûr.

— Je jure devant Dieu que si tu es blessée, je te botterai le cul.

— Hé, il est parfaitement possible que j'aie un plan.

Il ne put résister :

— Quoi ? Toi ? Un plan ?

— J'ai élaboré un truc du style « récupérer les photos » et « sans se faire tuer ».

— Ça a le mérite de la concision. Ça me plaît, dit-il, surtout la dernière partie.

Puis, en l'embrassant sur le front, il ajouta :

— Tâche de ne pas déclencher l'Apocalypse. J'en ai marre de remplir des rapports.

Lori-Ann tapait du pied dans la salle de détente du centre de désintoxication. Tous les autres patients s'étaient penchés en avant, afin de mieux voir le reportage, au fallacieux motif qu'il s'agissait d'une séquence concernant Bobbie Faye tournée par Reggie O'Connor.

— Pourquoi est-ce qu'elle est toute bleue ? demanda la femme qui portait un tatouage de licorne sur la joue (parce que c'était *normal*, peut-être, d'avoir une *licorne* sur la joue, hein ?). Est-ce que c'est une espèce de symbole de son état émotionnel ? Je pense qu'elle a besoin qu'on lui fasse un câlin.

— Je parierais qu'elle a rejoint ce groupe, là, dit un grand échalas noir avec des yeux de cocker.

— Lequel ? Le Blue Man Group[1] ? demanda la Licorne.

— Elle n'a pas le droit de faire partie de cette troupe théâtrale, observa un petit monsieur très convenable, dans un coin. C'est une femme.

(Lori-Ann avait appris qu'il était comptable, mais la rumeur voulait qu'il appartienne à l'administration fiscale. Il avait l'habitude tout à fait déplaisante de pleurer pour un rien et elle espérait bien que ça allait lui passer rapidement.)

— Peut-être qu'elle y est à temps partiel, proposa le Cocker, parce que en fait, elle n'est qu'à moitié bleue.

Lori-Ann ne put se contenir. Elle sauta sur ses pieds et se planta devant eux (spontanément, tous eurent un réflexe simultané de recul).

— Il y a des mecs qui tirent sur ma frangine et la seule chose qui vous vient à l'esprit, c'est de vous demander pourquoi elle est bleue !

— Mais les gens tirent tout le temps sur ta sœur, lui fit remarquer le Cocker. En revanche, c'est la première fois qu'elle est bleue.

Lori-Ann lança un coup d'œil exaspéré à son conseiller qui haussa les épaules en notant :

— Il n'a pas tort.

1. Le Blue Man Group (littéralement, « Groupe des hommes bleus ») est une troupe de théâtre américaine dont les acteurs ont le visage peint en bleu (NdT).

Bobbie Faye vit Trevor piquer sur la droite pour contourner les silos par-derrière, pendant qu'elle avançait dans l'ombre de ces géants qui dispensaient une fraîcheur délicieuse après cette course dans la chaleur étouffante. Les immenses bâtiments se dressaient comme les sentinelles d'un monde interdit.

Elle n'avait jamais aimé ces constructions. Elles étincelaient dans le soleil en la regardant de haut. Elle fit taire ses souvenirs et son imagination pour se concentrer sur le chemin à suivre, sous la toile d'araignée formée par les cages d'escaliers métalliques qui menaient à des passerelles lancées entre les gigantesques socles supportant les générateurs et les chaudières utilisés pour le séchage des grains.

Elle s'arrêtait à chaque recoin suffisamment large pour cacher un homme, tendant l'oreille pour tenter de percevoir une respiration, humant l'air humide et épais. Elle savait à quoi ressemblait l'odeur des récoltes, l'effluve particulier du riz mélangé à celui, plus évanescent, du gasoil et de l'huile employés par les semi-remorques qui arrivaient jusqu'ici, en provenance des fermes alentour. L'asphalte chaud, le terreau et le parfum plus âcre des foins coupés intervenaient aussi dans cette symphonie olfactive. Fort heureusement, Dieu soit loué, les hommes aussi *sentaient*. Et, dans la mesure où il n'y avait aucun ouvrier dans les locaux (et qu'elle semblait avoir mémorisé l'odeur spécifique de Trevor), tout autre fumet masculin ne pourrait qu'émaner du salopard voleur de photos.

Un infime craquement rompit le silence et elle en identifia aussitôt la cause : de fines écorces de riz séchées qui crissaient sous des pas. Elle se blottit contre l'échafaudage de métal qui soutenait un générateur plus gros que sa caravane (heureusement qu'il n'était pas en service car son ronronnement aurait été assourdissant). Elle s'accroupit, se pencha légèrement vers la droite et scruta les alentours à travers l'entrelacs des poutres métalliques qui lui avait si souvent servi de cachette lorsqu'elle était enfant. Des rangers noirs, avec des semelles en caoutchouc, pénétrèrent dans son champ de vision, de l'autre côté de la structure métallique. Or elle se souvenait que Trevor portait des bottes de cow-boy éculées, pour les besoins de sa couverture de méchant *biker*/tueur à gages.

Elle ramassa un petit caillou qu'elle balança loin de sa cache, pour inciter le type à bouger. De fait, il se dirigea vers la source du bruit. Elle observa sa progression avant d'avancer elle-même, en prenant garde à ne pas poser le pied sur quoi que ce soit qui pourrait révéler sa position. Et, au moment où elle arrivait à sa hauteur, juste derrière lui, deux événements s'enchaînèrent : Trevor apparut, barrant ainsi la route au voleur et, derrière lui, un autre homme, muni d'un fusil à lunette, surgit sur l'une des passerelles qui cernaient le silo. *L'enfoiré*. Le tireur se positionna de manière à avoir Trevor dans sa ligne de mire. Elle sentit un froid glacial l'envahir et deux pensées jaillirent simultanément dans son cerveau : Trevor allait se faire tuer et *oh que non, ce ne serait pas le cas*.

Elle se déplaça. Le sniper possédait un Walther P, mais elle s'en soucierait plus tard. S'il y avait un plus tard. Quand il la vit se mettre ainsi en danger, le visage de Trevor passa de la surprise à la colère, avant d'être gagné par la confusion durant la nanoseconde qu'il fallut à la jeune femme pour lever son arme et viser, non pas le voleur interposé entre elle et lui, mais quelque chose situé plus haut, sur la droite. Le porteur du fusil la vit et l'infime instant qu'il consacra à identifier sa silhouette, suffit à Bobbie Faye pour lui loger une balle dans l'épaule gauche qui le déstabilisa, de sorte que la cartouche qu'il tira alla se perdre dans le silo.

Un deuxième coup de feu claqua et la poitrine du sniper devint écarlate. Trevor se retourna vivement vers Bobbie Faye qui n'était pourtant pas responsable de cette salve. Le voleur de photos, toujours pris en sandwich entre eux deux, semblait tout aussi désorienté. Trevor lui colla une balle dans le buffet, et l'homme s'inclina, comme s'il allait s'effondrer, puis il se redressa et s'élança entre les silos, manifestement sauvé par un gilet pare-balles.

Aiden fit un signe de tête à l'intention de Sean : le sniper qui avait tiré sur Bobbie Faye était à terre. Mais il avait raté le gamin qui avait pris à la femme quelque chose qui ressemblait à des photos. Ensuite, il avait fallu qu'ils se regroupent rapidement et il n'avait pas pu viser le deuxième homme qui détenait maintenant les photos, mais au moins, l'un des tireurs avait pu être éliminé. Sean se fichait pas mal du sort de la gonzesse, mais elle représentait son meilleur ticket pour les diamants. Sauf si elle était morte.

— Très bien, dit Sean, mais c'est pas fini.

— Tu songes à mettre un terme à ce bordel ?

— Exactement.

Aiden et Sean étaient meilleurs tireurs que Mollie et Robbie ; ce dernier gardait la voiture en attendant le signal.

John étouffa un juron. Ç'avait été une erreur d'envoyer le gamin. Il en avait pris conscience dès qu'il l'avait vu se mettre à discutailler avec cette folledingue incontrôlable. Il avait alors envoyé Alonzo pour récupérer les photos auprès du jeunot. Lui-même était resté dans un endroit d'où il pouvait orienter une antenne parabolique en direction de la maison, ce qui lui avait permis d'écouter la majeure partie de la conversation, et en tout cas suffisamment pour découvrir que le connard qu'avait engagé Emile était en réalité un fédé qui travaillait en sous-marin. Voilà qui était fort intéressant, mais qui, au final, ne ferait aucune différence. John avait engagé le meilleur tireur sur le marché et il devait refroidir cette salope et clore ce dossier. En tout cas, c'est ce qu'il aurait dû faire. Mais voilà, c'est Bobbie Faye qui avait tiré la première.

Mais *elle* ne l'avait pas tué. Quelqu'un d'*autre* s'en était chargé et elle avait eu l'air complètement étonné. Si John avait été à proximité, il lui aurait bien collé un pruneau entre ses grands yeux ronds, et ça, ç'aurait été le meilleur moment de cette partie de cache-cache. Il aurait presque payé pour connaître cette joie, mais il était beaucoup trop loin. Il fit signe à son dernier homme d'entrer en jeu. Il ne fallait surtout pas que Bobbie Faye et son sbire s'en sortent. Surtout maintenant qu'il touchait au but et s'apprêtait à découvrir où étaient cachés les diamants. Parce que à ce stade, il comprit qu'il allait pouvoir faire coup double : empocher les cailloux et buter la fille. L'un dans l'autre, une excellente journée.

Bobbie Faye et Trevor se regardèrent, mais l'expression de l'agent était beaucoup – beaucoup – plus furieuse qu'elle ne l'avait prévu.

— Il aurait pu te descendre, dit Trevor en essayant de contenir sa rage. Putain, je t'ai dit de te concentrer sur la partie « sans se faire tuer ».

— Mais il te visait, idiot.

Quelle mouche le piquait ?

— Pas le tireur, le type entre nous deux. Pour l'amour du ciel, ne recommence plus jamais ça.

Et c'est alors qu'un homme fondit sur lui en arrivant par-derrière, depuis un angle qu'aucun d'eux ne pouvait voir. Elle s'élança vers lui pour lui prêter main-forte.

— Non, lui ordonna Trevor. Récupère les photos.

Mais son instinct à elle refusait de la laisser courir après autre chose puisqu'il… Oh, OK. Peut-être que non, en fait. Peut-être qu'il n'était pas si en danger que ça. Trevor se retourna et, en quelques gestes simples qui en disaient long sur son expérience en matière de close-combat, il neutralisa son assaillant (enfin, assaillant potentiel vu qu'il n'avait pas eu le temps d'assaillir grand-chose). Putain de merde. Trevor n'était même pas essoufflé. Pourtant, à un moment elle avait entraperçu ce regard animal, une étincelle sombre et meurtrière. Et puis son visage avait repris une expression neutre.

— Les photos, lui dit-il et elle fit volte-face pour s'élancer à la poursuite du voleur.

Chapitre vingt et un

De : Simone
À : JT

Je l'ai perdue. Mais entends tirs. Vérif en cours.
(envoyé par téléphone portable)

De : JT
À : Simone

Quelles sont prestations de mutuelle pour psychothérapie ? Songe sérieusement à en commencer une. Voire plusieurs.
(envoyé par téléphone portable)

Ce fumier venait de s'enfiler dans un escalier qui menait à une passerelle située trois étages plus haut, autour du silo principal. Trois putains d'étages… Elle avait *horreur* de l'altitude. Elle se revit à sept ans : elle était montée au sommet d'un silo et avait glissé. Elle serait morte si elle n'avait atterri sur le tas de grains de riz qui attendait son déchargement dans la benne d'un camion. Plus précisément, elle n'avait dû sa survie qu'à la présence d'esprit et à la rapidité du chauffeur qui l'avait vue dégringoler de la passerelle dans son rétroviseur. Elle avait chuté si lourdement qu'elle s'était enfoncée dans la montagne de céréales qui l'avait absorbée comme une bille et l'avait bâillonnée en emplissant sa bouche de grains et de poussière de riz. Le conducteur du camion avait réussi à l'en extraire *in extremis*.

Mais Bobbie Faye ne se faisait pas grande illusion : il était peu probable qu'elle obtînt gain de cause en priant le type de se laisser poursuivre sur le plancher des vaches.

Alors, après avoir emprunté à Trevor son SIG, elle s'élança elle aussi dans l'escalier en tâchant d'ignorer les douleurs qui transperçaient ses cuisses. Le gars fit le tour de la passerelle jusqu'à une échelle et continua son ascension. Ce qui impliquait qu'elle aussi devrait grimper à sa suite, barreau après barreau. Pourtant, il devait bien savoir qu'il n'y avait aucune issue là-haut, il ne pouvait pas être aussi stupide et ignorer combien c'était danger…

Visiblement si, car il escalada l'échelle jusqu'à la plus haute coursive qu'il parcourut jusqu'au sas par lequel le convoyeur déchargeait les grains. On n'ouvrait ce sas qu'en cas d'urgence et pour aérer les silos contenant des céréales fortement inflammables. Bobbie Faye atteignit la gueule noire de l'ouverture où s'était engouffré le fuyard et fit une pause pour reprendre son souffle, en se gardant de regarder vers le bas où… nom d'une pipe, elle devait bien se trouver à une vingtaine de mètres du sol. Son cœur commença à écrire son oraison funèbre, sans se soucier des fautes d'orthographe, tant il était affolé. La Bravoure lui tendait son stylo. Tout cela ne lui était pas d'une grande aide.

Elle distingua au loin le bruit caractéristique des pales d'un hélicoptère qui fendaient l'air et scruta l'horizon sur lequel se détachaient de minuscules points noirs. Impossible de dire s'il s'agissait des hélicos de la presse ou de la police. Quelqu'un en bas lui cria quelque chose. La légère brise qui soufflait tout là-haut ne rendait pas vraiment plus tolérable la brûlure du soleil, mais elle ne distinguait plus que la trappe noire du sas. Le silence angoissant qui régnait dans le silo fut rompu par des crissements de métal provenant de l'intérieur du cylindre, et quand elle y risqua un coup d'œil elle aperçut de la lumière qui filtrait d'un point opposé à sa position. Elle se demanda si le salopard avait trouvé une passerelle et l'avait suivie jusqu'à une autre issue. L'échelle sur laquelle elle se trouvait finissait là. Il allait donc falloir qu'elle entre, elle aussi, dans le silo pour retrouver la trace de son voleur.

Cette option lui imposait de s'enfoncer dans les ténèbres, sur une coursive ridiculement étroite en surplomb d'un énorme stock de grains à moitié secs. Mais pourquoi ne s'était-elle pas fait porter pâle dès hier ? Mieux encore, pourquoi n'avait-elle pas fait pratiquer cette lobotomie qu'elle envisageait depuis quelque temps ? Tout… plutôt que ça. Bobbie Faye extirpa le SIG de la ceinture de son jean et enjamba le sas, malgré elle. Ses poumons durent lutter contre la poussière qu'elle avait soulevée en atterrissant sur l'entrelacs métallique de la passerelle intérieure. Elle lâcha un soupir de soulagement. Sauvée. Il y avait même une rambarde. Elle n'allait finalement pas plonger dans les gorges abyssales de la montagne de riz.

Derrière elle, à deux doigts de son crâne, elle entendit le cliquètement d'un revolver qui s'enrayait. C'était quoi ce bordel ? Ils apprenaient à détraquer les armes à feu dans les écoles de méchants, ou quoi ?

Les paroles de V'rai lui revinrent en mémoire : *Tu marches au bord du précipice, et tu dois surveiller tes arrières.* Mince, ça lui aurait arraché la babine d'être un peu plus claire ?

— Je l'ai, dit l'homme avant de donner leur situation.

Apparemment, il parlait à un téléphone portable car elle l'entendit raccrocher.

— John arrive. Il veut te tuer lui-même.

— Oh, dites-moi qu'il arrive d'Helsinki.

— Ben, dis donc, il rigolait pas. T'arrêtes jamais, toi. Tu peux pas t'empêcher d'être *toi*, hein ?

— Bah, au moment où je vous parle, je suis en train de considérer sérieusement la possibilité d'adopter une autre personnalité. Je crois que la passivité serait parfaitement envisageable, proposa-t-elle. Et si je commençais l'entraînement, hein ? Je sais ! Je pourrais rester à la maison pour faire un peu de pâte à sel.

Elle tenta de s'écarter un peu de lui, mais il lui colla le canon de son arme dans le dos. Apparemment, il avait déjà suivi le cours de perfectionnement de l'école susnommée : comment ne pas se laisser distraire par le vain bavardage de la victime.

— Baisse ton arme, ordonna la voix de Trevor, quelque part derrière son agresseur. Et lentement.

Bobbie Faye se serait bien lancée dans une petite danse de la joie, mais elle se trouvait à plus de vingt mètres de haut, sur une passerelle plongée dans l'obscurité, où la mort l'attendait forcément au tournant. La mort était une grande empêcheuse de danser en rond.

L'homme commença à baisser son arme, mais dans le battement de cil qui s'ensuivit, il se courba et pivota brutalement. Trevor évita la jambe qu'il avait lancée pour le faucher et lui écrasa le bras contre la balustrade, envoyant ainsi son revolver se perdre dans les grains de riz. Mais il avait eu le temps de déséquilibrer Bobbie Faye qui s'effondra sur la coursive, avant de rouler sous la rambarde de sécurité vers le trou béant et sombre du silo. Trevor hurla quelque chose qu'elle ne put entendre, tant elle battait l'air de ses bras pour tenter de trouver une prise sur le métal que la poussière de riz avait rendu glissant.

La seconde qui suivit dura une éternité. Elle vit le visage pétrifié de Trevor avec quelque chose d'autre, en plus. Quelque chose de plus profond, de sauvage, et elle lança son bras en avant, consciente qu'elle devait se concentrer sur cette émotion, qu'elle devait s'autoriser à y croire, parce que le lien qu'elle avait senti entre elle et lui, à cet instant, ne ressemblait à rien qui lui fût connu. Et puis, l'espace-temps s'emballa et sa main gauche rencontra l'une des traverses de soutènement de la passerelle, au moment où Trevor plongeait la main sous la rambarde et empoignait son tee-shirt.

— Attention, cria-t-elle en voyant le tueur essayer de lui donner un coup derrière la tête.

Trevor projeta violemment son pied vers le genou de son agresseur qui s'effondra sur la passerelle. La jeune femme chercha alors à s'agripper à l'un des barreaux de la rambarde, mais sa main rencontra seulement la chemise du type, étendu sur le métal. Elle l'empoigna, tandis que Trevor s'efforçait de la hisser. L'homme se mit à ramper pour essayer de s'enfuir…

Seulement voilà, elle n'était pas encore tout à fait remontée sur la coursive et il n'était pas question qu'elle lâche cette chemise. Elle avançait l'autre main vers la poche où il avait rangé les photos, quand cet abruti sortit un autre revolver de sa chaussette, tout en continuant à gigoter pour se libérer. Trevor, qui tenait

Bobbie Faye d'une main, tenta de neutraliser l'arme de son autre main, tout en hurlant à la jeune femme de lâcher prise, que ça n'en valait pas la peine et qu'il était plus important qu'elle survive. Mais ses doigts à elle semblaient avoir leur volonté propre et considérer que cet homme ne lui prendrait pas ses photos. Trevor l'attira à lui dans un violent effort, tout en l'éloignant de l'arme pointée sur elle. La poche de la chemise finit par céder au moment où Bobbie Faye retrouvait un plan horizontal. Le tueur chercha à retenir les photos de sa main libre, mais elle résista et… sans bien comprendre ce qui s'était passé, elle se retrouva avec les clichés en main et l'homme passa par-dessus la balustrade pour plonger dans le néant du silo qui allait l'engloutir.

Alors qu'il tombait, la faible lueur provenant du sas l'éclaira un bref instant. Ils virent qu'il brandissait toujours son arme et que – fureur ou réflexe ? – il les visait. À cette seconde (qui dura une éternité), Bobbie Faye se dit qu'ils étaient morts. La balle jaillit dans un éclair qui enflamma la poussière ambiante, engendrant une boule de feu qui se propagea dans toutes les directions, absorbant tout sur son passage. Trevor la remit sur pied brutalement et la traîna vers l'ouverture (elle se fit alors la réflexion qu'il était sans doute fort séduisant, mais manifestement pas si futé que ça, vu qu'il semblait avoir oublié qu'ils ne pouvaient pas voler et que, ouh ouh, ça faisait quand même environ sept étages, et qu'à vrai dire, ce grand saut ne valait pas mieux que la boule de feu). Il réussit néanmoins à lui faire franchir la trappe et elle huma brièvement l'air pur, avant de tomber d'une bonne vingtaine de mètres de haut, tandis que le silo explosait au-dessus d'elle. Le souffle les projeta vers le réservoir voisin, plus petit, qui se rapprochait d'eux à une allure vertigineuse.

Trevor s'arrangea pour absorber le choc de l'atterrissage en la maintenant au-dessus de lui et ils amorcèrent une longue glissade le long du dôme qui chapeautait le cylindre, tandis que le silo géant crachait d'autres boules de feu vers le ciel. Des étincelles et des débris enflammés se mirent à pleuvoir sur le toit de métal qu'ils continuaient à dévaler, malgré leurs tentatives pour stopper leur chute. Soudain, Bobbie Faye plongea la tête la première vers le vide, mais Trevor parvint à saisir son poignet, tout en accrochant de sa main libre le rebord du toit. Leurs deux corps ne tenaient plus que par l'opération de ses cinq doigts et, au lieu d'être déjà morte, elle se balançait maintenant à une dizaine de mètres au-dessus de l'asphalte, avec Trevor pour seule ligne de vie. Une autre déflagration ébranla le plus grand des silos. La jeune femme voyait les muscles de l'agent se tendre sous l'effort ; quand elle croisa son regard, elle se dit qu'elle n'avait encore jamais rencontré quelqu'un d'aussi enragé et d'aussi déterminé.

Elle fourra ce qui restait des photos (qui n'avaient pas quitté sa main droite) dans la poche arrière de son jean. Des morceaux de métal incandescents rebondissaient près d'eux en lui brûlant les bras. Trevor lui indiqua du menton une passerelle un peu plus bas, sur sa droite, et elle acquiesça, au bord de la nausée, mais consciente qu'ils n'avaient pas vraiment l'embarras du choix. Trevor se mit à la balancer de gauche à droite pour essayer de lui donner de l'élan et, quand il lâcha sa main, elle s'envola, tomba, pria, promettant à Dieu tout un tas de choses auxquelles il ne pouvait pas croire, même avec de la bonne volonté. La passerelle se rapprochait à une vitesse folle et elle se détendit pour l'atteindre. Soudain, elle sentit le métal tiède dans sa paume et s'immobilisa si brutalement qu'elle faillit se déboîter le coude. Elle se hissa sur le pont métallique et leva les yeux vers Trevor. À cet instant, un énorme pan de métal en feu perfora le dôme de leur silo. Il s'élança vers elle, poursuivi par une boule de feu qui semblait emprisonner un génie maléfique.

Il n'allait pas y arriver. Il ne pourrait jamais se rapprocher suffisamment de la passerelle et il allait chuter d'une hauteur de quatre étages.

Bobbie Faye retira précipitamment le sac qui lui barrait la poitrine – *s'il te plaît, tiens le coup* – et le lança dans sa direction. Il le saisit. Elle tomba en avant sur la coursive et son élan faillit l'entraîner, mais elle planta ses pieds contre un barreau de la rambarde et réussit à amortir sa chute. Il se balançait désormais sous ses pieds. *Merci, cher couseur anonyme de sac, de ne pas avoir fumé de crack ce jour-là et d'avoir effectué la double couture que vous étiez censé faire.*

Jamais la vision de doigts masculins ne l'avait autant réjouie. Ceux-là étaient écorchés et saignaient en plusieurs endroits, mais ils agrippaient le rebord de la passerelle et, déjà, hissaient Trevor juste à côté d'elle. Une nouvelle explosion retentit et il lui sembla que le monde entier venait de s'enflammer. Les autres silos constituaient autant de bombes à retardement, ne demandant plus qu'à sauter. Leur radeau s'inclina vers la gauche, la dernière déflagration ayant arraché certaines des fixations qui le maintenaient au silo. L'une des poutres qui le supportaient s'était désolidarisée de la passerelle, mais était restée fichée dans son socle de ciment, comme une immense perche de pompiers.

— Va falloir qu'on utilise ça pour se laisser glisser jusqu'en bas, lui cria-t-il pour couvrir le rugissement de l'incendie.

Glisser. *Jusqu'en bas.* Pourquoi fallait-il toujours qu'elle se lance dans des chutes mortelles ? Elle aurait dû faire de la comptabilité, tiens. Les comptables n'avaient que très rarement à affronter ce genre de joyeuseté. Voilà un truc qu'ils auraient dû mentionner dans la description des cours de compta, à la fac.

Trevor ne lui laissa pas l'occasion de s'appesantir sur ses réflexions (et c'était sans doute mieux ainsi). Il passa le premier, et elle le suivit en serrant de toutes ses forces le poteau de métal, avant de faire un pas dans le vide et de se laisser tomber. Des siècles se passèrent avant qu'il la rattrape, tout en bas. Mais elle n'eut pas le temps de savourer le bonheur d'être toujours en vie car les silos voisins venaient de prendre feu.

Ce Ce et Monique étaient assises dans la salle d'attente d'un bureau cossu installé dans l'un des gratte-ciel de Lake Charles (quatre étages). Elles attendaient Neil, l'agent d'assurances qui avait promis à Ce Ce que sa compagnie lui remettrait un chèque le jour même. Entre les deux femmes, sur la table basse, Ce Ce avait posé ce qui restait du gel bleu. Elle se pencha nerveusement vers le pot, joignant les mains à chaque bulle ou tremblement qui agitait la mixture, dans sa prison de plastique. Son état était très étroitement lié à celui de Bobbie Faye, tant que celle-ci en aurait sur la peau, et, pour le moment, on aurait dit qu'il subissait les assauts d'un ouragan, tant il ondulait, enflait et se contorsionnait.

— Ça fiche un peu la trouille, chuchota Monique en jetant un coup d'œil inquiet à la secrétaire qui, elle aussi, observait fixement la substance bleue. Est-ce que ça fait toujours ça ?

— Non, pas que je sache, mon chou, mais je ne l'avais encore jamais utilisé sur Bobbie Faye. Normalement, ça ne bougera pas, tant que je le tiendrai éloigné d'elle. Quand la personne à laquelle il est lié se rapproche trop, le gel essaie d'aller vers elle et ça le rend volatile. Dans ce cas, il peut exploser.

Monique fronça les sourcils quand le pot fit un saut en travers de la table et la secrétaire quitta précipitamment la pièce.

— Je crois qu'il essaie de s'échapper.

— Ça absorbe tout le mauvais karma dirigé contre Bobbie Faye et ça le maintient loin d'elle.

Le récipient bascula sur un côté et se mit à glisser sur la table.

— Dis donc, elle m'a tout l'air d'avoir une sacrée poisse !

— Et ça m'inquiète un peu. Le gel a une durée de vie assez courte s'il est soumis à trop rude épreuve, et au rythme où elle le sollicite, je ne sais pas bien combien de temps il va encore faire de l'effet. Il va falloir que je trouve un charme de repli.

— Ce Ce ? s'enquit une voix tout près d'elles.

Elles levèrent la tête vers un homme élégamment vêtu qui se tenait devant elles en souriant. Il lui fallut cligner des yeux à deux reprises pour reconnaître l'agent qu'elles avaient vu la veille, au magasin, démoralisé, livide et presque transparent.

— Neil ? vérifia Ce Ce qui se souvint à cet instant qu'elle lui avait conféré le pouvoir du « oui », lors de leur dernière entrevue.

Oh, Dieu du ciel, quel genre de monstre avait-elle engendré ?

Depuis son hélicoptère, Cam vit le silo exploser et une douleur fulgurante lui transperça la poitrine pour finir dans son bras gauche. Bobbie Faye se trouvait dans ce moulin. Était-elle à proximité de l'explosion ? Mon Dieu. *Non.*

Tous les appareils de la télévision s'éloignèrent précipitamment du site pour éviter de se faire happer par l'onde de choc qu'avait générée la déflagration. En s'approchant trop près, ils risquaient eux-mêmes de devenir les sujets de leurs reportages. L'hélico de la police se posa dans l'immense champ qui s'étendait de l'autre côté de la route menant chez les Landry, et Cam en jaillit juste avant qu'explose le troisième silo. Au sol, c'était aussi la panique. Reggie et son cameraman étaient beaucoup trop près. Tout était en flammes. L'inspecteur balaya des yeux l'ensemble de la propriété pour voir s'il apercevait Bobbie Faye. Les sirènes des camions de pompiers hurlaient et Cam remarqua l'expression soucieuse de son beau-frère qui descendit de l'un d'eux. Les voitures de police suivaient de près et l'une d'elles était déjà sur les lieux. Il courut vers le véhicule en notant que ses collègues avaient rassemblé plusieurs personnes et qu'ils les questionnaient.

— On ne sait pas où elle est, dit l'un des policiers auxquels Cam venait de se présenter et d'expliquer ce qu'il recherchait. On était en train de faire un contrôle, mais on a entendu la première explosion et on est arrivés les premiers sur les lieux. Certains de ces joyeux lurons (il indiqua un groupe de personnes à la mine contrite, parmi lesquelles étaient les cousins de Bobbie Faye) s'apprêtaient à partir et nous les avons invités à rester pour répondre à quelques questions. Mais tout ce que j'ai pu en obtenir jusqu'à présent, c'est que la dernière fois qu'ils ont vu Bobbie Faye, elle se dirigeait vers les silos et courait après quelque chose. Personne ici ne paraît savoir de quoi il s'agit.

Cam regarda les ruines des silos. C'était le plus haut d'entre eux qui semblait avoir subi les dégâts les plus lourds, mais l'incendie avait aussi gagné les autres. Est-ce que l'heure avait sonné ? Elle devait avoir vingt-neuf ans le lendemain. Il se demanda si elle savait qu'il ne l'avait pas oublié. Il lui avait toujours offert quelque chose, même quand ils ne se parlaient plus. Et elle aussi lui avait toujours offert quelque chose. Il tenta de ne pas songer à ce commentaire qu'elle lançait systématiquement à cette occasion, quant au fait qu'elle ne verrait jamais ses trente ans. Même pour ça, elle n'était pas fichue d'y voir clair. Elle fêterait bien ses vingt-neuf ans le lendemain.

Il n'y avait pas grand-chose sur quoi il pût cogner, aucune cible envisageable, rien à faire, hormis rester là et regarder ce monde inutile partir en fumée.

De : JT
À : Simone

Elle a fait exploser quoi ? Comment vais justifier ça dans fiche de frais ?
(envoyé par téléphone portable)

Sans cesser de courir, Bobbie Faye et Trevor contournèrent le dernier bâtiment, en slalomant entre les débris enflammés qui tombaient du ciel. Ils furent bientôt en vue de la maison. Au début, elle ne comprit pas ce qu'elle avait sous les yeux, mais son cerveau finit par accepter de traiter l'image devant elle : une fournaise qui avait été la maison de sa famille. Elle allait se précipiter vers le bâtiment, vers ses tantes et son oncle, mais Trevor l'en empêcha en la ceinturant et en l'immobilisant malgré ses gesticulations. Il la força à gagner un bouquet d'arbres situé dans un terrain qui bordait l'arrière de la propriété, à bonne distance de la maison et de la fumée noire qui s'en dégageait. Elle continua pendant un temps à ruer et à se tordre pour échapper à son emprise, mais elle finit par enregistrer ce qu'il lui avait dit : *ils sont partis.*

— Partis ? L'énergie dont elle avait fait preuve jusque-là s'évanouit instantanément, remplacée par une vague de désespoir.

— Pas morts, *loin.* Je les ai vus partir peu après que nous avons quitté la maison.

Elle avala difficilement sa salive et un grand vide s'installa dans sa poitrine.

— C'est ma faute. J'ai tout détruit. Je détruis toujours tout ce que je touche.

— *Non.*

Trevor déchira un bout de sa chemise pour confectionner un bandage autour de la main de la jeune femme qui saignait.

— Ce n'est pas toi qui as déclenché tout ça. Tu n'as pas demandé à venir ici et tu n'as forcé personne à te voler ces photos et à te coller un flingue sur la tempe. Je crois plutôt que ta tante avait sa petite idée sur ce qui allait arriver, même si elle n'a pas voulu me dire de quoi il s'agissait. Et si *elle* n'a pas fait en sorte que ça n'arrive pas, je ne vois pas pourquoi tu devrais en assumer la responsabilité.

L'un des types du FBI la fit sursauter quand il surgit subitement à côté d'eux, sans paraître surprendre son collègue.

— Je te présente Yazzy, dit Trevor en lui désignant l'homme, dont le nez et le menton semblaient appartenir à quelqu'un qui aurait fait trente centimètres de plus. Il vient d'arriver en renfort.

Puis, s'adressant au nouvel arrivant :

— Tu as pu appeler Bihari ?

— Ouais, répondit l'agent en essayant de ne pas regarder Bobbie Faye. Elle est plutôt en rogne. Elle estime qu'on ne fait qu'envenimer la situation et elle dit qu'on doit retrouver les diamants à sa manière à elle. Elle veut que tu lui amènes Bobbie Faye pour un interrogatoire.

— Ça, c'est hors de question. Tu peux lui dire que tu m'as prévenu, pour te couvrir, mais il y a beaucoup trop d'acteurs en scène et pas assez de temps pour se payer le luxe d'une réunion de comité. On tient une piste et on va la suivre.

Bobbie Faye savait qu'il parlait des photos, bien qu'elle ne fût pas certaine qu'elles constituassent un indice sérieux, mais elle garda le silence. Elle préférait courir après une fausse piste que d'attendre entre les grands bras bienveillants (ha !) du FBI.

— Mais il n'y a pas que Bihari qui pose problème maintenant, continua Yazzy. Elle a mentionné que la SI était impliquée.

— Je sais, souffla-t-il avant de s'expliquer en voyant le visage perplexe de la jeune femme : la Sécurité intérieure.

— Mince. Tu m'en as déjà parlé c'est vrai, mais j'étais distraite. Et tu peux me dire pourquoi la Sécurité intérieure me suivrait à la trace ?

— Ils croient sans doute que tu bosses avec McGregor, répondit Trevor.

Yazzy pâlit :

— Tu lui as dit ?

— Elle l'a vu. Mais on n'a pas le temps pour un debriefing. Où sont les clés ?

— Tu es beaucoup trop impliqué, mec, lui souffla Yazzy, alors que Bobbie Faye balayait des yeux les environs en se demandant à quoi pourraient bien servir ces clés.

C'est alors qu'elle vit la moto, garée à quelque distance de là.

— Comment…

— Plan de secours, dit Trevor en coupant court à sa question. (C'était donc l'objet du SMS qu'il avait envoyé pendant qu'ils se dirigeaient vers le moulin, ce matin.) Et je vais bien, merci, ajouta-t-il pour faire suite au commentaire de son collègue.

Mais, à la façon dont ils se dévisageaient, les choses ne semblaient pas aller si bien que ça, selon l'avis de Bobbie Faye dont les yeux allaient de l'un à l'autre.

— Il n'est pas censé s'impliquer émotionnellement avec un informateur confidentiel, expliqua Yazzy sans cesser de regarder Trevor. Ça risque de faire capoter toute la mission, sans compter que c'est illégal.

— Sauf quand il a été clarifié au préalable que la relation existait *avant* qu'elle devienne un IC, répliqua Trevor d'une voix grave qui traduisait sa fureur. Ce que je n'ai pas manqué de faire.

— Quand ça ? demanda-t-elle.

— Le soir qui a suivi l'enlèvement de ton frère.

La tête lui tournait. C'était, certes, postérieur à leur premier baiser torride, mais bien antérieur à leurs conversations non moins débridées. Bien avant qu'elle puisse même imaginer qu'il pourrait effectivement vouloir sortir avec elle. La question était donc, à partir de quel moment un homme sait-il qu'il doit informer son supérieur de l'existence d'une relation sentimentale, quand celle-ci n'a pas encore commencé ? Il ne peut le faire que s'il a prévu d'en initier une. Mais… pourquoi ? Après tout, la seule expérience qu'ils avaient partagée, à ce moment-là, se résumait à détruire une bonne partie de l'État et manquer de se faire tuer. Ce qui entraînait forcément une autre question : est-ce qu'il avait effectivement projeté d'aller plus loin avec elle parce qu'il le désirait vraiment ou parce que ça faisait partie de la couverture requise pour sa mission clandestine ? Depuis combien de temps était-il au courant de cette histoire de diamants et des annotations dans l'agenda de Marie ?

— Les hélicoptères commencent à atterrir, poursuivit-il. Il faut qu'on parte d'ici. La dernière chose dont elle a besoin, c'est de montrer sa bobine à la télé ou de se faire arrêter. Les clés.

Trevor tendit la main et, durant une minute, Bobbie Faye eut l'impression que l'autre agent allait les lui refuser. Il finit néanmoins par les lui remettre, avant de faire volte-face et de s'élancer vers la maison et les sirènes qui n'avaient pas cessé de hurler.

Elle croisa les bras pour ne pas lui montrer qu'elle tremblait. C'était trop pour un seul cerveau, surtout avec cet incendie. Elle choisit plutôt de se concentrer sur Trevor, sur le pas décidé qu'il avait adopté pour rejoindre la moto et l'assurance avec laquelle il avait posé la main sur ses reins.

— Tu as toujours un plan de secours ?

Et est-ce que le fait de me séduire en fait partie ? aurait-elle bien aimé ajouter. La question était au bout de sa langue, prête à sauter du plongeoir, mais encore un peu trop timide pour se risquer ainsi dans le grand bain. La Bravoure s'éloigna de la piscine pour aller se cacher sous une serviette, tandis que l'Autodérision prenait son pied en gloussant.

— Pas en ce qui nous concerne.

Trevor l'attira à lui et la berça contre son thorax d'acier, ce qui n'était absolument pas recommandable compte tenu des événements, mais si agréable.

Ils formaient une paire. Tous les deux étaient couverts de plaies et de bosses, avec un peu de sang çà et là, mais ils faisaient front, seuls contre le monde entier. Elle lui avait mis du gel bleu un peu partout, mais, avec ses propres écorchures et brûlures, il ne déparait pas franchement la clique des canards boiteux. D'ailleurs, il ne semblait même pas s'en être aperçu. Il l'embrassa en lui passant une main dans les cheveux et ce baiser si doux la troubla. Elle s'écarta un peu et revit cette expression intense de peur et de désarroi, assortie de quelque chose d'autre, quelque chose de plus qu'elle avait également entrevu sur la passerelle. C'est alors qu'ils entendirent le cliquètement d'un autre fusil.

Et la voix, cette foutue voix glaciale teintée d'accent irlandais qui leur dit :

— Ça prouve bien, une fois encore, que les femmes ne sont bonnes qu'à vous foutre en l'air. Bon, je pense que nous allons pouvoir prendre le relais.

*

* *

Ministère de la Sécurité intérieure des États-Unis

Bureau de Jessica Tyler (JT) Ellis

Assistante au sous-secrétaire du sous-secrétaire du
secrétaire de l'assistant au ministère de la Défense
Sécurité intérieure
La Nouvelle-Orléans, Louisiane

Réf. : Rapport de suivi
(À classer en notes de terrain, personnel, **exclusivement**)

Articles textiles trouvés sur Marie Despré à saisir pour vérification de leur utilisation éventuelle dans le cadre d'un trafic de diamants. Articles textiles visant, notamment : sacs à main, ceintures, chaussures et accessoires divers. Noter que les autres centres d'intérêt du suspect incluent la sculpture – toutes les pièces identifiées doivent être vérifiées, galeries et collections privées. Diverses agences du pays, dont le FBI, contactées pour assistance.

Affaire # 198733BFS / recherche de diamants notes de terrain : personnel

* Sean McGregor !
Envoi renfort Trevor

41 ~~35~~ ~~27~~ ~~16~~ articles vérifiés

11 ~~9~~ ~~2~~ vedettes de cinéma menaçant de saisir la justice

23 ! ~~13~~ ~~7~~ ~~5~~ politiciens dérangés (avec une autre personne que leur conjoint)

3 paparazzis arrêtés, caméras confisquées (contacter le département juridique)

6 ~~2~~ plaintes pour raisons médicales (plaies et bosses) [voir ci-dessus]

1 agent soigné pour morsure d'homme (le propriétaire du chien) [voir ci-dessus]

8 ~~6~~ avocats de la défense engageant un procès pour harcèlement

7 ~~4~~ femmes arrêtées, tentatives de corruption pour conserver leur attirail

5 appels à Oprah...
19 ~~17~~ appels à Fox News. } FAIRE GÉRER PAR RP

. Prévoir contacter *InStyle*, détourner attention des objets Marie

SILOS !! INCENDIE !!! . N'y a-t-il <u>rien</u> que cette femme ne puisse détruire ?

Marie aperçue 9 fois . fausse alerte systématique

→ où est Trevor ? doit ramener Bobbie Faye

1 agent sur le terrain à Lake Charles

1 femme cajun complètement dingue ~~impliquée kidnappée ? (aurait on cette chance ?)~~ (voir ratage total . affaire précédente).

☞ <u>Rappel</u> : c'est [presque toujours] mal de tuer un civil

3 « avertissements » - Sean & qui d'autre ?

Chapitre vingt-deux

Aiden jeta un coup d'œil à son chef, sur sa droite. Tous – lui-même, Sean, Mollie et Robbie – avaient braqué leurs armes sur le couple. Plus exactement, ils les pointaient en direction de Bobbie Faye qui leur tournait le dos. *Commando* avait murmuré Sean en voyant le type s'élancer du silo et empêcher Bobbie Faye de plonger vers une mort certaine. *Doit mourir*, avait-il économiquement ajouté, ce qui allait poser un problème au mec en question parce que, si Sean voulait qu'ils meurent, ils n'en réchapperaient pas.

L'homme les regardait par-dessus l'épaule de la jeune femme. Son visage restait impassible, même si, selon l'avis d'Aiden, il devait être furibard de s'être laissé surprendre. S'il ne s'était pas arrêté pour l'embrasser, ils n'auraient jamais pu les rejoindre à temps.

— Tu ne veux pas qu'on tire sur la fille, n'est-ce pas ? Alors, tu vas la laisser venir jusqu'à nous et je te la rendrai quand je n'aurai plus besoin d'elle.

De toute façon, le gars ne pouvait pas sortir son flingue sans la mettre en danger, alors Aiden et Robbie s'écartèrent de Sean. Le commando mourrait à l'instant où la fille s'éloignerait de lui.

— À moins, continua leur boss, que tu préfères que je la blesse et la laisse agoniser. C'est toi qui vois.

Sean s'autorisa à caresser des yeux le dos de la jeune femme et un fin sourire éclaira son visage lorsque celle-ci pivota légèrement pour regarder par-dessus son épaule, sans ôter sa main de la taille de son compagnon.

— Je croyais que vous vouliez que je retrouve les diamants et que je vous les apporte. Pourquoi ce changement de programme ?

— Disons que j'en ai assez de tous ces gens qui te ralentissent, jeune fille.

— Je crois surtout, ponctua le gars des commandos, que tu t'exposes à beaucoup plus d'ennuis que tu n'imagines. Cette fille est totalement incontrôlable.

— Voilà que tu remets ça, dit, en s'écartant de Trevor, Bobbie Faye dont l'irritation – avec un petit quelque chose en plus – ne passa pas inaperçue à Aiden. Tu m'insultes toujours devant les méchants à chaque fois que la situation… (elle pivota prestement en lançant un couteau) s'envenime.

Merde, cette fille savait manier le surin et les commandos en portaient toujours un… Dans leur euphorie de les avoir coincés et l'assurance que leur donnait leur nombre, ils avaient négligé ce détail. Aiden entendit le grognement étouffé de Robbie et vit que la jeune femme venait de lui clouer l'épaule droite contre un arbre. Et, pendant qu'ils suivaient tous la course de la lame, le commando en avait profité pour sortir son flingue et tirer, neutralisant Mollie. Tout le monde s'égaya subitement et Aiden lâcha quelques balles en direction du couple, mais il ne pouvait pas descendre ce fumier de commando sans risquer de tuer la fille. Or Sean la voulait en vie.

Pour le moment.

La gonzesse brandissait maintenant un SIG qu'elle avait sorti d'on ne savait où et le mec continuait à tirer, réussissant à le blesser au flanc et à la jambe. Ça faisait un mal de chien, se disait Aiden, mais ce n'était pas mortel et, au moins, ces blessures ne l'empêchaient pas de bouger (il ne voulait surtout pas devenir un poids pour son équipe, au risque d'entendre Sean se mettre à fredonner *Il y a un trou dans ce seau*).

La fusillade attira l'attention de l'un des hélicoptères des médias qui survola la zone où ils se trouvaient. Ils n'allaient pas pouvoir rester plus longtemps pour attraper la fille.

— Regroupement ! commanda Sean en pestant.

Cam scrutait le chaos qui régnait aux abords du moulin en sachant qu'il ne pouvait rien faire d'utile pour le moment. L'un des policiers responsables accourut vers lui – Luke James, un bon garçon, tout juste sorti de l'école de police.

— Monsieur, personne ne semble savoir où se trouve Mlle Bobbie Faye. Mais, ils ont tous l'air… bizarres.

— Bizarres comment ?

— Eh bien, je ne sais pas comment dire ça. Mais quand je leur ai demandé s'ils pensaient qu'elle était morte là-dedans, la plupart d'entre eux ont cherché à éviter mon regard et m'ont fourni des réponses très évasives. Ce type, l'acteur de seconde zone – celui des publicités, vous voyez ? (Cam hocha la tête : Donny.) Eh bien, il a commencé à prendre une tête d'enterrement, comme si elle était morte, mais il en faisait carrément trop.

— Ce qui voudrait dire… (Ses mots ne voulaient pas sortir. Il prit une profonde inspiration et pinça l'arête de son nez en priant pour que sa migraine cesse.) Bon travail, Luke. Tu as obtenu des renseignements des autres témoins ?

— Non. Ils sont tous muets. Ils ont l'air de *bikers*, mais là aussi, c'est un peu curieux.

— Fais-les tous monter dans un fourgon et embarque-les. Et appelle le capitaine pour lui dire qu'on va avoir besoin de plusieurs salles pour les interrogatoires.

Tandis que Luke retournait auprès des cousins et des motards prostrés en plein soleil, près des voitures de police, Cam observa à la dérobée Reggie qui s'était approchée de l'un des camions de pompiers et devait harceler Jordan à en juger par la grimace qui barrait le visage de son beau-frère. La journaliste souriait – toujours mauvais signe. Il se dirigea vers elle. Il y avait une probabilité raisonnable qu'elle ait pris des images de Bobbie Faye entrant, et peut-être sortant, du…

— Monsieur, appela un autre officier de police en courant vers Cam. J'ai entendu l'un des types de la presse dire qu'il y avait eu une fusillade derrière la maison, il y a moins d'une minute. L'une des chaînes de télé a tenté de filmer quelques images, mais il y a trop d'arbres, là-bas, et ils n'avaient pas de visibilité. Ils ont aussi mentionné quelque chose à propos d'une moto qui s'éloignait rapidement de ce coin-là, avec peut-être un couple dessus.

Cam reporta immédiatement les yeux sur la moto garée devant la maison. Une Harley. Il jeta un coup d'œil vers Luke qui était en train de regrouper les cousins, ainsi que deux autres hommes. Deux. Une moto. Les deux types avaient des fringues de motards et il doutait que l'un d'eux soit arrivé jusque-là sur la place passager. Près de la maison, il y avait une GTO avec les pneus crevés, apparemment conduite par quelqu'un dont la description correspondait à celle de Trevor et qui avait contraint Bobbie Faye à venir avec lui. Le bruit courait aussi que Bobbie Faye avait été vue à l'arrière d'une moto en partant de chez Marie.

Il regarda encore la moto isolée. Deux minutes plus tard, il en réquisitionnait les clés.

De : JT
À : Simone

Comment ça, perdue ? Comme partie ? Comme morte ? Ou comme égarée ? SVP, dis-moi juste égarée. Va voir dans silo. Est peut-être juste un peu roussie aux entournures.
(envoyé par téléphone portable)

Bobbie Faye et Trevor s'éloignèrent du moulin aussi vite que possible sur leur Harley. Une fumée noire et épaisse s'élevait, juste au-dessus de l'incendie des silos et de la maison, en barrant le ciel bleu immaculé d'un gros nuage sombre. Ils roulaient à vive allure sur un vieux chemin de terre bordé de fossés, dont les ornières avaient été vaguement rebouchées, au fil des ans, par quelques poignées de graviers. D'immenses chênes et des pacaniers l'ombrageaient, en les dissimulant à la vue des hélicoptères qui sillonnaient les alentours. Ils avaient déjà dépassé plusieurs fermes, ainsi que quelques entreprises isolées : un concessionnaire de tracteurs, une petite épicerie et un entrepôt de matériel agricole.

Elle était assise derrière Trevor et, pour une fois, se fichait de leur destination. Seul lui importait le fait de s'éloigner du moulin, en laissant derrière eux les candidats assassins, les kidnappeurs et les cousins dégénérés. Elle se pressait contre le dos de Trevor pour se protéger du vent. (Bon, c'était l'histoire qu'elle s'était racontée et elle allait s'y tenir.) Sa tête reposait entre ses omoplates, mais elle avait pris soin d'éviter les écorchures et les brûlures qu'il avait récoltées dans leur chute. Elle avait placé ses bras autour de sa taille (pour ne pas tomber, parfaitement !). Il avait posé la main sur l'une des siennes, avant de la porter à ses lèvres pour en embrasser la paume. Il l'avait alors reposée près de sa taille et une vague de terreur pure avait balayé le cœur de la jeune femme.

Tout ça lui fichait la trouille. Pas le baiser en soi, mais le regard qu'il lui avait lancé sur cette passerelle, le lien qu'elle avait lu dans ses yeux. Comment se fier à son instinct avec un si piètre parcours sentimental ? Il avait tué des gens de sang-froid et elle aurait dû ressentir une peur panique, mais ce n'était pas le cas. Il s'était aussi interposé entre elle et les balles et ça lui avait paru presque normal. Ils avaient frôlé la mort, il s'était quasiment sacrifié pour elle – ce qu'elle avait aussi fait pour lui – et, à aucun moment, elle ne s'était demandé *pourquoi*. Comme si c'était normal, pour eux, cette façon d'avancer main dans la main à la rencontre du danger. Pouvait-elle lui faire confiance ?

Des tirs. Pas loin. Elle risqua un coup d'œil par-dessus son épaule. Mince, c'était encore la joyeuse bande des psychopathes de l'Irlandais. Elle se demandait lors de quelle réincarnation elle avait pu devenir l'incontrôlable locomotive de cette farandole de tordus. Deux d'entre eux leur tiraient dessus depuis les fenêtres arrière de leur véhicule, une Subaru. Apparemment, ils ne cherchaient pas à les toucher, mais plutôt à attirer leur attention.

La Subaru tenta de les dépasser (elle avait une meilleure adhérence sur le chemin de terre que leur moto) et ses occupants tirèrent encore pour essayer de forcer Trevor à se ranger sur la droite. Celui-ci dirigea la main de la jeune femme vers son arme. Quand elle se retourna pour faire feu, il passa son bras autour de sa taille afin de l'empêcher de tomber. La voiture prit ses distances après les premières balles tirées par Bobbie Faye qui avaient atterri dans la carrosserie, sans causer suffisamment de dégâts pour les stopper. Elle ne pouvait se résoudre à viser le conducteur ou ses passagers.

Ils prirent sans doute conscience de ses réticences car le véhicule se rapprocha.

Ils étaient maintenant assez près pour qu'elle puisse voir l'expression terrifiante de Sean McGregor. Incroyable ! Celui-là avait de l'avenir dans les films d'horreur. Avec sa trogne à l'affiche, tous les ados difficiles du pays allaient se prosterner.

Elle essaya de viser un pneu, mais son revolver émit un *clic*. Vide.

— Est-ce qu'on a un autre chargeur ? cria-t-elle pour couvrir le bruit de leur moto.

Trevor secoua la tête. Il avança la main vers une sorte de sacoche située près de sa jambe gauche. En regardant par-dessus son bras, elle le vit y puiser une grenade avec la même nonchalance que celle dont faisait preuve Lori-Ann en se décapsulant une canette de bière. Elle ne savait pas si elle devait se réjouir ou s'effrayer d'avoir soupiré (au passé ! juré craché !) pour un garçon qui pensait à emporter des *grenades* quand il l'emmenait passer une journée à la campagne. Bientôt, une petite annonce paraîtrait :

> **JF célib. rech. H sexy, fort, genre taiseux, sachant faire acrobaties au-dess. bâtim. en feu et tuer gens. Stock grenades perso serait un +.**

— Accroche-toi, cria-t-il avant d'ôter la goupille avec les dents et de balancer la grenade au milieu de la route.

Deux secondes plus tard, l'engin explosait à quelques mètres de la voiture de McGregor dont l'un des pneus éclata sous l'impact d'un projectile. La Subaru quitta la route et termina sa course dans le fossé.

Trevor négocia à toute allure le virage suivant et tourna à droite au croisement, sans même consulter Bobbie Faye. Celle-ci se demandait bien où ils pouvaient aller, parce que c'était forcément une coïncidence si la route qu'ils venaient d'emprunter menait tout droit… au campement de Roy.

Cam se rendit compte qu'il s'était trompé de chemin dès qu'il entendit la fusillade et ce qui ressemblait fort à l'explosion d'une grenade, du côté de la route du Vieux-Moulin. Deux voies partaient de la propriété des Landry. Il se trouvait sur l'une d'elles et la déflagration produite par la grenade provenait de l'autre. Il fit demi-tour pour rejoindre l'autre « route », si l'on pouvait désigner ainsi un mélange d'ornières et de cailloux qui courait sur des kilomètres avant d'atteindre un bout d'asphalte. Sa Harley ne lui facilitait pas les choses. Il n'arrivait pas à comprendre pourquoi Trevor avait choisi cette direction car elle l'emmenait vers le sud-est et…

Il savait où ils allaient. En supposant qu'ils aient survécu à l'explosion de la grenade.

Devant lui, il aperçut un cratère au milieu du chemin, ainsi qu'une Subaru dans le fossé près de laquelle se tenaient plusieurs personnes en costard. Un 4×4 noir bloquait la voie et, juste à côté, une grande rouquine avec une coupe de cheveux épouvantable (comme si elle ne voulait surtout pas avoir l'air d'une femme) avait levé la main devant elle pour lui faire signe de stopper. Elle brandissait un badge de la Sécurité intérieure… Simone quelque chose… Il sortit lui aussi son propre badge d'inspecteur de police qu'elle examina avec soin.

— Nous sommes en train d'étudier les lieux d'un délit, inspecteur, dit la femme d'une voix suave qui se dissipa dans l'air estival, une voix douce et sucrée qu'il n'aurait jamais associée à un visage aussi revêche.

Il hocha la tête en direction de la Subaru. Apparemment, il n'y avait pas de moto en dessous.

— Des victimes ?

— Non, répondit-elle, mais vous allez devoir répondre à quelques questions. Nous voulons savoir où se trouve Bobbie Faye Sumrall.

— Vous et la moitié du pays, répondit-il en faisant vrombir son moteur, avant de lancer en s'éloignant déjà : Alors bonne chance dans vos recherches.

— Vous n'avez pas le droit de vous en aller, cria-t-elle derrière lui, avant de dépêcher deux de ses collègues à ses trousses.

Le cratère au milieu du chemin empêchait le 4×4 d'aller plus loin et, de toute façon, ils ne pourraient pas rejoindre leur véhicule assez rapidement pour le suivre. Il lui restait une chance de rattraper Bobbie Faye et Trevor et de découvrir le fin mot de cette cavalcade.

Aiden suivait la vieille route de terre battue dans une voiture qu'ils avaient volée sur le parking d'un vendeur de matériel agricole – une vieille Ford Crown Victoria qu'un fermier avait garée en laissant les clés sur le contact. C'était un peu comme de mener un bateau sur une mer agitée car le véhicule brinquebalait à chaque ornière et rebondissait sur la moindre bosse. Il avait repris le volant à Sean, pendant que Mollie déchirait sa chemise pour en faire des bandages et panser les plaies que lui avaient causées les éclats de la grenade et l'éclatement du pare-brise de leur Subaru. Elle faisait ça drôlement bien, selon l'avis d'Aiden, même s'il n'était pas assez stupide pour se risquer au moindre commentaire, surtout avec Sean qui écumait de rage à côté d'elle. Sur l'épaule de Robbie, le pansement de fortune que Mollie venait pourtant de finir était déjà trempé de sang et Aiden se demandait si la grimace qui déformait ses traits traduisait sa douleur ou sa honte.

Ils traversèrent en trombe plusieurs bourgs trop petits pour n'être autre chose qu'un minuscule point noir sur une carte détaillée. Ils suivirent ensuite le cours d'une rivière jusqu'à la sortie d'un virage où Aiden dut stopper la voiture. Ils n'en croyaient pas leurs yeux. Ils avaient devant eux un pont basculant, mais celui-ci était d'un genre particulier : au lieu de s'ouvrir par le milieu, en deux morceaux égaux formant un « V » inversé, la partie centrale, suspendue au-dessus de l'eau, était hissée en l'air par deux énormes pistons hydrauliques situés à chacune de ses extrémités. Et pour le moment, le pont se trouvait bien à six mètres au-dessus de la rivière. Mais le plus surprenant n'était pas le pont, non. C'était la *fille* qui venait de sauter de la tour de contrôle surplombant l'édifice, avant de retraverser le tronçon suspendu et de regagner en trois sauts la route un peu boueuse qui se poursuivait sur la berge opposée. Elle s'installa à l'arrière de la moto, toujours pilotée par le commando, et, alors qu'ils s'éloignaient, elle se retourna vers ses poursuivants médusés en… leur faisant un petit signe de la main.

Aiden courba l'échine en prévision d'une explosion de Sean, mais, au lieu de cela, leur chef sourit.

— T'as plus de jambes ou quoi ? aboya-t-il à l'intention de Robbie qui, malgré son épaule transpercée, ne dit rien et sortit de la voiture, avant de grimper le long de l'échelle qui menait à la tour de contrôle.

— Eh bien, dit Aiden pour briser le silence, on peut dire qu'elle n'a pas froid aux yeux cette gonzesse, hein ?

— J'imagine qu'elle ne sera pas très facile à gérer, mais ça sera utile quand je l'aurai.

— Tu veux dire utile pour récupérer les diamants, n'est-ce pas ? demanda Mollie de cette voix un peu soucieuse que prennent les femmes pour ne pas suggérer trop crûment que vous avez perdu la boule.

— Non, je veux dire exactement ce que j'ai dit. Je vais aussi récupérer les diamants, bien sûr, mais ce genre d'aptitude est un truc sacrément commode.

Mollie leva ses jolis yeux bleus vers le ciel, tandis que Robbie revenait déjà vers la voiture.

— Il ne veut pas s'abaisser, dit-il quand il fut rentré dans le véhicule, encore tout essoufflé de l'effort qu'il avait dû fournir.

Sa blessure saignait de plus belle et Mollie grommela, l'air préoccupé, en s'agitant pour lui refaire un bandage.

— Elle a dû casser un truc ou alors elle l'a tout simplement piqué, je sais pas.

Ils détectaient encore le signal GPS émis par la puce que Mollie avait glissée dans le sac à main de la fille, mais ce n'était pas suffisant pour Sean. Il voulait la coincer et être là quand elle retrouverait les diamants. Aiden soupçonnait son boss de se reprocher d'avoir consacré trop peu de moyens à cette mission.

— Quel genre de dégâts pourrait donc causer une femme seule ? avait-il ironisé à l'époque.

— Comment va-t-on la suivre ? demanda Aiden.

— Il est temps pour ma petite Mollie de découvrir où ce cousin américain qu'elle a perdu de vue depuis si longtemps peut bien aller en se dirigeant par là-bas. Quelqu'un doit bien le savoir. Allons de ce pas nous faire des amis.

John s'était tapi dans le terrain, derrière la maison en feu. Le sommet du silo avait explosé juste avant qu'il atteigne le champ et il s'était empressé de se mettre à couvert. Jusqu'à présent, il avait perdu trois hommes. Y compris sa meilleure gâchette. L'un de ses autres sbires qui faisait le guet avait vu la folledingue fuir la zone des silos et disparaître avec son connard de fédé sur une moto. Elle courait encore. Et il ne toucherait pas sa commission tant qu'elle serait en vie. Vu ce que ce fiasco venait de lui coûter, il n'avait pas l'intention de lâcher l'affaire – ni les diamants. Elle allait devoir payer pour tout ça.

Il se dirigea en traînant la jambe vers son véhicule. Il avait encore deux solutions pour la retrouver. Elle ne fréquentait pas beaucoup de gens, mais elle contactait régulièrement son frère et sa sœur. Après un truc pareil, elle les appellerait forcément. Il lui suffisait juste d'être assez persuasif pour amener l'un d'eux à parler. Et, dans le cas de Lori-Ann, une bouteille de Jack Daniel's devrait faire l'affaire.

Bobbie Faye et Trevor s'arrêtèrent à bonne distance du camp de pêche de Roy. Du moins, en pratique, il appartenait à Roy, même s'il était inscrit au nom de l'un de ses potes. Son frère ne disait pas à grand monde qu'il en était propriétaire (trop de maris jaloux s'étaient manifestés pour lui trouer la peau, dans son précédent camp de pêche). Même lui, avec son instinct de survie pourri, pouvait comprendre ce que signifiait « mort imminente », après les douzaines de tentatives de meurtre qu'il avait essuyées. L'endroit, plutôt miteux, semblait désert, contrairement aux campements environnants d'où parvenaient des odeurs de poisson grillé et de ragoût d'écrevisses.

Sa cabane était bâtie sur des pilotis plantés dans le lac, des poteaux assez hauts pour supporter six bons mètres de crue sans être engloutis, quand le plan d'eau gonflait après de fortes pluies. Il serait difficile de leur tendre une embuscade dans le coin. Le porche qui faisait le tour de la baraque était relié à la terre ferme par une jetée suffisamment large pour une moto, mais pas pour une voiture.

— Ton frère est en mer pour son boulot, non ? lui demanda Trevor en coupant le moteur de la moto.

La surveillance qu'il avait effectuée lui avait décidément permis de connaître le moindre fichu détail de leur vie privée. Doux Jésus, il était sans doute aussi au courant de la tablette de chocolat qu'elle cachait dans son frigo. N'était-elle qu'une donnée de sa mission ? L'émoi qu'il avait manifesté quand elle avait failli mourir exprimait-il ses sentiments ou avait-il été simplement causé par la perspective de faire perdre au gouvernement de précieux tas de cailloux ?

— En principe, oui, mais avec Roy, on n'est jamais sûr de rien, répondit-elle d'une voix plus sèche qu'elle ne l'aurait voulu. (Elle allait devoir prendre de sérieux cours d'impassibilité, si elle en jugeait par l'expression amusée du visage pourtant tuméfié de Trevor.) Si ça se trouve, il est ici, dans les bras de la femme du gouverneur.

— Je vais aller vérifier, dit-il, tandis qu'ils descendaient de la moto et qu'il installait la béquille. Seul. À moins que tu te sentes prête à surprendre ton frère en pleine action ?

— Ok, beuuurk, j'en serais traumatisée à vie, merci.

— Toujours heureux de rendre service. Je reviens tout de suite.

Il s'éloigna et elle baissa les yeux l'espace d'une seconde, avant de les relever. Il avait déjà disparu dans les marécages qui cernaient la cabane de Roy. Envolé… Pffft. Il était très doué pour ça. Pour son job, s'entend. Être capable de se fondre dans le paysage. *D'entrer dans la peau d'un autre.* Il avait trompé pas mal de gens quand il l'avait aidée à sauver son frère. À l'époque, tout le monde avait cru qu'il était effectivement un agent ripou du FBI, totalement dénué de sens moral. Quelqu'un qui était prêt à tuer pour de l'argent. Là, il avait réussi à convaincre Emile qu'il était toujours ce même renégat, et son oncle (qui était pourtant du genre à vérifier que les gâteaux que lui avait confectionnés sa propre mère n'étaient pas empoisonnés) l'avait engagé. Alors qui pouvait prétendre que tout cela ne participait pas d'un rôle de composition ?

Elle secoua la tête pour écarter ces pensées et sortit de sa poche les photos qui n'étaient plus que des morceaux de papier roussis. En les tenant côte à côte, elles lui paraissaient étrangement similaires. Les deux clichés avaient été pris dans le salon de V'rai, avec toute la famille regroupée sur le canapé. Toutefois, sur la deuxième photo, les sujets étaient plus âgés et Bobbie Faye y figurait, ainsi que Francesca. Elles devaient avoir, quoi ? Trois ans. Bobbie Faye portait un short élimé et un tee-shirt maculé de taches, avec un peu de beurre de cacahuètes dans les cheveux. Francesca, quant à elle, était vêtue d'une robe rose, de chaussures roses, le tout assorti d'un petit sac à main rose et d'un chapeau rose sur ses boucles.

Pauvre Francesca. On ne l'avait jamais laissée être autre chose qu'une princesse.

— Rentrons à l'intérieur, lui dit Trevor à l'oreille.

Elle sursauta en poussant un cri et il la rattrapa avant qu'elle s'étale de tout son long sur le chemin caillouteux.

— Par tous les saints du paradis, annonce-toi la prochaine fois.

— Et pourquoi le ferais-je ? répliqua-t-il avec un petit sourire en coin tout en la remettant d'aplomb, avant d'enfourcher la moto pour l'amener jusqu'à la cabane de Roy.

Reggie et DJ patientaient à quelques pâtés de maisons du commissariat, sans quitter des yeux la porte principale. Donny finit par en sortir avec cette expression un peu étudiée qu'elle avait déjà observée chez certains acteurs, affublés d'immenses lunettes, de larges chapeaux et d'horribles fringues « stylées », qui prétendaient être là incognito mais ne rêvaient que d'être reconnus. Sa mine devint maussade quand il se rendit compte qu'absolument personne ne lui prêtait attention. Il regarda autour de lui et, voyant que la journaliste lui faisait signe, monta dans sa voiture.

— Tu ne vas pas le regretter, lui dit-elle, tandis qu'il jetait des coups d'œil un peu inquiets autour de lui.

Elle s'était beaucoup trop démenée et son avenir en dépendait tellement, qu'elle n'allait pas le laisser se défiler maintenant.

— Allez, démarre. Je ne sais pas où est allée Francesca, mais si elle voit que nous avons une liaison secrète, elle va me tuer.

— Avec plaisir, ricana Reggie, parce que la dernière chose dont j'ai besoin, c'est bien de ce fond de teint miracle que la reine du maquillage cherche à me refiler à chaque fois que je la croise. Woooo, trop effrayant.

Benoit s'était renseigné sur la catastrophe des silos dès qu'il avait eu fini d'interroger les voisins de Bobbie Faye. Il avait jusqu'à présent réussi à éviter le capitaine en restant dans sa voiture. Avec tous les bruits qui couraient sur Bobbie Faye, radio-moquette fonctionnait à plein régime, surtout un jour comme celui-ci, et tant de gens savaient désormais qu'il était en possession des vidéos de surveillance qu'il était étonné que personne n'ait cherché à lui graisser la patte pour les récupérer. Reggie aurait été prête à risquer la crise cardiaque pour mettre la main dessus. La seule chose qui empêchait son patron de le dénicher et de lui sonner les cloches pour ne pas avoir consigné les films tenait au détail mineur qu'il devait non seulement coordonner les efforts de la police autour des silos, mais aussi organiser l'interrogatoire de la foule de témoins que Cam avait orientée vers le commissariat. Cam était génial.

Son portable personnel vibra, lui indiquant qu'il avait un message vocal. Curieusement, le téléphone n'avait pas sonné pour signaler l'appel correspondant ; il est vrai qu'il était resté assez longtemps près du domicile de Bobbie Faye, dans une zone assez mal desservie par le réseau. Il composa les chiffres qui lui permettaient d'écouter ses messages et entendit une voix féminine qui lui sembla vaguement familière, même si elle était essoufflée, comme après une course.

— Benoit, c'est Bobbie Faye. J'ai quelque chose pour toi. C'est important. Je ne peux pas appeler Cam et je ne vois pas à qui d'autre confier ça. Tu te rappelles où nous avions caché la mascotte de la quatrième année ? Retrouve-moi là-bas. Dès que tu peux, d'accord ?

Le message prit fin. Le numéro d'appelant était en mode secret. Bizarre, mais elle venait de frôler la mort sur un pont, dans une maison, et maintenant, si ses renseignements étaient fiables, au milieu de silos. Dans ces conditions, tout le monde avait le droit d'être un peu fébrile. Ils étaient amis depuis trop longtemps pour qu'il ne réponde pas à son appel. Ça lui ferait un sacré trajet et il ne comprenait vraiment pas pourquoi elle avait fait la route jusqu'à Baton Rouge, après le cauchemar de ce matin dans les silos, mais il lui devait bien ça. Il pourrait peut-être la convaincre de se rendre. C'était pour elle la seule chance de s'en sortir sans écoper de la perpétuité.

De : JT
À : Simone

Son tél reçoit encore appels. Un venant Italie (peut-être acheteur). Position SAT arrive... maintenant. Envoi des coordonnées. La retrouver. Vite. Ou il faudra que tu en répondes à Brownie.
(envoyé par téléphone portable)

De : Simone
À : JT

Putain, certainement pas. Je vais la retrouver.
(envoyé par téléphone portable)

Bobbie Faye choisit d'ignorer la sonnerie de son téléphone qui lui signalait des messages. Ils attendraient. Elle était sûre que l'un d'eux lui avait été laissé par Lori-Ann qui appelait probablement parce que, ce matin, elle avait été frustrée de la possibilité de lui raccrocher au nez. Elle devait aussi en avoir reçu un de Nina, mais elle lui avait envoyé un SMS avec le portable de Trevor pour la tenir au courant. Ce dernier avait garé la moto et fouillé la cabane, mais Bobbie Faye savait combien son frère pouvait devenir roublard quand il cherchait à échapper aux foudres des maris et petits amis de ses « rendez-vous galants ». Pendant que l'agent rechargeait son revolver au moyen de la tonne de munitions que Roy conservait au-dessus de son réfrigérateur (apparemment, dans l'univers de son frère, tous les voleurs étaient nécessairement des nains), Bobbie Faye vérifia une nouvelle fois l'endroit. La cabane, délabrée et bordélique, était telle que dans son souvenir : une « grande » pièce, sombre et lambrissée, avec une cuisine/pièce à vivre et plusieurs chambres/salles de bains distribuées autour de ce noyau central. Les goûts de Roy traduisaient bien son côté célibataire endurci. Il travaillait sur une plate-forme off shore (quand il travaillait) et continuait sans doute à rendre quelques services lucratifs à Alex pour des boulots pas très nets. Du coup, il dépensait son fric dans des gadgets : une immense télé à écran plat, beaucoup de matériel de pêche, des articles pour la chasse, des trucs de sport, des DVD, des jeux. Du moins, elle espérait que c'était bien son propre argent qu'il gaspillait ainsi, parce que si elle apprenait qu'il était mêlé à des affaires louches, il allait passer un long séjour à l'hôpital avec les deux jambes cassées. Elle fit encore une fois le tour des pièces et, désormais convaincue que Roy ne s'était caché ni dans un placard, ni dans le faux plafond, ni au sommet du chauffe-eau, elle retourna dans la cuisine.

Et là, *whoaaaaaa.*

Trevor avait retiré sa chemise déchirée et tachée de sang. Quand il eut reposé son arme, désormais chargée, sur le comptoir et qu'il s'avança vers elle, ses sens se mirent à faire des cabrioles.

Pourtant, il fallait qu'elle se concentre. Et pas sur lui.

— Il ne faut pas qu'on s'attarde. On a des diamants à retrouver et il reste encore tout un tas de choses à détruire.

— J'ai vérifié : le pont est hors service et ils prévoient qu'il ne sera pas réparé avant plusieurs heures. L'autre pont le plus proche est à deux heures d'ici et j'y ai déjà fait installer des barrages, au cas où Sean et sa bande ou d'autres individus suspects voudraient l'emprunter. (Il mit le doigt sur son téléphone portable dernier cri.) Et Emile croit qu'on est en route pour La Nouvelle-Orléans avec des infos, alors il va nous attendre là-bas. Ce qui signifie que nous avons un peu de temps devant nous. Il faut que tu décompresses.

Il était là, sous ses yeux, à demi nu, et plusieurs régions de son propre corps l'encourageaient vivement à continuer. *Mais qu'est-ce qui n'allait pas dans sa tête ?* Trois secondes auparavant, elle en était à s'inquiéter des raisons qui le poussaient à l'accompagner et il n'avait pas fallu plus de quelques abdominaux, un torse et des épaules – ah oui, et aussi le sourire – pour la changer en grenouille décérébrée. Il la coinça contre le comptoir de la cuisine dont le Formica jaune écaillé disparaissait sous des monceaux de vaisselle dépareillée. Elle réussit à briser trois saladiers en essayant de se dégager, mais il la retint en posant un bras de chaque côté d'elle, paumes sur le comptoir.

— Ça va ? lui demanda-t-il.

— Merveilleusement. Maintenant, laisse-moi passer.

— Non. (Il écarta une tasse remplie de couteaux.) Quel idiot je fais, ajouta-t-il avant de regarder au loin, en serrant les mâchoires, les épaules tendues. T'embrasser comme ça…

Brutalement stoppées dans leur course, ses Hormones émirent un grincement strident, en se rentrant les unes dans les autres. À l'intérieur, une rébellion majeure se préparait. C'était tout simplement absurde. Il ne voulait pas d'une relation sentimentale et elle s'en doutait déjà, alors il n'y avait aucune raison d'en être aussi surprise.

— Ou, pour être plus exact, poursuivit-il (elle prit conscience qu'il avait observé sa réaction), c'était une erreur grossière, digne d'un amateur. Je me suis montré égoïste. Je suis désolé que le baiser que je t'ai donné près des silos t'ait mise encore plus en danger.

La mélodie sourde qui s'était réveillée depuis qu'elle l'avait revu, la veille, ne s'était pas tue, mais, maintenant, la façon dont il la regardait semblait agir comme un ampli dont la puissance risquait de faire sauter ses circuits. L'embrasser *n'importe où* la mettait en danger. Elle serra les bras sur sa poitrine. Puis elle baissa les yeux – plus exactement, ceux-ci en prirent eux-mêmes l'initiative sans y avoir été autorisés – vers ses abdominaux qui n'étaient qu'à quelques centimètres… et ses biceps (mon Dieu, vous avez vraiment fait du bon boulot, là, merci), puis remonta vers la courbe du menton… avant de tourner la tête dans le vain espoir de préserver un semblant de composition, pour finalement revenir vers les abdominaux. Il était tout à fait possible qu'elle ait vaguement gémi parce qu'il sourit en coin.

— Tu sembles en plein dialogue intérieur. Je me trompe ?

— J'admire juste comme tu es au top… (Elle avala avec difficulté sa salive quand les muscles de ses bras se tendirent.) Je veux dire, au top de ton job. Tu sais bien, cette aptitude à feindre une relation et tout. Chapeau. Sans compter tes impressionnantes qualités de tireur.

— Mon job ? s'étonna-t-il en fronçant les sourcils. Je pensais avoir été parfaitement clair ce matin.

Elle posa l'index entre ses seins :

— Et comment suis-je censée savoir qu'il ne s'agit pas seulement d'un job ? Tu vois très bien ce que je veux dire : tu séduis la folledingue, pour la garder sous le coude.

— Mais est-ce que tu as perdu ce qu'il te restait de raison ?

— Si l'on doit en croire les parieurs, il semble que la réponse soit oui.

La rage irradiait de tout son corps. Jugulée, contrôlée.

— Je comprends… Jusqu'à présent, j'ai agi sous couverture et tu n'as pas encore appris à me connaître suffisamment en dehors du boulot pour pouvoir te fier à moi. Il est tout à fait possible que je bidonne sur plein de trucs, mais le fait d'être franc avec toi n'en fait pas partie. Réfléchis : crois-tu que l'Agence investirait autant d'argent et d'hommes pour séduire une femme dont tout le monde sait que, de toute façon, elle nous aiderait si on se contenait de le lui demander ? Ou pire, de menacer sa famille ?

Son expression se radoucit et il resta quelques instants silencieux pendant que les paroles qu'elle venait d'entendre se dissipaient. Un frisson remonta le long de sa colonne vertébrale, quand il ajouta :

— Je te le répète, franchement et sans détour : c'est toi que je veux. Alors, soit je suis un salaud de menteur auquel tu ne peux pas faire confiance et que tu ne voudrais pas savoir dans ton dos avec un revolver chargé, soit tu as la trouille.

— Il y a une énorme différence entre savoir que tu es dans mon dos lors d'une fusillade et… (elle agita le doigt entre eux deux) ça.

— C'est donc une trouille bleue…

— Et, poursuivit-elle en ignorant sa remarque, ce n'est pas exactement comme si je n'avais pas déjà accaparé le marché des Collectionneuses d'Enfoirés de Menteurs.

— … une pétoche de folie.

— Et !! ajouta-t-elle encore en lui enfonçant le doigt dans le bras. Les Enfoirés de Menteurs sont toujours les premiers à monter sur leurs grands chevaux en jurant qu'ils disent la vérité !

— Tu as le trouillomètre à zéro, Bonnie, et tu trembles comme une feuille, là.

Il posa les mains sur ses reins et se pressa contre elle, en passant ses lèvres juste au-dessus des siennes, tandis qu'elle essayait de le repousser pour garder un semblant de contrôle sur ses Hormones (qui s'étaient mises à hurler, *À donf !!* et se battaient pour atteindre les premières la pédale d'accélérateur). Il appuya son corps contre le sien, juste assez pour que le dernier nerf qui lui restait encore finisse par abdiquer en susurrant d'une voix chaude *Salut, beau militaire* à la manière de Mae West. Il était même possible qu'elle se soit légèrement pressée contre lui. Pas que légèrement. Il lui sourit entre deux baisers.

— Il va falloir que tu choisisses ton camp. Soit tu veux de moi, soit tu n'en veux pas, mais je ne suis pas venu pour rigoler.

Ses yeux devinrent sombres et sérieux.

Oooooh, enfer et damnation ! Son pouls venait de battre un record mondial, ses Hormones étaient entrées en piste en débauchant les Émotions, et ses Sens n'en pouvaient plus de cette chaleur et de cette proximité et…

Et elle entendit la porte s'ouvrir. Trevor s'était déjà jeté sur son flingue quand elle leva les yeux, avant de hurler aussitôt :

— À terre !!

Ils touchèrent le sol en même temps. Trevor se coucha sur Bobbie Faye avec son arme à la main, au moment même où un couteau de boucher traversait la pièce pour venir se planter dans le mur, à l'endroit où ils s'étaient enlacés.

Chapitre vingt-trois

— Ben, vous êtes pas Roy ! s'écria une voix de femme, tandis que Bobbie Faye relevait la tête pour apercevoir, à l'envers, Carmen la Folle, la fille du boucher qui avait déjà tenté de couper son frère en deux, il n'y avait pas si longtemps.

La jeune femme était pieds nus, ce qui expliquait qu'ils ne l'aient pas entendue arriver.

— Carmen, s'exclama Bobbie Faye du ton le plus décontracté possible. Tu as l'air en forme. T'es sortie de prison depuis longtemps ?

— Où est Roy ? Ça fait des semaines que je surveille cette baraque et il arrive toujours à m'échapper.

Carmen la Folle – une sensualité incandescente assortie de courbes qui auraient fait pâlir d'envie Marylin Monroe – ignora le revolver que Trevor avait pointé sur elle, sans oublier pour autant de rajuster la robe en lainage rouge qui moulait son généreux postérieur. Elle jeta un furtif coup d'œil à l'agent avant d'aider Bobbie Faye à se relever. Subitement privée de la chaleur du corps de Trevor, cette dernière dut cligner les yeux pour reprendre ses esprits.

— Roy a déménagé, bredouilla-t-elle. Il a trouvé un job à... (Elle fouilla sa mémoire pour y trouver un endroit suffisamment éloigné.)

— Guam, suggéra Trevor.

— Il ne reviendra pas avant plusieurs années, ajouta Bobbie Faye.

Les yeux de Carmen caressèrent le corps de Trevor depuis les pieds jusqu'à la tête et Bobbie Faye se surprit à la détester. Irrationnellement, certes, mais sauvagement.

— Et il est à qui ce beau mec ? demanda Carmen avec un sourire éclatant qui contrastait avec son teint hâlé, typique des Cajuns.

— On était justement en train d'y réfléchir, répondit Trevor.

— Va-t'en Carmen.

— Alors, c'est le tien, hein ?

Ouais, cria quelque chose à l'intérieur de Bobbie Faye, tandis que l'un de ses muscles – pas celui de son Instinct de Survie, en tout cas – lui faisait hocher la tête.

— T'es plutôt vernie, remarqua Carmen en s'éloignant à regret. Mais pour moi, une relation, c'est sacré. Encore un truc que ton frère devrait apprendre, tiens.

Elle considéra encore une fois ce fruit défendu, avant de prendre la porte d'un pas chaloupé. Bobbie Faye pouvait presque entendre le sourire de Trevor derrière elle.

— La ferme.

Les coups de fil que Cam avait dû passer pour faire réparer ce foutu pont lui avaient pris beaucoup trop de temps. Près d'une heure s'était écoulée avant qu'il parvienne à localiser Brian Thibodeaux dans un bar, rond comme une queue de pelle, et bien loin de l'endroit où il aurait dû se trouver, à savoir sur sa barge, entre les deux berges de la rivière. Celle-là même qui l'empêchait de se rendre au campement de Roy, où il était presque sûr de pouvoir trouver Bobbie Faye. Celle-ci, bien entendu, ne répondait pas à ses appels, et l'élocution de Brian était si laborieuse que Cam se demandait s'il était vraiment en mesure de comprendre les instructions qu'il lui avait données. Même pour une personne sobre, il fallait compter une demi-heure pour traverser la rivière, à laquelle il faudrait ajouter trente autres minutes, au moins, pour venir chercher Cam et l'amener sur la rive opposée. L'inspecteur n'avait vraiment pas envie d'attendre, mais c'était ça ou rouler pendant deux bonnes heures vers l'amont, avant de se retaper encore deux heures de route vers l'aval. Autant d'heures durant lesquelles Bobbie Faye risquait de repartir détruire autre chose.

★

★ ★

Bobbie Faye considéra l'expression de contentement qu'affichait Trevor. Ses yeux bleus semblaient franchement se marrer. Ha ha. Foutu macho.

— Et où est donc ce type qui prétendait détester à peu près toutes les femmes ? Celui qui a dit, juste après m'avoir rencontrée, que son opinion sur elles n'allait pas en s'arrangeant ?

— Je présume que quelqu'un – il se pencha vers elle – m'a fait remarquer que c'est parce que je n'étais pas sorti avec les bons numéros, répondit-il en lui prenant la main pour la mener vers la salle de bains, non sans avoir embarqué l'un de ses SIG au passage.

— Donc, tu es en train de me dire que ton opinion a radicalement changé au cours des vingt-quatre heures qui ont suivi notre rencontre ? Je sais bien que tu t'es fait un peu secouer lors des quelques explosions qui ont eu lieu ce jour-là, mais je ne pensais pas que ton cerveau avait été aussi atteint.

Il la fit pivoter pour la placer face au miroir et le reflet de son visage hirsute, bleu et tuméfié lui coupa le souffle, mais elle nota néanmoins qu'il s'harmonisait fort bien avec la crasse et les plaies de son compagnon. Il prit un peigne dans l'armoire de toilette et se mit à défaire les nœuds dans les cheveux de la jeune femme, en commençant par les mèches inférieures, pour remonter progressivement vers le sommet de son crâne.

— Mais, dis-moi, tu t'y connais en démêlage.

— Trois sœurs, tu te souviens ?

Puis, sans cesser de lui peigner les cheveux, il hésita un instant, avant d'ajouter :

— Et mon opinion n'a pas changé durant ces vingt-quatre heures.

Elle médita quelques minutes sur ces paroles en relevant son expression intense. Elle se souvint de la dispute qu'ils avaient eue un peu plus tôt dans la matinée. Elle n'avait pas non plus oublié ce qu'il avait dit à l'autre agent quant au fait qu'il avait informé ses supérieurs de son intention de sortir avec elle. Et, tout d'un coup, ça lui parut évident.

— Ça date de ta période de surveillance ? (Au moment où ils s'étaient rencontrés, elle venait de traverser une sacrée mauvaise passe et, forcément, son caractère s'en ressentait un peu.) Tu m'as trouvée sympathique en te fondant là-dessus ?? Mais t'es dingue ou quoi ?!

— Faut croire que oui, ricana-t-il quand il vit sa grimace dans le miroir.

Elle le regarda avec attention. Il semblait en pleine réflexion, sans même chercher à lui dissimuler la bataille qui se jouait en lui. Pourtant, ça lui aurait été facile. Elle le savait, désormais.

Finalement, il dit :

— Je me disais que je ne rencontrerais jamais la personne faite pour moi et je m'étais fait à cette idée.

— Mais tu avais déjà rencontré quelqu'un avant, non ? l'interrompit-elle en faisant référence au divorce qu'il avait brièvement évoqué à l'époque.

— Non, répondit-il, et son expression lugubre confirma ses paroles. C'était très loin de ça. Mais en tout cas, ça m'a appris une chose : plus jamais. Et c'était la meilleure solution, vu mes activités professionnelles. Mais, *toi*, tu m'as intrigué comme jamais personne ne l'avait fait auparavant, même si je n'avais aucune attente particulière. Tu étais censée récupérer ton diadème, me le remettre sur le parking, et moi je devais disparaître.

— Et au lieu de ça, j'ai braqué mon arme sur toi, ai tiré dans ton pick-up, et tu t'es dit « Mon Dieu, voilà exactement le genre de personne avec qui j'adorerais sortir » ? Je dois dire que je me fais un peu de souci pour ta santé mentale, Trevor.

Il lui adressa un sourire malicieux :

— Ah bon ? Bah, c'est sans doute parce que j'aimais bien le tee-shirt que tu portais ce jour-là.

Puis, sans cesser de la regarder, il souligna du doigt le contour de son visage. Le tee-shirt auquel il venait de faire référence annonçait *Gobe-moi, Suce-moi, Mange-moi toute crue*, et elle piqua un fard qui comportait au moins trois teintes de rouge.

Dans la cuisine, son sac à main se mit à diffuser la sonnerie qu'elle avait programmée sur son téléphone pour les appels de

Cam. Elle fit la grimace et décida de l'ignorer. S'il s'était agi d'une urgence concernant Stacey, ç'aurait été la mère de Cam ou sa sœur qui aurait appelé. Trevor la força à se tourner vers lui et la souleva pour l'installer sur le revêtement en faux marbre qui recouvrait le meuble de salle de bains. Il se cala entre ses jambes et elle se réjouit de ne plus avoir à les solliciter car elles venaient de lui adresser leur lettre de démission : *on se casse.* D'autant qu'il tenait fermement ses hanches entre ses mains et qu'il pressait contre elle, sans véritable équivoque, un corps à demi *dévêtu.* (Ouiiiiii, miaulait le Désir en elle. *Concentrons-nous enfin sur des choses importantes.*) Les mains de l'agent remontèrent doucement le long de ses bras pour caresser la courbe de ses épaules, avant de redescendre, tandis qu'elle-même passait les bras autour de sa taille, non sans avoir frôlé ses – haaaaaaaaaa – muscles abdominaux. De ses doigts, elle parcourut lentement le bas de son dos et il se tendit. Il passa alors les mains sous son tee-shirt et son cerveau brandit un panneau : Hors Service.

Quelque part, loin, très loin, probablement sur une autre planète, elle entendait la faible sonnerie de son portable. Encore un appel de Cam. Trevor se retourna légèrement pour claquer la porte de la salle de bains afin d'en étouffer le bruit.

— Je ne vais pas répéter ce que je vais te dire, souffla-t-il d'une voix dans laquelle perçait un brin de colère. Cam est un type *bien.*

Quelques secondes passèrent avant que le cerveau de Bobbie Faye veuille bien refouler le désir qui l'avait submergée :

— Euh, quoi ?

Elle finit néanmoins par enregistrer ses paroles et le considéra avec une certaine hébétude :

— Bah, ça, c'est bien la technique de drague la plus nase dont j'aie jamais entendu parler.

— Je suis sérieux. Il est amoureux de toi, dit-il doucement, et il faut que tu sois aveugle pour ne pas le voir.

Cette remarque mit un terme à leurs caresses et elle le regarda avec de grands yeux. Elle essaya de former une phrase, mais dut s'y reprendre à deux fois, avant de parvenir à dire quelque chose de cohérent. Il se trompait sur Cam, mais ça n'aurait servi à rien d'en discuter avec lui.

— Je commence à comprendre pourquoi tu as divorcé. T'es vraiment pas le champion des préliminaires.

— Oh, ne t'inquiète pas trop pour ça. (Ses Hormones entamèrent une ola.) Mais je ne te le dirai qu'une fois : tu le connais, vous avez un passé commun et il pourrait t'offrir un bel avenir, s'il voulait bien se remettre la tête à l'endroit. Et il…

— Il va vraiment falloir qu'on te trouve un manuel. *La Drague pour les nuls*, peut-être.

Il passa les mains dans ses cheveux en n'épargnant aucune de ses terminaisons nerveuses qui s'apprêtaient déjà à entrer en résonance.

— De mon côté, j'ai plus de bouteille et je suis infernal à vivre. (Elle le repoussa doucement et descendit du meuble.) Jusqu'à présent, mon job a consisté à manipuler, infiltrer et, parfois, tuer. Je suis très bon pour ça. Pour tout ça. À vrai dire, excellent même. Et ça ne changera jamais.

— Et tu crois vraiment que je n'y ai pas songé ? lui demanda-t-elle en ouvrant le robinet de la douche qui se mit à cracher de l'eau.

Elle se retourna vers lui.

— Je préfère te prévenir. Je me fiche qu'il soit dans le panorama. Émotionnellement ou physiquement. Sauf si tu me dis maintenant que tu es amoureuse… (elle leva les bras en l'air) de lui… Mais qu'est-ce que tu fais ?

— Je me demande si on pourrait te trouver un mode d'emploi sur Internet.

Il fronça les sourcils dans une expression de confusion qui la réjouit. C'était si rare chez lui. Elle se pencha légèrement et lui chuchota à l'oreille, comme s'il s'agissait d'un secret :

— C'est maintenant qu'on se met à poil.

Il la regarda, toujours un peu interdit. Elle avait gardé les bras en l'air, dans l'attente de son bon vouloir, et le sourire qui se dessina peu à peu sur son visage fit fondre ses os.

— Ça, je suis capable de le faire, dit-il en attrapant le bord de son tee-shirt et en commençant à le lui retirer.

Puis il marqua un temps d'arrêt et ajouta :

— Mais j'en veux beaucoup plus.

— Alors, tu ferais bien de t'activer.

— Tu comptes rester aussi autoritaire ? lui demanda-t-il en finissant d'ôter le tee-shirt qu'il laissa tomber au sol.

— Absolument, répondit-elle en s'attaquant à la fermeture de son jean.

— C'est bon à savoir.

Ces mots lui firent l'effet d'une décharge et elle leva les yeux vers les siens – il l'avait *eue*. Il prit son visage entre ses mains et l'embrassa. Personne ne l'avait jamais embrassée ainsi. Elle n'avait encore jamais connu ce mélange de possession, de chaleur intense et de tendresse. Ses mains descendirent vers son jean désormais défait et elle les posa sur ses fesses, tandis qu'il défaisait la ceinture de son pantalon. Qu'il était bon de le sentir sous ses doigts. Mentalement, elle écrivit une courte lettre :

Chère sœur Marie,

Ça vaut vraiiiiiiiment le coup d'aller en enfer. Je vous le jure. Vous n'en avez même pas idée.

D'un geste impatient, il se débarrassa de son jean et, dans un mouvement tout aussi déterminé, elle fit de même avec le sien. En quelques secondes, soutien-gorge et autres détails mineurs partirent aux oubliettes. Il s'arrêta alors subitement et, prenant le temps de la considérer des pieds jusqu'à la tête, il murmura : « Merci, mon dieu. » Elle le regarda, médusée. Elle craignait que ce qu'elle avait à dire dans le même registre ne fût un peu trop sacrilège et, à cet instant, elle ne voulait pas prendre le risque de se faire rappeler à l'ordre par un éclair divin.

Il l'attira à lui et se pressa contre elle et… *wow*. Ses mains couraient sur tout son corps, tandis qu'il dévorait chaque centimètre carré de sa peau, en s'attardant longuement à un endroit où la chaleur de sa bouche… C'est à peu près à cet instant qu'elle perdit complètement la tête.

À un moment, il lui sembla qu'elle pataugeait dans une flaque et elle parvint à murmurer dans un soupir le mot « plancher ». Elle ne savait plus très bien lequel d'entre eux avait ouvert la porte de la salle de bains (la surface au sol n'y était décidément pas suffisante) et comment ils étaient parvenus à atteindre le tapis pelucheux du salon (ni à quel moment ils avaient renversé la table basse, d'ailleurs), avant de faire dégringoler l'ensemble des cannes à pêche (une bonne trentaine) en dégommant au passage le poisson encadré et fixé au mur qui avait lui-même brisé une lampe dans sa chute. Tout cela se passait à la périphérie de sa conscience et ne lui parvenait que parce que Trevor s'efforçait de déblayer le terrain au fur et à mesure de leur progression pour éviter qu'elle se blesse.

Sans cesser de se caresser, ils finirent par atteindre le tapis et plus rien au monde n'eut d'importance. Le besoin avait remplacé le désir en irradiant toutes ses cellules. Elle avait faim de lui. Il remonta le long de son corps et s'immobilisa un instant. Elle le fixa et réalisa soudain que *son visage avait la même expression que celle qu'elle avait aperçue en tombant dans le vide, dans le silo*. Elle sut qu'à cet instant son propre visage lui renvoyait le même message. Il passa un doigt sur ses lèvres, laissant planer le suspens jusqu'à ce que la tension la pourfende.

— Si tu me fais languir encore une seconde, tu peux dire ta prière, souffla-t-elle en ondulant sous son corps.

— Je crois bien que tu as déjà dit ça quand tu attendais ton hot dog au chili et fromage, ironisa-t-il en caressant sa bouche de ses lèvres, juste assez longtemps pour qu'elle frôle la folie.

Elle gémit et ses mains la parcoururent encore.

— Trevor ?

— Hmmm. (Un grommellement nonchalant que démentissait la tension de son corps.)

— Besoin… (Elle hoqueta lorsque ses doigts la fouillèrent.)

— Quoi ?

— De toi, souffla-t-elle d'une voix rauque en lui passant ses ongles dans les cheveux. Seulement de toi.

— C'est pas trop tôt, répliqua-t-il avant de l'embrasser sauvagement.

Quand il la pénétra, elle se tendit, s'arc-bouta, se cabra, électrisée, remplie de lui, dans une reddition heureuse. Il se déplaça imperceptiblement, l'emportant avec lui aux frontières du réel. La terre cessa de tourner. Il n'y avait plus que lui et ses yeux bleus, rien d'autre n'existait plus.

Aiden regarda Mollie sauter dans la voiture avec un sourire félin sur le visage et il sut aussitôt qu'elle avait réussi.

— Alors ? demanda Sean, tandis qu'elle s'installait sur le siège arrière. Tu vas me faire attendre combien de temps ?

— Ils sont tout à fait sympathiques, ici, répondit Mollie. Il paraît qu'il y a une cabane un peu plus loin, qui appartient à son frangin, même s'il n'en parle pas trop.

— Ah ouais, super, avec ce pont hors service.

— C'est vrai, dit-elle d'une voix enjouée, mais il y a une barge qui peut nous emmener de l'autre côté, pour un prix correct.

Trevor la porta jusqu'à la douche. De toute façon, elle n'aurait pas pu y aller seule. Le contentement qu'il semblait en retirer lui donnait pourtant bien envie de regimber, mais elle avait peur de se le reprocher par la suite, si d'aventure son geste l'amenait à être moins… *vigoureux*. Sauf qu'elle venait de prendre conscience que sa vigueur n'avait pas de limite, comme le lui prouvait encore cette façon de la bercer sous le jet d'eau chaude qui la mettait au bord de l'évanouissement. *Vigoureux*… ce serait son mot favori désormais. Elle ne descendit de son nirvana que lorsqu'il l'eut reposée et que, le torse pressé contre son dos, il se mit à lui masser le cuir chevelu avec du shampoing.

— Oh, salut, dit-elle d'un ton malicieux.

— Bienvenue sur terre.

— Ça fait longtemps que… j'erre.

— Oh, pas vraiment. Une ou deux étoiles ont eu le temps d'imploser en changeant le nom des continents, mais à part ça, rien d'important.

Elle se retourna vers lui, tandis qu'il lui rinçait les cheveux.

— T'es plutôt content de toi, hein ?

— Hé, dit-il en levant les mains comme s'il voulait signifier qu'elle l'avait bien cherché, tu t'es pourtant bien moquée de ma technique de drague.

— Et tu prévois d'être toujours aussi arrogant ?

— À chaque fois que j'en aurai l'occasion, sans hésitation.

— Je serais tentée de m'en plaindre, mais j'ai le sentiment que j'ai tout lieu de m'en réjouir.

— Voilà une femme très intelligente.

Elle s'adossa contre lui sous le jet d'eau chaude qui les enveloppait. Elle était surprise d'apprécier qu'il la comprît aussi bien, alors que le matin même elle s'en effrayait. Il était impossible que cette compréhension résulte de sa seule surveillance. Il la connaissait mieux que bien des personnes qui partageaient sa vie depuis des années. Elle aurait aimé pouvoir en dire autant de son passé à lui. Un cadre de référence, un… Attends un peu…

Elle se raidit. Les photos. Un point de référence. Elle venait peut-être de comprendre ce que V'rai avait voulu qu'elle voie.

Chapitre vingt-quatre

Roy avait l'habitude d'attendrir les infirmières et il se disait qu'il parviendrait sans trop de difficulté à sortir Lori-Ann de son centre de désintoxication. Il lui suffisait de trouver celle qui avait le bon âge. Une femme trop jeune risquait d'appréhender les comptes qu'on ne manquerait pas de lui demander, et une femme d'expérience ne croirait jamais qu'il appartenait à l'équipe des « forces de l'ordre » envoyée par le juge pour placer Lori-Ann sous protection, jusqu'à ce que l'affaire concernant Bobbie Faye ait fini d'exploser. Il avait déjà prévu tout ce qu'il allait dire et le genre de sourires qu'il allait employer. Apparemment, les filles faisaient grand cas des fossettes. Il ne voyait vraiment pas pourquoi, mais il en avait deux et savait en faire un excellent usage. Si ça ne marchait pas, il leur ferait le coup des muscles bandés. En général, ça mettait fin à toute résistance de son public.

Il jeta un coup d'œil au badge de gardien de la sécurité qu'il avait acheté en chemin, dans la boutique locale de la police, et qu'il avait posé près de lui, sur le siège passager. Ça lui avait coûté dix minutes de plus, mais il pourrait le brandir et l'infirmière (en supposant qu'il ait de la chance concernant son âge) n'y jetterait qu'un rapide coup d'œil. Elle s'attarderait plutôt sur son annulaire (il faudrait qu'il prenne soin de présenter le badge de la main gauche) et verrait qu'il ne portait pas d'alliance – pas même une marque de bronzage. Pour une raison inconnue, les femmes semblaient toujours en conclure qu'il était un cœur à prendre. Son interlocutrice songerait donc plutôt à la manière de l'amener jusqu'à son plumard, plutôt qu'à déterminer s'il était vraiment un gars de la sécurité.

Par conséquent, lorsqu'il se gara devant le centre de désintoxication et qu'il trouva Lori-Ann qui l'attendait, tranquillement assise sur le perron (avec son air désagréable, comme d'habitude), il en conçut une certaine déception. Il n'avait plus aucune raison de minauder auprès des infirmières, maintenant. Mince. Décidément, sa sœur s'arrangeait toujours pour faire de sa vie un enfer.

Lori-Ann était un petit bout de femme qui lui arrivait à peine aux épaules et ses cheveux blonds étaient impeccablement coiffés. Elle ressemblait toujours à la *pom pom girl* qu'elle avait été, si l'on voulait bien oublier son visage revêche (qui donnait l'impression qu'elle pouvait vous en coller une à tout moment). Il préférait encore l'époque où elle buvait. Elle monta dans sa voiture en claquant la porte un peu trop violemment.

— Comment t'as fait pour sortir ?

Elle se tourna vers lui avec ce sourire voulant dire *tu veux faire quelque chose pour moi* que les trois frères et sœurs partageaient.

— Fastoche. J'ai dit à mon conseiller que si je n'obtenais pas une permission, il faudrait que j'explique à ma sœur pourquoi je n'avais pas pu l'aider et que je serais obligée de lui donner son adresse personnelle afin qu'elle puisse lui rendre une petite visite. Je n'ai jamais vu quelqu'un remplir aussi vite sa paperasse.

— Ben dis donc, faudra que je la réutilise celle-là.

— Trouve-toi ta propre ficelle, celle-là, c'est la mienne.

— Mais pourquoi tu t'excites autant à propos de Bobbie Faye ? Tu refuses toujours de lui parler.

— J'ai essayé de la rappeler, mais elle n'a pas répondu. La seule fois où elle m'a fait ça, c'est quand elle a failli se faire tuer. Et personne n'a le droit de tuer ma sœur, à part moi.

Bobbie Faye s'enroula dans une serviette et se précipita vers son jean, abandonné sur le plancher. Trevor sortit de la douche juste derrière elle, au moment où elle prenait les photos. Elle lui lança un coup d'œil et son cerveau se déconnecta.

Au bout d'une minute, il vint lui tapoter sur le front et son regard croisa le sien.

— Hein ?

— Photos ?

— Oh ? Ah oui ! J'arrive plus à réfléchir quand tu es à poil.

— C'est bon à savoir, lui dit-il en souriant. Et devrais-je m'offusquer du fait que tu es déjà passée à autre chose ?

— Je crois que j'aime vraiment ce petit côté arrogant que tu as, dit-elle d'un air absent en se concentrant de nouveau sur les clichés. Je réfléchis mieux quand je…

Soudain, elle prit conscience de ce qu'elle était en train de dire et leva les yeux vers lui.

— Heureuse ? demanda-t-il.

Il y avait une ombre derrière son visage impassible qui la poussa à aller vers lui et à passer ses bras autour de sa taille.

— Heureuse, confirma-elle, avant de l'embrasser.

Il l'enlaça à son tour, en s'attardant sur un baiser qui se prolongea jusqu'à son épaule. Elle agita les photos devant lui :

— Garde ça pour un peu plus tard.

Il examina les clichés comme s'ils étaient des ennemis personnels.

— Merde, souffla-t-il, tu es capable de me faire complètement oublier le boulot. Ça ne m'arrive jamais pourtant.

— Ça doit faire partie de mes super-pouvoirs, rétorqua-t-elle, rayonnante.

— Je croyais qu'ils se limitaient aux explosions.

— Hé ! Il arrive que les femmes aient deux types de super-pouvoirs, protesta-t-elle en lui donnant une claque sur son adorable postérieur.

— Content d'avoir pu profiter de ceux que tu pratiques toute nue.

Bobbie Faye trouva des fringues à elle qu'elle avait laissées dans la cabane, lors de précédentes visites. En fouillant dans les affaires de son frère, elle dégota aussi un jean qui allait à peu près à Trevor (un challenge car, s'il faisait plus ou moins la taille de Roy, il était beaucoup plus musclé). Le petit côté domestique de toute la scène la fit sourire.

C'est à ce moment qu'ils entendirent quelqu'un frapper contre la porte d'entrée… qui commença à s'entrouvrir.

Benoit se gara aux abords du lac Capitol, pas très loin de la maison du gouverneur. La chaleur écrasante avait incité la plupart des touristes à rester dans leur hôtel. Seule une poignée de durs à cuire se prélassaient sur les berges du lac, profitant de l'ombre que dispensaient les pins et les chênes, pour un pique-nique tardif. Sur la rive opposée, les vérandas de l'imposant manoir inspiré de la Grèce antique étincelaient sous les rayons du soleil, aveuglant presque le policier.

Pourquoi Bobbie Faye avait-elle choisi cet endroit ? Certes, du temps où ils étaient en quatrième année, ce lieu était presque considéré comme un sanctuaire. Avec plusieurs de leurs camarades, ils avaient volé l'ours qui servait de mascotte au lycée catholique, en prévision d'une rencontre sportive particulièrement disputée. Ils l'avaient attaché à… (il regarda autour de lui)… cette sculpture, là-bas. D'ailleurs, ça leur avait apporté pas mal d'ennuis, maintenant qu'il y repensait. Cam et lui avaient été suspendus de jeu par leur équipe de football (elle avait d'ailleurs perdu le match), Francesca avait été renvoyée chez son père, Jordan et Jeremiah avaient été privés de sortie durant une période si longue qu'il avait presque fallu refaire les présentations quand ils avaient enfin réapparu, et Bobbie Faye, initiatrice du projet, s'était fait virer de l'école pendant une semaine, sans compter que, dans le mois qui avait suivi, sa caravane avait été entourée de papier toilette toutes les nuits. Bien entendu, après plusieurs années, le mythe avait enflé et on racontait désormais qu'ils avaient dérobé un ours bien vivant, avec lequel Bobbie Faye avait dû lutter, perdant un bras dans la bataille (qu'on lui avait depuis recollé), mais que l'animal avait eu tellement peur qu'il avait fini sa vie en gémissant dans une position fœtale.

Il aperçut un mouvement et la reconnut aussitôt. Elle traversa à la hâte la clairière pour rester dans une zone abritée. Y avait-il un danger quelconque dans les parages ? De quoi pouvait-elle bien avoir peur ? Pas de lui, en tout cas, à moins qu'elle aussi ait fini par entendre parler des films de la caméra de surveillance. Mais alors, elle se serait doutée qu'il voudrait lui parler avant de la coffrer, non ? Il balaya lentement des yeux les alentours, avant de donner sa position au central des communications par radio. Puis, il se décida à abandonner l'air conditionné de son pick-up. Un truc… bizarre, pas normal… lui chatouilla la nuque.

— Bobbie Faye ? appela-t-il en se dirigeant vers la sculpture, se rappelant que Marie en était l'auteur.

Au moment de son installation, il y avait eu une sacrée controverse. À l'époque, le gouverneur était encore sénateur et il avait fait pression pour que le projet passe à titre de « soutien à une artiste locale », sans préciser, bien entendu, que l'œuvre représentait un couple en pleine action. Forcément, tous les lycéens avaient adoré, alors que les bons paroissiens s'en offusquaient encore et tentaient chaque année de la faire enlever.

— Bobbie Faye ? appela-t-il une nouvelle fois. Je suis venu pour te parler, comme tu me l'as demandé. Pas besoin de te cacher.

— Tu es seul, n'est-ce pas ? demanda-t-elle depuis sa cachette.

— Oui, il n'y a que moi. Je dois te parler. Je pense que quelqu'un est en train d'essayer de te coller un truc sur le dos.

— C'est exact, dit-elle juste derrière lui et l'évidence le percuta en même temps que la balle qu'elle venait de tirer.

Il tomba en avant sur le sol, en se maudissant d'avoir commis une erreur aussi grossière. Il aurait dû s'en douter. Il fallait qu'il riposte, qu'il la stoppe. Il tenta de prendre son arme, mais son bras ne répondait plus. C'est alors que la deuxième balle le frappa. Elle se pencha au-dessus de lui et le regarda dans les yeux, tandis que le monde autour de lui disparaissait dans la pénombre.

Bobbie Faye et Trevor se précipitèrent dans la cuisine où chacun d'eux saisit une arme, mais quand ils se retournèrent, ils virent Cam s'encadrer dans la porte. Un mètre quatre-vingt-quinze de pure colère… Comme Bobbie Faye ébauchait un « comment ? », suivi d'un « fermé », il lui lança le double de ses clés.

— Deux fois dans la même journée, inspecteur, dit Trevor d'une voix ciselée dans l'acier.

Cam prit un moment pour examiner l'agent (qui n'était vêtu que de son jean), puis la jeune femme (qui, elle, ne portait qu'un jean et un soutien-gorge très suggestif en dentelle).

— La prochaine fois, on apportera des victuailles supplémentaires en prévision de votre visite. Avez-vous été suivi ? ajouta Trevor en se dirigeant vers la fenêtre dont il souleva légèrement les rideaux pour scruter les alentours.

— Non, mais si j'ai réussi à vous retrouver, d'autres le pourraient aussi, répliqua Cam sans regarder Trevor.

Bobbie Faye voyait bien qu'il faisait un état des lieux : hématomes, plaies, une expression qui reflétait sans doute de longs baisers… et, mon Dieu, elle se rappelait aussi, divers suçons. Cela dit, maintenant qu'elle n'était plus qu'un bleu géant, elle aurait été étonnée qu'il pût distinguer quoi que ce soit. Elle se ressaisit : de toute façon, ça n'avait aucune importance. Si elle n'avait déjà été échaudée, si elle n'avait déjà su qu'il ne voulait plus d'elle, elle aurait juré qu'il avait l'air effondré. Et puis il se frotta la nuque, se pinça l'arête du nez et elle comprit que sa mine abattue était surtout attribuable à un combat contre la migraine.

— Habille-toi, aboya Cam, avant de s'apercevoir que ses paroles ressemblaient à un ordre.

Il s'amenda donc légèrement :

— S'il te plaît.

Elle avait encore sa chemise à la main (elle devait être en train de la mettre quand ils s'étaient précipités vers la cuisine) et elle reposa son revolver pour l'enfiler. Elle se dirigea ensuite vers le placard de la cuisine dont elle sortit les médicaments qu'elle y avait un jour stockés.

— Qu'est-ce que vous faites ici ? demanda Trevor.

Un simple coup d'œil lui indiqua qu'il était hors de lui, même si sa colère ne se traduisait que par un infime tressaillement du muscle de la mâchoire. En le considérant ainsi adossé au mur près de la fenêtre, tranquille, bras croisés sur la poitrine, toute autre personne n'aurait pourtant vu qu'un homme nonchalant et détendu. Elle nota cependant qu'il n'avait pas lâché son arme.

— C'est ce que je suis venu vous demander, répondit Cam à Bobbie Faye, en ignorant Trevor. Et les silos ? Et la fusillade ? Et maintenant, le pont basculant qui, soit dit en passant, a perturbé le trafic pendant des heures. Est-ce que tout cela était vraiment nécessaire ?

— Si on voulait survivre, oui, dit Trevor.

Elle prit un verre qu'elle remplit d'eau.

— Je savais que j'aurais dû te boucler il y a bien longtemps, siffla Cam. Pour ton propre bien. Tu n'as pas assez de jugeote pour savoir t'arrêter et tu vas réussir à te faire tuer.

Elle lui tendit le verre d'eau et les pilules.

— Tu vas les avaler ou tu préfères que je te les colle dans l'oreille ? Et si, j'ai assez de jugeote, espèce d'abruti. Mais je n'avais pas vraiment le choix.

Il engloutit les médicaments et lui rendit le verre.

— Mais bien sûr que tu as le choix. Tu aurais pu me contacter. Ou appeler les fédés, dit-il en prononçant ce dernier mot comme s'il avait parlé d'asticots. Et on aurait pu ouvrir une enquête. Au lieu de ça, tu as bien failli te faire tuer au moins trois fois. À ce rythme, tu vas finir à la morgue, ce n'est plus qu'une question de temps.

— Mon Dieu, merci pour ce vote de confiance.

Ignorant sa remarque, il s'adressa à Trevor :

— C'est pourtant votre putain de job, non ? Pas le sien.

Elle enfonça son index dans la poitrine du policier.

— Si tu n'arrêtes pas de parler de moi comme si je n'étais pas dans la pièce, je vais finir par m'occuper de ton cas, badge ou pas, et je me tamponne de savoir si tu as une migraine. Il ne s'agit pas seulement d'un job. Des gens de *ma famille* risquent de se faire tuer. Il faut que je retrouve ces diamants.

— Ah ouais ? Et moi je dis que tu n'es pas entraînée pour ça, siffla-t-il.

— À qui la faute ? intervint Trevor, incroyablement calme. (Trop calme. Elle lui lança un coup d'œil inquiet et il croisa son regard.) Vous auriez pu faire en sorte qu'elle y soit préparée.

— Et je présume que c'est ce que vous êtes en train de faire ? dit Cam.

Elle savait bien qu'il ne visait pas seulement ses aptitudes pour la boxe.

— Oui.

Pourtant, un peu de boxe – un truc capable de générer un K-O, notamment – lui aurait été tout à fait utile en ce moment.

— Il ne s'agit que de putains de *diamants*, martela Cam. Et il... (Il agita la main en direction de Trevor.)... si tu avais de l'importance pour lui, il trouverait le moyen de ne pas mettre ta vie en danger pour de stupides cailloux. Et je me fiche complètement de savoir combien ils valent.

Bobbie Faye s'apprêtait à riposter, brûlant de faire savoir à Cam qu'elle n'était pas un petit animal domestique auquel on pouvait dicter son comportement, quand elle sentit la paume de Trevor se poser sur sa nuque qu'il commença à masser doucement. Elle ne savait pas s'il faisait ça pour la calmer ou pour s'apaiser lui-même. Il s'était approché si vite qu'elle ne l'avait pas vu venir.

— Vous n'avez pas idée de l'importance que Bobbie Faye a pour moi, dit lentement Trevor.

Les yeux de Cam lancèrent des éclairs de haine.

— Pourquoi tu ne me dis pas tout simplement ce que j'ignore, Cam, dit alors Bobbie Faye. Parce que je suis certaine que tu n'as pas fait tout ce chemin juste pour avoir le plaisir de me gueuler dessus.

Quand ses yeux se posèrent sur elle, elle y lut tant de douleur qu'elle se demanda ce qui pouvait aller si mal... Pourquoi se mettre dans un état pareil ? Impossible de mettre ça sur le compte d'une simple migraine.

— D'abord, vous allez me dire pourquoi les fédés sont aussi accros à ces cailloux, dit Cam à Trevor. Sinon, je l'embarque tout de suite.

— Non, répondit Trevor très calmement. Vous ne ferez pas ça.

Les deux hommes se dévisagèrent. Bobbie Faye était persuadée que si, à cet instant, les fonctionnaires du ministère de la Santé avaient effectué un test d'empoisonnement à la testostérone, ils auraient fui à toutes jambes en s'arrachant les cheveux, devant l'ampleur de l'épidémie. Elle s'affala sur un fauteuil et, avant même qu'elle ait pu souffler, Trevor s'assit à côté d'elle, contraignant Cam à s'installer sur le siège en face d'eux.

— Commencez par les diamants, dit Cam.

— Ce sont des faux, lâcha Trevor.

La tête de Bobbie Faye lui tournait un peu : elle était en train de mettre sa vie en jeu pour un tas de faux diamants ?

— Mais ils sont si parfaits qu'on ne peut s'en apercevoir que de deux façons : un compteur Geiger spécialement conçu ou un microscope électronique hyper-puissant. Sur l'un d'eux, au moins, la formule est inscrite en caractères microscopiques et, dans la mesure où ils peuvent être dupliqués, ils valent au moins un demi-milliard – plus, s'ils peuvent faire l'objet d'une production de masse.

Ah, d'accord, c'est un truc dont tous les terroristes rêveraient. C'est encore mieux que prévu.

— Par tous les saints du paradis… murmura-t-elle en appuyant son front contre le plateau de la table.

— À votre tour, dit Trevor à Cam, tout en posant une main rassurante sur l'épaule de la jeune femme qui s'était tellement recroquevillée que, pensa-t-elle, elle devait un peu avoir l'air d'une tortue.

— Nous avons un film de caméra de surveillance avec Bobbie Faye dessus. Et elle tire sur le bijoutier.

Elle se redressa si vite qu'elle faillit renverser sa chaise.

Cam observa la réaction de Bobbie Faye et il put constater qu'elle était sidérée. Elle n'avait jamais montré de talents particuliers au poker et elle ne mentait jamais, même si elle risquait d'en pâtir, comme le jour où elle s'était amusée à rabaisser les meubles du bureau du principal, avant de les surélever le lendemain, pour dérouter cet abruti (il lui avait fait nettoyer les pupitres pendant une semaine, jusqu'à ce que tout glisse dessus et qu'il découvre quel produit elle avait utilisé ; du coup, il n'avait pas pu la suspendre pour son usage inconsidéré d'huile pour moteur. Pourtant, à cet instant, elle était devenue si pâle que Cam aurait voulu ne jamais lui en avoir parlé, ou du moins le lui avoir annoncé avec un peu plus de tact. Mais il avait besoin de voir sa réaction.

— Je… quoi ?!

Plus il détaillait pour elle le nombre d'indices qui s'étaient accumulés, plus elle avait l'air ébahi et effondré. Quand il en arriva aux douilles, il sut qu'elle allait se mettre en colère. Il sortit les cylindres de métal qui n'avaient pas quitté la poche arrière de son jean et les étala sur la table. Elle se ratatina sur son siège, comme si elle était assiégée par une horde de serpents venimeux.

— Alors c'est pour ça que tu es allé dans ma caravane ?

— Non, je voulais en rapporter un échantillon de ton ADN, pour prouver qu'il ne s'agissait pas de tes cheveux sur la scène du crime. J'ai découvert les douilles par hasard. Quelqu'un les avait dissimulées derrière le lavabo. J'ai d'abord cru qu'il s'agissait de bijoux. Je voulais les extirper de là pour te les laisser sur la table.

Elle cligna des yeux. Il faisait toujours des petites choses comme ça – réparer des trucs, monter des étagères –, enfin, dans la caravane précédente. Il vérifiait aussi qu'elle n'avait rien laissé dans ses poches de pantalon avant de les mettre dans la machine à laver.

— Et pourquoi ne font-elles pas partie des preuves ? demanda-t-elle.

— Je ne les ai pas consignées.

Il croisa son regard et vit qu'elle avait saisi l'énormité de son geste. Ils avaient vécu ensemble durant presque une année : impossible de partager la vie d'un flic sans apprendre un minimum de règles de procédure.

— Il n'avait pas de mandat, remarqua Trevor, redoublant à cet instant le sentiment de haine qu'il inspirait à Cam. Ça ne serait pas valide devant un tribunal.

— Stacey est chez ma mère, dit le policier d'un ton dégagé, et elle aurait pu avoir besoin de tout un tas de trucs qui se trouvaient dans la caravane. Ç'aurait été une excuse tout à fait valable si j'avais voulu en fabriquer une et si j'avais voulu enregistrer ces douilles comme preuves. (Il regarda alors Bobbie Faye.) Ça m'ennuie de te demander qui tu as bien pu faire chier récemment, mais y a-t-il quelqu'un en particulier qui pourrait suffisamment te haïr pour se donner autant de mal ?

— Il y en a beaucoup trop.

— Ce n'est pas la question qu'on devrait se poser, intervint Trevor, attirant l'attention de l'inspecteur. (Cam ne savait pas si l'agent se rendait bien compte qu'il avait pris la main de Bobbie Faye dans la sienne, mais il y avait des chances pour que son geste ait été prémédité.) On devrait plutôt se demander en quoi le fait d'impliquer Bobbie Faye dans le meurtre du joaillier peut servir les intérêts de celui qui court après les diamants.

— Mais qu'est-ce que Sal vient faire là-dedans ? demanda Cam.

— On sait que Marie avait les pierres, parce qu'elle a payé le bijoutier avec l'une d'elles, quelques jours avant qu'il se fasse descendre. Quand il a voulu la revendre sur le marché parallèle, nous avons remonté la filière jusqu'à lui et avons découvert que Marie en était la source. Je présume que l'Agence la surveillait déjà de près, quand elle a compris ce qui se passait et a disparu… juste après avoir organisé la vente du reste des diamants au profit d'un acquéreur italien.

— Il a fabriqué des copies pour Marie, murmura Bobbie Faye.

Quand les deux hommes se retournèrent vers elle, elle haussa les épaules :

— C'est en tout cas ce que j'aurais fait à sa place. Demander à Sal de me fabriquer un tas de faux diamants, afin que personne ne sache plus lesquels étaient les originaux, sauf à posséder l'équipement adéquat.

— Nous pensons que même Sal n'a eu conscience de ce qu'il avait entre les mains, dit Trevor. Sinon, il aurait revendu le diamant beaucoup plus cher au marché noir.

— N'empêche que les fausses pierres auraient bien arrangé les affaires de Marie. En les distribuant à droite et à gauche, en faisant croire qu'elle en intégrait certaines à ses créations qu'elle expédiait, soit dit en passant, à l'étranger, en faisant en sorte que tout le monde se disperse dans toutes les directions pour les retrouver, elle aurait noyé le poisson et personne n'aurait plus été en mesure d'identifier les vrais cailloux. Quelqu'un a donc dû vouloir lui faire dire combien de copies il avait réalisées : en procédant par élimination… même s'ils ignoraient lesquels étaient vrais, ils sauraient au moins s'ils les avaient tous en main.

— Et c'est exactement la raison pour laquelle il faut que tu cesses de courir après ces diamants, s'écria Cam en tapant du poing sur la table.

Devant son air troublé, il s'expliqua :

— Parce que chaque pas que tu fais en ce sens te donne un mobile de plus en plus évident pour tuer Sal.

— Mais si je m'arrête maintenant, répliqua-t-elle, furieuse, le coupable va s'en sortir sans être inquiété. Et il est hors de question que je permette ça.

Reggie, DJ et Donny étaient déjà garés à deux pas du lac Capitol, quand Benoit y arriva en voiture. Depuis que Donny avait lâché que tout le monde courait après des diamants, Reggie n'avait plus qu'un objectif : surprendre Bobbie Faye la main dans le sac. Une telle histoire lui permettrait d'accéder – au moins – aux informations nationales. Et c'était exactement le genre de reportage qu'il lui fallait : une histoire énorme à montrer aux producteurs pour grimper dans la profession.

Pour Donny, c'était l'occasion de revenir devant les caméras, pour expliquer comment il avait été contraint de participer à cette affaire, et combien il était par ailleurs un citoyen exemplaire et… au fait, s'il y avait dans le coin un imprésario intéressé, ça, c'était son numéro de téléphone. À une époque, Reggie avait rencontré pas mal de candidats au vedettariat, mais elle n'en avait encore jamais croisé un seul aussi abruti que Donny.

— Tu es absolument certain que les diamants sont ici ? lui demanda la journaliste.

Donny prit la pose devant la caméra avant de dire d'une voix chaude :

— Tout à fait, Reggie, je tiens de source sûre que les diamants… et Bobbie Faye… seront bientôt ici.

— Andouille, quand le voyant de la caméra n'est pas allumé, c'est qu'elle ne tourne pas.

— Surtout quand elle est orientée vers le sol, ajouta DJ fort obligeamment.

Donny donna l'impression de se dégonfler et Reggie les fit taire tous les deux, quand elle aperçut au loin la voiture de Benoit qui était censé rejoindre Bobbie Faye. DJ commença à filmer en utilisant un zoom car ils se trouvaient assez loin, dissimulés par un bosquet. Bobbie Faye apparut. Une seconde plus tard, la journaliste entendit un *pop* et le flic tomba à terre. Il y eut peu après un deuxième *pop* et Reggie constata que *Bobbie Faye venait de tuer son ami*. La journaliste avait dû faire un peu de bruit – sans doute un soupir euphorique à l'idée d'avoir filmé tout cela – car, lorsqu'elle croisa les yeux de la jeune femme, elle prit conscience de deux choses : elle venait de se faire repérer et c'était la plus grosse erreur qu'elle eût jamais commise.

Une balle traversa la poitrine de DJ avant qu'il ait pu comprendre ce qui se passait. Il s'effondra sur le sol, en lâchant la caméra qui se mit à rouler et à rebondir dans l'herbe.

— Donny, tu es un idiot, dit la femme et il y eut encore un autre *pop*.

Donny porta les mains à son estomac et tomba à genoux.

— Salut Reg, furent les dernières paroles que la journaliste entendit car elle eut soudain très chaud, puis horriblement froid, avant de comprendre qu'elle était étendue sur le sol en train de se vider de son sang.

Bêtement, elle se fit la remarque que c'était vraiment trop injuste d'avoir enfin pu obtenir le genre d'exclusivité qui allait la propulser en tête d'affiche, sans pouvoir vivre assez longtemps pour en profiter. Et puis elle pensa à son fils, Nathan, à la joie qui l'avait envahi quand il avait pêché ce poisson, à son sourire presque aussi grand que lui. Il lui fit un signe de la main.

Chapitre vingt-cinq

Bobbie Faye étala les deux photos sur la table et dit à Trevor :

— C'est ça que je voulais absolument te montrer tout à l'heure.

Elle indiqua le côté droit de chaque cliché. Une dizaine d'années avait dû s'écouler entre le premier et le deuxième, d'après les changements qu'elle pouvait constater dans la physionomie de ses tantes et le style de leurs vêtements. Sur chacune des photos, Marie se tenait au centre du canapé et un homme ayant plus ou moins son âge était assis à sa gauche, mais ce n'était pas le même sur les deux images.

— Je me souviens de celle-ci, dit Bobbie Faye en tapotant la plus récente, celle sur laquelle elle-même et Francesca se trouvaient assises par terre devant le canapé. Et ça, c'est Emile, ajouta-t-elle en posant le doigt sur un homme particulièrement hâlé, juste à côté. Quant à celui-là (l'homme qui figurait sur le cliché le plus ancien)… Il vous dit quelque chose ? demanda-t-elle à l'agent et au policier.

Elle n'était pas sûre que Trevor l'identifierait, mais elle savait que Cam le reconnaîtrait immédiatement.

— Nom de Dieu… souffla Cam en se rapprochant. Je ne savais pas que Marie était sortie avec le gouverneur.

— Je n'ai pas tous les détails de l'histoire, mais je sais qu'ils se sont séparés quand ils étaient en fac. C'est à ce moment-là qu'elle a rencontré Emile.

— Elle ne te ressemble pas autant que V'rai, dit Trevor en examinant minutieusement les photos.

Il avait raison. Sa ressemblance avec V'rai faisait presque peur. Bobbie Faye ne l'avait jamais remarquée auparavant parce que, eh bien, elle n'avait plus figuré sur aucune photo de famille à partir de ses premières années d'adolescence. Et puis, quand elle avait regardé les photos, la première fois, les coiffures et les vêtements de l'époque, si différents de ceux d'aujourd'hui, l'avaient sans doute suffisamment perturbée pour l'empêcher de noter cette étonnante ressemblance.

— Mais ce que je n'arrive vraiment pas à comprendre, dit-elle, encore moins que cette mascarade pour me faire porter le chapeau…

— Ça devrait te faire réagir, non ? grommela Cam qui, devant son coup d'œil suspicieux, ajouta : Mais qu'est-ce que tu as dans la tête pour que le fait qu'on veut te coller un meurtre sur le dos ne soit même pas ce qui te trouble le plus.

— Va te faire voir, répliqua-t-elle. Ce que je voulais dire, c'est que je ne comprends toujours pas pourquoi Marie a inscrit cette note me concernant dans son agenda.

Elle dut expliquer à Cam de quoi il s'agissait.

— Super. Tu n'en as pas parlé ce matin.

— Oh, ce matin, tu t'étais mis en tête d'être le roi des chieurs. Et je n'ai pas parlé à Marie depuis… bah, j'imagine, depuis que Francesca a fini sa dernière année de fac.

Le téléphone de Cam sonna et il s'éloigna de la table pour y répondre. Elle en profita pour réfléchir à tous ces nouveaux éléments et il lui vint une idée… C'est alors qu'elle vit Cam se retenir au comptoir de la cuisine, avant de quasiment s'allonger dessus, comme s'il venait de recevoir un direct à l'estomac.

— Mon Dieu, non. Est-il… murmura-t-il en se mettant à frissonner, alors que son visage blêmissait. Hors de question ! Non, je t'en parlerai plus tard. Je serai là-bas.

— Qu'est-ce qui se passe ? demanda-t-elle quand il se retourna vers eux. Oh, mon Dieu, Stacey ?

— Non, Benoit. (Elle se glaça car elle savait qu'il n'aurait pas tremblé ainsi, si ça n'avait pas été grave.) On lui a tiré dessus.

Comme elle ne parvenait pas à formuler la question suivante, il hocha la tête :

— Il respire encore, mais il a perdu énormément de sang. Il est en route pour le bloc opératoire.

Sans véritablement préméditer ce qu'elle faisait, elle s'approcha de Cam et l'entoura de ses bras comme pour le consoler.

— Elle lui a tiré dans le dos, ajouta-t-il d'une voix rauque et hachée, en l'enlaçant lui aussi. Cette salope lui a tiré dans le dos. Ils ne savent pas encore s'il va s'en sortir. Et ce n'est pas tout. (Elle pencha la tête pour pouvoir l'observer.) Reggie et son cameraman sont morts. Et ton cousin Donny a pris une balle dans le ventre. Ils pensent qu'il va survivre, mais il est lui aussi en partance pour le bloc.

— Qui ? souffla-t-elle, avant de se rendre compte que Trevor était au téléphone derrière elle.

Elle se retourna vers lui quand elle l'entendit étouffer un juron, avant de raccrocher.

— Selon un premier visionnage des images tournées par le cameraman, dit Trevor, le visage défait, le tueur… c'est toi.

À cet instant, il lui sembla que l'axe de la terre venait de s'inverser. Elle se retrouvait la tête à l'envers : *Tiens, le plancher ? Je crois que je vais m'allonger là pendant un moment.* Mais elle ne toucha jamais le sol. Cam avait dû la rattraper au vol car, lorsqu'elle ouvrit les yeux, elle se trouvait dans les bras de Trevor qui la portait vers le canapé. Tandis qu'elle essayait de reprendre ses esprits et de réfléchir à l'information qu'on venait de lui donner (laquelle s'obstinait à la fuir en agitant un cachet « retour à l'envoyeur »), Cam lui tendit un verre de jus de fruit. Du jus d'orange.

On avait tiré sur Benoit.

Du jus d'orange. Tirer. Jus d'orange. *Tirer.*

Elle fixa le verre, se concentrant sur sa couleur. Loin dans sa mémoire, il y avait ce souvenir d'avoir bu du jus d'orange, le samedi soir, la nuit au cours de laquelle le bijoutier s'était fait descendre. Il y avait eu cette sensation étrange qui s'était ensuivie, et aussi ce rêve qu'elle tirait avec une arme… Sal. Des voix bizarres se mêlaient à ces réminiscences, des voix qu'elle reconnaissait, mais qu'elle avait jusqu'à présent attribuées à son imagination débordante. Quand elle releva la tête, elle entendit Cam qui disait :

— Il faut qu'elle mange, putain. Elle n'a encore jamais fait un truc comme ça.

— Elle a mangé, répondit Trevor d'un ton qui assortissait cette affirmation d'un sous-titre précisant, en lettres capitales, « Bas les pattes, connard ».

Elle regarda encore la couleur du breuvage et les bribes de ses souvenirs se remboîtèrent, dans l'ordre chronologique. Ça n'était donc pas un rêve. Elle aurait dû s'en douter quand, le lendemain matin, elle s'était réveillée avec un revolver à la main. Elle aurait dû se poser un peu plus de questions sur sa bouche sèche. Elle avait été droguée au Rohypnol : la drogue du viol. On lui en avait administré juste assez pour la rendre obéissante. Assez pour effacer cet épisode de sa mémoire et lui faire croire que tout cela n'était qu'un cauchemar. Bobbie Faye n'avait pas eu le temps de prendre connaissance des détails du meurtre du bijoutier dans les journaux. Elle avait pensé qu'elle aussi devenait un peu dingue, à l'instar de sa tante V'rai qui voyait des trucs avant qu'ils se réalisent.

— Ça va, Cam. Benoit est à Baton Rouge ? (Il hocha la tête.) Va le voir. Va voir comment il s'en sort. On te suit dès que j'ai pu organiser deux ou trois trucs.

— Quoi ? demanda Cam.

— Tu sais où se trouvent les diamants, lui dit Trevor en voyant son expression déterminée.

— Tu ferais bien de ne pas courir après toi-même, dit Cam d'une voix où l'autorité du flic se mêlait à la peur. Benoit s'est fait *tirer* dessus. En ce moment, ils croient tous que tu as descendu *un flic*. Tu seras morte avant d'avoir pu t'expliquer.

— Mais toi et Trevor vous savez bien que je n'ai pas pu lui tirer dessus ! J'étais ici.

— Ils ne me croiront jamais, rétorqua Cam, plus furieux que jamais, en se passant les mains dans les cheveux. Ils penseront que j'essaie de te couvrir.

— Mais ils ne connaissent pas l'existence des douilles. Et tu ne m'as jamais couverte, par le passé. Pourquoi se mettraient-ils subitement à imaginer une telle chose ?

Il lui lança un regard qui signifiait *Reviens sur terre. Oh…* Peut-être en avait-il donc fait un peu plus qu'elle le supposait.

— Ils ne me croiront pas non plus, enchaîna Trevor avec une grimace d'excuse. Ils estimeront que je suis de ton côté puisque nous sortons ensemble.

Cam accusa le coup, mais Bobbie Faye ne le regardait pas.

— Tu vois bien, dit-il. Tu vas te faire *tuer.* Ne va pas te lancer dans un truc aussi stupide.

— Je pourrais te dire que je vais confier tout ce que je sais à Trevor et laisser les fédés se débrouiller.

— Tu n'as encore jamais menti, alors ne commence pas maintenant. Dis-moi plutôt qui est le coupable, selon toi, insista-t-il en s'étranglant, incapable de dissimuler sa douleur plus longtemps.

— Va voir Benoit, Cam.

— Dis-le-moi.

— Il faut que je clarifie différentes choses. Tu as suffisamment à faire comme ça.

Cam regarda Trevor dans les yeux :

— S'il lui arrive malheur, vous aurez affaire à moi.

Mon Dieu, cette fois-ci, rien que cette fois-ci, s'il vous plaît, aidez-moi à élaborer un plan.

Cam sortit avec Bobbie Faye sur le porche qui encerclait la cabane de Roy. Il savait qu'il fallait qu'il s'en aille, qu'il monte sur cette moto et se rende au chevet de son partenaire. Dans la lumière de cette fin d'après-midi, il remarqua quelque chose de bleu à la racine de ses cheveux et, sans penser à ce qu'il faisait, il prit son menton dans une main et frotta la tache avec le pouce de son autre main. Il ne savait pas ce que ça avait pu être, mais c'était parti. Il s'attarda néanmoins un instant et elle le fixa de ses grands yeux verts. Cam savait bien ce qu'elle était en train de se dire : que ce changement en lui était attribuable à ce qui venait d'arriver à Benoit, parce qu'il avait peur qu'il y reste. La douleur le submergea, mais il songea qu'il avait compris une chose : à l'instant précis où elle s'était précipitée pour le réconforter, en ne suivant que son instinct, sa migraine s'était évaporée comme par magie. Il s'était remis à respirer normalement, sans ressentir ce poids entre ses épaules. Il ne savait pas vraiment comment expliquer tout cela.

Sans s'en rendre compte, il n'avait toujours pas lâché son menton. Toute la scène devenait un peu curieuse et elle finit par s'écarter.

— Tu fais attention à toi, lui dit-il en se maudissant pour ne pas avoir usé d'un ton moins agressif.

Pourquoi ne parvenait-il pas à simplement lui *parler* ? Ils y arrivaient tellement bien avant !

— Je te le promets. Très attention.

Il la regarda par en dessous, tandis qu'elle s'essayait à une mimique probablement censée exprimer la candeur absolue. Maintenant, il comprenait mieux pourquoi elle ne mentait jamais.

— Fais-moi plaisir, bébé. Ne te lance pas dans le poker.

*
* *

Lori-Ann était à deux doigts de tabasser son frère. Ils s'étaient arrêtés pour faire le plein d'essence et il était en train de flirter avec la femme du gérant de la station, ce qui semblait ne pas plaire du tout à son mari (lequel n'allait pas tarder à faire une crise cardiaque s'il continuait à ronger ainsi son frein en observant les minauderies de Roy). Elle n'en revenait vraiment pas du peu d'instinct de survie dont semblait être doté son frère.

— Oh, mais le pont est hors service, mon chou, disait la femme. C'est encore un coup de ta sœur. J'ai entendu dire qu'il faudrait sans doute une bonne heure avant qu'il soit réparé. La police arrête tous ceux qui cherchent à franchir la rivière en bateau. Alors, à moins de pouvoir faire la même chose que ces écureuils volants, je pense qu'il va vous falloir patienter un certain temps.

Lori-Ann se tenait derrière lui avec un grand verre de soda (Roy l'avait surveillée de près quand elle s'était approchée des alcools et il s'était mis à gémir « Je ne vais tout de même pas essayer de sauver la vie de Bobbie Faye pour qu'elle me tue parce que je t'aurai laissée boire ». Lopette...). Elle avait dans les mains une pile de barres chocolatées qu'elle déposa sur le comptoir.

— Et qui donc est cette jolie jeune fille ? demanda le gérant, soudain rayonnant.

— Oh, ça ? C'est ma petite sœur.

— Bobbie Faye a une petite sœur ! s'exclama l'homme. *Wow*, c'est merveilleux.

Puis, se penchant vers elle, il ajouta :

— Est-ce que vous pourriez m'obtenir un autographe ?

— Oh, mon Dieu ! s'écria son frère d'un air paniqué.

L'homme prit aussitôt une mine inquiète car, coincé entre sa femme et le comptoir, il était à portée de main de Lori-Ann. Roy posa alors la main sur l'épaule de sa sœur pour la faire légèrement pivoter, tandis qu'elle arrachait le sac de barres chocolatées des mains de la patronne qui lançait à son mari un regard signifiant *Si seulement tu avais un cerveau* !

— Elle est un peu susceptible sur le sujet, ajouta Roy en s'éloignant.

Exactement ce qu'il lui fallait : en plus d'avoir pour sœur Bobbie Faye, maintenant, elle était invisible.

Quand Bobbie Faye revint dans la cabane, Trevor se tenait devant les fenêtres qui donnaient sur le lac. Elle fit quelques pas à l'intérieur et la réalité la rattrapa brutalement : *des gens étaient morts*. Son ami était en train de lutter pour s'en sortir dans un hôpital. Trevor vint vers elle, qui s'était immobilisée sous le choc. Elle croyait pourtant avoir déjà côtoyé le mal, mais, là, elle traversait la Capitale, l'Empire du Mal. Et maintenant, elle savait que le tueur avait été sous ses yeux, depuis le début.

Elle se mit à frissonner violemment. Trevor referma ses bras autour d'elle et la serra contre lui en la berçant doucement. Tout ce qu'elle avait appris au cours des deux jours précédents vint la percuter. Un choc frontal auquel elle ne put échapper.

— Impossible de compartimenter.

— Impossible de fuir.

Sa gorge était en feu, ses yeux la faisaient souffrir et le poids dans sa poitrine pesait des tonnes, brûlant comme du métal chauffé à blanc, trop fort pour être combattu, trop énorme pour être ignoré.

Tout cela l'envahissait, tout ce qu'elle avait laissé de côté, les cris, la douleur insupportable et son cœur, brisé.

Elle s'appuya contre Trevor qui lui caressa le dos et embrassa sa tempe. L'ironie de la situation ne lui échappait pourtant pas : cet ancien assassin, cet agent, constituait son seul refuge. Elle enfouit son visage dans le creux de son épaule parce que, s'il ne la voyait pas pleurer, elle pourrait toujours nier l'avoir fait. Elle ne savait pas combien de temps elle était restée dans cette position, mais, au bout d'un moment, elle retrouva son calme.

Le terme « calme » désignant en l'occurrence une sensation de rage pure.

— Cam avait raison, dit Trevor, qui paraissait pourtant avoir un peu de mal à le reconnaître. S'il a pu traverser la rivière et nous retrouver, on doit supposer que d'autres peuvent faire de même. On aurait dû continuer à bouger.

— Ne dis pas ça, souffla-t-elle en posant une main sur sa poitrine. (Elle avait perdu trop de choses aujourd'hui. Elle n'allait pas laisser les remords leur voler un moment aussi important.) Nous ne sommes pas des super-héros.

— Faut-il déjà que je te rappelle l'épisode de la douche ?

— Bon sang, tu vas être dur à vivre ! (Meeerde… Elle rougit.) Tais-toi, ajouta-t-elle précipitamment en posant ses doigts sur ses lèvres pour arrêter une inévitable repartie. Et puis, qui peut affirmer que nous n'aurions pas également été suivis dans un hôtel ou tout autre endroit où nous nous serions cachés ?

Il semblait réticent à l'admettre, mais il finit par acquiescer :

— Prête pour redresser des torts ?

— Et comment !

— Et que dirais-tu de commencer par Francesca ?

— Mais… Je viens juste d'arriver à cette conclusion. Comment as-tu…

— C'est à cause de cette image floue, dédoublée, que Cam a décrite. Celle qui a tué Sal devait forcément te ressembler beaucoup, si elle comptait tromper les caméras de surveillance. Or, elle avait manifestement prévu d'être filmée, vu l'endroit où elle a attiré Sal.

— Mais pourquoi me traîner dehors ? Pourquoi ne pas se contenter d'utiliser mon ADN ? Oh ! s'écria-t-elle avant qu'il ait pu lui répondre. Les témoins oculaires. Elle savait que la gérante de mon camp de caravanes, Mme Oubillard, ne serait pas dupe d'un imposteur. Or, il fallait qu'au moins un voisin puisse confirmer que je n'étais pas chez moi et qu'un témoin affirme que j'étais dans les parages du lieu du meurtre.

— Mais le film saisi par Benoit permet sans doute de dévoiler la supercherie.

— Donc, elle a voulu le reprendre à Benoit. Mais là, elle a dû improviser, alors que, pour Sal, c'était prémédité. Pourquoi ?

Ils mirent leurs chaussures.

— Diversion classique. Trop de gens cherchent à récupérer les diamants, donc…

— Elle fait en sorte que tout le monde croie que quelqu'un d'autre les a, pendant qu'elle prend la poudre d'escampette. Et moi, je suis la chèvre.

À mesure que le choc s'estompait, la fureur reprenait le dessus. Et le mot même était insuffisant pour décrire la rage incandescente qui coulait dans ses veines.

— Je parie qu'elle a découvert qu'il existait une autre série de diamants et qu'elle a eu besoin de déterminer lesquels étaient les originaux. Sinon, ça n'a pas de sens… Pourquoi aller voir Sal, autrement ? Or, elle devait se douter que, dès qu'elle le questionnerait sur les diamants, il en parlerait à sa mère. Du coup, il est probable qu'elle avait prévu de le tuer aussitôt après, afin qu'il ne puisse rien dire à Marie. Mais si elle avait disparu subitement, tout le monde…

— Y compris McGregor…

— … se serait lancé à sa poursuite. Alors que si c'est moi le suspect, elle gagne du temps. Ça explique le commentaire.

— Le quoi ?

Oh, mince. Elle ne lui en avait pas parlé. Elle avait évoqué le coup du jus d'orange drogué et le rêve qui n'en était pas un, mais pas le commentaire.

— Sal a dit quelque chose avant de mourir. Un truc sur le fait qu'ils étaient faux. J'étais tellement dans le coaltar que j'ai cru qu'il parlait de mes seins. Enfin, je veux dire de *ses* seins. (Trevor sourit.) Parfaitement, les siens sont plus petits, elle a dû mettre des prothèses. C'étaient des faux ! C'est bon ! De toute façon, c'était une conclusion logique pour une femme complètement droguée. Mais, en fait, il lui disait qu'il y avait d'autres faux.

— Donc, maintenant, on sait pourquoi elle n'a pas quitté la ville après t'avoir mouillée.

— Tu te rends compte qu'elle joue à la nunuche depuis des années. Et tout le monde a marché.

— Je sais. Et nous n'avons aucune preuve que ce n'est pas toi qui as commis le meurtre de Sal. Mais nous pourrons probablement te disculper de celui de Benoit et des prochains assassinats.

— Mais comment ? Grâce au témoignage instructif de Carmen la Folle ? Toi et Cam vous n'êtes pas crédibles et personne d'autre ne m'a vue ici.

— Je vais te faire quitter le pays.

Elle le regarda, effarée. Il était sérieux.

— Je ne vais pas te laisser moisir en prison.

Elle lui fit un petit sourire malicieux et il fut subitement gagné par l'angoisse.

— Toi, tu as cet air qui veut dire « j'ai un plan », dit-il.

— Et c'est effectivement le cas.

— C'est bon, maintenant, j'ai peur.

Ce Ce et Monique étaient rentrées au magasin qui résonnait des coups de marteaux et autres travaux nécessaires à sa remise en état. Les deux femmes n'avaient pas quitté des yeux le gel bleu qui les inquiétait de plus en plus. Monique repoussa furtivement du doigt le pot en plastique qui le contenait, mais le produit ne réagit pas. Rien.

— Je crois qu'il est hors d'usage.

Ce Ce plongea le visage entre ses mains :

— Elle n'a pas dû entendre quand je lui disais de ne pas le laver avant vingt-quatre heures. Il ne faut pas y toucher avant, pour que le charme puisse agir.

— Ce Ce ! appela l'une des jumelles depuis le magasin. Viens voir ! Vite !

Monique faillit ne pas arriver à la porte du bureau avant sa patronne et dut user de sa carrure ramassée d'avant-centre pour écarter Ce Ce d'un coup d'épaule. Elles accoururent dans le magasin, où elles trouvèrent les jumelles et quelques artisans plantés devant le poste de télévision installé dans le coin cuisine. La jeune présentatrice avait sur le visage une expression lugubre très étudiée.

— À l'instant où nous vous parlons, nous n'avons pas encore de détails, mais il nous a été confirmé que la journaliste de notre équipe, Reggie O'Connor, et son cameraman, DJ Millerville, ont été tués par balles, alors qu'ils étaient sur place. Nous pensons qu'il y a deux autres victimes, chacune dans un état critique. La police a lancé un avis de recherche à propos de notre reine des Journées de la Contrebande, en la qualifiant de « suspect » – pas seulement de « témoin ». Par conséquent, si vous apercevez Mlle Sumrall, il vous est vivement conseillé de ne pas chercher à la ramener par vos propres moyens, car il est possible qu'elle soit armée et dangereuse. Le numéro de la ligne d'urgence ouverte par la police est inscrit en bas de votre écran.

La journaliste passa ensuite à un autre reportage et Ce Ce saisit la télécommande pour éteindre la télévision.

— Ben dis donc, elle a vraiment le mauvais œil, hein ? dit Monique, tandis que tous se regardaient d'un air médusé, y compris les ouvriers.

— C'est un peu comme le réchauffement climatique, hasarda l'un d'eux.

Et, comme tous les autres le dévisageaient sans comprendre, il s'expliqua :

— Ben oui, on nous demande de faire gaffe et on croit qu'on fait des trucs qui servent à quelque chose, mais quoi qu'on fasse, l'univers finira de toute façon par nous griller le cul.

— Mouais, murmura Ce Ce. C'est ce qu'on va voir.

Bobbie Faye plongea dans son sac à main, sans cesser de passer les coups de fil qui lui semblaient nécessaires, et elle en sortit les cartes et les divers objets qu'elle avait amassés depuis son passage chez Marie. Quand elle étala le tout sur la table de la cabane, un petit disque rond s'en détacha et roula sur le plateau laqué. Il ressemblait un peu à une pièce de monnaie, en plus épais et noir.

— Les salauds, murmura Trevor qui saisit l'objet et le retourna.

On aurait dit un gadget high-tech très cher et, à en juger par l'expression de l'agent, elle aurait parié pour un mouchard chargé de donner leur position.

— On avait complètement vidé ton sac, pourtant. Quand donc… ?

Bobbie Faye repensa à la matinée qu'ils avaient passée.

— Merde. La blonde à la station-service. Elle m'a demandé du feu. Je pense que c'était peut-être la même femme que la rouquine qui était avec McGregor, aux silos.

Ils entendirent des pas sur la jetée qui reliait la cabane à la terre ferme et Trevor saisit son SIG, se dirigea vers la porte et jeta un coup d'œil par la fenêtre qui se trouvait juste à côté.

— Putain…

— McGregor ?

— Pire.

Il ouvrit la porte, alors que Roy allait en saisir la poignée. Une Lori-Ann des plus revêches fulminait sur ses talons.

— Comment avez-vous fait pour traverser la rivière ? leur demanda Trevor en scrutant les alentours pour voir s'il détectait un mouvement quelconque.

— Je connais pas mal de routes de fuite et j'ai toujours un plan B sous le coude, expliqua Roy. Des voitures cachées, quelques bateaux, des endroits inconnus de tous où je sais pouvoir accoster.

— Il te faudrait surtout une vie sentimentale moins agitée, dit Bobbie Faye à son frère.

— Ouais, comme si tu étais experte en la matière.

L'humeur de Trevor se dégrada encore un peu plus.

— Il faut qu'on parte d'ici. Tout de suite.

— Mais qu'est-ce que vous fichez ici ? demanda Bobbie Faye à sa sœur et son frère.

Puis elle ajouta à l'intention de Lori-Ann :

— Je t'en prie, confirme-moi que tu n'es pas arrivée jusqu'ici sans permission.

La bouche espiègle de sa sœur ne formait plus qu'un mince trait.

— Je crois qu'elle ne veut pas te parler pour le moment, expliqua Roy. Mais c'est elle qui m'a forcé à venir pour que… Ouch ! (Il se plia en deux sous l'impact du coup de coude que venait de lui balancer sa cadette.) On est venu pour te filer un coup de main.

— Eh bien, tu fais demi-tour et tu la ramènes. Il faut qu'elle finisse cette cure ou ils ne la laisseront pas sortir à la fin du mois.

— T'es ma frangine, dit alors Lori-Ann d'un ton neutre. Pas ma patronne, ni mon garde-chiourme, et encore moins ma conscience. (Elle s'approcha de Bobbie Faye jusqu'à presque la toucher – elle ne lui arrivait pas plus haut qu'au menton.) Alors, ferme-la et écoute-moi.

— On n'a pas beaucoup de temps, interrompit Trevor en faisant rebondir le GPS d'une paume à l'autre.

— C'est l'agent ? demanda Lori-Ann à Roy qui acquiesça. Toi, dit-elle alors à Trevor en pointant le doigt sur lui, tu restes en dehors de ça.

— Votre sœur est vraiment très importante pour moi, lui dit-il gentiment, à la grande surprise de Bobbie Faye. J'essaie d'éviter qu'elle se fasse tuer.

— Très bien, excellent plan. Je vais me dépêcher alors, répondit-elle avant de se retourner vers sa sœur. Tu peux pas à la fois me faire la morale en me disant que j'aurais dû te demander de l'aide pour la boisson et Stacey, et ensuite te barrer à droite et à gauche en détruisant la moitié de la Louisiane !

Et comme Bobbie Faye s'apprêtait à répliquer, elle leva la main devant elle :

— Et après ça, t'es devenue *bleue* ! Et on t'a *tiré* dessus ! Et puis y'a eu l'épisode des silos ! Sans parler de l'incendie !! Je ne suis pas complètement neuneu, tu sais. Je pourrais t'*aider*.

— Je ne veux pas qu'on te fasse du mal !

— Mais, en revanche, ça va si c'est à *toi* qu'on fait du mal ? C'est seulement bon pour Sa Majesté Bobbie Faye de ne jamais rien demander à personne, c'est ça ?

— Je…

Merde. Elle aurait voulu se mettre en colère. Bon sang, elle était experte en Colère et pouvait probablement avoir une mention en Immaturité, mais elle aperçut la lèvre de Lori-Ann qui tremblait et – incroyable ! – prit conscience qu'elle était importante pour sa frangine. Vraiment importante. Et que celle-ci avait peur de la perdre. Elle attira Lori-Ann dans ses bras et sa petite sœur l'enlaça en retour… violemment.

— Ça m'ennuie de vous interrompre… dit Trevor en s'avançant vers la porte de derrière pour jeter le GPS dans le lac, mais…

Bobbie Faye l'arrêta. Elle avait sa petite idée et il la regarda avec l'air le plus soucieux que les gars du FBI avaient en magasin.

— Fais-moi confiance, lui dit-elle en lui tendant la main.

— Je te fais confiance, mais ça ne veut pas dire que je ne pense pas que tu sois folle à lier, grommela-t-il en posant néanmoins le gadget dans sa paume. Il faut qu'on bouge. Vous êtes prêts ?

Bobbie Faye se retourna pour tendre le GPS à sa sœur et elle s'apprêtait à lui expliquer où aller et quoi faire, lorsque, soudain, une question lui traversa l'esprit :

— Mais, attendez… Comment saviez-vous que j'étais ici ?

Roy piqua un fard et montra du doigt le poisson encadré qui était tombé par terre durant leurs ébats.

— Euh, j'aime bien pouvoir vérifier si quelqu'un est venu en mon absence, parce que… euh… tu sais… y'a parfois des mecs un peu tordus et… j'ai fait installer par Henry une de ces mini-caméras… je peux recevoir les images sur mon portable…

— Oh, mon Dieu… souffla-t-elle en songeant à ce qu'il avait dû voir un peu plus tôt.

— Ouais, je sais. Il va falloir que je m'arrache les yeux avec une cuillère maintenant.

— Oh, je t'aiderai.

Cam se précipita dans les couloirs aseptisés de l'hôpital, en ignorant le courroux des infirmières, sautant par-dessus les brancards et slalomant entre les fauteuils roulants des patients, jusqu'à ce qu'il atteigne un couloir où s'étaient réunis pas mal de flics, l'air sombre mais stoïque, devant un mauvais café.

— Des nouvelles ?

— Non, pas vraiment, dit l'un des policiers, un vétéran de l'équipe à l'air fatigué qui s'appelait Amon. Pour le moment, ils essaient de le stabiliser, et un neurochirurgien s'est pointé il y a une demi-heure pour nous dire qu'ils allaient bientôt l'opérer. L'une des balles s'est logée tout près de la colonne vertébrale et l'autre dans l'épaule.

Cam n'aurait pas cru cela possible, mais ses mains devinrent encore plus glaciales :

— La colonne vertébrale ?

— Cette salope de Bobbie Faye lui a tiré dans le dos, siffla l'homme, avant de se rendre compte de la personne à qui il s'adressait. Oh, pardon, Cam.

— Ce n'est pas elle qui a fait ça.

Presque tous les flics hochèrent la tête en signe de dégoût.

— C'est une blague, dit Amon qui ne cherchait plus à simuler un quelconque respect pour son supérieur. Même *vous*, vous avez dû noter qu'elle avait perdu la tête.

— Non. (Il fallait qu'il leur dise, qu'ils le croient, pour qu'ils ne la descendent pas.) Elle n'était pas là-bas. C'est une erreur… elle…

— Sérieusement ? cracha Eric, un jeune officier trapu pour qui la délicatesse revenait à s'interdire de tirer sur quelqu'un.

Il frétillait presque en s'intercalant entre Amon et Cam pour regarder celui-ci dans les yeux. À vrai dire, il dut baisser la tête vers le visage de l'inspecteur car il dépassait celui-ci d'une bonne dizaine de centimètres et d'au moins trente kilos.

— Je pense que vous êtes beaucoup trop près, dit Cam. Reculez, lui ordonna-t-il sans que le flic (qui avait été formé par Benoit) paraisse l'entendre.

— C'est votre pote qu'est là, dit le mastodonte en agitant la main vers le bloc opératoire. Et vous continuez à la défendre ! Faut vraiment être aveugle ! Vous êtes constamment en train de la sortir de la merde, et maintenant vous êtes incapable de vous apercevoir qu'elle s'est bien foutue de votre gueule.

— D'abord, vous ne savez pas de quoi vous parlez. Elle n'était *pas* là-bas. Elle était…

— Et moi je crois bien qu'elle vous a complètement embobiné. Elle apparaît sur le *film tourné par le cameraman*. Il vous faut quoi d'autre ? Jusqu'à présent, vous l'avez laissée courir et détruire la région, et maintenant vous allez la laisser *assassiner* des gens et *tuer des flics* ?! Il faut que quelqu'un l'arrête. Si vous êtes trop lavette pour…

Cam ne s'était même pas aperçu qu'il avait serré le poing et envoyé un uppercut à Eric qui s'étala de tout son long sur le sol, sans connaissance. Il faisait face à ses collègues, qui paraissaient à la fois satisfaits et horrifiés. Plusieurs d'entre eux s'agenouillèrent auprès d'Eric, alors que le capitaine arrivait, le visage encore plus écarlate que d'habitude, des gouttes de sueur perlant à la racine fuyante de ses cheveux. Il considéra la situation d'un œil perplexe.

— Moreau, radine-toi par ici, dit-il en indiquant une salle d'attente.

Cam le suivit dans l'espace partiellement isolé, conscient du fait que tous les policiers s'étaient tus pour entendre ce que son chef avait à lui dire.

— Je ne sais pas ce que tu as depuis quelque temps, mais tu n'es pas toi-même. D'habitude, tu es l'officier le plus équilibré que j'aie sous mes ordres et regarde un peu ce qui t'arrive. Tu fais des trous dans les murs, tu pars sans donner de nouvelles pendant toute une journée, tu ne préviens personne, et tu finis par mettre K-O un de tes collègues. Je pense qu'il va falloir que tu te reposes un peu.

— Non !… monsieur, s'écria Cam avec véhémence. J'ai une piste dans cette affaire. Bobbie Faye n'était pas là-bas. Je peux le prouver.

— Alors, file toutes tes notes à Fordoche.

— Monsieur, je vais bien. Elle n'a pas…

— File-les-lui, point barre. Si ce n'est pas elle qui a descendu Benoit, très bien. Mais si elle a tiré sur un flic, je ne vais pas lui permettre de s'en sortir à la tchatche. Elle aura affaire à *moi*. Pas à toi. À partir de maintenant, tu es en congé, jusqu'à ce que cette enquête soit résolue. Va-t'en à présent.

Cam menait un combat intérieur. Il avait perdu la femme qu'il aimait et il risquait de perdre son meilleur ami. Maintenant, c'était son job qui était sur la sellette, car il était évident que le capitaine n'avait pas cru un mot de ce qu'il avait dit. Peut-être que quelqu'un d'autre les avait vus se rendre à la cabane et pourrait affirmer que Bobbie Faye était loin du lieu du crime.

— Tu reprendras du service quand tout cela sera fini et tu me remercieras, ajouta le capitaine en prenant congé de lui.

Cam hocha la tête, sachant que tout ce qu'il pourrait dire ne changerait rien.

Alors qu'il s'apprêtait à s'éloigner, son supérieur se ravisa et se retourna vers lui :

— Tu sais quelque chose à propos de cette vidéo de surveillance que Benoit était censé avoir dans sa voiture ?

— J'ai entendu des bruits à ce sujet, pourquoi ?

— On n'a rien retrouvé. Cette fichue folledingue s'est donné tout ce mal pour récupérer ce film et elle a oublié celui qu'avait tourné le cameraman. Elle a perdu la boule, Cam. Reste à bonne distance d'elle. Si elle a tiré sur Benoit, elle n'hésitera pas à tirer sur toi.

Le capitaine repartit en direction des autres policiers qui s'étaient mis à chuchoter et Cam comprit qu'ils avaient choisi leur camp. Dans la salle d'attente, il remarqua une télévision dont on avait coupé le son et qui montrait une horrible photo de Bobbie Faye, avec un bandeau annonçant « armée et dangereuse » juste au-dessus de l'image, suivi d'un autre, « recherchée par la police », en dessous. Elle serait bientôt dans le collimateur de tous les justiciers à la manque du coin. Son téléphone sonna alors qu'il quittait l'hôpital. Jusqu'alors, il ne savait plus où aller ni comment l'aider. Ce n'était plus le cas grâce à cet appel.

Chapitre vingt-six

En arrivant sur le pont qui surplombait le Mississippi (surtout en Harley), Bobbie Faye retrouva son vieil ami le Vertige et son inséparable acolyte l'Accès de Panique. Et le fait de savoir que son frère la suivait de près en voiture n'arrangeait rien : il allait sans doute leur rouler dessus pendant qu'il se chamaillerait avec Lori-Ann.

Les eaux sombres du fleuve tourbillonnaient paresseusement sous ses pieds. Quand ils parvinrent au point culminant de l'arche du pont, elle aperçut sur sa gauche Baton Rouge et le Capitole, siège du gouvernement de l'État, pas loin du bateau-casino et du navire de guerre *USS Kidd* qui abritait désormais un musée. Avec son air de château, l'ancienne bâtisse détonait au milieu des autres bâtiments de style français et espagnol : quatre étages flanqués de tours élevées de part et d'autre des portes avant et arrière. Elle avait été construite au début du XIXᵉ siècle, sur un promontoire naturel qui surplombait une vaste zone gazonnée descendant jusqu'au Mississippi et avait fait l'objet de plusieurs rénovations (après des incendies ou des pillages) au fil des années.

L'une des cartes de Marie indiquait que plusieurs de ses créations y seraient présentées, à l'occasion du gala de charité organisé par le gouverneur, ce soir-là. Le FBI avait assuré à Trevor que l'ensemble des pièces exposées avait été inspecté avec soin et qu'aucune ne recelait le moindre diamant.

Bobbie Faye savait que Marie était plus maligne que ça.

Pire, maintenant, elle savait aussi que Francesca l'était également.

La réalité la rattrapa...

Des gens sont morts...

Des gens sont *morts*...

On a *tiré* sur Benoit.

Elle ne devait pas y penser. Mais comment enfouir tout ça dans un petit compartiment à mettre de côté pour ne le traiter qu'à la fin de ce désastre ? *N'y pense pas.* Comment faire en sorte que l'horreur ne s'en échappe pas pour la tenailler ? *N'y pense pas.* Comment parvenir à placer un pied devant l'autre, continuer à avancer, trouver un moyen pour mettre un terme à ce cauchemar ? *N'y pense pas.*

Les berges sombres du fleuve étaient séparées par une large ligne noire et elle avait l'impression d'être suspendue avec Trevor au-dessus du néant. Seul le ronronnement du moteur de la Harley la rattachait à ce monde, et le rythme des pneus qui battaient les joints du pont lui évoquait les percussions étouffées d'un vieux blues. C'était l'un des rares endroits de Louisiane où l'horizon était large et dégagé, vierge d'arbres, et malgré les lumières de la ville, les éclairages du pont, les phares et les feux des voitures qu'ils croisaient, Bobbie Faye se sentait happée par l'immense noirceur de la nuit.

Elle détestait le noir.

Parce que, dans le noir, elle avait du mal à *ne pas penser.*

De ce fait, même solidement accrochée à Trevor, elle sentait qu'Adrénaline venait de rejoindre le syndicat déjà formé par la Peur et la Fuite, afin de renégocier leurs conditions de travail. Mais elle ne pouvait pas se défiler. Elle *n'allait pas* se défiler.

Ils quittèrent le pont et dépassèrent le gigantesque parc de loisirs de River Center qui s'étendait aux abords du fleuve, pour aller se garer devant l'immeuble jouxtant le Capitole. Les lignes minimalistes du Manship Theater voisin formaient un contraste saisissant avec les formes anciennes du château, comme si leurs concepteurs avaient voulu souligner l'irrésistible passage du temps... Bobbie Faye espérait bien que le théâtre verrait la prochaine décennie parce que, en voyant toutes les vitres qui le composaient, elle songea qu'une telle débauche *appelait* la bavure.

La totalité du gala de charité – qui était retransmis par les télévisions – se passait à l'intérieur du Capitole dont les ailes avaient été éclairées par de puissants projecteurs. Une multitude de portiers et de voituriers s'affairaient autour du bâtiment. Les traiteurs aussi s'agitaient, se hâtant de décharger de leurs grands camions, garés à une centaine de mètres de là, plateaux, tables et nappes. Trevor descendit de la moto après Bobbie Faye et ils regardèrent Roy se ranger juste derrière eux. Celui-ci s'étira lascivement, avant de se diriger vers l'un des camions. Elle crut bien qu'au moins quatre des filles de salle allaient lui jeter leur plateau à la figure (sa réputation de séducteur s'étendait donc au-delà des limites de Lake Charles), mais elles lui indiquèrent néanmoins une matrone qui semblait en charge de l'organisation. Et quand ils la virent plaquer Roy contre son généreux giron, ils se dirent que lui et Lori-Ann allaient peut-être pouvoir exécuter leur partie du plan. C'est à ce moment-là qu'elle vit Lori-Ann loucher en direction des caisses d'alcool apportées par les traiteurs, avec une mine comparable à celle de Stacey devant les gondoles de bonbons du supermarché : le nirvana à portée de main. Ouais. Confirmation : dérapage en vue. Avec une cible peinte sur le dos de Bobbie Faye.

— Tu es bien sûre de ton coup ? lui demanda une nouvelle fois Trevor. Je pourrais très bien faire boucler le périmètre et on retrouverait les diamants sans prendre autant de risques.

— Oui, mais dans ce cas, on n'aurait aucune preuve concernant les meurtres. (Et ça, elle n'allait pas le permettre.) Montre-moi plutôt la stupide robe que je suis censée porter. Je n'arrive toujours pas à croire que je me suis laissée convaincre.

Il sourit et elle comprit qu'elle allait regretter de s'être essayée à l'élaboration d'un plan.

— Hé, répondit-il d'un air un peu trop candide, c'était le seul contact que j'avais sous la main et la manière la plus rapide de se faire admettre dans cette soirée.

Elle passa avec lui les imposantes portes vitrées du théâtre et le suivit jusqu'à l'immense foyer, également vitré. Il salua un quintet de musiciens et semblait parfaitement à son aise au milieu de tous ces hommes élégants qui, malgré leurs superbes smokings de location, paraissaient porter mille ans sur leurs épaules et pouvoir attester personnellement les paroles du moindre blues écrit jusqu'alors. Trevor serra la main du plus âgé d'entre eux, un type d'une soixantaine d'années qui berçait son saxophone comme s'il s'était agi d'un précieux nouveau-né. L'homme se retourna et tendit la liasse de billets que Trevor venait de lui remettre à un autre musicien qui en préleva lui-même un bon paquet, avant de la donner au suivant. Chacun d'eux venait de toucher au moins 300 dollars.

— Bah, ça alors, murmura Bobbie Faye, consciente que les hauts plafonds risquaient de répercuter sa voix comme un écho, depuis quand te prends-tu pour un distributeur automatique de billets ?

— Depuis que je voyage avec une nana qui a détruit la moitié de la Louisiane et que l'autre moitié n'accepte plus la carte Platinum.

L'un des membres du quintet attrapa un sac posé sur l'étui d'un instrument et en sortit un morceau de tissu rouge.

— Ça appartient à Della, mais Trev l'a payée pour qu'elle reste chez elle. Je crois qu'elle fait à peu près la même taille que vous.

Et il lui tendit une « robe » ainsi que des chaussures.

— Et où est le reste ? demanda-t-elle, avant d'ajouter devant leurs mines guillerettes : Ooooh, pas question. Plutôt mourir.

— Dis donc, c'est toi qui voulais pouvoir te rendre au gala de charité sans que personne puisse te reconnaître. Alors la meilleure manière d'y parvenir, c'est encore de faire croire à tous les invités qu'ils te connaissent parce que tu fais partie des musiciens.

— Ou du bataillon des tapineuses du coin, ponctua-t-elle d'un ton sec, mais son argument ne parut pas vraiment convaincre ces messieurs.

Alors que Bobbie Faye se dirigeait vers les toilettes pour femmes afin de se changer, elle entendit Francesca pénétrer dans le foyer en ronchonnant. Ses hauts talons cliquetaient sur les dalles de marbre et résonnaient contre les parois vitrées. Mitch et Kit la suivaient de près. À ce que Bobbie Faye pouvait entendre de leur conversation, Francesca était en train de faire sa diva parce qu'on ne lui avait rien dit des plans, hormis l'endroit où elle devait se rendre. Bobbie Faye poussa la porte des toilettes en grinçant des dents et s'efforça de ne plus penser à sa cousine.

Impossible que ce bout de tissu fût un véritable vêtement. Elle dut le tourner et le retourner dans tous les sens, avant de pouvoir distinguer le haut du bas, sans que cela l'avance vraiment. Après six tentatives infructueuses qui lui apprirent tout de même que ce qu'elle avait pris pour le haut était en fait une manche, elle était presque sûre d'avoir percé le secret de la robe. Elle se regarda alors dans le miroir et sut que, si elle parvenait à terminer la soirée sans révéler au monde son anatomie la plus intime, cela procéderait d'un miracle au moins aussi important que le Second Avènement du Christ. En s'enduisant le corps de peinture, elle aurait été plus couverte. Elle essaya de repousser ses seins à l'intérieur de la robe, mais sans succès. Trevor allait le lui payer cher.

— C'est une bonne salle. Toute la place qu'il faut pour tirer sur quelqu'un, s'émerveilla Mitch d'une voix suffisamment forte pour parvenir jusqu'aux toilettes où Bobbie Faye ramassait ses affaires.

Son exclamation déclencha quelques commentaires de la part des musiciens sur le thème *Mais qu'est-ce qu'il a dit ?! Du calme, mec.*

— Ne vous inquiétez pas, déclara Kit pour apaiser tout le monde, il n'est pas chargé.

Et elle se mit à harceler de questions le quintet pour déterminer si ses membres avaient déjà été condamnés, ainsi que les crimes et délits dans lesquels ils préféreraient se spécialiser. Il lui sembla même que Kit venait de leur tendre sa carte de visite. Génial.

Tandis que Bobbie essayait de s'armer de courage pour sortir des toilettes, elle entendit Francesca demander à Trevor :

— Mais pourquoi vous aidez Bobbie Faye ? Je n'imagine pas mon père payer quelqu'un suffisamment pour qu'il accepte de se faire autant malmener.

Bobbie Faye pénétra dans le foyer au moment où il lui répondait :

— Je ne travaille plus pour ton père.

Et sa voix résonna, profonde et chaude comme un vieux bourbon, générant un frisson le long de la colonne vertébrale de la jeune femme.

C'est alors que les autres arrivèrent. Elle n'en croyait pas ses yeux : son père, sa tante V'rai et son oncle Antoine. Trevor, pour sa part, ne semblait aucunement surpris.

— Bobbie Faye est ma… poursuivit-il en la voyant approcher. (Ses yeux qui s'assombrirent et sa bouche qui s'élargit en un rictus de prédateur lui confirmèrent aussitôt qu'il n'y avait pas assez de tissu dans cette robe) … fiancée.

Et il plaça un bras autour de ses épaules.

— Ah ouais ? lui lança-t-elle en riant, consciente qu'il ne s'agissait que d'une blague destinée à faire bisquer sa cousine.

— Eh oui, répondit-il en admirant sa robe. Je sais, ça fait partie de Initiation au Flirt. J'ai acheté le « Que sais-je ? ».

Francesca semblait désorientée et un peu dépitée. Elle donnait l'impression d'avoir sélectionné ses propres fringues à tâtons dans le noir : rien n'allait ensemble, et surtout pas le sac à main rose en plumes de flamant qui avait maintenant quelques heures de vol et jurait tellement avec sa blouse jaune que Bobbie Faye crut bien qu'elle en resterait aveugle pour le restant de ses jours.

Pour quelqu'un comme Francesca, ce manque de goût procédait de l'épisode psychotique.

— Fiancée ? Mais elle ne porte même pas de bague ! s'indigna-t-elle.

— Ce n'est qu'une question de temps, lui répondit Trevor.

— Et est-ce que Cam est au courant, Bobbie Faye ? Parce que tout le monde sait qu'il est ton petit ami et c'est vraiment pas sympa de ta part de prendre à la fois Cam et ce type-là. Je ne pense pas que Cam sera très content de l'apprendre, en tout cas.

Trevor prit les mains de Bobbie Faye dans les siennes et la regarda dans les yeux, en faisant, à dessein, durer le plaisir.

— Papa va péter un câble, tenta Francesca en voyant que l'agent s'obstinait à l'ignorer.

Puis elle se tourna vers sa cousine en tapant du pied :

— Et toi ! Tu m'as abandonnée chez tante V'rai ! Tu étais pourtant censée rester avec nous et m'apporter de l'aide pour garder maman en vie. Or, je ne pense pas que le fait de te marier correspond vraiment à ce que nous avions envisagé.

— Mais je suis en train de t'aider, Frannie. C'est la raison pour laquelle je t'ai appelée en te demandant de me rejoindre ici. Je sais comment retrouver les diamants et j'ai découvert le moyen de m'assurer qu'il s'agit des vrais.

— Mais de quoi tu parles ?

— Où est le reste de ta robe ? intervint le père de Bobbie Faye.

— Ah, ne commence pas à me critiquer, hein, rétorqua sa fille. Tu n'étais pas invité. Juste l'oncle Antoine.

— Si, j'étais invité, répondit son père.

— Qui t'a invité ? lui demanda-t-elle en regardant Trevor qui secoua la tête, ne laissant plus qu'un seul suspect possible qui n'était toujours pas arrivé. Je sens que je vais tuer quelqu'un, gronda-t-elle.

— À ta place, je ne m'y risquerais pas dans ce genre de vêtement, dit son père, à moins que tu espères le tuer en lui montrant tes seins.

— Etienne, sois gentil, intervint V'rai. Moi, je trouve que c'est *une beaute fillé, mais non*[1] ?

— Et toi, tante V'rai, n'essaie pas de te rattraper. Tu aurais pu m'avertir un peu plus clairement de ce qui allait se passer aux silos !

— Non, elle ne le pouvait pas, plaida Antoine qu'elle n'avait pas entendu prononcer un mot depuis bien des années. (Elle n'en revenait pas de la similitude de sa voix avec celle de son père. Mais ils se ressemblaient tellement que ça n'aurait pas dû la surprendre.) À chaque fois qu'elle essaie d'aider, ça ne fait qu'empirer les choses.

— Et on pensait que tu n'aurais pas pu survivre à quelque chose de pire, ajouta V'rai.

— Surtout quand on a suffisamment peu de jugeote pour oublier ses chaussures, ponctua Etienne.

Tout le monde baissa les yeux vers ses pieds nus et elle lança un regard noir à son père.

— Je commence à comprendre pourquoi tu lui as tiré dessus la dernière fois que vous vous êtes vus, dit Trevor.

— Tu n'imagines même pas, souffla Bobbie Faye en agitant sous son nez les escarpins. Ces lanières me font trop souffrir. Pourrais-tu…

Trevor sortit son couteau de poche et découpa la lanière, transformant ainsi les escarpins en mules. Francesca faillit s'évanouir.

---

1. Tel dans le texte d'origine (NdT).

— OhmonDieu ! s'écria-t-elle, tu viens de profaner le Puissance Symbolique des Chaussures de Marque !

— Pourtant, elles lui font une sacrée jolie jambe, remarqua Cam qui venait de s'encadrer dans l'entrée.

Ses yeux remontèrent le long de ladite jambe et s'immobilisèrent au niveau de la robe moulante et suggestive de la jeune femme. À ce stade, ses pupilles se dilatèrent et il parut indubitablement apprécier ce qu'il voyait. Le regard de Cam rappela subitement à Bobbie Faye ce qu'elle portait et elle piqua un fard. Baissant les yeux vers son décolleté, elle s'aperçut que la quasi-totalité de son contenu s'en était échappée.

— Bon sang, cette robe est beaucoup trop petite, grommela-t-elle.

Cam toussa bruyamment :

— Oh, non, bébé, je dirais… (Il aperçut l'œil noir de Trevor.) … Je dirais que tu es parfaite.

— Bobbie Faye, pérora Francesca, nous ne sommes pas à un défilé de mode, même s'il faut absolument que tu me laisses faire quelque chose pour ce teint gris. Je te rappelle que tu es censée m'aider à retrouver…

— Et Benoit ? s'inquiéta Bobbie Faye sans laisser terminer sa cousine.

— Toujours au bloc, répondit Cam.

La jeune femme pouvait sentir le nœud dans sa poitrine. *Mon Dieu, faites qu'il s'en sorte.*

— Vous n'êtes pas venu pour l'arrêter, dit Trevor d'un ton affirmatif, en se plantant de manière assez peu subtile entre la jeune femme et le policier.

Mais comment avait-elle pu imaginer qu'elle était capable de concevoir un *plan* qui ne se barrerait pas en sucette ?

— Non, confirma Cam, avant d'ajouter en regardant Bobbie Faye dans les yeux : Vous n'avez plus à la protéger de moi.

— Attends… Comment savais-tu que je serais ici ?

Rien ne se passait comme elle l'avait prévu, et si, maintenant, les flics étaient de la partie, elle était morte. Elle ne voulait surtout pas mourir vêtue de cette robe qui avait dû faire la couverture de *Racoleuse Magazine.* Cam porta la main à son oreille pour mimer un coup de téléphone et Bobbie Faye se dit qu'une certaine petite

Mésange de chez Telephonitis allait passer un sale quart d'heure, dès qu'elle aurait l'occasion de s'en occuper.

— Au fait, demanda-t-il, comment as-tu fait pour convaincre le central des communications que tu étais en train de traverser les marécages en direction du Texas ?

— Nina. Elle a débarqué à New York et, depuis, nous n'avons pas cessé de « communiquer », sourit Bobbie Faye en repensant à la frustration qu'en avait conçue son amie qui aurait largement préféré être à Baton Rouge, plutôt que de devoir attendre si loin, afin de tromper les flics. Et tu te rappelles le vieux Crowe le Trappeur ?

Cam sourit et elle vit qu'il se souvenait parfaitement du vieil Indien Chickasaw qui était plus vieux que Dieu lui-même, mais continuait néanmoins à courir les marais pour en rapporter des peaux et tout ce qu'il pouvait y trouver. Personne ne savait où il vivait, mais il avait toujours eu énormément d'affection pour Bobbie Faye et lui apportait des bonbons à chaque équinoxe de printemps.

— Il m'a rendu un petit service : il a embarqué le téléphone et est parti en bateau avec son chien. À l'heure qu'il est, il devrait être à mi-chemin de Galveston.

— Tu ne devrais pas t'approcher de ce *coo-yôn*[1], cracha son père. Ce n'est qu'un vieux cinglé.

— Plutôt moins cinglé que sa propre famille, rétorqua Cam, bras croisés sur la poitrine, en soutenant le regard d'Etienne.

Chaque muscle de la jeune femme se concentra sur ces paroles.

— Tu… *savais* ?

Elle avait toujours supposé qu'il croyait que son père était mort. Comment avaient-ils pu passer tant de choses sous silence ?

Il haussa les épaules.

— J'avais quelques soupçons et tu ressemblais tellement à V'rai… Mais tu ne voulais pas en parler, expliqua-t-il en constatant sa surprise. Alors on n'en a pas parlé. Encore une erreur que je n'ai pas l'intention de refaire, ajouta-t-il en lançant à Trevor un coup d'œil viril qui voulait dire *Tu es prévenu*.

---

1. Tel dans le texte d'origine (NdT).

Trevor lui retourna le compliment et l'atmosphère devint tendue, aussi agressive que si les membres d'un gang leur avaient soufflé dans le cou ou qu'un groupe de voyous se fussent mis à leur tourner autour. Elle avait tellement envie de se barrer d'ici. *Mon Dieu, et cette combustion spontanée, hein ? Jamais là quand on en a besoin.*

— Bobbie Faye... tenta Francesca qui semblait de plus en plus irritée.

Mais à cet instant, les doubles portes du théâtre s'ouvrirent brutalement et tout le monde – Trevor, Cam, Etienne, l'oncle Antoine et chacun des musiciens – dégaina son flingue pour le braquer vers l'entrée. Monique s'immobilisa aussitôt en levant les deux bras en l'air, tandis que Ce Ce faisait irruption dans le foyer.

— Désolée, excusez-nous, bredouilla Monique, mais nous sommes pressées. (Elle se retourna vers sa patronne qui paraissait totalement effrayée.) Tu vois ? Je t'avais bien dit qu'on arriverait à temps si on dépassait le 180.

— Tu l'as laissée conduire ?! s'exclama Bobbie Faye, incrédule.

Encore traumatisée par son expérience, Ce Ce hocha la tête sans parvenir à reprendre son souffle qui soulevait son énorme poitrine.

— Et tu l'as laissée faire du 180 ?! (Ce Ce leva deux doigts devant elle.) Du 200 ! Doux Jésus, Ce Ce, mais combien de verres a-t-elle avalés ?

— Oh, tu sais, mon chou, j'ai cessé de compter quand on a atteint le 150. Je ne voulais pas risquer de la distraire.

— Bobbie Faye !! s'énerva Francesca en tapant du pied. Mais qu'est-ce qui se passe ?! Je croyais que tu devais retrouver les diamants !

— Mais je ne pense qu'à ça ! répondit sa cousine en souriant. Et Ce Ce nous a préparé une incantation spéciale pour les localiser.

John avait suivi le frangin abruti et sa sœur la pochetronne depuis Lake Charles jusqu'au campement, mais avant qu'il ait pu finir d'installer sa carabine et sa lunette, ils étaient tous sortis de la cabane et ils étaient maintenant en train de se barrer. Putain, il ne pouvait y croire. Ils étaient tous repartis avant même qu'il soit remonté dans sa bagnole et il avait fallu reprendre la filature, en restant à bonne distance. Il avait pourtant espéré qu'il pourrait la blesser et descendre tous les autres, avant de la contraindre à lui révéler où se trouvaient les diamants. Maintenant, il n'avait aucune idée de leur plan et il avait du mal à ne pas perdre de vue la voiture du frangin, surtout avec ce fédé à la con sur sa moto qui se prenait pour Dieu le Père et était en train de violer toutes les limitations de vitesse en vigueur dans l'État.

Ça l'avait carrément fait chier quand il s'était rendu compte qu'ils se dirigeaient tous vers Baton Rouge, mais il se répétait le mot magique : diamants. Il tuerait Bobbie Faye juste après qu'elle les lui aurait remis, non sans lui avoir, au préalable, rafraîchi la mémoire : il avait voulu qu'elle sorte avec lui, voulu être son petit ami, et qu'est-ce qu'elle avait fait, hein ? Elle avait demandé au tribunal de prononcer une mesure d'éloignement à son encontre.

Il avait bien essayé de lui faire entendre raison. Mais ils l'avaient collé en taule. Putain de prison. Elle n'avait aucune idée de ce qu'on lui avait fait subir là-bas, mais elle allait comprendre. Ça faisait *des années* qu'il attendait ce moment. Quand il avait entendu dire que l'acheteur voulait la stopper, il avait sauté sur l'occasion et accepté le job. Bon sang, il l'aurait même fait gratos !

Cela dit, lorsqu'ils étaient arrivés en vue du Capitole, il avait eu peur que sa proie lui échappe : avec tout ce monde, il n'avait pu voir où elle était passée. Manifestement, un gros événement devait se préparer car toute la presse était là. Du coup, il n'allait pas pouvoir se contenter de descendre ce foutu fédé qui se prenait pour son chevalier servant en pleine rue et la forcer à lui remettre les diamants.

Il fallait qu'il réfléchisse. Il devait bien y avoir un moyen… Ah. Voilà, il le tenait. Il savait maintenant où il allait s'installer et, cette fois-ci, elle ne pourrait échapper à sa surveillance.

— C'est n'importe quoi, grogna Lori-Ann en enfilant l'uniforme de serveuse. De son côté, Roy était déjà habillé en pingouin et il lui tournait le dos pour faire le guet à la porte.

— Mais oui, dit-il. Grouille-toi.

— Mais pourquoi on a accepté, hein ?

— C'est toi la débile qui voulait donner un coup de main, je te rappelle.

— Mais je suis la poivrote de la famille ! Depuis quand tu écoutes ce que je dis ?

— Depuis que tu as menacé d'envoyer à toutes les nanas avec lesquelles je suis sorti un e-mail avec ma nouvelle adresse.

— Ah, c'est vrai… Trouillard !

— Allez, dépêche. Il faut qu'on aille cacher ce truc, dit-il en indiquant le petit GPS que Bobbie Faye leur avait remis. Tu te sens prête à faire une belle connerie ?

— Bah, je crois bien que c'est la devise de la famille.

De : Simone
À : JT

Ai suivi signaux téléphone. À moins qu'elle porte barbe et se soit transformée en Indien 90 ans, crois que l'avons perdue.

(envoyé par téléphone portable)

« Morceaux de papier déchirés correspondant au mémo – déjà traduit – à l'en-tête de la Sécurité intérieure »

Chapitre vingt-sept

— Oh, parfait. Je vois que tout le monde est là, se réjouit Ce Ce qui avait repris son souffle.

— Ouais, mais, dis-moi, murmura Bobbie Faye en entraînant sa patronne un peu à l'écart, qu'est-ce qui t'a pris d'inviter mon père, V'rai et Cam ? Ça ne fait pas partie du plan.

— Ne t'inquiète pas, mon chou. On a besoin d'eux.

— Tu suis bien le plan, hein ?

— Oh, bien sûr, absolument. Mais en fait, non. (Elle se retourna pour faire face au groupe.) Il faut qu'on commence, maintenant.

Francesca faisait les cent pas :

— Non, mais tu te fiches de moi ?! Tu n'es tout de même pas assez bête pour croire à toute cette mascarade ?! Tout ce que ce gel bleu a réussi à faire, c'est te donner un teint de chiotte !

— Je n'en suis pas si sûr, remarqua Trevor. Après tout, la totalité du silo a explosé et Bobbie Faye est encore là. Moi, je crois que Ce Ce a énormément de pouvoirs.

Comme Francesca s'apprêtait à répliquer, Ce Ce lui dit :

— Si tu continues, ma douce, je vais faire tomber tous tes cheveux.

La jeune femme serra aussitôt les lèvres, sans se départir de sa mine renfrognée.

— Et maintenant, Bobbie Faye, viens par ici, commanda Ce Ce en la conduisant vers une série de trois cercles concentriques que Monique était en train d'installer.

Une douzaine de bougies formaient l'anneau extérieur, celui de l'intérieur étant constitué d'une douzaine de petits flacons remplis d'un liquide mystérieux dont la jeune femme préférait ne rien savoir. Du sable avait été répandu entre les deux.

— Faites attention en les enjambant. Il ne faut pas briser le cercle, prévint-elle.

— C'est quoi, ça ? s'enquit Bobbie Faye.

Elle avait déjà vu Ce Ce réaliser des incantations de localisation pour des gens qui avaient égaré leur téléphone, leurs clés ou leur ordinateur portable. Une fois, même, une femme lui avait demandé de retrouver un piano demi-queue. Elle n'avait jamais voulu expliquer comment elle avait réussi à égarer un objet de la taille d'une vache, mais Ce Ce lui avait néanmoins apporté son aide. Les incantations de localisation imposaient généralement de saupoudrer un peu d'épices sur l'épaule du client et celui-ci devait alors tourner sur lui-même à plusieurs reprises, en prononçant une formule stupide qui devait vouloir dire, dans une autre langue : « Et maintenant, regardez comme je suis ridicule. » Bobbie Faye avait pensé que Ce Ce débarquerait avec quelque chose de plus spectaculaire, dans la mesure où l'objectif était surtout de faire sortir Francesca de ses gonds, mais elle espérait bien que l'incantation lui permettrait aussi de retrouver les diamants. Alors ça ? C'était un truc complètement différent.

— Il faut que vous sachiez que ceci, annonça Ce Ce en tenant la main de Bobbie Faye pour l'aider à enjamber les bougies, est le charme le plus puissant que j'aie jamais réalisé. Mais il ne fonctionne qu'une fois. Nous n'aurons pas de deuxième chance.

— Je ne suis pas venue pour voir Bobbie Faye faire son show, protesta Francesca en continuant à marcher de long en large.

— Tu ne vas pas me transformer en poulet, hein ?

— Ça, ça serait drôle, intervint Francesca dont le visage s'illumina légèrement.

— Mais non, répondit Ce Ce sans pour autant regarder Bobbie Faye dans les yeux.

— Du moins, on croit que non, ajouta Monique, à laquelle Ce Ce lança un regard noir. Ben quoi ? T'étais un peu inquiète quand même. Je ne dis rien d'autre que ça.

— Si tu veux rester mon assistante, il va falloir que tu apprennes à ne pas révéler ce genre de secrets, déclara Ce Ce à Monique, avant de se tourner vers Bobbie Faye : Tu ne crains rien. C'est juste qu'il y a beaucoup d'ingrédients et qu'il faut faire bien attention.

— Et qu'est devenue l'incantation de localisation toute simple dont nous avions parlé ? chuchota Bobbie Faye à l'oreille de sa patronne.

— Il faut que tu aies touché l'objet au moins une fois. Or, tu n'as jamais touché les diamants, alors il a fallu que je m'oriente vers un charme plus puissant.

— Puissant comment ? s'inquiéta Bobbie Faye.

La dernière fois que Ce Ce s'était lancée dans quelque chose de puissant, la jeune femme s'était transformée en une sorte de méduse bleue géante.

— Il s'agit d'un charme de protection d'amour, susurra Monique avant de se plaquer les deux mains sur la bouche, devant l'œillade furibarde de Ce Ce.

— Un charme de protection d'amour ? Comme pour me protéger de l'amour ? Mais où était donc ce truc il y a quelques années ?

— Hé ho, toujours là, dit Cam.

Bobbie Faye rougit :

— Oh, pardon.

— Non, non. Je l'ai mérité.

Elle fronça les sourcils. Il était devenu si déroutant. Accommodant. Or Cam n'était *jamais* accommodant. L'agression de Benoit et son opération l'avaient vraiment beaucoup chamboulé pour qu'il ait tant changé.

— Et comment ce charme est-il censé répondre à mes besoins ?

— C'est en fait un mélange de charmes : il va t'offrir la protection de la force des gens qui t'aiment et te donner la pureté de la vision. Tu sauras ainsi reconnaître ce qui est vrai quand tu le verras.

— Les diamants ?

— Hmmm… fit Ce Ce en regardant ailleurs. Eux aussi, oui. Bon, maintenant, il faut que tu te tiennes vraiment tranquille pendant que je m'occupe de ça.

— Attends un peu… Des gens qui m'aiment ?

Tout cela ressemblait si peu à ce que Bobbie Faye avait envisagé ! Elle voulait embêter et énerver Francesca en lui donnant l'impression qu'elle était dotée de super-pouvoirs. Comment y parvenir si, au lieu de ça, elle devait vivre le moment le plus humiliant de toute sa vie, devant Trevor, et aussi devant Cam, d'ailleurs. Sans compter sa famille et ces musiciens qui regardaient toute la scène avec de grands yeux effrayés. (D'ailleurs, si ce type là-bas continuait à se signer aussi violemment, il allait finir par s'écorcher le front.)

— Absolument, répondit Ce Ce. Cinq personnes qui t'aiment. Suffisamment pour mourir pour toi. Et ce charme saura si elles mentent. (Elle saupoudra quelque chose de violet autour des pieds de la jeune femme.) Voilà pourquoi, souvent, ça ne marche pas…

Bobbie Faye n'aimait pas beaucoup cette façon qu'avait eue Ce Ce de laisser traîner ces derniers mots.

— Et que se passe-t-il si ça ne marche pas ? chuchota-t-elle au cas où le charme aurait pu l'entendre et commencer à s'intéresser à la situation.

Monique n'avait pas ôté les mains de sa bouche, mais elle leva le doigt comme pour dire : « Moi ! Moi ! Je sais ! »

— N'y pensons pas, proposa Ce Ce d'un ton léger.

Mais quand Bobbie Faye saisit son bras en l'empêchant d'ajouter l'ingrédient suivant, elle ajouta d'une voix sinistre :

— Eh bien, en général, la personne qui est au centre du cercle meurt.

Bobbie Faye sauta aussitôt hors du cercle.

— Pas question !! Où est le charme de secours ? s'écria-t-elle.

Devant le regard vide de Ce Ce, elle ajouta :

— Je t'en prie, dis-moi que tu n'as pas tout misé sur celui-ci ?

Elle ne savait plus où elle en était. Tout ce qu'elle avait cherché à réaliser grâce à cette petite farce venait de lui revenir en pleine figure. Peut-être que si elle parvenait à retrouver Lori-Ann, ça lui ferait une personne, pour le charme. Et, dans un jour de grand désespoir, Roy pourrait éventuellement faire office de second.

— Ce, il n'est absolument pas question que je mette les pieds à l'intérieur de ce cercle. Il te manque juste cinq personnes, alors on va tout simplement…

Mais soudain, Trevor la souleva de terre pour la déposer au milieu du cercle. Elle sentait encore la chaleur de ses mains au niveau de sa taille.

— Il ne lui manque plus que quatre personnes, déclara-t-il à l'intention de Ce Ce.

Elle le regardait avec des yeux ébahis, quand elle sentit une présence derrière elle : Cam venait d'enjamber les bougies et se trouvait maintenant, lui aussi, à l'intérieur du cercle.

— Plus que trois personnes, annonça-t-il.

Le choc que tout cela causa à son cerveau faillit bien déconnecter le lobe qui s'occupait de faire fonctionner ses jambes.

— Mais qu'est-ce que tu fais ? lui demanda-t-elle.

— Un truc que j'aurais dû faire depuis très longtemps.

— Tu vois, je t'avais bien dit que Cam n'aimerait pas beaucoup que tu te fiances avec quelqu'un d'autre, pérora Francesca.

Au pôle Nord, des icebergs se détachèrent de la banquise et fondirent, des millénaires s'écoulèrent, le monde s'arrêta avant de reprendre sa course et, durant tout ce temps, il n'y eut pas le moindre bruit dans la salle. Bobbie Faye était persuadée que sa tête avait explosé et que personne ne lui en avait rien dit. Cam baissa les yeux vers sa main gauche, puis regarda Trevor et remarqua, d'un ton faussement dégagé :

— Elle ne porte pas de bague.

— Ce n'est qu'une question de temps, répondit Trevor pour la deuxième fois.

Cette fois-ci, Bobbie Faye se demanda s'il n'avait pas perdu la boule parce que c'était une chose de vouloir énerver Francesca en lui faisant croire que c'était sa cousine qui recevait toute l'attention, mais il y avait fort peu de chance que Cam soit aussi crédule.

Francesca se pencha vers Cam avec une étincelle de malice dans les yeux.

— Maintenant, j'imagine que tu regrettes d'avoir jeté dans le lac la bague de fiançailles que tu destinais à Bobbie Faye, hein ?

— Une bague ? s'étonna Bobbie Faye, bien que ce simple mot agît comme une lame de rasoir au fond de sa gorge.

Cam jeta un regard furieux à Francesca et, dans la tête de Bobbie Faye, le dernier morceau du puzzle s'emboîta. Ce n'était pas seulement parce qu'elle constituait un appât utile pour détourner l'attention et empocher les diamants, c'était aussi parce qu'elle avait ce que voulait Francesca : de l'attention. Et d'après la mine que faisait maintenant Tête de Serin, il était clair qu'elle ne supportait pas que Bobbie Faye ait l'*attention* de Cam. Non, lui faire porter le chapeau n'était pas suffisant. Francesca n'avait pas résisté à la tentation de la symétrie : priver Cam de tout ce qui avait de l'importance pour lui, en lui faisant croire que c'était la femme qu'il lui avait préférée qui avait tiré sur (et peut-être tué) son meilleur ami. Bon sang, Francesca espérait sans doute que c'était à Cam que reviendrait la charge de lui passer les menottes !

— Tu n'étais pas censée l'apprendre de cette façon, dit Cam en faisant allusion à la bague.

Bobbie Faye redescendit sur terre. Et comme elle ne disait rien, qu'elle ne tentait même pas de s'en sortir par une boutade, Trevor l'observa en fronçant les sourcils pour tenter de déchiffrer son expression.

— Plus que deux personnes manquantes, annonça Ce Ce en entrant à son tour dans le cercle et en les rappelant tous à l'ordre.

— Plus qu'une, dit son oncle en les rejoignant.

Bobbie Faye le regarda : il avait les larmes aux yeux. Elle savait qu'il l'aimait bien (enfant, sa mère l'emmenait toujours avec elle, quand elle lui rendait visite), mais à ce point ? Ce n'était pas poss…

— Manque plus personne, aboya alors son père.

Si elle avait dû énumérer les personnes qui auraient pu envisager de pénétrer le cercle, son père n'aurait même pas figuré sur la liste. La rage parcourut son corps, un missile qui ne demandait qu'un peu de chaleur pour exploser. Elle n'arrivait pas à savoir si elle était dans cet état parce qu'il n'avait jamais rien dit sur ses sentiments auparavant ou parce qu'il était probable qu'il était en train de mentir.

— Tu te rends bien compte que si je meurs, je reviendrai hanter chacune de tes nuits, n'est-ce pas ?

Son père ricana :

— Ma fille, il y a beaucoup de choses que tu ne sais pas. Maintenant, tais-toi et laisse donc Ce Ce finir son truc.

Bobbie Faye espérait qu'elle avait bien compris ses paroles. Vraiment. Mais comment pouvait-il l'aimer ? Comment avait-il pu entrer dans ce cercle alors qu'il n'avait jamais fait partie de sa vie ? Quand ils avaient eu si faim après la mort de leur mère et qu'elle s'était arrangée pour faire le ménage dans deux restaurants, la nuit, juste pour pouvoir en rapporter les restes à Roy et à Lori-Ann. Où était-il alors ?

— Détends-toi, ordonna Ce Ce. Et pense à la paix. Tourne-toi vers le nord – vers Trevor.

Bobbie Faye se tourna vers l'agent et essuya d'un revers de main les larmes qui avaient traîtreusement coulé le long de ses joues.

— Si je meurs, tu ferais bien de tuer quelqu'un, lui dit-elle.

— Marché conclu.

— Chut ! gronda Ce Ce. Maintenant, pose la main sur le cœur de Trevor et toi, Trevor, pose la tienne sur celui de Bobbie Faye. Tous les autres, placez votre main droite sur Bobbie Faye. Ni portable, ni bavardage pendant l'incantation. Et personne ne bouge, quoi qu'il arrive. Si vous le faites, je ne peux pas vous promettre qu'il ne vous arrivera rien.

Bobbie Faye plaça sa paume sur le torse de Trevor et elle aurait juré que de l'électricité était passée de son corps au sien. Son rythme cardiaque s'accéléra. Les mots que Ce Ce avait prononcés quelques instants auparavant lui revinrent en mémoire : *Des gens qui t'aiment. Suffisamment pour mourir pour toi.* Trevor s'était avancé, immédiatement, sans hésiter. Elle poussa un soupir et le regarda dans les yeux. Elle sut qu'il avait vu qu'elle avait finalement compris.

Au même moment, elle sentit la main de Cam se poser sur sa nuque. Il se tenait juste derrière elle et il passa ses doigts dans ses cheveux. Il avait voulu qu'elle sorte de sa vie. Il s'était réjoui qu'elle soit partie et il avait été très clair quant au fait qu'il ne voulait pas qu'elle revienne. Elle n'avait jamais deviné qu'il avait envisagé de l'épouser.

Ni même qu'il avait songé à lui offrir une bague de fiançailles.

Dans un lac, rien que ça… Et pourtant… il était entré dans ce cercle. Ainsi que son oncle et son père. Le monde n'avait plus aucun sens.

Ce Ce avait commencé l'incantation. Il y avait de la fumée (Bobbie Faye ne savait pas quand elle était apparue, mais elle remplissait désormais la pièce) et un vent tourbillonnant venait heurter la périphérie du cercle. La flamme des bougies vacilla et un rugissement se répercuta contre les parois vitrées du foyer. C'est alors que les instruments des musiciens se mirent à jouer… Bobbie Faye ne savait plus très bien qui était le plus sidéré : elle-même, sa cousine ou les musiciens qui n'avaient pas touché à leurs instruments. Soudain, une vive lueur blanche, comme elle n'en avait encore jamais vu, illumina la pièce. Elle émanait de…

Elle.

Wow…

Ses yeux étaient comme attachés à ceux de Trevor dont la main, sur son cœur, était chaude, puissante, comme en fusion. Elle eut la sensation qu'ils étaient en quelque sorte connectés. Et puis, l'énergie jaillit de toutes les mains à la fois et ce fut comme si… un flot d'amour la parcourait… venant de son oncle et de son père. La main de Cam lui procura une sensation identique. Elle ne comprenait pas ce qui se passait. Ses yeux restaient plongés dans ceux de Trevor, mais les mots de Ce Ce l'attiraient vers autre chose… des mots qui lui disaient d'écouter son cœur, d'écouter son instinct, d'aiguiser ses sens, pour son propre bien. Le rugissement autour d'eux s'amplifia et les lumières s'éteignirent subitement. De curieux bruits de collisions résonnèrent au-delà du cercle, mais, à l'intérieur, elle se sentait en totale sécurité. Si c'était ça, mourir, ça n'était pas si grave.

Elle vit le ciel au-dessus d'eux. Pourtant, elle se trouvait à l'intérieur d'un bâtiment qui, dans son souvenir, ne disposait pas de verrières. Elle le voyait pourtant, rempli d'étoiles, et elle flottait maintenant au-dessus de la ville. Après tout, elle était peut-être déjà morte, mais elle n'avait pas envie de revenir hanter quiconque pour le moment. Elle désirait flotter là, observer les astres. Loin, très loin, elle entendit soudain la voix de Ce Ce qui disait :

— Maintenant, rappelle-la Trevor.

Quand elle battit des paupières, Trevor poussa un soupir d'épuisement. Son visage était marqué, inquiet. Elle était recroquevillée entre ses bras au centre du cercle et Cam était agenouillé auprès d'eux, avec une expression douloureuse. Les yeux de Bobbie Faye allèrent de l'un à l'autre et Trevor lui dit :

— Ça fait cinq minutes que je prononce ton nom.

En regardant autour d'elle, elle vit Ce Ce qui tendait sa carte de visite aux musiciens.

— Ce, ça a marché ?

— Bien sûr que ça a marché, mon chou, sinon tu ne serais plus là.

— Comment tu te sens ? lui demanda Cam, tandis que Trevor l'aidait à se relever.

Elle ne savait vraiment pas quoi lui répondre. Bien, si elle considérait la paix totalement inattendue qu'elle avait ressentie, mais c'était peut-être dû au dénouement de l'incantation (bah, tout de même, elle était toujours en vie et c'était déjà un beau résultat). Mais si elle s'attardait sur la nature de cette sensation et sur tout cet amour mêlé à la solitude de sa vie… plus rien n'avait de sens.

— Tu es presque… phosphorescente, lui dit Cam après l'avoir examinée des pieds à la tête.

Elle baissa les yeux et, aucun doute, il y avait comme un halo qui l'enveloppait. Elle leva les bras pour les observer de plus près.

— Bah, c'est incomparablement plus joli que lorsqu'ils étaient bleus.

— Bon, maintenant qu'on sait, intervint Francesca qui avait du mal à dissimuler sa fureur, que l'univers adooooooore notre si précieuse Bobbie Faye, qu'est-ce qu'on fait pour les diamants ? Tu sais ou ils sont, oui ou non ?

Bobbie Faye regarda sa cousine avec un sourire rayonnant :

— Oh, Frannie, tu sais quoi ? Je crois que je vais utiliser mes tout nouveaux pouvoirs pour m'offrir quelques diamants.

— Mais… tu ne peux pas faire ça ! protesta sa cousine. Ils sont à m… maman !!

— Bien sûr que je peux le faire. Je vais en donner quelques-uns à la police – elle se tourna vers Cam – et tu pourras t'attribuer le mérite de les avoir retrouvés. Je n'ai besoin que d'un unique diamant. Avec ça, je serai en mesure de quitter le pays jusqu'à ce que je trouve un bon avocat.

— Elle… Vous… Elle n'a pas le droit de faire ça !! hurla Francesca à Cam. Tu es flic. Tu ne peux pas la laisser faire ça !!

Cam adressa un grand sourire à Bobbie Faye :

— Mais si, je peux.

Benoit cligna des yeux. Il distingua un plafond, mais ce n'était pas celui de sa maison. Sur la gauche, en face de son lit, il y avait une armoire sombre avec un téléviseur posé dessus, mais il était éteint et tous les sons autour de lui étaient étouffés, comme si ses oreilles avaient été remplies de coton. Un moniteur bipait à intervalle régulier sur sa droite et quand il finit par réussir à tourner la tête, il vit un support pour intraveineuse et un produit quelconque qui gouttait dans un tuyau.

À cet instant, une jolie blonde se précipita vers lui et il dut encore cligner des yeux dans l'espoir de déterminer si elle était bien réelle ou simplement le fruit d'un très agréable rêve. Il se dit que, décidément, il aimait beaucoup le liquide qui gouttait dans ce tuyau, s'il était capable de produire de tels résultats. Elle lui sourit – absolument charmante – et prit une mine tout excitée, avant de disparaître. Son doux visage fut remplacé par la trogne écarlate de son capitaine, dont les traits tirés et la mine épuisée étaient beaucoup trop proches à son goût. Benoit avait l'impression qu'il allait l'embrasser. Son opinion sur le mystérieux produit allait radicalement changer s'il était effectivement la cause d'une transformation aussi brutale de son infirmière.

— Benoit, dit l'image du capitaine, tu es à l'hôpital. Est-ce que tu sais qui t'a tiré dessus ?

Ah, oui, c'est vrai… On lui avait tiré dessus. Et dire qu'il y en a qui racontent que ça ne fait pas mal ! Parfois, les gens disent n'importe quoi.

— Est-ce que c'était Bobbie Faye ? lui demanda son chef.

Les images tourbillonnèrent dans le cerveau de l'inspecteur. Quelqu'un lui tirait dessus et il voyait un visage. La scène s'attarda quelques instants et puis il vit Reggie à terre, qui saignait. Il se rappela qu'il était censé se souvenir de quelque chose à propos de Bobbie Faye, quelque chose d'important, mais il ne parvenait pas à mettre le doigt dessus.

— Est-ce que tu as vu Bobbie Faye là-bas ? insista le capitaine qui essayait de formuler ses questions de manière à lui faciliter la réponse.

Il hocha la tête. Puis il la secoua, parce que, non, quelque chose ne collait pas dans cette image, mais il lui était impossible de prononcer un mot et le capitaine ne le regardait plus.

— C'est bon. Il vient de confirmer que c'est elle qui lui a tiré dessus. Je la veux, *maintenant*.

— Mais qu'est-ce que vous fichez ici ? demanda une voix masculine, depuis l'encadrement de la porte (Benoit ne voyait qu'une blouse bleue). Je vous ai pourtant dit qu'il serait dans les vapes durant plusieurs heures. Son état est toujours critique.

— C'est bon, doc. On a la confirmation dont on avait besoin sur l'identité du coupable.

Coupable, songea Benoit, en ressassant ce mot. Il avait la nette impression qu'il y avait comme une erreur dans la scène qui venait de se dérouler, sans parvenir à identifier de quoi il s'agissait. Il sentit une douce chaleur l'envelopper à nouveau et il glissa vers une ombre bienveillante.

Lori-Ann se mêla aux invités. Elle portait un plateau de hors-d'œuvre sacrément lourd qu'elle avait pour mission de faire circuler entre tous ces snobinards qui se la pétaient dans leurs habits de soirée. Elle s'efforçait d'ignorer ces cohortes de coupes de champagne qui ne cessaient de défiler sous ses yeux. Si elle n'avait pas su que Bobbie Faye était quelque part dans l'immeuble et d'une humeur de dogue, elle se serait bien laissé tenter.

Roy faisait le tour d'un groupe d'invités avec un plateau vide.

— As-tu vu quelqu'un qui corresponde à la description de ceux qu'on doit repérer ?

— Je n'ai rien vu d'autre que des décolletés et des nœuds pap'.

— De mon côté, j'ai caché le truc à l'endroit que m'avait indiqué Bobbie Faye et je pense que ces types, là-bas, sont des collègues de Trevor, déclara Roy en penchant la tête vers un coin de la salle où s'élançait l'une des étranges sculptures de Marie. Mais pour le moment, je n'ai vu personne qui ressemble aux gens dont elle a parlé.

— Tu crois que le GPS machin-chose est cassé ?

— Comment veux-tu que je le sache ? Bobbie Faye l'avait dans la main tout à l'heure. C'est sans doute un miracle si sa trouille ne l'a pas fait fondre.

Trevor avait dans la poche le petit objet que Bobbie Faye avait demandé à son oncle d'apporter. Ils entrèrent dans le Capitole par la porte de service située au niveau du sous-sol du bâtiment. La jeune femme savait que l'agent aurait voulu mettre un terme à cette affaire en jetant tout simplement un filet sur Francesca et en s'empressant de la mettre elle-même en sûreté. Elle sentait monter sa tension : elle se mettait en danger et il le savait. Il s'y était tout d'abord opposé, mais il avait fini par accepter de l'aider à résoudre cette histoire à sa façon. Chaque fois qu'il posait la main sur elle (sa paume à la base de sa colonne vertébrale pour éviter qu'elle tombe dans les escaliers, avec ses fichus talons, ou la caresse de sa main sur ses hanches pour l'aider à négocier un virage dans un couloir sombre, ou encore ses doigts qui frôlaient son oreille pour replacer une mèche rebelle), elle ressentait des décharges de lumière qui la parcouraient. À ce rythme, elle allait finir par causer un court-circuit dans le bâtiment. Mais, curieusement, au lieu de perturber sa concentration, ces sensations aiguisaient sa conscience de toute la petite troupe qui déambulait dans les entrailles de la bâtisse.

Trevor avait encore une fois démontré son aptitude à tromper n'importe qui, lorsqu'il avait convaincu la directrice du bureau du gouverneur, Michele, que celui-ci était très impatient de rencontrer la chanteuse du groupe de musiciens. Michele, donc, leur ouvrait la route. Cam – qui avait bossé sur des chantiers de construction durant ses vacances d'été et avait ainsi participé à la rénovation de l'immeuble – était juste derrière, suivi de Francesca. (On avait demandé à Kit et Mitch de patienter à l'extérieur, où étaient également restés son oncle et son père.) Bobbie Faye marchait derrière sa cousine et Trevor surveillait leurs arrières.

Ils s'arrêtèrent devant une lourde porte en bois sombre et Michele se retourna vers Bobbie Faye afin de lui dire, pour la troisième fois en dix minutes :

— Vous savez, votre visage me dit vraiment quelque chose. Vous êtes sûre que nous ne nous sommes jamais rencontrées ?

Cam dut détourner son regard pour ne pas sourire.

— Je suis certaine que je m'en souviendrais, répondit Bobbie Faye qui ne doutait pas un instant que la seule raison qui empêchait Francesca de vendre la mèche (et de la faire coffrer par pur plaisir sadique) tenait à son impatience de découvrir où se trouvaient les diamants originaux.

Michele haussa les épaules et déverrouilla la porte. Ils traversèrent une pièce qui faisait office d'entrepôt et où s'entassaient des bureaux vides et des étagères. La directrice frappa ensuite à une autre porte. Des rires et des éclats de voix joyeux leur parvenaient depuis l'intérieur. Comme personne ne semblait s'y opposer, elle ouvrit la porte et les fit entrer. Deux policiers en uniforme étaient assis de part et d'autre de l'entrée, tandis que le gouverneur et quelques personnes jouaient aux cartes autour d'une table en noyer. Cam salua ses deux collègues en entrant dans la pièce, dissimulant ainsi en partie le reste de la troupe.

— La chanteuse est ici, gouverneur, annonça Michele.

— Elle a besoin d'un bon rasage, plaisanta le gouverneur qui ne voyait que Cam, et ses amis partirent d'un grand éclat de rire. Mais je n'ai pas…

Cam s'effaça alors pour laisser passer Bobbie Faye.

Trevor n'en revenait toujours pas de l'allure qu'elle avait dans cette robe. Il faudrait qu'il trouve le moyen de lui en faire porter plus souvent. Du moins, en privé, parce que… *mince.*

Ça n'aurait pas dû le surprendre pourtant (quand elle avait quelque chose en tête, elle ne lâchait rien, n'abandonnait jamais, quitte à devoir entreprendre des choses qu'elle détestait), mais il ne l'avait pas encore vue vêtue ainsi, malgré tout le temps qu'il avait passé à la surveiller. Sans savoir trop ce que ça donnerait, il avait néanmoins réussi à la convaincre qu'il fallait qu'elle s'habillât de cette façon pour détourner l'attention et, ma foi, ça fonctionnait carrément bien.

Les deux flics avaient le maxillaire inférieur au niveau du plancher et l'agent préférait ne pas observer la réaction de Cam (pour le moment). Lorsqu'elle avança sa longue jambe bronzée, chaussée d'escarpins, pour franchir le seuil de la porte, tous les hommes dans la pièce s'immobilisèrent, suspendant leurs gestes. Il désarma facilement les deux flics qui n'avaient pas l'air contents du tout, même s'ils auraient probablement fait encore plus de raffut s'il n'avait pas brandi son insigne. Il faut dire qu'ils étaient encore tous sous le choc… Tout en faisant asseoir les policiers, Trevor observa le visage du gouverneur : d'abord, une certaine admiration devant une aussi jolie femme, suivie d'une légère hésitation suscitée par le vague sentiment de la connaître, sa confusion s'intensifiant jusqu'à finir par un hurlement, quand elle s'approcha de la table de jeu et le salua :

— Salut, Delano, comment va ?

Le gouverneur jeta ses cartes en l'air et se précipita sous la table.

— Non, c'est une blague ! s'écria Michele. C'est la reine des Journées de la Contrebande ? Voilà pourquoi son visage me paraissait aussi familier. Je ne l'avais pas reconnue, avec ce décolleté.

Et elle se tourna vers Cam, les joues empourprées de colère :

— J'ai passé la journée à essayer de le convaincre de quitter sa chambre et il a fini par accepter parce que je lui ai *promis* qu'elle se trouvait à l'autre bout de la Louisiane.

— Ooops, fit Cam.

Trevor ne put réprimer un éclat de rire.

— Delano, sors de ton trou et viens te battre comme un homme, dit Bobbie Faye en faisant signe à ses partenaires de jeu de s'éloigner de la table.

Il leur suffit d'un seul coup d'œil à son visage pour se décider à suivre son conseil.

— Allez, ce n'est pas aussi terrible que lorsqu'elle a accidentellement fait exploser votre limousine, le rassura Cam, tandis que des sanglots se faisaient distinctement entendre sous la table.

— Ou quand elle a accidentellement mis le feu à votre résidence de vacances, renchérit Trevor.

Bobbie Faye lui lança un regard exaspéré, tandis que Cam haussait un sourcil interrogatif (peu de gens étaient au courant de cet épisode-là, ce qui prouvait, une fois encore, la minutie du travail de l'agent).

— Ou quand vous vous êtes caché dans le…

— Est-ce que vous allez bientôt arrêter, tous les deux ? s'exclama-t-elle, sans laisser Cam finir sa phrase. Merci.

Elle tapa alors du poing sur la table de jeu qui vacilla sur ses pieds :

— J'ai une seule chose à vous dire, Delano. Si vous ne sortez pas immédiatement de là… *photos*.

— Vous n'oseriez pas, gémit-il.

— Vous croyez ?

— Si je vous aide, je veux que vous me les rendiez.

— Si vous voulez les récupérer, il faudra négocier avec Nina. Mais si vous ne m'aidez pas, elles seront dans le journal de demain.

— Je refuse d'enfreindre la loi. Pas devant tous ces témoins !

— Je vois que l'ambiguïté de votre sens moral est toujours intacte, gouverneur.

Chapitre vingt-huit

Bobbie Faye s'assit sur le coin de la table de façon à pouvoir satisfaire deux objectifs : offrir à Delano un excellent point de vue sur son décolleté et garder un œil sur Francesca qui fulminait. Le gouverneur finit par s'extirper avec réticence de son abri, en prenant bien soin de sortir du côté opposé de la table, plaçant ainsi trois bons mètres entre lui et Bobbie Faye. Il approchait de la soixantaine et pouvait probablement attribuer son élection à ses tempes grisonnantes et son apparence sophistiquée (contrairement à son programme, qui n'aurait été composé que de « hein ? » si son équipe ne l'avait pas étroitement coaché).

— Qu'est-ce que vous voulez ? lui demanda-t-il, sans pouvoir décoller les yeux de ses seins.

— Je veux voir les œuvres de Marie.

D'abord, il lui lança un regard vide, avant de prendre une mine coupable qu'il essaya de masquer sous un visage neutre. Elle remarqua que c'était devant le fauteuil où il avait été assis qu'il y avait le moins de jetons. Pas un maître du poker…

— Tout est exposé là-haut, dit-il en agitant la main comme pour chasser une mouche. Allez-y, montez, et rincez-vous l'œil.

— Non, non, Delano. Je veux voir celles qui sont dans votre coffre.

— Mais je n'ai rien dans mon *coffre* !

Bobbie Faye tendit la main et Trevor sortit son téléphone portable de sa poche.

— Je pense que Nina a dû atterrir à l'heure qu'il est. Ça ne devrait pas lui prendre trop de temps d'allumer son ordinateur et…

— Très bien ! s'écria le gouverneur. Par ici, indiqua-t-il en se dirigeant vers une porte latérale munie de deux serrures à combinaison qu'il déverrouilla. Mais je ne vois vraiment pas ce qui peut vous mettre dans un tel état d'excitation.

— Delano, votre inaptitude au mensonge finira par vous faire tuer. Parce que, voyez-vous, Francesca, ici présente – vous vous souvenez de la fille de Marie, n'est-ce pas ? Celle qu'elle a eue d'Emile, à l'époque où elle était censée se fiancer avec vous ? Oui, je sais, j'ai dû appeler différentes personnes pour obtenir les détails de cette petite histoire. Mais… sommes-nous bien certains qu'elle est la fille d'Emile, d'ailleurs ? s'interrogea-t-elle, tandis que le visage de Delano prenait une expression bizarre. Hmmm… Il est vrai que ça pourrait expliquer pas mal de choses. Quoi qu'il en soit, Francesca a fait le tour du pays en criant haut et fort que j'étais capable de retrouver les diamants.

— Je n'ai rien à voir là-dedans, protesta-t-il avant de se rasseoir.

— N'est-il pas troublant que le mot « diamants » vous surprenne aussi peu ? Des diamants. Qui valent au moins un demi-milliard. (Delano et Francesca ouvrirent de grands yeux.) Marie les avait en sa possession et avait besoin de les sortir du pays. Et elle s'est souvenue que – dingue ! – son ancien petit ami est aussi le gouverneur de l'État, et vous savez ce qu'il s'apprête à faire ?

— Expédier toute l'exposition sur les artistes de Louisiane en France… et ensuite, en Italie, enchaîna Trevor. Et aucun des colis portant le sceau du gouverneur n'est jamais ouvert, lorsqu'il passe au contrôle de la Sécurité intérieure.

— Et quel rapport peut-il y avoir entre l'envoi de quelques œuvres d'art et cette histoire d'ancienne petite amie et de diamants ?

— Eh bien, voyez-vous, Marie est du genre obsessionnel. Elle ne cesse de prendre des notes sur tout. Elle en laisse partout. Et elle en a rédigé une que notre chère Francesca a découverte et déchiffrée :

Coffre D [vu] copies [vu] BF sait

— J'ai d'abord cru que ça signifiait que les diamants avaient été mis en sécurité et que le mot « vu » impliquait qu'elle rayait un élément de sa liste. Dans ce contexte, « *copies [vu]* » voulait dire qu'elle avait rayé de sa liste les copies qu'elle avait fait faire. Mais, le « *BF sait* » me posait problème. Le FBI et tout un tas de gens semblaient en tout cas en déduire que je savais où les pierres se trouvaient.

— Je n'ai découvert aucune note ! protesta Francesca.

— Mais bien sûr que si, Frannie. Ton père me l'a dit, et tu as toi-même confessé avoir fouillé la maison de fond en comble avec les cousins, pour retrouver les diamants. Impossible que tu sois passée à côté de cette note dans l'agenda. C'est vraiment très sympa de ta part d'avoir ajouté l'initiale « B » devant le « F ».

Bobbie Faye se tourna alors vers le gouverneur :

— Voyez-vous, à l'origine, la note disait « *Coffre D [vu] copies [vu] F sait* ». Soit, « *Coffre D* »… comme dans « Coffre Delano »… suivi des mots « *[vu] copies* » qui ont confirmé à Francesca qu'il n'y avait pas qu'un seul jeu de faux diamants. Quant à « *[vu] F sait* », cela voulait dire « *[vu] Francesca sait* ». Marie utilisait tout naturellement l'initiale du prénom de sa fille pour la désigner dans ses notes, comme j'ai pu le vérifier à d'autres endroits dans son agenda. Mais vous savez comment, parfois, on lit un truc auquel on attribue une certaine signification, et ensuite on ne parvient plus à y voir autre chose ? Eh bien, chacun d'entre nous n'a vu que cette dernière mention, « *BF sait* », et a supposé qu'elle faisait partie de la note originale. Frannie savait très bien qu'elle n'aurait jamais accès à votre coffre – compte tenu des mauvaises relations que vous entretenez avec son père. Par conséquent, je ne pense pas raconter trop de bêtises en affirmant qu'elle cherchait désespérément un moyen de pénétrer ici pour récupérer les diamants. Ou, plus exactement, pour récupérer les diamants *originaux*. À quoi peut donc bien te servir ce sac à main, Frannie ?

Francesca ouvrit la bouche et regarda Bobbie Faye avec de grands yeux, avant de baisser la tête vers son sac en plumes roses.

— Je ne t'ai jamais vue porter deux fois le même accessoire, Frannie. Or, ça fait deux jours que tu trimballes cette monstruosité. Bizarrement, toutes les affiches sur les créations de ta mère comportent une étrange sculpture qui incorpore une douzaine de sacs comme celui-ci.

— J'aime bien ce sac à main. Il a été créé spécialement pour moi, rétorqua-t-elle. Et il est en photo dans *InStyle*.

Bobbie Faye prit alors le compteur Geiger que Trevor avait apporté, le mit en marche et s'avança vers le coffre. Celui-ci avait la taille d'une énorme armoire.

— Au fait, Frannie, tu veux savoir à quel moment tu t'es vendue ?

— Je ne me suis pas vendue !

Bobbie Faye lui offrit un sourire rayonnant auquel sa cousine répliqua par un regard meurtrier.

— Je t'ai bien eue ! Ça s'appelle un « excès de Frannie ». Tu devrais y faire attention. Tu as découvert un jeu de diamants que tu as probablement cherché à fourguer. Tu as d'abord cru qu'ils étaient tous vrais, jusqu'à ce que tu tombes sur la note de ta mère. Alors tu t'es dit qu'il existait des copies, mais alors quelles pierres étaient les bonnes ? Tu es donc allée voir Sal puisqu'il travaillait pour ta mère. Il est même possible qu'il ait revendu d'autres bijoux pour elle, par le passé. Mais Sal a refusé de te révéler combien il y avait de faux diamants. Et même si tu es officiellement répertoriée comme l'adjointe de ta mère pour les besoins de son entreprise, il y a un endroit, un seul, auquel tu n'avais pas accès, contrairement à elle : ici.

— Comment sais-tu qu'elle ne les a pas déjà expédiés quelque part ? demanda Francesca.

— Vous êtes trop semblables, Frannie : Marie est un véritable stratège. Quand on était mômes, elle gagnait déjà à tous les jeux. Et puis, n'oublions pas qu'elle est sortie au même moment avec un politicien et un chef de la Mafia. Impossible qu'elle ait pu laisser ces diamants – qui représentent plusieurs millions, je te le rappelle – sans surveillance. Et toi, tu savais très bien tout ça. Or, ce bâtiment est le seul endroit où les diamants étaient protégés de ce que ta mère considérait comme la plus grande des menaces : *toi.* Il fallait donc que tu puisses t'introduire ici, mais jamais tu n'aurais pu convaincre quiconque de t'aider à neutraliser Delano. Sauf moi. Tu en as juste un peu trop fait, Frannie, en impliquant les cousins. Cela dit, ton petit scénario au magasin de Ce Ce, avec le sniper pour me convaincre que tu étais en danger, n'était pas mal vu. Sans lui, j'aurais peut-être hésité, en te laissant te débrouiller avec les autorités. Mais tu ne pouvais pas prendre ce risque. Or, tu n'étais pas du tout assurée de mon aide, même si tu fais partie de ma famille. En revanche, tu savais que si tu complétais cette note dans l'agenda, de façon à faire croire que j'étais au courant de ce que Marie avait fait des diamants, les fédés m'obligeraient vraisemblablement à entrer dans la danse. Et si le FBI ne s'en était pas mêlé, tu pouvais toujours me faire du chantage. Mais voilà, Frannie, tu aurais dû choisir l'une ou l'autre de ces stratégies ; pas les deux.

Bobbie Faye se retourna vers le coffre et passa le compteur Geiger sur les œuvres d'art qui y étaient entreposées.

— Mais qu'est-ce qu'elle fait ? s'étonna Francesca.

— Elle essaie d'identifier les bons diamants. Les originaux dégagent une infime radioactivité que le compteur Geiger peut déceler.

— Ta mère en a fait faire plusieurs copies. Je présume qu'elle savait ne pas pouvoir te faire confiance.

Soudain, le compteur Geiger se mit à grésiller alors qu'elle l'approchait d'une série de superbes sacs à main en crocodile marron. De magnifiques pierres avaient été enchâssées dans leurs anses en résine et étincelaient, malgré la faible lumière qui pénétrait dans le coffre. Sachant qu'à cet instant tout le monde la regardait, Bobbie Faye s'immobilisa. Elle tourna alors le bouton du volume et le grésillement du compteur résonna dans la pièce. Elle saisit le sac placé devant elle.

— Bingo ! dit-elle en souriant à sa cousine.

— Mais alors, déclara Cam, elle a tué Sal.

— Ce n'est pas moi !! C'est Bobbie Faye !! s'écria aussitôt Francesca.

Mais quand toute l'assemblée se tourna vers elle avec des yeux étonnés, elle tapa du pied et ajouta :

— Tout le monde est au courant de cette vidéo de surveillance, maintenant. Je ne suis pas la seule à croire que c'est elle qui a fait le coup !

— Je crois bien que tu aurais dû augmenter la dose de Rohypnol, Frannie, dit Bobbie Faye qui notait un imperceptible changement dans le visage de sa cousine. (Mon Dieu, cette fille avait un sacré *self-control*. Toutes ces années passées avec Emile lui avaient fourni un excellent entraînement, sans doute.) Eh oui, *je me souviens.* C'était ingénieux, Frannie. Mais pas assez. Et bientôt, tout le monde saura que c'est toi la coupable.

— Tu racontes des histoires, Bobbie Faye, et c'est vraiment méchant de ta part, vu tout ce que j'ai essayé de faire pour ton maquillage et tes cheveux, lesquels mériteraient un bon coup de peigne, d'ailleurs.

Au moment où Cam se tournait vers Francesca – et Bobbie Faye n'était pas certaine que ce ne soit pas dans le but de la tuer, car il venait de comprendre que c'était elle qui avait tiré sur Benoit –, la radio de l'un des policiers en uniforme diffusa un message avertissant que Bobbie Faye avait été repérée du côté du Capitole et qu'elle était considérée comme armée et dangereuse.

Bobbie Faye brandit alors le sac à main en crocodile et l'agita en direction de sa cousine :

— Tu as perdu.

— La police va s'occuper de toi, Bobbie Faye, dit Francesca en leur montrant son téléphone portable.

C'était donc elle qui leur avait donné le tuyau.

— Mais ils ne vont pas me trouver, car je serais surprise que les flics fouillent la voiture du gouverneur, quand celui-ci me conduira en personne en dehors de la ville. Trevor prendra la relève après.

— Quoi ? Moi ?! gémit le gouverneur en se relevant de son fauteuil si subitement que celui-ci se renversa. Il est hors de question que je monte dans une voiture avec vous !

— Parfait. Alors, vous expliquerez au gouvernement fédéral comment vous êtes entré en possession des diamants volés qui se trouvent dans votre coffre, proposa Bobbie Faye en lui souriant gentiment et en agitant le sac à main.

— Je vous déteste.

— Je sais ; les six communiqués que vous avez adressés aux quotidiens locaux l'année dernière l'exposaient assez clairement.

Cam se disait que Bobbie Faye avait perdu la tête, mais lui-même n'avait plus vraiment les idées claires. Entre la tentative d'assassinat dont Benoit avait fait l'objet, les révélations sur Francesca et le fait de comprendre qu'il se trouvait à quelques centimètres de la personne ayant tiré sur son partenaire, sans qu'il pût lui passer les menottes, les derniers morceaux de raison qui lui restaient venaient d'être mis à rude épreuve. Et le fait que le gouverneur était en train de les emmener vers sa limousine, en leur faisant emprunter un escalier secret si exigu que Cam avait du mal à le descendre, n'arrangeait pas les choses.

— Tu crois que tu pourrais la faire craquer lors d'un interrogatoire ? demanda Bobbie Faye.

Il ne savait pas si elle s'adressait à lui ou à Trevor. Ils avaient laissé Francesca sous la surveillance des deux policiers en uniforme qu'ils avaient eu énormément de difficultés à convaincre car, visiblement, ils auraient préféré arrêter Bobbie Faye plutôt que sa cousine. Cam leur avait confirmé avec réticence le fait que Trevor était de leur côté. Il ne savait pas ce que l'agent avait dit à ses collègues, mais ça avait marché. Pour le moment, le plus important était de mettre Bobbie Faye en sûreté, avant que quelqu'un se réjouisse de pouvoir venger Benoit.

— Quand elle saura que tu es partie avec les diamants, je pense qu'elle va péter un plomb et cracher le morceau d'elle-même, remarqua Trevor.

Cam savait que Trevor appellerait des renforts dès qu'ils auraient quitté la cage d'escalier et que son téléphone retrouverait du réseau. Ils débouchèrent dans la grande salle du Sénat. Celle-ci était pourvue d'un très haut plafond et de vitres teintées. Elle se situait à l'opposé de la salle du Parlement où était en train de se dérouler le gala.

Aiden et Sean se dirigeaient vers la rotonde du vieux château. Les dalles au sol, impeccablement cirées, formaient comme un échiquier noir et blanc. Ils aperçurent Bobbie Faye quand elle sortit de la cage d'escalier, suivie de sa bande, et les deux hommes restèrent interdits plusieurs secondes : la femme, sa robe et le lustre général de la pièce les sidérèrent.

— On l'a, chuchota Aiden dans son minuscule émetteur.

— Je t'avais bien dit que ça valait le coup de filer les cousins, répondit Robbie.

Avec ça, il allait être impossible à vivre, maintenant.

Malgré les armes qu'avaient sorties le gars des commandos et le flic, Aiden et Sean continuèrent d'avancer. Aussi rapide que puisse être l'ange gardien de la fille, il ne pourrait pas passer sur le corps du gouverneur qui lui barrait le passage. Il parvint à se dégager juste au moment où McGregor posait son couteau sur la gorge de la fille. Le flic n'était pas mieux placé et, lorsqu'il tenta de s'approcher par-derrière, Sean appuya un peu plus sa lame qui dessina une fine ligne rouge sur le cou de Bobbie Faye.

Tout le monde s'immobilisa.

— Je vais prendre les diamants, mon ange, dit le truand qui, voyant le commando se déplacer imperceptiblement pour avoir un meilleur angle de tir, ajouta avec un rictus : à ta place, je ferais pas ça, à moins que tu veuilles que mes gars fassent exploser la salle d'à côté. (Il inclina la tête vers la salle voisine où se déroulait le gala de charité.) Si je récupère pas les diamants, vous allez avoir pas mal de morts sur la conscience, dont la sienne.

— Il bluffe, dit le flic au commando.

— Il a rayé de la carte un restaurant rempli de clients, à Lisbonne, l'an dernier, répondit celui-ci.

— Je propose qu'on le croie sur parole, intervint alors Bobbie Faye, dont la réflexion arracha un ricanement à Sean.

Un grand type maigre déboula à cet instant au coin du couloir. Il stoppa net.

— Putain, ça fait des plombes que je vous cherche pour vous dire qu'on n'a jamais vu les types que vous recherchiez.

— C'est bon, on les a trouvés, l'informa Bobbie Faye. Sean, il va falloir que je bouge pour vous donner votre truc.

McGregor allégea un peu la pression du couteau pour lui permettre de se tourner lentement vers lui, mais au lieu d'avoir l'air effrayée comme l'eût été n'importe quelle autre nana un tant soit peu saine d'esprit, elle *souriait.* Non seulement elle souriait, mais elle dégageait une telle énergie, une telle insolence mêlée de sensualité que Sean lui-même en resta coi. Elle irradiait. C'était le seul mot qui vint à l'esprit d'Aiden, qui ne put que constater qu'elle venait d'anéantir les réflexes de son chef car celui-ci *lui rendit son sourire.*

Bobbie Faye enroula son bras gauche autour de l'épaule de Sean et laissa retomber sa main droite contre sa cuisse. Elle ne savait pas trop d'où lui venait cette audace, mais son instinct lui disait de poursuivre. Elle remonta alors sa robe moulante, très lentement, d'un geste qui suggérait que les diamants se trouvaient en dessous. C'est alors que deux événements s'enchaînèrent : d'abord, Lori-Ann fit irruption dans le couloir par la double porte qui les séparait de la salle où avait lieu le gala (elle stoppa net devant cette foule de gens qui se tenaient mutuellement en respect, arme au poing) ; ensuite, Francesca, qui manifestement s'était débarrassée des deux flics, surgit de la cage d'escalier.

L'espace de quelques secondes, le temps fut comme suspendu : de l'autre côté de la porte que Lori-Ann avait laissée grande ouverte, le gala s'interrompit pour observer la scène. Même si aucun des convives ne pouvait apercevoir le couteau que McGregor avait maintenu sur la gorge de Bobbie Faye, toute l'assemblée put noter les armes que tenaient les autres. Les caméras de télévision se braquèrent sur eux, la musique s'arrêta, Francesca poussa un juron et le gouverneur tomba dans les pommes, tandis que Bobbie Faye s'inclinait légèrement en avant en susurrant « Bienvenue dans mon univers, Sean » et saisissait le petit couteau qu'elle avait attaché à sa cuisse pour le lancer, en un éclair, sur le détecteur d'incendie situé à quelques mètres.

L'alarme déchira le silence et les convives du gala se précipitèrent vers les portes de sortie en hurlant. Francesca se rua vers Bobbie Faye (aussi vite que le lui permettaient ses escarpins), mais, à cet instant, les vitres de l'une des fenêtres de style gothique qui entouraient la salle de réception explosèrent sous l'impact d'une balle. Le projectile avait été tiré depuis l'aile droite du château et il fit un joli trou dans la mini-robe de Bobbie Faye qui serait morte instantanément si Sean ne l'avait pas attirée contre lui en entendant la détonation.

Le bruit de ce tir engendra encore un peu plus de cris et d'affolement parmi les invités dont le flot paniqué empêchait Trevor et Cam de rejoindre Bobbie Faye et d'utiliser leurs armes. Pour corser la situation, Mitch et Kit arrivèrent à ce moment-là.

— Maintenant ? demanda Mitch à Francesca qui répondit par un signe de tête affirmatif.

Le cousin obtempéra joyeusement et se mit à lâcher des rafales de balles sur Trevor et Cam, augmentant encore un peu plus la débandade. Comme une vague scélérate qui se serait ravisée, la foule fit alors volte-face, interdisant à l'agent et au policier de répliquer. McGregor, son complice et leur prisonnière durent donc se réorienter vers la porte de sortie principale du bâtiment qui débouchait sur une vaste pelouse.

Un hélicoptère tournoyait au-dessus de la colline toute proche. Les deux malfrats et leur otage commencèrent à courir vers lui, mais d'autres balles écorchèrent la terre à quelques centimètres de leurs pieds et Sean attira la jeune femme derrière un arbre.

— Vous avez perdu la tête ou quoi ? dit Bobbie Faye en voyant que son ravisseur essayait de calculer le meilleur moyen pour rejoindre l'hélicoptère, sans se faire descendre par le sniper. Moi, j'y vais pas. C'est sur moi qu'on tire après tout !

— Chérie, as-tu remarqué qu'à peu près tout le monde cherche à te flinguer ?

— C'est un don, dit-elle, alors qu'une nouvelle cartouche entamait l'écorce de l'arbre qui les protégeait.

Ils se serrèrent un peu plus l'un contre l'autre et chacun d'eux aventura un coup d'œil pour tenter de repérer le tireur. Ils aperçurent le canon d'un fusil qui se détachait sur la pierre claire de l'une des tourelles du bâtiment.

— Vous savez, si vous me donniez une arme, je pourrais le neutraliser.

— Je sais, grogna Sean avec un petit sourire. C'est bien pourquoi je vais m'abstenir de t'en filer une. Parce que je suis pas bien sûr que tu me la rendrais, hein, ma jolie ?

Ainsi que l'avait prévenue Trevor, son sourire était tout à fait charmeur. Il illuminait ses yeux ambrés, par ailleurs terrifiants, et elle se surprit à lui retourner son sourire.

— Probablement pas, en effet.

Il éclata alors de rire et elle l'entendit dire quelque chose en gaélique qui laissa son acolyte – un type au physique d'acteur hollywoodien – totalement ébahi, avant de l'inciter à examiner Bobbie Faye comme si elle venait de réaliser un miracle. Le type jeta un coup d'œil interrogatif à son patron avant de traduire.

— Il a dit que vous êtes son genre de femme et qu'il pense qu'il va vous garder.

Comme elle pâlissait et que McGregor composait un numéro sur son portable, le beau ténébreux qui semblait plutôt inquiet suggéra :

— C'est toujours mieux qu'un trou dans la tête.

Bobbie Faye n'en était pas persuadée.

Trevor et Cam s'accordèrent un instant pour évaluer la situation : c'était le bordel total. Aucun signe de la Sécurité intérieure, et la police locale était débordée par la horde des invités qui hurlaient toujours en se piétinant les uns les autres (sans épargner les flics) pour fuir le gala. Les deux autres complices de McGregor arpentaient les abords de la pelouse pour essayer de détecter le tireur embusqué qui forçait leurs acolytes à rester à couvert. À cet instant, une femme d'un certain âge, dissimulée par une imposante fontaine située à la limite du terrain gazonné, bondit subitement hors de sa cachette, juste derrière l'un des complices de Sean, celui qui était doté d'une face de rat. Elle extirpa de son sac une énorme Bible et lui en assena un violent coup sur la tête. Elle réitéra son geste à plusieurs reprises, avant de s'en aller d'un pas tranquille. Le type resta étendu sur le sol, hébété.

Cette petite intervention ne parut en tout cas pas perturber Sean qui s'entêtait à vouloir monter dans l'hélicoptère avec Bobbie Faye (toujours sans arme) en se faisant couvrir par ses hommes. Or, ceux-ci étaient beaucoup trop loin pour pouvoir menacer le sniper.

— Je peux neutraliser le tireur, cria Cam pour couvrir le mugissement des sirènes. Mais ça leur permettra alors d'embarquer dans l'hélico.

— Vous ne pourrez pas l'atteindre d'ici, lui répondit Trevor, après avoir étudié l'angle de la tour.

Tous deux étaient accroupis derrière l'encadrement de la porte de sortie principale.

— Je ne vais pas lui tirer dessus. Débrouillez-vous seulement pour que ce fumier ne la fasse pas monter dans cet hélico.

Ils regardèrent alors en direction de Bobbie Faye et restèrent bouche bée : Sean avait la tête en arrière et riait à gorge déployée à propos d'un truc que semblait lui avoir dit Bobbie Faye. Et puis… il l'attira à lui et l'embrassa à pleine bouche. Elle le repoussa, mais il la maintint contre lui. Malheureusement, dans cette position, elle lui offrait un bouclier humain.

— Il est mort, gronda Cam.

— Et comment, renchérit Trevor.

Et ils se séparèrent.

Chapitre vingt-neuf

John l'avait presque eue. Il pouvait apercevoir un petit bout de tissu rouge qui ne pouvait être que celui de sa robe, mais le tronc du chêne était si gros qu'il l'empêchait d'avoir un bon angle de tir.

De toute façon, ils n'allaient pas pouvoir rester là une éternité. Pas avec tous ces flics qui tentaient de calmer la foule et le bruit des sirènes qui hurlaient dans toute la ville et annonçaient des renforts colossaux. Ah ça, depuis sa cachette, il avait une excellente vue. D'ici dix minutes, la pelouse ressemblerait à la kermesse annuelle de la police de Louisiane. Donc il faudrait bien qu'elle se casse et, là, elle mourrait. Tout le monde pousserait de grands cris et courrait dans tous les sens, tandis que lui pourrait se barrer tranquillement et aller toucher sa commission. Il faudrait qu'il abandonne son idée d'empocher lui-même les diamants, mais, en y réfléchissant bien, il leur préférait *de loin* la possibilité de la tuer.

Cam atteignit le quatrième étage en un temps record, en passant par les escaliers de service. Il dut utiliser son arme pour ouvrir la lourde porte en cyprès qui fermait un bureau, puis pour pénétrer dans la pièce qu'il recherchait précisément, celle qui donnait sur les tours de la façade. Arrivé là, il regarda par la fenêtre. Il ne pouvait pas voir le tireur, mais il distinguait parfaitement le canon de son fusil qui reposait sur le rebord de la tour.

Au mieux, il disposait d'une minute. Peut-être moins. McGregor n'attendrait plus très longtemps avant de tenter de gagner l'hélicoptère. L'inspecteur entendait le battement de son cœur dans ses oreilles. Il arracha la rallonge électrique de l'imprimante. Avec son couteau de poche, il en découpa la prise et sépara les conducteurs en se débarrassant du fil de terre.

Le fusil du sniper cracha encore deux autres balles, suscitant les jurons de Cam. L'inspecteur se dirigea vers la porte-fenêtre qu'il ouvrit avec précaution. De toute façon, dehors, c'était la cacophonie, avec d'autres tirs provenant du rez-de-chaussée.

Je vous en prie mon Dieu, protégez Bobbie Faye.

Cam se faufila sur la coursive qui conduisait au toit et trouva le câble électrique qui courait le long des tours pour descendre vers le bâtiment principal. Il s'agissait du câble de terre du paratonnerre qui protégeait l'immeuble de la foudre. Il le coupa en deux avant d'y relier les fils de la rallonge. Il revint sur ses pas à la hâte et, une fois à l'intérieur, brancha la rallonge dans la prise. L'onde électrique parcourut le câble, à la recherche de la terre. Alors que le tireur se penchait pour viser, la décharge le percuta. Il poussa un cri quand le courant le traversa en illuminant la tour.

Cam crut un instant avoir reconnu le tireur. Ce type lui rappelait le dingue malfaisant contre lequel Bobbie Faye avait dû demander une mesure d'éloignement, des années auparavant. Il n'eut pas le temps de le vérifier car l'hélicoptère s'approchait déjà du sol. Il s'élança vers l'endroit où il avait vu Bobbie Faye pour la dernière fois.

Quand la tour du Capitole s'illumina, Bobbie Faye crut apercevoir le visage de Cam s'encadrant dans la fenêtre d'en face. *Mon Dieu, faites que Trevor et Cam s'en sortent.* Un éclair bleu estompa brièvement les lumières des projecteurs qui balayaient la façade du château, avant de disparaître aussi brutalement qu'il était apparu. Qu'est-ce que c'était encore que ce truc ?

Elle n'eut pas le loisir d'y réfléchir car Mitch profita de ce moment pour surgir de derrière un chêne et leur tirer dessus. Son visage n'affichait plus la candeur de simple d'esprit dont il avait fait montre jusqu'alors, et une minuscule étincelle dans son cerveau confirma à la jeune femme qu'*elle s'était fait avoir*. Encore. Son cousin ne paraissait plus du tout affecté par ses problèmes de mémoire et il semblait même au top de sa forme, déterminé et précis. Tout cela n'était donc qu'une mascarade. C'est alors qu'elle revit dans un flash la scène du meurtre de Sal et se rappela qui était aux côtés de Francesca. L'homme qui paraissait la connaître, mais sur lequel elle n'avait pu mettre un nom.

Putain d'enfoiré.

Mitch fit feu sur la bande de McGregor alors que celui-ci s'efforçait d'entraîner Bobbie Faye sur la pelouse humide, en direction de l'hélicoptère.

Des voitures de police arrivaient de toutes parts. Les équipes de télévision qui avaient couvert le gala de charité s'étaient maintenant regroupées au pied du Capitole, depuis lequel elles filmaient les événements.

Bon sang, c'était comme ça à chaque fois qu'elle essayait d'élaborer un plan. Tout s'était barré en sucette, si vite qu'elle pourrait bientôt ajouter à sa couronne de reine des Journées de la Contrebande celle de Sérénissime Altesse des Plans Foireux.

Elle faisait de son mieux pour « tomber » et ralentir Sean et sa clique et, à ce propos, elle jurait bien de ne plus jamais remettre de putain de robe, quel que soit l'effet que ça faisait à Trevor. Le revolver de Sean était maintenant presque enfoncé dans ses côtes, ce qui rendait ses « chutes » encore plus délicates. Elle parvint néanmoins à simuler une glissade et Sean la rattrapa en relâchant juste à temps la pression de son arme pour ne pas tirer, mais il se redressa plus vite que prévu et la remit sur ses pieds (le fumier).

— Il est possible que je décide de te garder en vie, chérie, mais ça ne veut pas dire que je vais m'abstenir de te trouer le buffet. Alors, tâche de rester sur tes pieds.

Une nouvelle rafale de tirs retentit et Bobbie Faye aperçut la bande de Francesca qui s'en prenait à Lori-Ann, laquelle venait de se mettre à l'abri derrière une énorme colonnade. Et voilà que la rouquine de Sean braquait maintenant son flingue sur Roy qui était lui-même une si piètre gâchette qu'il n'aurait pas touché une cible immobile à deux mètres de lui. Fort heureusement, on lui avait appris à faire des galipettes en maternelle et il en fit une pour se mettre à couvert derrière une énorme jarre en pierre. La rouquine se dirigea alors vers lui, visiblement déterminée à le buter, et ça, c'en était trop. Que McGregor et son flingue aillent se faire foutre. Elle commençait à en avoir marre d'être traînée dans tous les sens, comme une vulgaire poupée de chiffons.

Elle s'arrêta un instant pour ôter ses escarpins en prétendant qu'ils l'empêchaient de courir, mais, au lieu de les abandonner sur la pelouse, elle se retourna brutalement vers ses ravisseurs et utilisant ses talons aiguilles comme une massue, elle en frappa Sean et son porte-flingue hollywoodien. Rien de tel, effectivement, que la Puissance – pas que – Symbolique des Chaussures de Marque.

Les deux hommes s'éloignèrent d'elle en titubant, au moment où le dos de la rouquine se couvrait de rouge. Elle s'effondra sur la pelouse sous l'œil hagard de ses complices.

— Mollie !! cria le beau ténébreux d'une voix angoissée, mais la femme ne bougeait plus.

Kit avait tiré depuis l'aile du bâtiment opposée à celle où s'était installé Mitch. Celui-ci lui fit un signe de la tête. Un plan était donc en préparation. Ils braquaient déjà leurs armes simultanément sur Bobbie Faye et Sean, quand la jeune femme entendit au loin « Bonnie ! ».

Elle vit l'éclat du métal briller dans la nuit : Trevor venait de lui lancer l'un de ses SIG, mais il avait déjà disparu dans l'ombre. À cet instant, *bam*, Kit s'effondra, touchée de plein fouet par la balle de l'agent. Mitch restant hors de sa portée, il avait balancé l'une de ses armes à Bobbie Faye qui ne savait pas comment elle avait réussi à la rattraper au vol, mais qui avait senti le métal froid contre sa paume, juste avant de tirer en direction de Mitch qui tomba lourdement au sol, en même temps qu'elle.

— Mitch ! hurla Francesca en quittant l'arbre derrière lequel elle s'était cachée, pour se précipiter vers ses cousins désormais immobiles. Salope ! cria-t-elle alors que McGregor assenait à Bobbie Faye un coup sur la nuque avec son arme.

— Ouch !

Elle trébucha en avant et atterrit sur les genoux.

— Lâche ce putain de revolver, ma jolie, ou je vais tout de suite arrêter les frais.

— Ah... alors on ne va pas faire de ronde en sautillant ?

Avant qu'elle puisse faire un geste, le sbire de Sean lui arracha le revolver et le fourra dans une de ses poches. Puis ils l'entraînèrent vers l'hélicoptère qui n'était plus qu'à une quinzaine de mètres.

— Maintenant, Robbie, cria Sean.

Le mec à tête de fouine qui faisait partie de sa bande surgit de derrière un buisson et accourut vers eux, avant de s'immobiliser avec une expression d'étonnement sur le visage, puis de se plier en avant. Bobbie Faye aperçut à cet instant le visage sinistre de Cam qui se tenait au niveau de la porte principale du Capitole, et dont l'arme pointait encore vers le type à face de rat, désormais étendu dans l'herbe.

L'odeur de la cordite[1] rendait l'atmosphère irrespirable.

— Espèce de salope ! n'avait pas cessé de hurler Francesca qui s'éloigna lentement de Mitch sans quitter des yeux sa cousine.

La rouquine de la bande de Sean se redressa péniblement, les yeux dans le vague. Elle n'avait pas lâché son revolver qu'elle dirigea d'une main incertaine et ensanglantée vers Bobbie Faye.

— T'as tout foutu en l'air, murmura-t-elle.

Son poignet tremblait et son tir risquait tout autant d'atteindre Sean que sa prisonnière. Celui-ci lui cria « Mollie, non ! », mais la détermination qui se lisait sur le visage de sa complice indiquait qu'elle n'avait pas la moindre intention d'obtempérer. Sa main s'agita une dernière fois, avant qu'une balle de Trevor vienne la stopper net, tandis qu'un autre tir de McGregor la renvoyait à terre.

— Non !! hurla le complice de Sean, visiblement effondré, qui balaya la scène avec des yeux de fou pour déterminer d'où provenaient les tirs.

Quand il vit son chef qui rabaissait son arme, il siffla entre sens dents :

— Non, Sean, t'aurais jamais dû faire ça.

— Mais elle était déjà morte, Aiden. Allez, bouge-toi. On réglera ça plus tard.

Cam se faufila jusqu'à l'arbre où s'était initialement cachée Bobbie Faye, avant d'entamer sa folle course vers l'hélicoptère. Entre elle et lui, Francesca avançait d'un pas décidé vers l'appareil. Elle avait désormais vraiment l'air d'une folle, mais ne l'était manifestement

1. La cordite est un explosif utilisé pour les armes à feu (NdT).

pas encore assez pour abandonner la protection que lui offraient les arbres. Bobbie Faye était encore sonnée du coup que Sean lui avait assené et, pour l'heure, elle voyait trois Cam et trois arbres. Elle cligna des yeux et se passa la main sur la nuque. Du sang poissait ses cheveux. Sa résolution de ne plus jamais porter de robe s'accompagnerait d'une deuxième promesse : celle de bannir définitivement de son vocabulaire le mot « plan ». Apparemment, ce terme agissait comme un code qui déchaînait l'univers contre elle.

Sean fit un signe de tête à Aiden en direction de Francesca :

— Stoppe-moi celle-là.

Mais Aiden paraissait encore sous le choc de ce qui venait d'arriver à Mollie et Bobbie Faye devina qu'il n'allait rien faire du tout. Son patron semblait ne pas s'en soucier et il se tourna vers la jeune femme.

— Si tu veux que je te laisse en vie, tu ferais bien d'avoir ces foutus diamants ou tu risques de faire un sacré vol plané, quand on sera au-dessus du golfe du Mexique.

— Tu vas me payer ça ! cria alors Francesca qui n'était plus très loin d'eux désormais.

Bobbie Faye entendit un craquement sinistre, lorsque le porte-flingue de Sean prit une balle en pleine poitrine. Il glissa vers le sol et la jeune femme eut l'impression que quelqu'un fredonnait « *Il y a un trou dans mon seau…* ».

— Tu ne vas pas t'en aller ! se mit à vociférer Francesca. Tout le monde s'en va : maman avec ses stupides œuvres d'art et maintenant papa avec sa radasse. Mais, moi, j'ai été plus maligne que la Grande Bobbie Faye, elle-même ! Et je n'ai pas fait tout ça pour que tu t'en sortes, en emportant les diamants, qui plus est !

— Ils vont découvrir que c'est toi qui as fait le coup, Frannie, surtout si tu me tues maintenant.

— Oh non. Ils croiront que j'ai tenté d'empêcher un meurtrier de tuer le reste de ma famille. Pure légitime défense.

Bobbie Faye ne savait pas très bien où Trevor et Cam se trouvaient à cet instant, mais il paraissait évident que ni l'un ni l'autre n'avait Tête de Serin dans sa ligne de mire. Sean essaya de pousser sa prisonnière dans l'hélicoptère, mais sa cousine s'était rapprochée dangereusement et visait indubitablement le décolleté de Bobbie Faye. Entre ces deux maux, celle-ci en était à sérieusement considérer la perspective de grimper dans l'appareil, quand Lori-Ann surgit et se précipita vers eux en brandissant une arme (que Roy soit maudit pour cette habitude d'emporter tout un arsenal partout où il allait : Lori-Ann visait encore moins bien que lui, si tant est que cela fût imaginable). Francesca la vit du coin de l'œil et pivota vers elle en faisant feu. S'il était possible de mourir trois milliards de fois par seconde, Bobbie Faye en fit l'expérience à ce moment précis.

C'est alors que Cam accomplit le plus magnifique placage de toute sa carrière sportive en jetant Lori-Ann au sol, avant de la traîner derrière un arbre. Bobbie Faye vit qu'il n'avait pas été assez rapide pour éviter la balle qui venait de lui écorcher la cuisse. Sans plus réfléchir, la jeune femme se mit alors à avancer vers eux, afin de s'assurer que sa sœur n'avait rien, mais Sean appuya le canon de son revolver contre sa tempe en ordonnant « Grimpe là-dedans, chérie » du ton le plus déplaisant que Bobbie Faye eût jamais entendu.

— Je crois que ça ne va pas être possible, déclara Trevor à dix mètres d'eux – et sa voix ne laissait planer aucun doute quant au niveau de sa rage.

McGregor se retourna et elle vit avec effroi, comme dans un ralenti, le canon de son arme lentement s'orienter vers Trevor…

… Celui-ci fondit sur eux à la vitesse de la lumière, arme au poing, déterminé, semblable à un dieu vengeur dont les doigts auraient craché du feu. Sean tomba à la renverse par la porte ouverte de l'hélicoptère. Les rafales tirées par l'agent avaient lacéré sa chemise au niveau de la poitrine. En tombant, il essaya d'attirer à lui Bobbie Faye, mais Trevor, qui n'avait pas cessé de faire feu, atteignit son bras, l'obligeant à lâcher prise. Toutefois, McGregor avait eu le temps d'arracher le sac à main en crocodile et tentait à nouveau d'attraper Bobbie Faye de son bras valide…

Trevor poursuivit sa progression avec une lueur terrible dans les yeux, sans cesser de tirer…

Soudain, Francesca se réveilla – *Oh, putain, nooon*. Bobbie Faye empoigna alors l'arme d'Aiden et en envoya une rafale dans l'épaule de sa cousine, tandis que Trevor avançait irrésistiblement.

Sean roula sur le côté et profita de la protection que lui fournissait la porte de l'hélicoptère pour viser Trevor. À cet instant, Francesca fit passer son revolver dans sa main gauche.

L'arme d'Aiden émit un *clic* : vide.

Mais Francesca ne visait pas sa cousine. Avec un large sourire, elle braquait maintenant le canon de son arme sur le dos de Trevor qui continuait d'avancer, sans savoir que le revolver de Francesca le visait maintenant au niveau des reins.

Quand elle comprit ce que préparait sa cousine, Bobbie Faye s'élança pour s'interposer entre elle et l'agent. Elle n'avait pas vraiment réfléchi à ce qu'elle faisait. La seule pensée qui lui était venue à l'esprit était *Non, pas maintenant que je l'ai trouvé.* Trois balles la percutèrent avant que Trevor s'aperçoive de ce qu'elle venait de faire. Il hurla *Noooon* au moment même où une balle provenant de l'hélicoptère traversait l'espace qu'il venait de quitter.

Bobbie Faye s'effondra sur la pelouse. Des sortes de flashs l'éblouirent, accompagnés de bruits et d'images qui paraissaient totalement désynchronisés. Elle vit Cam jeter Francesca à terre, violemment, avant de la désarmer et de lui passer les menottes dans la seconde qui suivit. Elle ne l'avait jamais vu agir aussi rapidement, et ce, malgré sa jambe qui saignait encore abondamment. Des gens crièrent son nom et l'hélicoptère décolla. Elle aurait juré avoir aperçu Sean, couvert de sang, qui examinait le sac qu'il avait réussi à arracher, mais peut-être n'était-ce qu'un rêve. Elle se sentait cotonneuse et un peu ivre. Elle crut entendre Cam qui l'appelait « Bébé » et Trevor, encore plus près, qui murmurait « Bonnie, reste avec moi ». Quand le grondement des pales de l'hélicoptère cessa, les bruits s'estompèrent, même si elle entendait encore, au loin, vaguement, les sirènes des voitures de police.

Cam berçait doucement sa tête et Trevor appuyait fermement sur sa blessure. À un moment, elle eut l'impression d'entendre la voix suave de la femme qui l'avait menacée dans le 4×4 noir. Bobbie Faye allongea le bras pour toucher son ventre, puis sentir les mains de Trevor. Il y avait du sang partout, poisseux, glissant et tiède. Pourtant, elle avait de plus en plus froid et elle savait que ça n'était pas très bon signe. Elle vit dans les yeux de Trevor un amour infini et une terreur absolue. Elle n'aurait jamais cru qu'il puisse avoir l'air aussi effrayé.

Finalement, une dernière pensée stupide lui traversa l'esprit : au moins, aucun de ses seins n'avait jailli de cette foutue robe, devant les caméras de télévision nationales. Et puis, plus rien.

*
* *

MINISTÈRE DE LA SÉCURITÉ INTÉRIEURE DES ÉTATS-UNIS

Bureau de Jessica Tyler (JT) Ellis

Assistante au sous-secrétaire du sous-secrétaire du
secrétaire de l'assistant au ministère de la Défense
Sécurité intérieure
La Nouvelle-Orléans, Louisiane

Réf. : Rapport de suivi
(À classer en notes de terrain, personnel, **exclusivement**)

Affaire # 198733BFS / recherche de diamants

Notes :

Quelques légères déconvenues - plusieurs civils fouillés, articles non retrouvés.

Des blessures sans gravité (adressées au juridique) et un peu de pagaille dans la com (également adressée au juridique).

À part ça, tout s'est bien passé.

Quelques dépenses encourues par Mme Sumrall.

- à payer
- souligner auprès des supérieurs les montants récupérés

- impossible arrêter Sumrall au risque d'ameuter la presse
- interdiction exigences sécurité (malheureusement)

Diamants récupérés.

Sean McGregor emprisonné, haute sécurité

Affaire close.

Chapitre trente

— Joyeux anniversaire, belle endormie, dit Nina qui s'était affalée dans l'un des fauteuils de la chambre d'hôpital. Tu seras heureuse d'apprendre que tu fais encore la une des journaux.

— Dis donc, tu es censée ne pas importuner la convalescente.

— Poule mouillée.

— Carrément. Est-ce que j'ai bien entendu que deux femmes se disputaient le droit de s'occuper de mon cas ?

Nina hocha la tête avant de remonter l'oreiller de son amie et de lui tendre un verre d'eau.

— Ouais. Apparemment, l'une des trois personnes qui t'ont kidnappée dans la rue appartenait à la Sécurité intérieure, et ne s'était pas embarrassée de vérifier auprès du FBI qui tu étais. Ils se sont contentés de supposer que tu allais vraiment remettre les diamants à McGregor. Trevor a remis les choses au clair et il semble que la fille du 4×4 a eu quelques ennuis avec son chef. Je crois bien que c'est la première fois que ces deux administrations te *revendiquent*, B.

— Doux Jésus…

Bobbie Faye essayait de ne pas trop bouger car le cratère qu'avaient créé les deux balles, à l'endroit où son appendice s'était un jour situé, lui faisait un mal de chien. Or, elle avait horreur de la morphine et elle voulait éviter d'avoir à en utiliser. Elle était plutôt fière d'elle car, depuis son réveil – quarante-cinq minutes auparavant –, elle n'y avait pas eu recours. Compte tenu de la faiblesse habituelle de sa volonté, ce résultat lui semblait plutôt encourageant.

— Bon, en même temps, ils ont déjà pas mal de pain sur la planche, vu qu'ils doivent aussi s'occuper d'Emile et de Sean. Eh oui, l'hélicoptère de la police est parvenu à intercepter McGregor. Ils continuent par ailleurs à rechercher Marie. Oh, et puis tu vas adorer celle-là… Le gouverneur proclame qu'il t'a aidée dans ta mission clandestine et il affirme à qui veut l'entendre que tu es totalement innocente du moindre méfait.

— Est-ce que tu vas lui rendre les photos ?

— Ha ! Pas question. Elles m'appartiennent, déclara Nina en souriant et en repoussant une mèche de cheveux de son amie.

Elle s'assit sur le lit et ajouta :

— De ton côté, tu n'as pas chômé, dis-moi.

Bobbie Faye s'efforça de ne pas rire parce que ça faisait trop mal. À vrai dire, tout était douloureux, même réfléchir.

— Et Benoit ?

— Il se réveille à l'instant même, répondit Nina. Il n'est pas encore tout à fait conscient, mais il semble se stabiliser, alors ils estiment qu'il devrait s'en sortir.

Bobbie Faye se rallongea sur son oreiller. Elle était si soulagée qu'elle ne songea même pas à essayer de dissimuler les larmes qui coulaient le long de ses joues. Son amie lui tendit gentiment un Kleenex.

— Il y a deux types, là, dehors, qui semblent avoir un peu de mal à respecter leur trêve, poursuivit Nina. Je ne sais pas ce que tu leur as fait, mais ils ont l'air totalement hagard, et Cam se comporte comme si… il avait retrouvé le sens commun. Ça te dit quelque chose ?

— Aucune idée. Il est vrai qu'il s'est montré plutôt… déroutant, hier. Il est passé d'un extrême à l'autre.

— Il a fallu que tu choisisses les deux mâles les plus dominants de la planète, hein ?

— Il semble effectivement que j'aie un certain talent en matière de conneries. Mais, dis donc, tu ne devrais pas rentrer chez toi ? Tu as ta vie à mener et j'imagine que tu ne peux pas toujours tout lâcher dès que je fais exploser quelque chose.

— Très bien. Alors, je vais me contenter de débarquer dans tous les autres cas où tu t'en prendras aux politicards de Louisiane, sans compter quelques autres têtes de pont. Mais il va falloir que tu t'habitues à me voir car j'ai bien l'intention de rester là jusqu'à ce que tu sois rétablie.

Et comme son amie s'apprêtait à répliquer, elle ajouta pour la faire taire :

— Non, non, désolée, tu n'as pas ton mot à dire, B. Ah, oui, j'allais oublier, ce type-là, l'Irlandais, il a l'air plutôt énervé.

— Mais je croyais que Trevor lui avait envoyé une balle dans le buffet. Plusieurs, à vrai dire.

On avait quand même dû lui administrer quelques médicaments qui la rendaient un peu groggy, car l'évocation de ce fou furieux suscita chez elle une totale panique avec une intense envie de vomir.

— C'est bien ce qu'il a fait. Mais ce fumier a survécu à ses blessures, pourtant mortelles. Il semble qu'il portait sous sa chemise un gilet pare-balles. Cela dit, Trevor l'a blessé à la tête à deux reprises, dont une fois assez gravement. En tout cas, McGregor ne devrait pas pouvoir courir, ni utiliser ses bras avant longtemps, vu la manière dont Trevor les a farcis de pruneaux.

— Ah bon.

— Absolument. Et ceci est arrivé aujourd'hui de la part de Sean, ajouta Nina en lui montrant un sac en plastique dans lequel avait été glissée une note. Ils voulaient l'embarquer, mais je les ai convaincus que tu avais le droit d'y jeter un œil avant.

Bobbie Faye examina le document, mais il était rédigé en gaélique. Elle leva les yeux vers Nina, interloquée.

— Il semble que ça veuille dire que tu es « sienne » d'une façon tout à fait solennelle. Comme si tu étais sa propriété, en quelque sorte. Du coup, toutes les précautions ont été prises jusqu'à ce qu'il soit transféré vers un quartier de haute sécurité.

— Génial.

— Accessoirement, il y a ces deux types dehors. Alors, la question que je dois te poser c'est… qui dois-je faire entrer en premier ?

Cam boitilla jusqu'à la porte, en essayant de ne pas trop solliciter sa jambe bandée. Dieu merci, il avait été réincorporé. Elle ne l'avait jamais vu dans un tel état auparavant. Elle n'avait pas été totalement surprise qu'il se fasse du souci pour elle – même à l'époque de leurs pires engueulades, elle savait qu'il tenait à elle, du moins comme un ami. Mais c'était la première fois en un an qu'elle avait vu autre chose en plus… Cette manière dont il l'avait regardée… Mince, elle en venait à regretter sa résolution de ne pas recourir à la morphine.

Au lieu de s'asseoir dans le fauteuil à côté d'elle, Cam s'installa sur le lit, comme quand ils sortaient encore ensemble. La décharge électrique qui traversa son cœur à cet instant la fit rougir et elle sut que ça ne lui avait pas échappé. Il repoussa quelques mèches de cheveux de son front et elle attendit en se demandant à quoi il pouvait bien penser.

Il la regarda pendant un long moment.

— Si tu as l'intention de m'engueuler, j'aimerais autant que tu en finisses au plus vite. Ce suspens me met les nerfs à vif.

— Je n'ai pas l'intention de crier. Je suis venu te dire que, lorsque j'ai vu le *self-control* dont tu faisais preuve face à ce type, comment tu parvenais à dissimuler ta peur – je te connais, je sais que tu étais terrifiée – et comme tu continuais à réfléchir, vite et bien, malgré la pression, j'ai été sacrément fier de toi. Pété de trouille, mais fier de toi.

Elle cligna des yeux. *Nom d'un petit bonhomme.* Elle ne parvenait pas à trouver une réponse appropriée. Il était *fier* d'elle ?!

— Je vois que mon stratagème pour te perturber a très bien fonctionné, dit-il en souriant.

— Il ne reste plus beaucoup de cellules en état de marche là-haut, répondit-elle en indiquant sa tête. Alors, n'en profite pas.

— Écoute, il faut qu'on parle. Je sais que tu as commencé à fréquenter ce type et je sais aussi que c'est entièrement ma faute. J'ai cru que j'avais de bonnes raisons pour agir comme je l'ai fait, mais je l'ai fait n'importe comment. Complètement, bêtement, n'importe comment.

Sa tête était lourde et elle était épuisée. Son cerveau aussi devait avoir des ratés parce que… *Qu'est-ce qu'il venait de dire ?*

— Tu sais, si tu voulais cesser de sortir avec moi, il suffisait juste que…

— Quoi ? Mais de quoi tu parles ?

Voilà qu'il recommençait ses conneries. Elle soupira.

— Avant que tu arrêtes Lori-Ann, je veux dire. Je voyais bien que tu n'étais pas heureux et, pendant des mois, tu t'es montré distant et étrange et tu me repoussais sans cesse. Je savais bien que quelque chose n'allait pas. Si tu avais seulement dit…

— Attends un instant… Mais… Mon Dieu… C'est ce que tu as cru, bébé ?

Elle le regarda avec de grands yeux et la valse de ses pensées, à l'intérieur de son crâne, lui faisait un mal de chien. *Bien entendu*, c'est ce qu'elle avait cru. Et comment interpréter autrement l'engueulade magistrale qu'ils avaient eue, quand il avait arrêté sa sœur et qu'il lui avait crié *Sors de ma vie et emporte toute cette merde* ?

— J'étais nerveux parce que je venais de t'acheter une bague et je voulais te demander en mariage, mais les événements s'enchaînaient trop vite et on n'était jamais au calme, ou en forme, ou heureux. J'étais plus stressé qu'avant un match. Je ne savais comment faire pour que ce soit bien et romantique.

— Tu te moques de moi ?

Elle devait être en train de mourir, en fait. Elle avait une maladie mortelle et était en phase terminale. Ils s'en étaient aperçus quand ils avaient extrait les balles. Seule une telle situation pouvait expliquer tant de gentillesse.

— Non. Tu sais mieux que quiconque le niveau de stupidité que je peux atteindre, parfois. Je te demande de me pardonner. S'il te plaît. Tu étais tellement inquiète et embêtée au sujet de ta sœur. Ça me brisait le cœur de te voir dans cet état. Alors, je me suis dit que si je parvenais à régler le problème de Lori-Ann, tu pourrais souffler un peu. Du coup, quand tu as pété les plombs… j'ai piqué tout droit vers le mauvais côté du spectre. Toutes ces disputes… étaient nulles. On a tous les deux prononcé des paroles qu'on ne pensait pas.

C'était vrai. Elle le reconnaissait. Leurs querelles avaient été sanglantes et impitoyables. Elle avait même fini par oublier qu'en tant que meilleurs amis, ils avaient toujours su qu'aucun des deux n'aurait jamais abandonné l'autre – quoi qu'il advînt. Même après une dispute. Pourtant, ils étaient restés sur leur différend et avaient jeté leur amitié au feu. Il prit sa main et y enlaça ses doigts, en essuyant, de l'autre, les larmes qu'elle avait versées à son insu.

— Je ne vais pas t'obliger à prendre une décision. Je sais que c'est moi qui t'ai forcée à partir. Je sais aussi que ce type est apparu. Mais il y a entre nous un lien indéfectible et tu le sais. Ce lien a toujours existé, même quand j'étais trop stupide pour m'en apercevoir. Et ça, ça ne disparaît jamais – pas quand c'est sincère, et notre relation l'était. L'*est.* Cela dit, si ce que je viens de te dire te fait souffrir autant que ça me fait souffrir, je ne vois pas comment tu vas pouvoir me pardonner. J'aimerais pourtant que tu essaies. J'en ai assez d'être bête, bébé. Alors, j'aimerais que tu réfléchisses à tout ça avant de t'engager avec ce type.

Elle ne savait tout simplement plus quoi dire et elle voyait bien qu'il s'en rendait compte. Elle voyait aussi que ça lui brisait le cœur qu'elle ne lui ait pas aussitôt tendu les bras, afin de reprendre le fil de leur histoire…

Mais elle ne savait vraiment plus où elle en était.

Et ça la dévastait.

Nina était restée devant la chambre de Bobbie Faye. Elle observait Trevor qui, fort peu discrètement, s'était posté devant la porte et jetait de temps à autre un coup d'œil par l'ouverture vitrée qui y était ménagée. Elle devait reconnaître que son amie avait un sacré talent pour dénicher les mecs les plus séduisants. Un mâle alpha++ qui tutoyait la zone rouge de la sensualité.

L'agent paraissait calme et avait croisé les bras sur sa poitrine. Elle finit par se décider à briser la glace.

— Elle m'a demandé de vous rappeler que vous deviez étudier un certain manuel.

Elle laissa sa phrase flotter dans l'air, en attente d'une réponse, et il s'autorisa un léger sourire, sans quitter des yeux Bobbie Faye.

Le silence s'installa durant une bonne minute, jusqu'à ce qu'il lui demande :

— Il va constituer un gros problème pour moi, n'est-ce pas ?

Elle regarda par le carreau et aperçut des larmes sur les joues de Bobbie Faye, tandis que le visage de Cam restait caché.

— Probablement, répondit-elle, avant d'ajouter quelques secondes plus tard : vous savez, je ne suis pas certaine qu'il ne soit pas ce qui peut lui arriver de mieux. (Elle fixa les yeux de l'agent.) Le plus sûr, je veux dire.

Et comme il ne réagissait pas, elle demanda :

— Vous n'êtes pas en train de vous défiler, n'est-ce pas ?

Il secoua doucement la tête :

— Il faudrait d'abord que j'arrête de respirer.

Elle grommela vaguement et ils reprirent leur observation à travers la fenêtre. Finalement, elle déclara :

— Je n'aurais jamais cru ça possible, vu votre réputation. (Il réagit par un haussement de sourcil.) Vous lui avez parlé de votre passé ?

Leurs yeux se rencontrèrent.

— Et vous, vous lui avez parlé du vôtre ?

Elle réfléchit à sa question quelques secondes et secoua la tête. Sa remarque n'était pas dénuée de pertinence.

— Je ne pense pas qu'elle doive le connaître.

— Mais elle finira par l'apprendre, vous verrez. Et je n'ai pas l'intention de lui cacher mon passé.

— Vous prenez un gros risque.

— Elle en vaut la peine, souffla-t-il, avant d'ajouter après un silence : et comment était l'Italie ?

À son tour elle haussa un sourcil. Sa question signifiait qu'il avait un accès plus large qu'elle-même aux informations classées les plus confidentielles.

— Un séjour assez triste. Malheureusement, un homme d'affaires fortuné a connu une fin tragique, répondit-elle en souriant.

Il lui rendit son sourire et elle se tut pour profiter de cet instant de complicité. Enfin, elle ajouta d'une voix douce :

— Vous comprenez, j'en suis certaine, que si vous lui faites du mal, je vous tuerai.

Ce n'était pas une menace en l'air.

Il reporta les yeux vers la chambre.

— Si un jour j'en venais à lui faire du mal, je vous laisserais faire.

Cam sortit de la chambre de Bobbie Faye en refermant doucement la porte derrière lui. Il lança à Trevor un coup d'œil implacable, dur, celui que les flics apprennent à maîtriser dès leur première semaine de service. Les deux hommes durent bien échanger un bon millier de menaces au cours des quelques secondes qui s'ensuivirent. Nina en était presque à se demander si elle n'allait pas devoir s'interposer entre eux.

Puis Cam finit par dire :

— Je reviendrai la voir d'ici quelques heures. Profitez du court laps de temps qui vous est imparti.

— J'en ai bien l'intention, répondit Trevor.

Cam s'en alla.

Lorsque Trevor entra dans la chambre, Bobbie Faye fut parcourue du frisson qui caressait sa peau à chaque fois qu'il était dans les parages. Elle se sentait heureuse et coupable en même temps. Coupable du fait des souvenirs que Cam avait exhumés. Mais s'agissait-il de sentiments… ou de souvenirs de sentiments ?

Son cerveau agita un drapeau blanc, en demandant grâce.

Trevor s'approcha de son lit et lui demanda, d'une voix impersonnelle, sans une once de sensualité :

— Est-ce que Nina t'a dit que le juge a placé Lori-Ann dans un excellent programme de formation avec mise à l'épreuve comportant une garderie ?

— Elle a aussi dit que c'était grâce à toi qu'elle l'avait obtenu. Et en une seule journée. Elle a ajouté que tu lui avais trouvé un appartement.

— Ça t'ennuie ?

Bobbie Faye secoua la tête : en fait, elle était même soulagée.

— Est-ce qu'elle sait que tu es derrière tout ça ? (Lori-Ann appréciait au moins autant que sa sœur qu'on se mêle de ses affaires.)

— Non, elle croit que le juge a tenu compte de ce qui t'est arrivé et décidé que son châtiment était disproportionné. Elle pense que tout cela n'est qu'une histoire de procédure. Quant à Roy, il en est à au moins quatre rendez-vous galants avec des infirmières. Au dernier pointage.

— Merci, murmura-t-elle en souriant.

Il hocha la tête. Au moins, avec ça, Lori-Ann allait pouvoir participer un peu aux dépenses liées à l'éducation de Stacey. Bon, théoriquement, c'était à la mère qu'en revenait la charge, mais Bobbie Faye ne se voyait pas mettre tout ça sur le dos de sa sœur. Elles en partageraient la responsabilité et les frais. Mais, au moins, Bobbie Faye pourrait cesser de s'inquiéter et de courir après un second job, comme cette fameuse agence de tourisme dans les marécages.

Mon Dieu, *tour-opérateur dans les marécages*. Compte tenu de son pedigree, ç'aurait été une folie de la laisser emmener des gens dans des zones remplies d'alligators, d'araignées, de moustiques et… Elle voyait déjà la liste des emmerdes potentielles. Ça n'aurait pas arrangé ses névroses. Son incapacité à souscrire une assurance avait dû être le fruit d'une intervention divine.

Et à propos de névroses, elle repensa à Francesca et, surtout, à la question qu'elle avait oublié de poser :

— Est-ce que tu as retrouvé les diamants ?

— Au coffre, comme tu l'avais dit. Excellente idée d'avoir feint le déclenchement du compteur Geiger. Quand tu l'as fait grésiller devant ce sac à main, l'espace de quelques secondes, j'ai vraiment cru que tu l'avais trouvé. Oh, et je présume que tu as dû apprendre que Francesca allait survivre ? (Bobbie Faye acquiesça.) Cela dit, elle va passer le restant de ses jours en prison. Si elle n'avait pas craqué, je ne suis pas certain que nous aurions pu la coincer. Les preuves contre toi auraient sans doute convaincu le jury de ta culpabilité. C'était vraiment bien vu, cette histoire d'incantation.

Elle avait poussé à bout sa cousine, en la rendant si jalouse que la façade qu'elle s'était construite s'était effritée. Pourtant, elle n'en tirait aucun sentiment de victoire. Elle avait gravement sous-estimé la solitude de Francesca : sa mère qui l'avait abandonnée, son père absent. Finalement, leurs vies respectives n'avaient pas été si différentes. Bobbie Faye s'enfonça dans son oreiller. Le chagrin la submergeait. Tout ce gâchis, pour rien. Elle n'arrivait même pas à appréhender le nombre de morts, l'accumulation des destructions, l'ampleur du chaos qui régnait dans sa soi-disant famille.

Trevor n'avait pas bougé de son chevet, mais son attitude, toute professionnelle, formait comme un gouffre entre eux deux. Cette situation la faisait souffrir et elle aurait voulu tendre la main vers lui, mais il avait peut-être retrouvé la raison et décidé que la perspective de sortir avec une catastrophe ambulante était finalement une très mauvaise idée. Surtout pour un gars qui travaillait au FBI. Peut-être était-ce sa façon à lui de dire au revoir, non merci, à un de ces jours. Il fallait peut-être qu'elle lui dise qu'il n'avait pas besoin de se sentir coupable de ne pas rester auprès d'elle.

— Tu sais, je ne m'attendais pas du tout au genre de charme que Ce Ce a organisé. Je croyais qu'elle allait faire un truc tout simple qui rendrait Francesca jalouse. Je n'ai jamais voulu t'impliquer là-dedans, ni te contraindre à jouer ce rôle…

Elle laissa ses dernières paroles flotter dans l'air et s'absorba dans la contemplation de ses mains.

— Mais je ne l'ai pas du tout ressenti comme ça, répondit-il.

Voilà, cette voix rauque, enfin… Il l'embrassa, avec passion, et elle enroula ses bras autour de lui, soulagée de pouvoir s'abandonner à ce baiser. Pas seulement soulagée, d'ailleurs. Étourdie, aussi, de sentir sa présence à ses côtés. Il baissa les yeux vers ses pansements et souleva délicatement sa blouse d'hôpital pour remonter vers l'endroit où se trouvaient ses blessures. Sa respiration se fit plus saccadée et elle comprit qu'il devait faire un effort sur lui-même pour se contrôler, qu'il ne supportait pas l'idée qu'elle avait failli mourir. Elle posa sa main sur la sienne dans un geste d'apaisement et il finit par la regarder dans les yeux. Il y avait une infinie douleur dans les siens.

— Je t'en prie, Bonnie, ne prends plus jamais de tels risques.

— Marché conclu… si, toi aussi, tu arrêtes de te faire tirer dessus.

Ils restèrent ainsi les yeux dans les yeux durant quelques instants. Elle ne savait plus très bien s'il s'agissait de minutes ou d'heures. Puis elle enfouit son visage dans le creux de son épaule. Elle n'était pas certaine de pouvoir se contenir encore très longtemps. Son cœur la faisait souffrir et elle ne désirait plus que se perdre en lui, afin de mieux se retrouver, peut-être. Elle ne comprenait plus rien, et la douleur que Cam avait ravivée balafrait sa poitrine. Trevor la tenait dans ses bras et son corps résonnait, son âme fredonnait et elle pleurait.

Nina était allée s'asseoir dans la salle d'attente d'où elle avait une excellente vue sur la chambre de Bobbie Faye. Elle n'avait pas été surprise d'apercevoir le vieux Landry qui regardait par l'ouverture vitrée de la porte. Elle ne fut pas non plus étonnée de le voir quitter les lieux sans frapper.

— Vous voulez que je lui dise que vous êtes passé ? lui demanda-t-elle.

— Non, répondit-il, avant de tourner les talons.

Trevor s'écarta légèrement de Bobbie Faye et elle sut aussitôt qu'il allait être direct. C'était rassurant de savoir cela.

— Je pense toujours ce que je t'ai dit hier. Je veux t'épouser. Je sais que Cam aimerait que tu reviennes, mais je ne te laisserai pas partir. Ça va être un véritable enfer pour toi, vu ta personnalité. Le sentiment de culpabilité que tu vas ressentir. Je comprends tout ça. Mais je ne te laisserai pas partir.

Les émotions qui l'assaillaient étaient si nombreuses qu'elle ressentit une peur intense. Elle en avait tellement envie qu'elle avait du mal à respirer. Elle ne savait pas quoi dire… Toute pensée claire venait apparemment de se mettre en grève. Elle fit donc la seule chose qu'elle pouvait faire : elle se déplaça un peu pour lui faire une place à côté d'elle. Il s'y installa avec précaution et remonta le drap sur elle, tandis qu'elle se calait contre lui, la tête sur son épaule.

— Est-ce que tu peux rester un peu ?

— Je ne bouge pas d'ici. D'ailleurs, j'ai trouvé ce fameux manuel de flirt.

pas et ne programmeront pas, en secret, votre élimination ou votre internement.

À Amanda Eschete, ma belle-fille, et à Nicole, la fiancée de mon plus jeune fils : c'est une joie pour moi de vous avoir à mes côtés. Je n'aurais pu espérer de plus beaux ajouts à notre famille. À la nouvelle recrue, Angela Grace, qui n'a jamais cessé de me faire sourire, j'ai hâte que nous puissions lire des livres ensemble. À mes fils et belles-filles (Patsy et Marion), merci pour tout. Et à ma mère et mon père, Al et Jerry McGee, les mots me manquent. Vous avez toujours constitué un exemple lumineux de ténacité, d'amour et d'espoir.

Enfin, à mon mari, Carl : tu sais déjà que tu es tout pour moi, mon meilleur ami et celui qui me fait rire aux éclats. Merci.

Dans la collection
Girls in the city
chez Marabout :

Embrouilles à Manhattan, Meg Cabot
Mes amants, mon psy et moi, Carrie L. Gerlach
Sexe, romance et best-sellers, Nina Killham
Et plus si affinités, Amanda Trimble
Projection très privée à Tribeca, Rachel Pine
Mariage mania, Darcy Cosper
Mariage (en douce) à l'italienne, Meg Cabot
L'Ex de mes rêves, Carole Matthews
Divorce à petit feu, Clare Dowling
Un bébé made in L.A., Risa Green
Une maman à L.A., Risa Green
Le Prince Charmant met de l'autobronzant, Ellen Willer
Cleptomania, Mary Carter
Happy end à Hollywood, Carole Matthews
Sexe, amitié et rock'n roll, A.M. Goldsher
Ma vie privée sur Internet, Carole Matthews
Plaquée pour le meilleur, Clare Dowling
Bimbo mais pas trop, Kristin Harmel
Le Prince Charmant fait péter l'audimat, Ellen Willer
Double Jeu, Emma Lewinson
Arnaque à l'amnésie, Caprice Crane
En finale de Fame Game, Carole Matthews
Ma vie de star est un enfer, A.M. Goldsher
Blonde létale, Kate White
Un break pour Kate, Carole Matthews
The Boy next Door, Julie Cohen
Cinq Filles, 3 cadavres mais plus de volant, Andrea H. Japp
Hot, Julia Harper
Une petite entorse à la vérité, Nina Siegal
Cocktails, rumeurs et potins, Marisa Mackle
Amour, Botox® et trahison, Chloë Miller
Le Mystère Dunblair, Jemma Harvey

Chère lectrice

Merci d'avoir choisi ce Girls in the city
pour passer un moment agréable.
Mais savez-vous que Girls in the city, c'est une nouvelle comédie
tous les mois pour faire le plein d'intrigues pleines d'humour,
parfois policières, pour entrer dans les coulisses de la mode,
du cinéma, de la téléréalité, des magazines people ?
Parce qu'on a toutes en nous quelque chose de Bridget,
retrouvez-nous chaque mois chez votre libraire préféré !

CINQ FILLES, 3 CADAVRES
MAIS PLUS DE VOLANT
Andrea H. Japp

Cinq copines partagent depuis toujours leurs déboires professionnels et sentimentaux : Emma la blonde pulpeuse en mal d'enfant, Nathalie la mère au foyer qui vient de se faire plaquer, Hélène la tête chercheuse qui a fait de son absence de diplomatie une arme redoutable, Charlotte la psy qui finit toujours par coucher avec l'un de ses patients, et enfin Juliette, l'esthéticienne qui dorlote une clientèle masculine triée sur le volet.
Le jour où Charlotte découvre un cadavre enchaîné au volant de sa voiture, elle panique et appelle immédiatement ses amies à la rescousse. Très vite, elles échafaudent un plan mais se retrouvent prises dans des histoires qui les dépassent largement d'autant plus que d'autres cadavres s'en mêlent et que le premier a disparu…

Quand la reine du crime s'attaque à la chick lit, autant dire qu'on s'amuse drôlement et qu'on tourne les pages aussi vite qu'on engloutit un macaron !

Andrea H. Japp est l'auteur d'une vingtaine de romans, de recueils de nouvelles, de scénarios pour la télévision et de bandes dessinées. Elle est aujourd'hui considérée comme l'une des « reines du crime » françaises.

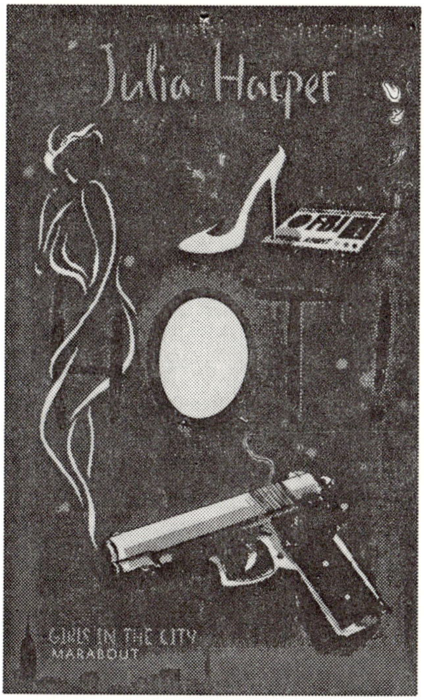

HOT
Julia Harper

« Turner observa toute cette agitation autour d'elle, ces gens qui parlaient, discutaient en essayant de prendre un air important. Elle se dit que ce serait le moment idéal pour un braquage. Elle jeta un coup d'œil à la caméra de surveillance qui enregistrait tous les mouvements à l'intérieur de la banque. Puis elle se dirigea jusqu'au grand bureau en bois imitation de Calvin et ouvrit le tiroir central. Là, jusqu'en plein milieu, apparut une enveloppe rouge dans laquelle était rangée la clé du coffre. Elle la regarda. Elle n'aurait plus jamais une occasion pareille. Elle le savait parce que cela faisait quatre ans qu'elle attendait cet instant. C'était à son tour de braquer la banque. »

Une souris de bibliothèque qui porte des fausses lunettes, qui aime les escarpins rouges très sexy et qui lit des romans de soft-porn, il n'en faudrait pas plus pour intriguer mais aussi troubler John MacKinnon, agent très spécial du FBI.

Julia Harper est américaine. Quand elle n'écrit pas des comédies, elle écrit, sous son vrai nom, des romans historiques.

UNE PETITE ENTORSE À LA VÉRITÉ
Nina Siegal

« Pendant deux ans, j'avais été considérée comme une étoile montante du journalisme, débauchée à grands frais pour écrire des articles brillants dans la rubrique Style du journal. J'assistais alors à des galas fastueux, j'étais invitée à des soirées mondaines grouillant de célébrités, je foulais le tapis rouge des soirées de première. J'avais accès aux coulisses de tous les événements les plus courus de la ville. Mais, à un moment, les choses avaient mal tourné, puis elles avaient empiré jusqu'à toucher le fond du fond. Au bout du compte, j'avais été mutée à la rubrique Nécro pour y finir mes jours à jouer les gratte-papier, des syndicalistes et autres fourmis sans identité. »

Valérie s'ennuie ferme depuis sa disgrâce jusqu'au jour où un appel énigmatique lui apprend qu'elle a commis une grâce erreur dans la nécrologie d'un artiste très en vue. Alors qu'elle enquête dans le New York arty et branché de Soho, les ennuis commencent…

Nina Siegal est née à New York et a grandi à Manhattan. Écrivain et journaliste, elle a participé à la création du Time Out d'Amsterdam. En 2005, elle s'est vu attribuer plusieurs bourses littéraires. C'est son premier roman.

COCKTAILS, RUMEURS ET POTINS
Marisa Mackle

« Recherche : super-coloc'
Elle doit être drôle (amusante, pas flippante), me prêter ses belles fringues (pas me piquer les miennes), être jeune dans sa tête (mais surtout pas étudiante), avoir un boulot décent (et de jour), ne pas oublier d'aller acheter du PQ. Elle ne doit pas squatter le téléphone, passer l'aspirateur entre minuit et 7 h du mat', ramener des hommes bizarres à la maison, draguer mon copain (si j'en ai un, un jour), laisser des cheveux dans la baignoire. »
Alors qu'elle cherche la colocataire idéale, Fiona, 29 ans, commence un boulot dans un magazine féminin. Très vite, A.J. la prend sous son aile et lui apprend les ficelles du métier. Fiona découvre que le monde des pigistes aux rubriques Potins et Beauté repose sur des coups bas et des ragots en veux-tu en voilà, entre deux coupes de champagne. Fiona saura-t-elle profiter des bons côtés de son boulot sans s'y perdre ?

Si vous avez toujours rêvé de travailler dans un magazine féminin, vous ne pourrez pas dire qu'on ne vous aura pas prévenue !

Marisa Mackle est n° 1 des ventes en Irlande. Elle partage son temps entre Dublin et l'Espagne.

Chut...
Kate White
Ce que vous ne dites pas peut vous tuer...
Un polar haletant
Sortie en juin 2010

Lorsque Lake Warren apprend que son ex-mari exige la garde de leurs enfants, elle est persuadée que sa situation ne peut pas empirer. Le bon côté des choses, c'est qu'elle vient de passer la nuit avec le séduisant Dr Keaton, avec qui elle travaille dans une clinique d'insémination artificielle. Mais au matin, lorsqu'elle découvre le cadavre de Keaton dans une mare de sang, elle se rend compte que tout peut aller bien plus mal...
Pour ne pas risquer la garde de ses enfants, elle doit mentir à la police et découvrir elle-même la vérité. Elle ne tarde pas à comprendre qu'elle est dangereusement proche des secrets sordides de la clinique et de Keaton. Peut-elle tout arrêter avant qu'il ne soit trop tard ?

Kate White est rédactrice en chef du magazine Cosmopolitan aux USA. Ses romans figurent parmi les meilleures ventes outre-Atlantique.

LA TRÈS TRÈS MAUVAISE JOURNÉE DE BOBBIE FAYE
Toni McGee Causey

Entre sa nièce qu'elle élève et sa caravane qui prend l'eau, Bobbie Faye a bien assez d'ennuis. C'était sans compter son crétin de frère : des caïds viennent de le kidnapper et réclament en guise de rançon l'unique bien qu'elle ait hérité de sa maman, sa couronne de reine du Festival de la Contrebande.
Elle doit donc se montrer plus futée que le FBI, le milieu et un otage dont elle n'avait pas l'intention de s'embarrasser - mais qui s'avère furieusement sexy ! - pour secourir son frère, récupérer sa nièce et rentrer à temps pour le Festival.
Fort heureusement, Bobbie Faye sait se servir d'un revolver et se sortir de toutes sortes d'ennuis (de même que s'en attirer). Si seulement cet agaçant inspecteur de police, un ex-boyfriend rancunier, voulait bien s'écarter de son chemin…

Le récit décapant de la journée catastrophe d'un personnage déjanté. Une comédie… ébouriffante !

Toni McGee Causey vit à Baton Rouge, en Louisiane.

Pour l'éditeur, le principe est d'utiliser des papiers composés de fibres naturelles, renouvelables, recyclables et fabriquées à partir de bois issus de forêts qui adoptent un système d'aménagement durable.

En outre, l'éditeur attend de ses fournisseurs de papier qu'ils s'inscrivent dans une démarche de certification environnementale reconnue.

Photocomposition Nord Compo

Impression réalisée par
CPI BRODARD ET TAUPIN

N° d'impression : 57141 - La Flèche le 23-04-2010
Pour le compte des Éditions Marabout
Dépôt légal : mai 2010
ISBN : 978-2-501-06494-1
40.5387.2
Édition 01

Imprimé en France